아바나 리브레

Habana

아바나
리브레

정민 장편소설

Libre

LIBRE

희망처럼 헛된 것은 없다.
어쨌든 희망은 희망에 불과하니까.

프롤로그

끝내주는 시절은 끝나버렸다. 진짜로 끝나버렸다.

이제부터 진창길이다. 가시밭길도 아닌 진창길이다.

끊임없이 한눈을 파는 사내다운 사내들. 결코 흔들림 없는 거짓말을 일삼는, 그야말로 여자다운 여자들이 사위에 우글댔었다.

수치심과 죄의식을 완벽히 자각한 여자들. 뻔뻔스러운 자존감을 위대한 예술가처럼 순수하게 표현하는 여자들. 그런 여자들은 이제 어디에서도 찾을 수 없다.

반짝거리는 사려와 과장된 신사도와 넘치는 재치로 스스로를 포장한 남자들. 익히 예상되는 굴욕과 치욕과 경멸과 불명예를 기지 넘치는 포장 기술로 만회하려는 사내들이 승리자 행세를 하는 시간이 펼쳐지고 있다.

오쟁이 진 남자의 심경―르네상스적 비탄과 자위풍의 환희, 그리고 끝도 없는 당혹스러움과 헛된 기대―으로 하루하루를 버텨야 마땅할 나날들이 측은한 눈빛으로 그를 쳐다보았다.

젠장. 완전한 소멸도 불가능한 어처구니없는 삶이여. 어디 한번 와보라지.

무심한 그의 눈빛이 카리브해의 검푸른 밤하늘에 산산이 흩어진 별들 같은 진창길을 응시한다. 찬란한 진창길과 정면으로 마주한 그가 숨을 고른다. 가냘프지만 곧은 그의 어깨가 질척한 적도의 바람을 가른다.

윤리의 종착역에서, 사랑의 막다른 골목에서, 망각된 착각 속에서, 마침내 그가 빠져나오는 순간이었다.

D-DAY

비디오, 라이버나

최후의 작전

1. 아바나끌럽 7 vs. 발터 PPK

"이것 보라고. 내가 지금 뭘 말하려는지 알아?"

"……."

"내가 오늘 사람을 죽였어. 두세 시간쯤 전이야. 아니, 어제였던
가? 하나도 아닌 둘을 해치웠어. 둘 다 여자였어. 건장한 사내도
아닌, 아름답고 예쁘고 귀엽고 사랑스럽기 짝이 없는 자그마한
여자 둘. 아무튼 나는 오늘부터 살인자라고. 인간에서 신의 영역
으로 진입한 셈이지. 자네들, 혹시 사람 죽여봤나?"

사랑하는 이도, 가족도, 돌아가고 싶은 곳도 없어 보이는 남자.
시대에 뒤떨어진 남루한 영웅이 될 환경과 자질을 모두 갖춘 남
자, 이서준이 주위를 둘러보았다.

쿠바 아바나의 대표 주정뱅이로 꼽혀도 손색이 없어 보이는 늙
은 사내 하나와 젊은 사내 하나가 입을 반쯤 벌리고 서준을 쳐다
보았다. 서준은 축축한 혀를 내밀어 마른 입술을 닦았다. 그의 입
술이 침과 술기운으로 번들거렸다. 번들거리는 서준의 입술 사이
로 푸석푸석한 말들이 튀어나왔다.

"내가 누굴 죽였는지 궁금하지 않아? 자, 내가 왜 그녀들을 죽였는지, 또 어떻게 저세상으로 그녀들을 보냈는지 자세히 설명하지. 대신 내 앞에 술 한 병 가져와봐. 아바나끌럽 시에떼 아뇨스Habanaclub siete años였으면 좋겠어. 아네호 블랑꼬 같은 싸구려 말고 진짜배기 7년산 아바나끌럽 말이야. 한 병에 300달러짜리 하는 15년산을 마시고 싶지만, 내 월급으론 턱도 없다네."

생수보다 저렴한 쿠바산 싸구려 럼주로 입술을 축이던 젊은 주정뱅이가 서준을 흘깃 쳐다보았다. 다른 생각에 몰두하고 있는 얼굴이었다. 관찰과 사색에 넌덜머리가 난 작가 같은 표정의 늙은 주정뱅이가 이 빠진 입으로 휘파람을 불었다.

연한 초콜릿색 피부에 새까만 곱슬머리와 짙은 눈썹, 커다랗고 둥근 눈, 잔뜩 바래 구멍이 숭숭 난 하얀색 러닝셔츠를 입은 물라또[1] 청년이 젊은 주정뱅이였다. 물라또 청년이 서준 앞에 놓인 스테인리스 담배 케이스에서 담배 한 개비를 슬쩍 꺼냈다. 빤질빤질한 황갈색 말보로 레드였다. 서준은 젊은 주정뱅이를 응시하며 무념무상의 미소를 지었다.

새빨간 별이 박힌 올리브색 모자를 머리에 얹은 늙은 주정뱅이가 뚱보 바텐더를 경외에 찬 눈길로 쳐다보았다. 늙은 주정뱅이의 모자에 박힌 별은 잔뜩 찌그러져 있었다. 말끔하게 정돈된 바텐더의 콧수염이 벌레처럼 꿈틀거렸다. 늙은 백인 주정뱅이가 엄지와 검지를 맞부딪쳐 딱 소리를 냈다. 부리부리한 검은 눈동자

---

1 중남미에 사는 백인과 흑인의 혼혈 인종.

에 건장한 어깨, 투포환 선수 같은 팔뚝에 툭 뛰어나온 올챙이배를 가진 바텐더가 두툼한 양 손바닥을 더러운 앞치마에 쓱쓱 문질렀다.

이곳은 쿠바 아바나 베다도의 간판 없는 술집이다. 영국, 노르웨이, 독일, 중국, 헝가리, 폴란드, 북한 대사관 등의 아바나 주재 외국 대사관저들, 높다란 담장이 둘러쳐진 고풍스러운 단독주택들, 한낮에도 하늘을 덮어 가린 아름드리 열대 가로수들, 그리고 말끔하게 정돈된 잔디밭과 그늘 아래 쉴 수 있는 벤치가 곳곳에 자리한 작은 공원들이 즐비한 아바나의 대표적인 고급 주택단지 베다도.

베다도 뒷골목의 깊숙한 곳에 콕 박힌 반지하 선술집은 외국인 관광객과 외국인 거주자들은 거의 오지 않는, 현지인이 아니면 찾을 수도 없는 그런 곳이었다. 제멋대로 깜빡거리는 약한 네온 조명이 희미하게 입구를 밝힌 반지하 술집의 주요 고객은 하루의 임무를 막 끝낸 아바나의 육체노동자들이었다. 푸석푸석한 재질의 플라스틱 병에 담긴 쿠바산 럼주와 거칠게 빻은 밀가루에 치즈를 대충 얹어 구워낸 손바닥만 한 쿠바식 피자가 반지하 술집이 제공하는 유일한 술과 안주였다. 소시지, 양파, 올리브 등의 토핑을 얹으면 피자 가격은 배로 뛰었다. 피자를 시켜 먹는 쿠바 술꾼은 거의 없었다.

이서준이 유창한 스페인어로 일장 연설을 늘어놓고 있는 중이었다. '아바나 호세마르띠문화원 한국학교실 교수 이서준'이라는 문구가 적힌 명함이 서준 앞의 목재 테이블 위에 놓여 있었다. 테이블의 중간 부분은 쩍 갈라져 있었다. 당장이라도 쪼개져 무너질 것처럼 보였다.

앞니가 다 빠진 깡마른 사십 줄의 백인 청소부, 하루의 생활비를 넉넉하게 챙겨 흐뭇해진 양파 행상 물라또 청년이 아바나를 대표하는 주정뱅이들이자 서준의 관객이었다.

지저분한 금발 아래로 깊고 푸른 눈동자가 반짝거리는 백인 청소부가 금방이라도 부러질 것 같은 손가락으로 성냥을 힘겹게 그었다. 그의 입술에 대롱대롱 매달린 필터 없는 담배에 불이 붙었다. 백인 청소부의 주름 가득한 입술 사이에서 푸르스름한 담배 연기가 조금씩 새어 나왔다. 물라또 청년은 럼주가 반쯤 담긴 찌그러진 양은 컵의 테두리를 때가 잔뜩 낀 검지로 원을 그리며 쓰다듬었다.

축축한 손바닥을 더러운 앞치마에 연신 닦아내던 바텐더가 서준에게 아바나끌럽 7년산 한 병을 내밀었다. 반지하 술집의 유일한 외국인 단골인 서준을 위해 뚱보 바텐더가 특별히 비치해놓은 술이었다.

서준이 가슴팍의 주머니에서 시가를 꺼냈다. 뚱보 바텐더의 두꺼운 검지보다 두 배쯤 굵은 꼬이바Cohiba 시가였다. 평범한 쿠바 인민의 한 달 치 월급이 힘겹게 돌아가는 술집 천장의 커다란 팬 사이로 순식간에 날아가버렸다.

한 방울도 남김없이 다 마셔버린 쿠바산 부까네로Bucanero 캔 맥주를 대충 가위로 오려 만든 재떨이에 모락모락 연기를 뿜어내는 꼬이바 시가를 얌전히 내려놓은 서준이 아바나끌럽의 마개를

16

천천히 돌렸다. 백인 청소부가 서준을 향해 엄지를 위쪽으로 척 세우더니 "아미고Amigo!"라 작게 외쳤다.

들척지근한 럼주 특유의 냄새에 칼칼하면서 감미로운 꼬이바 향이 녹아들었다. 무한한 여름이 이어지는 적도의 바다내음이 반쯤 열린 술집의 나무 문짝 사이로 밀려들어 왔다. 청소부와 양파 행상 청년의 낡은 옷에 문신처럼 새겨진 쿠바 특유의 무질서한 땀 냄새를 킁킁거리던 서준이 다시 입을 열었다.

"누구를 죽였냐고? 내가 가장 사랑했던 여자를 죽이고 말았어. 그게 다가 아냐. 내 평생 본 중 가장 아름다운 여자도 죽였어. 내 삶의 사랑과 아름다움을 스스로 절멸시킨 거야. 내 인생의 첫 살인 대상이 내가 가장 사랑했던 여자, 그리고 가장 아름다운 여자라니. 친구들 생각은 어때? 이게 말이 되는가?"

백인 청소부와 물라또 양파 행상 청년은 보스턴 레드삭스와 뉴욕 양키스의 맞대결을 주제로 한 심층 토론에 막 들어간 참이었다. 그들은 시작부터 거의 싸울 기세로 침을 튀겼다. 주황빛 조명 사이로 산산이 흩어지는 침방울을 쳐다보다 작게 한숨을 내뱉은 서준이 진지한 눈빛으로 뚱보 바텐더를 올려다보았다.

모히또에 들어가는 향초인 예르바부에나hierbabuena[2]를 성의 없이 다듬고 있던 바텐더가 무심하게 말했다.

"인생이 원래 그런 거지. 평생의 소중한 사랑과 세상의 유일무이한 아름다움을 딴 놈에게 빼앗기느니 그냥 없애버리는 게 현명

2　민트 허브, 즉 박하를 가리킨다.

한 남자의 행동이야. 남들은 어떨지 몰라도 나는 그렇게 생각해. 잘했어 친구. 한 잔 더 쭉 들이켜라고. 축하 받아 마땅한 일이야. 특별히 모히또 한 잔 만들어줄게. 진심으로 축하해. 그녀들을 죽이지 않았으면 아마 네가 죽었을 거야."

고개를 살짝 기울이고 주의 깊게 주인을 지켜보는 총명한 개 같은 표정을 한 바텐더가 서준의 양은 잔에 아바나끌럽을 반쯤 채웠다.

삐걱거리는 회전의자에 엉덩이를 반쯤 걸친 서준이 양 팔꿈치를 나무 테이블 위에 슬쩍 올렸다. 금이 쩍 간 테이블이 한쪽으로 조용히 기울어졌다. 청소부와 양파 행상의 언쟁이 더 치열해졌다. 상대의 면상에 주먹을 날리지 않는 게 이상할 정도였다.

"내가 왜 그녀들을 죽였는지 말해줄까? 궁금하다면 말이지."

다정하게 서준을 처다보던 바텐더가 뒤돌아서더니 두툼한 손가락을 머리 위로 올려 찬장 구석의 뭔가를 더듬거렸다.

"어떻게 죽였는지가 더 궁금한데? 아름답고 사랑스러운 여자가 죽어야 할 이유는 수도 없이 많으니까."

등을 보인 바텐더가 말했다. 그의 손가락이 머리 위 찬장에서 뭔가를 쥐었다. 바텐더의 널따란 등판을 응시하던 서준의 오른손이 슬며시 등 쪽의 허리춤으로 향했다. 바텐더의 몸놀림을 침착하게 응시하면서 서준은 발터 PPK의 존재를 확인했다. 히틀러와 김재규, 그리고 제임스 본드 덕분에 시대의 아이콘이 된 소형 권총은 서준의 등 아래를 믿음직스럽게 방어하고 있었다.

무질서한 쾌활함, 무조건적인 낙관주의, 희극적인 장엄함, 성적 쾌락에 대한 열렬한 지지와 숭배, 조건 없는 평등의 기운이 팽배한 쿠바 아바나의 뒷골목에 적의와 살의의 기운이 쨍 하고 흘렀다. 아바나에서는 좀처럼 볼 수 없는, 죽이고 죽어야 하는 서늘한 기운.

바텐더가 천천히 몸을 돌렸다. 그의 손에는 술잔이 들려 있었다. 쿠바혁명으로 쫓겨난 과거의 독재자, 풀헨시오 바티스타 Fulgencio Batista의 얼굴이 정교하게 새겨진 주석 잔이었다. 바텐더가 서준에게 주먹보다 큰 주석 잔을 건넸다.

순식간에 더 뚱뚱해진 것 같은 바텐더가 이마에 맺힌 굵은 땀을 두꺼운 손바닥으로 쓱 닦았다. 서준은 다시 양 팔꿈치를 낡은 목재 테이블에 턱 하니 올렸다. 어두침침한 술집의 주황빛 조명 사이로 흩날리는 먼지 알갱이가 서준의 시야에 선명하게 들어왔다. 먼지들의 현란한 춤을 서준은 잠시 지켜보았다. 오리지널리티가 듬뿍 담긴 진짜배기 쿠바 럼주 한 모금은 서준의 오감을 더욱 또렷하게 만들었다.

"특별한 날에는 특별한 술잔이 필요한 법이지. 이 잔을 기념으로 줄게. 우리 집안의 가보 같은 술잔이야. 60년쯤 전일 거야. 쿠바 최악의 마피아 우두머리가 그보다 더 최악인 권력자에게 바친 잔이지. 커다란 다이아몬드가 잔 중앙에 박혀 있었는데, 그건 진즉에 내다 팔았어. 다이아몬드가 이 술집을 마련해줬지. 혁명군 졸개였던 부친께서 당시 대통령 궁을 앞장서 접수했다는데, 그때의 전리품이야. 이게 우리 가족을 먹여 살리고 있지. 여기에 술을 마셔보라고. 자랑스러운 우리 쿠바, 쓰라린 영광을 간직한 아바나의 고통스럽지만 찬란한 역사를 단숨에 들이켜보라고."

바티스타가 새겨진 잔에 술을 따르며 바텐더가 말했다. 서준은 주석 잔의 손잡이를 어루만졌다.

"고맙군. 역시 자네는 내 진정한 친구야. 지금 몇 시나 되었지? 아바나에서는 시계를 볼 필요가 없어. 쿠바에 온 지 일 년이 넘었는데 한 번도 시계를 보지 않았던 것 같아. 이유가 뭔지 알아? 누군가 말했지. 행복한 사람은 시계를 보지 않는다고. 이곳에서는 행복이 넘쳐났던 것 같아. 그러니까 시계를 보지 않았지. 고향으로 슬슬 돌아갈 때가 되었나 보군. 현재 시간도 궁금하고 말이지."

서준이 주석 잔을 들어 입술을 축였다.

"어떻게 죽였는지 말해주게. 나도 죽이고 싶은 여자가 몇 있거든. 지금은 밤 열한 시 정각이네."

뚱뚱한 손목 위의 가짜 롤렉스 손목시계를 확인하는 바텐더에게 서준이 주석 잔을 내밀었다.

"자네도 한잔하지 그래. 술 마시는 걸 한 번도 보지 못했어. 오늘은 한잔하는 게 좋지 않을까?"

"좋은 생각이야. 근무 시간엔 원래 마시지 않는데, 오늘은 손님도 없고, 뭐. 자네와의 시간도 거의 끝나가는 것 같으니 나도 한잔하고 싶다네."

바텐더가 주석 잔을 입으로 가져가더니 목을 뒤로 확 젖혔다. 그의 콧수염에 황갈색 럼주가 방울방울 맺혔다. 바텐더는 혓바닥으로 콧수염을 단숨에 핥았다.

"자네도 잘 알겠지만 사람을 죽인다는 게 보통 일이 아니야. 쿠바에 와서 그 생각만 했어. 어떻게 하면 고통 없이 행복한 마음으로 죽게 할 수 있을까? 그런 생각 말이지. 죽이는 쪽도 많이 아프겠지만, 죽는 쪽은 좀 행복해야 되지 않을까? 죽는 것도 억울한데, 극한의 공포와 고통을 느끼면 곤란한 법이니까. 예행연습과 시행착오가 일 년 동안 이어졌네. 그리고 드디어 그 방법을 터득했어. 쿠바에서는 인터넷도 할 수 없으니, '행복한 살인 연구' 독학에는 최적의 장소였어. 특별히 자네한테만 그 방법을 전수해주지. 자네는 진정한 내 친구니까."

"고맙기 짝이 없군. 진심으로 고맙네."

아바나끌럽 한 모금을 목구멍으로 꿀꺽 넘긴 서준의 얼굴이 바텐더 쪽으로 향했다. 서준의 등 쪽 허리춤의 발터 PPK가 반짝하며 빛났다. PPK 특유의 서늘함을 감지한 서준은 슬며시 왼손을 뒤로 뻗어 셔츠를 단단히 아래로 내렸다.

"들어보라고. 내가 사랑과 아름다움을 어떻게 저세상으로 완벽히 보냈는지 말해주지. 불과 몇 시간 전까지만 해도 어리석은 남자들을 따뜻하게 품어주던 사랑과 아름다움은 순식간에 차가운 고깃덩이로 변하고 말았네. 파리 떼나 달라붙을 가련한 그런 존재가 되었어. 아름다움과 추악함이 한 몸에 존재한다는 걸 오늘에서야 깨달았네. 그토록 아름답고 사랑스러운 내 여인의 추악함과 부도덕함에 나는 몸서리를 쳤어."

마른 입술을 혀로 핥던 바텐더가 진지한 눈길로 서준을 쳐다보았다. 메이저리그 야구 심층 토론에 열을 올리던 청소부와 양파 행상도 서준을 향해 살짝 몸을 기울였다.

"자……."

백인 청소부가 기름때가 낀 금발을 손가락으로 빗어 넘겼다. 하루 종일 빗질에 매진한 그의 손톱은 숙녀의 그것처럼 말끔했다. 물라또 양파 행상 청년이 침을 꿀꺽 삼켰다. 숭숭 뚫린 러닝셔츠 구멍 사이로 단단한 근육이 드러났다. 고도의 훈련으로 단련된 실전 격투기 고수의 작고 단단한 근육이었다. 서준은 청소부의 말끔한 손톱과 양파 행상의 비범한 근육을 흘깃 쳐다보았다.

2. 애꾸눈의 카리브해 해적

"그녀 둘 다 정말이지……."

서준이 입을 열었다.

서준이 엉덩이를 걸친 회전의자 아래에 길게 누운 얼룩 고양이의 낮은 울음소리, 적도의 끈끈한 습도에 힘겹게 저항 중인 술집 천장에 매달린 낡고 커다란 팬의 웅웅거리는 소리, 긴장한 것이 분명한 물라또 청년의 쿵쿵거리는 심장박동 소리, 치익 소리를 내며 타들어 가는 백인 청소부의 담배 빠는 소리가 술집의 공기 속을 슬며시 채웠다.

"이서준 교수님!"

폭풍 전야의 고요함, 초대형 태풍의 눈 속 같은 적막감을 사정없이 부수는 목소리가 들렸다. 낮은 톤의 목소리. 젊음의 생기가 넘치는 여성의 목소리였다. 살인의 추억을 막 실토하려던, 자칭 '아바나 연쇄 살인자' 이서준이 몸을 천천히 돌렸다. 술집 바닥에 누워 있던 얼룩 고양이가 잽싸게 주방 쪽으로 몸을 피했다. 물라또 청년의 심장 박동이 평정을 되찾았다. 백인 청소부는 신경질적으로 담배를 발바닥으로 비벼 껐다.

　유행이 한참 지난 검은색 양복을 입은 스포츠형 머리의 남자, 노랗게 물들인 단발머리에 빨간색 미니스커트 차림의 여자가 술집 입구에 서 있었다. 둘 다 동양 사람이었다. 카리브의 달빛과 별빛이 술집 입구를 가로막은 남자와 여자의 등 뒤로 비쳤다. 검고 노랗고 붉은 남녀의 색채가 서로 얽히고설켰다. 눈앞에 펼쳐진 초현실적이고 몽환적인 풍경을 서준은 무심히 바라보았다.

　아바나의 검푸른 밤하늘에 위태롭게 매달린 샛노란 초승달, 수줍은 초승달의 호위무사를 자처한 작디작은 하얀 별 하나가 만든 몽롱하면서 투명한 빛줄기가 둘의 머리 위를 맴돌고 있었다.

　서준은 그들을 단숨에 알아보았다. 철 지난 검은 양복은 쿠바 주재 북한대사관 김영호 영사 대리였다. 빨강 미니스커트는 호세 마르띠문화원 레지던스 프로그램에 참여 중인 한국에서 온 소설가 이진경이었다.

　뚱보 바텐더가 아쉽다는 듯 입맛을 쩍 다셨다. 그는 두꺼운 팔뚝을 마구 흔들며 김영호와 이진경에게 반가움을 표시했다. 영락없는 투포환 선수의 몸짓이었다. 백인 청소부와 물라또 양파 행상은 아무 일 없었다는 듯 메이저리그 야구 토론을 다시 시작했다. 그들의 목소리는 전과는 달리 다소 풀이 죽어 있었다.

　"다음에 얘기해줄게. 아바나에서는 시곗바늘이 천천히 돌아가니까."

　서준이 몸을 돌려 뚱보 바텐더에게 읊조리듯 말했다. 뚱보가 서준을 향해 퉁퉁한 엄지를 척 하니 올려 세웠다. 그는 환하게 웃었다. 무방비 상태로 사람을 돌변하게 하는 어처구니없는 웃음이었다.

'좆만 한 쿠바 비밀정보부 끄나풀 새끼들.'

물경 200달러짜리 은제 지포 라이터로 뚱보의 엄지 끝에 불을 붙이고 싶은 욕망이 서준의 마음속을 가득 채웠다. 더러운 기름이 꽉 차 있을 뚱보의 엄지를 천천히 태워 만든, 뚱보의 영혼이 담긴, 지글지글 달아오르는 엄지의 기름 연기를 가슴속 깊이 들이마시고 싶은 마음이 굴뚝같았다. 백인 청소부의 말끔한 손톱을 하나하나 펜치로 뽑고 싶었다. 존재하지 않았던 존재를 고백하게 만드는 고문을 가해 청소부의 영혼에 구원을 선사하고 싶었다. 물라또 청년은 고문에서 열외해주겠다 마음먹었다. 검은 눈동자만 바라보면 그 망할 자비와 연민의 감정이 스멀스멀 기어 나오니까.

하지만 감미롭고 고요한 5월의 밤이었다. 서울도, 평양도, 뉴욕도 아닌 쿠바 아바나의 감미롭고 고요한 밤. 감미로움과 고요함의 근원을 추적해 처단하는 것이 급선무였다.

굽실거리는 이는 찾아볼 수 없는 아바나. 감격적인 섹스가 집집마다 불을 밝힌 아바나의 밤이 천천히 서준을 지나가고 있었다.

"김영호 선생! 평양은 잘 다녀왔소? 위대하신 위원장 동지는 즐거운 시간을 보내고 계신답니까? 여기서는 도통 소식을 알 수가 없어 많이 답답합니다."

회전의자에서 벌떡 몸을 일으킨 서준이 김영호 영사 대리의 손을 맞잡고 흔들며 반갑게 말했다.

"이게 다 우리 교수님 덕분입니다. 여기 이진경 작가님도 큰 도움이 되었습니다. 평양을 떠나 모스크바를 거쳐 쿠바까지 다시 오느라 좀 피곤합니다만, 그래도 교수님과 작가님을 만나기 위해 이렇게 나왔습니다. 오늘 같은 밤은 마음껏 마셔봅시다. 진즉부터 술 한잔 대접해드리고 싶었는데, 주위 눈들도 있고 해서 꾹 참았습니다. 자, 오늘은 제가 모시겠습니다. 우리 집으로 가십시다. 고향 음식도 어렵게 가져왔습니다."

"그럽시다, 우리 김영호 영사. 제가 오늘 특별히 요놈 준비해놨습니다."

서준이 아바나끌럽 시에떼 아뇨스를 경망스럽게 좌우로 흔들어대며 말을 이었다.

"그쪽 집이나 우리 집이나 같은 건물이니, 이왕이면 우리 집으로 갑시다. 지금 막 돌아오셨는데, 제가 모시는 게 나을 것 같아요. 영사님은 3층에 올라가 고향 음식만 챙겨 오시지요."

김영호가 환하게 웃었다. 서준이 김영호의 가슴팍을 손바닥으로 다정하게 툭툭 두드렸다. 그의 가슴에 붙은 김일성·김정일 부자 배지 너머로 묵직한 쇳덩이의 감촉이 전해졌다. 사람을 죽이는 쇳덩이의 촉감에 서준은 정체 모를 안도감을 느꼈다.

'마카로프? 아니야, 베이비 브라우닝이 맞을 거야.'

말랑말랑한 손바닥을 통해 감지한 쇳덩이의 정체를 본능적으로 분석하며 서준은 김영호를 향해 천진난만한 미소를 지었다. 김영호가 살짝 인상을 찌푸렸다.

"작가님은 뉴욕에서 언제 돌아왔어요? 원래 이틀 전에 오셨어야 하는 거 아니었나?"

서준이 느닷없이 이진경을 향해 눈길을 돌리며 물었다.

"우노 부까네로Uno bucanero!"

이진경이 뚱보 바텐더를 향해 외쳤다.

"일단 목부터 축일게요. 말도 마세요. 교수님! 그놈의 유나이
티드 아바나행 비행기가 연착되는 바람에 뉴어크 공항에서 일곱
시간을 뭉개고 있었다니까요. 피곤하고 목도 마르고 다리도 붓
고 아주 죽겠어요. 교수님! 저 없는 동안 밥 잘 해 드시고 계셨죠?
참, 한국에서 오신 손님 두 분은 돌아가셨어요? 두 분 다 대단한
미인이시던데……."

진경의 눈동자가 반짝거렸다. 아바나의 밤이슬을 듬뿍 머금은
까만 눈동자. 서준은 진경의 눈동자 속에서 두 여자를 발견했다.
아파트 옷장 속에서, 아파트 욕실 안에서 불멸의 잠에 빠진 사랑
과 아름다움의 그녀들. 서준은 사랑과 아름다움을 영원히 간직한
채로 자빠져 누워버린 그녀들을 얼른 보고 싶었다.

진경은 뚱보 바텐더가 건넨 알코올 5.4도의 부까네로 병맥주
를 한 모금 들이켰다. 맥주병 표면에 차가운 물방울들이 맺혀 있
었다. 검푸른 빛의 부까네로를 장식한 카리브의 전설적인 애꾸눈
해적이 무료한 눈빛으로 진경을 응시하고 있었다.

"나갑시다. 한반도의 평화를 위해, 아바나의 사랑을 위해, 영사
동무의 미래를 위해, 작가님의 작품을 위해 건배합시다. 아바나
의 역사적인 남북음주회동을 위해 집으로 가시죠."

"한반도의 평화라……. 나는 그저 지도자 동지의 영광과 북조

선 인민의 행복을 생각할 뿐입니다."

서준의 제안에 김영호가 답했다. 김영호의 작은 눈동자가 촉촉하게 젖어들었다. 카리브의 달빛을 품은 김영호의 눈동자가 반짝거렸다.

서준과 김영호, 진경이 술집 밖으로 나왔다. 서준은 고개를 들어 아바나의 밤하늘을 쳐다보았다. 이름도 알 수 없는 열대의 가로수 사이로 어른거리는 달과 별. 서준은 아바나의 달과 별을 잠깐 쳐다보며 지구 반대편의 고향을 생각했다. 북극항로를 통과해 열여덟 시간을 쉬지 않고 날아야 당도할 수 있는 대한민국 서울.

서준은 오른손으로 등 쪽 허리춤의 발터 PPK를 슬쩍 확인했다. 하루에도 수십 차례 반복하는 서준의 오랜 버릇이었다. 여전히 메이저리그 야구 토론에 한창인 술집 안의 물라또 행상과 백인 청소부를 물끄러미 쳐다보던 김영호가 왼쪽 양복 가슴팍의 쇳덩이를 슬쩍 어루만졌다. 아바나의 밤이 내뿜는 열기에 금세 뜨뜻해진 부까네로를 손바닥에 쥔 진경은 서준과 김영호를 세심한 관찰자의 눈빛으로 유심히 쳐다보았다. 관찰과 사색과 상상이 절묘하게 결합된 진짜배기 소설가의 눈빛이었다.

야행성 포식동물처럼 어둠 속에 웅크리고 있던 자동차가 굉음을 내며 불을 밝혔다. 달빛을 압도하는 갑작스러운 자동차 전조등 불빛에 세 명 모두 눈을 찌푸렸다. 술집 앞에 주차되어 있던 1957년식 진녹색 폰티악이었다. 운전석 창문이 힘겹게 내려가더니 커다란 얼굴이 불쑥 튀어나왔다. 얼굴만큼이나 커다란 웃음. 방금 사람을 죽여버린 살인자마저 미소를 짓게 만드는, 순진무구함이 가득 찬 얼굴과 웃음이었다.

"미스터 리! 집으로 갈까요?"

서준의 개인 운전기사 조엘이었다. 60년 전 생산된 자동차와는 전혀 어울리지 않는, 야생동물의 눈을 잠깐 멀게 만들기 충분한 전조등 불빛과 정면으로 맞선 서준이 고개를 가로저었다.

"걸어서 갈게. 조엘은 이만 퇴근!"

뚱보 바텐더보다 머리통이 하나 더 크고, 평범한 쿠바 10대 소년 가슴둘레만 한 굵기의 종아리를 가진 조엘이 창문 밖으로 손을 흔들었다. 조엘도 물라또였다. 전형적인 쿠바 남자의 몸매와 눈매를 가진 조엘은 하룻밤에 일곱 차례 그 짓이 가능한 괴물 종마로 명성이 드높았다. 조엘의 능력을 한눈에 알아본 서준은 전용 운전기사로 조엘을 고용했었다.

'저 손바닥에 잡히면 우산처럼 목이 접히고 말겠지. 괴물 조엘의 약점은 어디일까. 불알을 걷어차야 할까. 눈알에 젓가락을 꽂아야 할까.'

서준은 멀어져가는 조엘의 솥뚜껑 같은 손등을 바라보며 성사될 리 없는, 실현되어서는 절대적으로 곤란할 조엘과의 정면 대결을 잠시 상상했다.

뚱보 바텐더와 물라또 양파 행상 청년과 백인 청소부가 술집 밖으로 나왔다. 그들은 서준 일행을 향해 쿠바식의 미소와 아바나식의 손짓을 보냈다. 속마음이 훤히 드러나는 쿠바식 미소. 위악과 위선이 존재하지 않는 아바나식 손짓. 서준은 아바나식의 미소와 손짓을 흉내 낼 수도 없었다. 속이고 속아주고 속아버리고, 거짓말하고 책략을 꾸미고 증거를 감추고 위장하고, 거짓말을 들어주고 속임수를 부리는 것으로 평생을 일관한 이서준. 그는 예의 바른 침묵으로 그들에게 인사를 건넸다. 서준은 그들 모두가 한통속이라 판단했다.

서준과 김영호와 진경은 아바나 베다도의 뒷골목을 터벅터벅 걸었다.

쓰레기통을 뒤지다 인기척에 놀란 고양이들이 무심함이 가득 담긴 초록색 눈빛으로 그들을 쳐다보았다. 하늘을 뒤덮은 가로수의 이파리 때문에 별도 달도 보이지 않았다.

부식 중인 시멘트 냄새와 싸구려 시가 향기, 그리고 건강한 사내의 오줌 냄새에 고양이의 배설물, 음식쓰레기 냄새, 아주 오래된 자동차가 내뿜은 매연 냄새가 절묘하게 뒤섞인 아바나 특유의 냄새. 서준은 아바나의 숨결을 가슴 깊이 들이마셨다.

자정 무렵의 작은 공원에 사람들이 우글거렸다. 와이파이 접속을 위해 모인 이들이었다. 희미하게 빛나는 휴대폰 화면에 얼굴을 묻은 쿠바의 인민들은 남자 둘에 여자 하나로 구성된 동양인 무리에 아무런 관심을 기울이지 않았다.

그들은 헝가리 대사관을 지나쳐 갔다. 꾸벅꾸벅 졸고 있던 헝가리 대사관 방범초소의 경비원이 김영호를 쳐다보더니 반갑게 인사를 건넸다. 김영호가 주머니에서 룽봉 담배 한 개비를 꺼내더니 베레모를 비뚤게 쓴 경비원에게 건넸다. 한밤중에도 선글라스를 벗지 않는 경비원과 김영호가 함께 담배를 피우며 담소를 나눴다. 김영호가 크게 웃었다. 유창한 스페인어로 던진 음담패

설이 남긴 웃음이었다. 김영호의 웃음소리가 베다도의 밤하늘을 향해 소실점 모양으로 퍼져 나갔다.

그들은 불 꺼진 호세마르띠문화원을 지나쳐 갔다. 반쯤 벗어진 이마, 깡마른 얼굴에 우주 저 너머를 꿰뚫는 듯한 형형한 눈빛, 멋 들어지게 정돈된 콧수염을 가진 호세 마르띠의 얼굴이 조각된 문 화원 정문 앞에서 그들은 잠시 멈췄다. 쿠바의 지폐, 쿠바의 관공 서, 쿠바의 공원 곳곳에 불멸로 남은 호세 마르띠José Martí. 서준 이 한국학을 강의하는 호세마르띠문화원의 정문을 장식한 호세 마르띠. 그의 표정은 단호했다. 서준은 아래턱의 일부가 부식되 어 떨어져 나간 호세 마르띠를 잠깐 동안 바라보았다. 문화원 정 문 뒤의 어둠 속에서 올리브색 군복을 입은 경비원이 불쑥 얼굴 을 내밀었다. 서준은 그에게 말보로 한 개비를 손가락으로 건넸 다. 경비원과 서준이 잠깐 동안 담소를 나눴다.

베다도 뒷골목의 선술집에서 서준의 집까지는 느긋한 걸음으 로 약 10분 거리였다. 서준의 집은 베다도 중국대사관의 대각선 맞은편에 위치한 다섯 층짜리 아파트의 2층이었다. 방 넷에 욕실 둘, 널따란 발코니와 거실, 그리고 오븐과 가스레인지, 대형 냉장 고를 갖춘 널찍한 주방에 세탁실 겸 건조실이 딸린 아바나의 고 급 아파트였다. 서준과 진경이 2층에, 김영호는 3층에 살고 있었 다. 1층, 5층의 입주민은 1956년 그란마Granma호를 타고 쿠바에 상륙하자마자 죽어버린 혁명군의 후손이었다. 피델 카스트로가 선사한 선물을 품에 안은, 억수로 운 좋은 혁명군의 후손 둘은 택 시운전사 겸 서준의 운전기사인 조엘과 뚱보 바텐더였다.

3. 소비에트 양식의 엘리베이터

아바나 15번가와 B, C로의 교차점. 라 아바나의 주소 표기는 단순하면서 명확했다. 숫자와 알파벳으로 구성된 주소가 적힌 쪽지를 분실한다거나 동서남북의 방향 감각을 상실하지 않는다면 아바나의 어느 음험한 곳이라도 쉽게 갈 수 있었다.

'까예 낀세 엔뜨레 베이세[3]'.

서준은 아파트로 향하는 작은 정원 앞에 설치된, 항상 열려 있는 간이 철문을 툭 밀면서 자신의 위치를 중얼거렸다.

'나는 어디에 있는가?'

서준은 수도 없이 자문했다. 자신이 어디에 있는지는 언제나 명확했다. 하지만 어디로 가는지, 또 어디쯤 왔는지는 도통 알 수 없었다. 생각하기도 싫었다. '어디로'와 '어디쯤'은 신분을 위장한 정보기관의 비밀공작 요원에게 도통 어울리지 않는 질문이었다.

아파트 1층의 공동현관 앞에서 서준은 김영호에게 '당신이 먼

---

3   'Calle Quience entre B y C'. '15번가와 B, C로의 교차점'이라는 뜻이다.

저'라는 신사적인 몸짓을 취했다. 김영호에게 등 쪽 허리춤을 무방비로 노출하는 행위는 자살이나 다름없었기 때문이다. 김영호가 양복 안쪽의 주머니에서 열쇠를 꺼냈다. 무겁고 두꺼운 철제 문짝이 쇠와 쇠가 만나는 소리를 내며 천천히 열렸다. 끼익 하는 쇳소리에 진경의 한쪽 눈썹이 심하게 일그러졌다. 문을 연 김영호가 서준과 진경에게 먼저 들어가라는 손짓을 했다. 양보와 사려심이 철철 넘쳐나는 북조선 엘리트 김영호.

소비에트 양식의 엘리베이터는 1층에 머물러 있었다. 덜컹 소리와 함께 천천히 출발해 톱니바퀴의 연주음을 생생하게 감상할 수 있는 옛날식 엘리베이터. 프랑스 파리 혹은 베트남 호치민에 설치된 유럽풍의 구형 엘리베이터와는 비교 불가능한 승차감을 선사하는 '메이드 인 소비에트연방' 엘리베이터 안에서 그들은 말도 없이 서로를 쳐다보았다. 소비에트연방은 흔적도 없이 사라져버렸다. 하지만 소비에트연방의 유물과 잔해물은, 쿠바 아바나에서는 여전히 현재 진행형으로 남아 있었다. 음침한 모양에 음험한 음향을 선사하는 엘리베이터가 출발 때와는 전혀 다른 덜컹 소리와 함께 2층에 멈췄다. 멈출 때의 진동을 가슴속까지 느낄 수 있는 그런 '덜컹'.

"고향 음식 기대됩니다. 준비하고 있을 테니 얼른 내려와요."

"옷 갈아입고 바로 내려오겠습니다."

김영호를 뒤로하고 서준과 진경이 2층에서 내렸다. 진경이 2층 현관의 열쇠구멍에 열쇠를 꽂았다. 둥그런 손잡이와 길고 가는 몸통에 직사각형, 정사각형의 날이 배치된 그 옛날식의 구릿빛 열쇠. 진경이 문을 열었다. 오랜 기다림 끝에 찾아온 안도감이 철철 넘치는 공간이 서준과 진경의 눈앞에 활짝 펼쳐졌다.

집 안은 말끔히 정돈된 상태였다. 작은 돌멩이가 군데군데 박힌 회색빛의 대리석 바닥은 반짝반짝 윤이 났다. 거실의 중앙을 차지한 커다란 원형 식탁 위에 백합 수십 송이가 꽂힌 꽃병이 보였다. 눈부시게 하얀 수십 송이의 백합꽃에서 풍기는 향기가 거실을 가득 채우고 있었다. 숨길 수 없는 향기, 피부 깊은 곳까지 단번에 당도하는 백합의 향기.

서준의 팔뚝에 소름이 돋았다. 진경은 백합꽃을 향해 얼굴을 가져갔다. 서준은 손가락을 뻗어 진경의 뺨과 백합의 꽃잎을 연달아 어루만졌다. 백합 꽃잎과 젊은 여인의 뺨의 촉감은 놀랄 만큼 똑같았다. 서준은 진경의 뺨에 입술을 살짝 스쳤다. 진경이 배시시 웃으며 몸을 뒤로 뺐다. 그녀의 하얀 뺨이 복숭아 색깔로 달아올랐다. 진경이 미소를 거두더니 안방을 향해 검지를 뻗었다. 물음표가 매달린 진경의 검지.

"두 분 다 죽음 같은 잠에 빠져 있을 거야. 오늘 오후에 말레꼰 Malecon[4]을 걸었거든. 그 환장할 카리브 태양과 정면대결을 벌였으니, 죽을 만도 하지."

서준이 고개를 천천히 끄덕이며 말했다.

"음식 준비할 테니 진경 씨는 옷 갈아입고 나와. 우리 항상 술 마시던 발코니로. 최후의 만찬을 벌일 거야. 오늘이 바로 그날이

---

4   쿠바 아바나에 위치한 방파제.

야. 쿠바에서의 임무를 끝내버리는 날. 바로 오늘."

진경이 고개를 갸웃하더니 냉큼 방 안으로 들어갔다. 주방 쪽에 딸린 진경의 방이었다. 서준은 진경의 문 앞으로 발걸음을 옮겼다. 발자국 소리 없는 불법 침입자의 발걸음. 서준은 하얀 수성 페인트가 칠해진 문짝에 귀를 갖다 댔다. 화장실 좌변기의 물 내려가는 소리가 들렸다.

주방으로 간 서준은 아바나끌럽 아뇨스 7년산 한 병, 냉장고에서 꺼낸 차가운 부까네로 캔 맥주 몇 개를 피크닉 바구니에 담았다. 며칠을 기다려 힘들게 구입한 쿠바산 치즈와 햄 덩어리를 정성껏 썰어 영국제 접시에 올려놓았다.

다시 냉장고를 연 서준은 보라색 플라스틱 김치통을 꺼냈다. 김치통을 열자 시큼하게 익은 얼갈이김치의 냄새가 진동했다. 깨끗하게 씻은 쿠바산 상추와 얼갈이배추에 굵은 소금을 친 후, 쿠바산 마늘과 뉴욕에서 구입한 미국산 고춧가루, 멕시코 고추, 스페인산 밀가루로 풀을 만들어 버무린 쿠바식의 김치였다. 바로 오늘을 위해 서준이 직접 준비한 음식이었다. 서준은 기다란 나무젓가락으로 김치를 접시에 옮겼다. 마지막으로 서준이 준비한 것은 얼음이었다. 투명한 유리 재질의 얼음 통에 단단한 각얼음을 쏟아 부었다.

발코니의 테이블에 술과 음식을 배치한 서준은 거실로 향했다. 쿠바식 블라인드 창문을 모조리 열었다. 손잡이를 돌리면 바람과 빛이 몰려들도록 설계된 블라인드 창문은 오직 쿠바에서만 볼 수 있었다. 1930년대 마이애미에서 상륙한, 미국 본토에서는 사라진지 오래된 양키의 잔재였다.

투명 유리 재질의 블라인드 창문 사이로 카리브의 열기를 잔뜩 품은 적도의 열풍이 훅 하고 밀려들었다. 앞집에서는 광란의 하우스 파티가 한창이었다. 진동판이 찢어지도록 볼륨을 높인 스피커에서 울려 퍼지는 살사 음악이 춤을 추고 있었다. 쿠바인의 심장을 열어보면, 음악과 육체와 럼주가 들어 있을 것 같았다. 밤새도록 계속될 음악과 춤판, 그리고 럼주 파티. 잠 못 드는 아바나의 밤도 이제는 끝이라는 생각이 들었다.

서준은 자신의 방으로 향했다. 안방 문의 열쇠 구멍에 열쇠를 꽂기 전, 서준은 침입의 흔적을 세심히 살폈다. 누군가 들어오지는 않았다. 싱글베드 둘, 어른 셋이 들어가도 충분한 붙박이 옷장, 쿠바 인민들에게 무료로 배포되는 쿠바산 콘돔 일곱 박스가 덩그러니 나뒹굴고 있는 서랍장, 화장품은 하나도 놓이지 않은 호두나무 앤티크 화장대, 미국산 좌변기와 프랑스풍의 비데, 그리고 대형 욕조가 놓인 화장실로 구성된 안방 문을 천천히 열었다. 벽의 스위치를 켜 조명을 밝혔다. 안방에 딸린 화장실. 화장실의 문을 열고 샤워커튼을 조심스럽게 젖혔다. 욕조 안에 얌전히 누워 있는 한 명의 여자. 두 손목과 두 발목이 결박된 채 평화롭게 누워 영원불멸의 잠에 빠진 사랑의 여자. 서준은 다시 샤워커튼을 제자리로 해놓고 화장실 문을 조용히 닫았다. 붙박이장의 문을 열자 또 한 명의 여자가 나타났다. 욕실의 여자와 같은 방식으로 결박된 여자는 모로 누워 있었다. 붙박이장 안 여자의 얼굴은 평안해 보였다.

사랑의 여자와 아름다움의 여자를 확인한 서준은 다시 거실로 나왔다. 짧은 반바지에 헐렁한 티셔츠 차림의 진경은 발코니의 흔들의자에 몸을 묻고 흔들거리고 있었다. 진경이 서준을 향해 환한 웃음을 지어 보였다. 방심한 사람만이 흘릴 수 있는 무사태평한 웃음이었다. 그녀의 웃음에서 뚝뚝 떨어지는 모성. 서준은 진경의 모성을 어루만지고 싶었다. 하지만 표적의 영혼을 무너뜨리는 임무가 우선이었다. 북한 최고 지도자의 불알동무라는, 북한 주재 쿠바대사관 김영호 영사 대리의 영혼이 체계적으로 무너지는 날이 바로 오늘이었다. 그 임무를 위해 기꺼이 희생된 두 여자의 영혼에 경배하며 서준은 얼음을 가득 채운 크리스털 잔에 아바나클럽 7년산을 졸졸 부었다. 석양 무렵 카리브해 빛깔의 아바나클럽 럼주가 얼음 사이로 조용히 퍼져 나갔다.

4. 최후의 임무

흔들의자에 몸을 묻고 흔들거리며 말년을 보낸, 왕년에도 흔들거렸을 것이 분명한, 왕년의 혁명가에게 사들인 목재 흔들의자 세 개가 발코니에 놓여 있었다. 발코니 천장의 대형 팬이 아바나의 열기를 식혀주었다. 서준이 럼주를 홀짝이며 하루를 마감하곤 했던 아바나의 새파란 하늘과 카리브의 시퍼런 바다를 녹여 칠한 듯한 딥블루 컬러의 흔들의자. 서준이 진경 옆의 흔들의자에 걸터앉았다. 서준은 흐느적거림도 흔들거림도 없이 똑바로 앉았다.

"담배 있어요?"

진경의 질문에 서준의 턱 끝이 거실 쪽으로 향했다. 서준의 턱 짓을 본 진경이 너털웃음을 짓더니 슬며시 일어났다. 매끈하고 탄탄한 진경의 하얀 허벅지가 서준의 눈앞을 스쳐 지나갔다. 풍만함과 가녀림을 동시에 머금은 진경의 허벅지. 서준은 허벅지에 돋아난 푸르스름한 실핏줄을 쳐다보았다.

금장 듀폰 라이터의 뚜껑이 열리는 소리. 듀폰 특유의 퐁 하는 소리가 서준의 귓가를 맴돌았다. 진경은 서준의 듀폰을 특별히 애호했다. 잠 못 이루는 아바나의 밤, 안방 침대에 누운 서준은 문틈을 통해 거실에서 스며드는 듀폰 라이터 소리에 귀를 기울이며 잠을 청했다. 청량함이 듬뿍 담긴 황금빛의 듀폰 소리를 듣고 있노라면 말랑말랑하고 부드러운 젖가슴, 슬쩍 만지면 금세 단단해지는 젖꼭지, 탄력 넘치는 엉덩이, 그리고 뜨거운 데다 향기롭기까지 한 숨결이 떠올랐다. 황금빛 시절, 황금빛 사랑, 황금빛 여자, 황금빛 숨결. 서준은 금빛 찬란했던 그 시절을 회상하며 겨우겨우 잠을 청했다.

서준의 황금빛 추억을 깬 것은 소심한 노크소리였다. 김영호였다. 모스 부호 같은 노크소리에 담긴 의미를 분석하려 서준은 애썼다. 부질없는 시도. 모스 부호는 분석이 가능하지만, 인간의 속을 들여다보기란 불가능에 가까웠다. 어쩌다 우연찮게 인간의 속이 드러나는 순간, 아름다움과 사랑은 추악함과 수치로 돌변하기마련이었다. 비밀요원의 임무는 인간의 심연을 파헤치는 것이었다. 성공한 비밀요원이 되려면 최상급의 사이코패스가 되어야 했다. 말라버린 바다처럼, 보란 듯이 드러난 수치심과 추악함에 정면으로 맞서는 것. 그것이 서준의 운명이었다. 아름다움과 사랑에 동반되는 추악함과 수치를 철저히 파헤치는 것. 많은 요원들이 추악과 수치에 상처받고 무너져버렸다. 상처받고 무너져버린 비밀요원은 아무 짝에도 쓸모없었다. 서준은 살아남았다. 살아남아 아바나까지 왔다. 서준은 표적과 임무에 집중하기로 다시 한번 마음먹었다.

어린아이처럼, 듀폰 뚜껑을 열었다 닫았다 하던 진경이 현관문을 열었다. 철 지난 양복보다 더 철 지난 트레이닝복에 무늬 없는 카키색 운동화를 신은 입은 김영호가 쭈뼛거리며 아파트 안으로 진입했다. 그의 품 안에는 하얗고 커다란 비닐 봉투가 있었다. 지구 반대편에서 북극 항로를 건너온 한국 음식의 향기가 발코니까지 밀려왔다. 임무를 망각하게 만드는, 수치심과 추악함으로 가득한 인간의 심연을 자극하는 치명적인 냄새였다. 300피트 상공에서 바다 속으로 추락할 때처럼, 서준은 잠시 호흡을 멈췄다. 숨을 멈춰야 생명을 유지할 수 있을 때도 가끔 있는 법이다.

흔들의자에 앉은 채, 서준은 김영호를 향해 정다운 손짓을 보냈다. 서준은 진경의 미소를 떠올렸다. 방심 가득한 진경의 미소를 흉내 내려 시도했다. 미소와는 별개로 서준의 마음속을 가득 채운 것은 언제든지 내뺄 수 있는 완벽한 경계태세와 포식자의 후각이었다. 최상급 비밀요원의 필수 소양인, 언제든 내뺄 수 있는 경계태세와 포식자의 후각.

방심한 미소와 빈틈없는 경계태세와 포식자의 후각으로 단단히 무장한 서준은 자리에서 일어났다. 그는 김영호를 끌어안았다. 약 1년 후, 평양 순안공항 활주로에 깔린 붉은 카펫 위에서 북한 최고 지도자와 대한민국 대통령이 나눌 역사적인 포옹과 흡사한 자세였다. 서준은 남북 최고 지도자의 감격적인 포옹 장면을 아바나에서 미리 연습해보자 마음먹었다. 서준은 양손으로 김영호의 어깨를 와락 끌어안았다. 김영호는 서준의 등판 아래쪽으로 손을 가져갔다. 김영호의 손바닥이 서준의 등허리에 꽂힌 발터 PPK를 슬쩍 건드렸다. 김영호는 아무 동요도 없었다. 당황하지도 않았다. 서준의 심장박동도 정상 그 자체였다. 등허리의 발터 PPK를 노출시키는 포옹 또한 준비되고 계산된 작전의 일부였다. 표적을 시험하는 것. 시험에 든 표적의 반응을 살피는 것. 그리고 예상외의 반응이 나올 경우 B와 C로 순식간에 작전을 변경하는 것.

서준은 시험에 든 김영호의 반응을 체크했다. 아바나의 시간은 원래 더디게 흘렀다. 현재 상황은 살바도르 달리의 초현실풍 작품 같았다. 늘어지고 흐느적거리고 휘어지는 아바나의 밤. 서준은 흐느적대는 아바나의 밤에 정면으로 맞서고 있는 중이었다.

역사적인 아바나 남북 음주회동이 절정으로 치달았다. 음주회동은 서준의 마지막 임무이기도 했다. 공식적 마지막 임무. 개인적 마지막 임무는 안방 붙박이장과 욕조에 여전히 남아 있었다.

북한 외교관의 외교행낭에 담겨 지구 반대편까지 날아온 북한의 음식들. 함경도산 잣죽, 명주조개젓, 전복과 해삼무침, 평양김치가 애피타이저로 발코니 테이블에 펼쳐졌다. 만두와 순대가 디저트였다. 서준이 준비한 아바나식 얼갈이김치와 햄, 소시지, 그리고 진경이 정성껏 다듬은 야자열매 크기의 초대형 쿠바산 아보카도가 안주로 등장했다.

서준과 김영호와 진경은 아바나클럽 7년산, 백두산 들쭉술, 부까네로 맥주를 조금씩 홀짝였다. 서준은 어린아이 팔목 굵기의 초대형 몬떼끄리스토 시가를 테이블 위에 올려놓았고, 진경은 김영호가 선물한 룡봉 담배를 신기한 눈빛으로 바라보았다.

"역사적이고 감동적인 북남 소통창구 개설에 교수님 공로가 참

으로 컸습니다! 우리 공화국에서 교수님을 개별적으로 초청하고
싶어 합니다. 교수님이 보고 싶다는 이들도 적지 않습니다."

김영호가 서준에게 건배를 청했다. 서준은 그의 꼭 다문 얇은
입술과 다부진 눈빛을 물끄러미 바라보았다. 이상주의자의 얼굴
이 서준 앞에 고스란히 드러났다. 박애와 평등을 꿈꾸는 완벽한
이상주의자의 얼굴. 그 얼굴은 나락으로 떨어지는 절망의 얼굴을
동반하기 마련이었다. 인류의 역사가 증명한 불변의 진리였다.

"저 같은 게 뭐라고 초청을 하십니까. 제가 감히 어떻게 북조선
에 들어갑니까. 말도 안 되는 제안입니다." 서준은 이죽거렸다.

"우리 공화국에서 빈곤은 일상입니다. 겉과 달리 우리 공화국
내부에 적개심 따위는 전혀 없습니다. 그저 일상이 된 빈곤, 가난
이 있을 뿐입니다. 여기 쿠바와 비슷하지요. 육체적인 것에 집착
하는 문화도 마찬가지고요."

김영호가 진경의 허벅지를 빤히 응시하며 말했다. 완벽한 이상
주의자의 얼굴은 어디론가 사라져버렸다. 서준은 목마른 사막의
여행자 같은 김영호의 낯선 얼굴을 쳐다보았다. 서준의 미간이
살짝 찌푸려졌다.

"교수님, 안방 화장실 좀 쓸 수 있어요? 제 방 화장실 변기가 막
힌 것 같더라고요. 며칠 전에는 멀쩡했는데……."

진경이 쑥스럽다는 듯 웃었다.

작전을 서둘러야 할 시간이었다. 계획에 없던 돌발 상황. 서준
의 오른손이 등허리 쪽으로 향했다. 서준은 발터 PPK의 손잡이
를 손바닥으로 슬쩍 감쌌다. 서늘한 발터 PPK의 감촉은 언제나

상쾌함을 선사했다. 김영호는 서준을 뚫어져라 쳐다보고 있었다.

서준은 느릿느릿, 천천히 움직였다. 늘어지고 흐느적거리는 아바나의 시간에 맞춰 몸을 움직였다. 서준은 발터 PPK를 테이블 위에 얌전히 올려놓았다. 티타늄 빛으로 반짝거리는, 고유번호도 없는 제2차 세계대전풍 발터의 총신이 반짝하며 빛났다.

"결단의 순간입니다. 김영호 동무."

서준이 분명한 어조로 말했다. 방금 전의 이죽거림은 어디론가 사라지고 없었다.

요란한 쿠바식의 벨소리가 울려 퍼졌다. 중저음의 화재경보기 같은 동유럽 공산주의식 벨소리. 아파트 출입문이 활짝 열리더니 카키색, 올리브색 제복을 입은 네다섯 명의 쿠바 경찰이 허둥지둥 아파트 안으로 쿵쾅거리며 들어왔다.

북한에서 온 형형색색의 음식들, 반지르르한 윤기가 흐르는 쿠바산 아보카도, 몬떼끄리스토에서 실처럼 풍겨 나오는 푸르스름한 시가 연기, 아바나클럽 아뇨스 7년산 사이에 수줍게 놓인 발터 PPK는 수줍어 보였다. 붉고 푸르고 노란 비현실적인 색깔로 펼쳐진 무한의 꽃밭을 차지한 칙칙한 탱크 같은 발터 PPK. 진경이 호기심 가득한 손짓으로 발터 PPK를 들었다.

"이거 장난감이에요? 아바나 비에하 골동품 가게에서 팔던가?"

김영호가 킥킥대며 웃었다. 진경이 호기심 가득한 손길로 권총을 이리저리 돌려가며 구석구석을 살폈다. 안전장치도 제거된, 슬쩍 건드리면 누군가의 하찮은 삶을 끝내버릴 수 있는 발터 PPK를 관찰하는 진경에게 긴장한 것은 김영호도, 서준도 아니었다.

쿠바의 경찰들이었다.

대장 격으로 보이는 올리브색 제복의 경찰이 소리쳤다. 다른 경찰들은 허리춤에서 권총을 뽑아 들었다. 깜짝 놀란 진경은 권총을 꼭 쥔 채 머리 위로 두 손을 올렸다. 백기 대신 발터를 머리 위로 올린 진경을 쳐다보던 김영호는 파안대소했다.

제복을 입은 쿠바 경찰들 뒤로 사복 차림의 남자 셋이 모습을 드러냈다. 그중 하나는 뚱보 바텐더였다. 다른 하나는 이 빠진 백인 청소부였다. 나머지 하나는 조엘이었다.

백인 청소부가 느긋한 걸음으로 김영호를 향해 다가왔다.

"미스터 김! 당신은 대한민국 국적의 여성 두 명을 살해한 혐의를 받고 있습니다. 당신은 외교관 면책 특권을 내세울 수 있습니다. 본인의 동의가 없다면 우리는 당신을 체포, 구금할 수는 없습니다. 조사에 협조를 요청하는 바입니다."

청소부가 제복들을 향해 안방으로 향하라고 손짓으로 말했다. 잠겨 있는 안방을 확인한 올리브색 제복 하나가 축구공을 차듯 군홧발로 잠긴 방문을 내려찍었다. 우지끈 소리와 함께 안방 문이 쪼개져버렸다. 김영호가 한쪽 다리를 꼬았다. 그는 여전히 느긋한 미소를 짓고 있었다.

충직한 운전기사 조엘이 육중한 몸집을 이끌고 천천히 서준에게 다가왔다. 조엘이 주머니에서 뭔가를 꺼냈다. 낡디낡은 은빛 수갑을 꺼낸 조엘은 김영호를 흘깃 쳐다보았다. 김영호가 고개를 작게 끄덕였다. 조엘이 서준의 손목을 쥐었다. 서준이 놀란 눈으로 조엘을 올려다보았다. 찰칵. 서준의 오른쪽 손목에 녹이 슨 수

갑이 채워졌다.

진경이 벌떡 일어났다. 진경이 빠른 걸음으로 아파트 현관으로 향했다. 진경은 여전히 발터 PPK를 손에 쥐고 있었다. 환하게 웃으며 아파트 현관 입구에 모습을 드러낸 40대 중반의 펑퍼짐한 여성. 심윤미였다. 진경과 다정한 포옹을 나누는 심윤미의 모습을 물끄러미 쳐다보던 서준이 벌떡 몸을 일으켰다. 작은 수박만한 조엘의 주먹이 서준의 어깨를 슬쩍 눌렀다. 서준은 흔들의자에 파묻혀버렸다. 조엘은 수갑의 다른 한쪽을 자신의 두꺼운 손목에 척 하니 채웠다. 죽어도 같이 죽고 살아도 같이 살겠다는, 동료애와 형제애가 철철 넘치는 완벽한 연결이었다.

흔들흔들. 딥블루 톤의 흔들의자에 깊숙하게 앉은 서준이 흔들거렸다. 안방에서 다급한 목소리가 들렸다. 백인 청소부가 종종 걸음으로 안방으로 향했다. 다급함이 담긴 욕지거리가 안방에서 울려 퍼졌다. 진경과 다정한 포옹을 나누던 동양계 여성 뒤로 낯익은 얼굴이 모습을 드러냈다. 북한 주재 쿠바대사관 대사 마철수. 몸을 일으킨 김영호가 자신의 직속상관을 향해 정중한 걸음으로 다가갔다. 김영호가 마철수에게 고개를 푹 숙여 인사했다. 마철수의 두 손바닥이 김영호의 두 주먹을 정답게 움켜쥐었다.

서준은 여전히 흔들거렸다. 흔들림의 세기가 점점 빨라지고 있었다. 손과 발이 결박된, 아름다움과 사랑의 시신 두 구가 들것에 실려 안방을 빠져나오고 있었다. 김영호와 백인 청소부가 어깨동무를 했다. 마철수 대사와 심윤미가 정다운 악수를 나눴다. 김영호가 흔들거리는 서준의 어깨를 다정하게 토닥거렸다.

"남조선 국가정보원 이서준 요원! 당신이 결단해야 할 순간입니다."

김영호가 흔들거리는 서준의 턱에 주먹 한 방을 먹였다. 군더더기 없는 프로 복싱선수의 명쾌한 훅. 김영호의 주먹 한 방에 서준은 잠시 기절했다. 테이블을 향해 급속히 추락하는 서준의 머리통을 조엘이 받쳤다. 거대한 몸집과는 전혀 다른 조엘의 재빠른 대응에 깜짝 놀란 서준이 정신을 차렸다.

아바나의 밤하늘이 갑자기 환해졌다. 강력한 벼락이 밤하늘을 수놓더니 하늘이 무너질 것 같은 천둥소리가 울려 퍼졌다. 뜨뜻미지근한 빗방울이 아바나의 들뜬 밤을 가라앉히고 있었다. 하우스 파티를 즐기는 광란의 음악은 여전했다. 아바나의 시끌벅적함은 중단될 기미가 없었다.

그늘 아래에도 그늘이 없는, 음지가 존재하지 않는, 영원한 양지의 아바나.

평생 음지에서 머문, 양지로 나오기를 필사적으로 거부한 서준의 기억이 넉 달 전으로 향했다. 기절과 혼절 사이의 무풍지대에서 서준이 떠올린 것은 하얀 천에 덮여 들것에 실려 나간 사랑과 아름다움의 여자들이었다. 배신하고 배신당한 여자들. 수치심 대신 뻔뻔스러움을 선택한 여자들. 연민을 갈구했던 여자들.

사랑과 아름다움의 절멸을 생각하며 서준은 달콤한 잠에 빠져들었다. 아바나에서 맞이하는 처음이자 마지막의 달콤한 잠이었다. 꿈도 희망도 절망도 존재하지 않는, 치명적인 유독성의 달콤한 잠이 서준을 포근하게 끌어안았다.

아파나힘 유나이티드 1308

5. 아바나의 꿈

캐리어는 나올 생각을 하지 않았다. 쿠바 잠입을 위해 특별히
준비한 리모와 티타늄 캐리어.

관광객들이 썰물처럼 빠져나간 호세마르띠 국제공항의 입국
장. 나는 느릿느릿 돌아가는 수화물 컨베이어 벨트 앞에 홀로 남
겨지고 말았다.

나는 주인을 기다리다 지쳐버린 개처럼 주위를 두리번거렸다.
바로 그때, 몸에 딱 맞는 올리브색 제복 차림의 세관원과 눈이 마
주쳤다. 커다랗고 새까만 눈동자, 눈동자보다 더 새까만 찰랑찰
랑 곱슬거리는 머리카락, 손을 얹으면 주르르 미끄러질 것 같은
초콜릿색 피부의 쿠바 라 아바나 호세마르띠 국제공항의 여성 세
관원이었다.

그녀는 표범 무늬의 매끈한 검은색 스타킹에 엉덩이의 윤곽이
고스란히 드러나는 올리브색 미니스커트를 입고 있었다. 그녀는
금방이라도 터져버릴 것 같은 가슴을 무료하게 과시하다가 나를
빤히 쳐다보았다. 새끼를 잃고 매복 중인 흑표범의 무심한 눈빛.

속절없이 리모와 캐리어를 기다리던 나는 세관원 앞에서 똥 마려운 강아지처럼 굴었다. 아랫배에 오른 손바닥을 얹고 눈꼬리를 최대한 내렸다. 누가 봐도 화장실이 어디냐는 암묵적인 자세와 표정이었다.

내가 아는 유일한 스페인어는 '그라시아스gracias'와 '올라hola' 두 단어였다. 나는 그녀에게 '올라' 하며 아는 척을 했다. 외로운 남자의 본심이 담긴 '올라'. 상냥하고 친절한 세관원은 거무튀튀한 집게손가락으로 화장실을 가리켰다. 붉은빛이 감도는 흑장미 한 송이가 그녀의 검지 손톱에 환하게 피어 있었다. 나는 흑장미를 향해 '그라시아스'라고 중얼거리듯 말해주었다.

아바나 흑장미의 인도를 받은 나는 비밀요원의 행동을 취했다. 그것은 나의 생존본능이었다. 영문을 모르겠다는 표정과 양 손바닥을 하늘로 올리고 어깨를 으쓱하는 비밀요원 특유의 몸짓. 정통 비밀요원만이 발휘할 수 있는 속임수와 위장술의 효과는 강력했다. 그녀는 뭐에 홀린 듯 화장실 에스코트를 자처했다.

'오! 친절과 배려와 자기희생으로 똘똘 뭉친 사회주의 쿠바, 자유 쿠바의 여성 세관원이여!'

나는 그녀에게 보답하고 싶었다. 썩어빠진 자본주의식 답례가 절실했다.

쿠바의 화장실은 상상 이상이었다. 사실, 언제나 현실은 언제나 상상을 능가하는 경향이 있다. 그 사실을 완벽히 지각하고 있었던 나는 상상 이상의 화장실 앞에서 당황하지 않았다. 두려워하지도 않았다.

호세마르띠 국제공항의 구석에 위치한 화장실의 좌변기에는 뚜껑이 없었다. 개똥 같은 똥 덩어리가 둥둥 떠다니는 쿠바풍의 뚜껑 없는 좌변기를 앞에 놓고 나는 보란 듯이 그녀의 올리브색 미니스커트를 위로 들추었다. 쿠바 중부 고산지역에서 갓 수확한 탐스러운 아보카도 같은 세관원의 초콜릿색 엉덩이가 고스란히 드러났다. 상상 이상의 화장실은 천국으로 향하는 입구이기도 했다. 나는 참으로 운이 좋았다. 쿠바에 내리자마자 천국의 입구로 직행했으니까.

나는 후배위로 그 짓을 했다. 최선을 다해 그 짓을 했다. 그 짓을 하며 올라, 그라시아스를 반복했다. 전진은 올라, 후진은 그라시아스. 이마에 땀방울이 맺혔다. 번들거리는 흑장미의 엉덩이도 땀에 젖어 축축했다.

젠장. 장거리 비행의 여독 때문이었을까. 그 짓은 얼마 못 가 끝났다. 내 물건의 풀이 죽을 무렵, 꺼질 듯 깜빡거리는 화장실 천장의 희미한 전구 뒤로 시가를 입에 문 체 게바라의 얼굴이 나타났다. 체 게바라의 인자한 얼굴에 시큼한 오줌 냄새와 비릿한 정액 냄새, 거기에 쿠바 여성 특유의 들큼한 살 냄새가 섞여 들었다. 세계 어느 나라 여성과 견줘도 전혀 모자람이 없는, 쿠바의 오리지널리티가 선명한 쿠바 여성의 살 냄새.

'천사가 입김을 내뿜는다면, 아마 이런 향기일 거야.'

나는 천사의 숨결과도 같은 쿠바의 향기를 가슴 깊이 들이마셨다. 쿠바의 사탕수수 향을 머금은 내 심장이 쿵쾅거렸다. 심장 박동 수가 급격히 증가했다. 다행히 비상용으로 준비한 심계항진제가 주머니에 있었다. 인데놀정 40밀리그램 한 알을 물도 없이 꿀꺽 삼켰다. 쿵쾅거리던 내 심장이 고요를 되찾았다. 나는 허겁지겁 내렸던 바지의 지퍼를 느긋하게 올렸다.

탄력 넘치고 매끄러우며 야들야들하기까지 한 매력투성이의 엉덩이를 쿠바 입국 기념으로 선물한 여성 세관원은 고개를 돌려 나를 쳐다보았다. 그녀는 환하게 웃으며 엄지를 위로 척 올렸다. 모성이 뚝뚝 떨어지는 그녀의 눈동자를 보며 나는 거의 까무러칠 뻔했다.

"웰컴 투 아바나! 유어 코크 쏘 큐트 앤 러블리!"

기쁨과 모성이 가득한 목소리로 그녀가 작게 외쳤다. 놀랍게도 영어였다. 아바나에서는 거의 듣기 힘든 정통 잉글랜드풍의 영어.

'역시, 정통 사회주의 국가의 세관원은 자비와 연민이 넘친다니까.'

리모와 티타늄 캐리어를 분실했지만, 나는 행복했다. 리모와 따위는 개를 줘도 상관없었다.

나는 그 짓의 대가로 뒷주머니의 벽돌색 몽블랑 장지갑에서 500유로짜리 지폐를 꺼냈다. 면세가로 물경 800달러짜리 몽블랑 지갑을 터지도록 채운 500유로 지폐와 캐나다 달러 다발을 하루속히 덜어낼 의무가 내게는 있었다. 대한민국 정부가 지급한 비밀공작금이 아니었던가.

하지만 세관원을 향한 나의 선의는 불의의 일격이 되어 돌아왔다. 빳빳한 500유로 지폐로 나는 뺨을 얻어맞았다. 호세마르띠 국제공항 세관원의 동료애와 형제애와 박애정신을 결코 이해하지 못했던 대가였다.

창백한 내 뺨에서 붉은 피가 실처럼 흘렀다. 그녀는 화장실에서의 후배위만큼이나 실전 무술에도 능통한 것이 분명했다. 동전, 지폐, 젓가락, 이쑤시개 등 주위에 흔해빠진 물건을 살상 무기로 이용하는 놀라운 능력의 소유자.

'평범한 세관원의 탈을 쓴 쿠바 비밀정보부의 일급요원이 아닐까?'

나는 잠깐 의심했다. 일상적인 의심이야말로 비밀요원이 갖춰야 할 기본 소양이었기 때문이다. 하지만 나는 쿠바 세관원이 선사한 보편적인 인류애 앞에서 무너지고 말았다. 그녀의 인류애와 박애정신을 의심한 스스로에게 열패감이 들었다. 나는 반성했다. 진심을 다해 그녀에게 사과하고 싶었다.

나는 끈적끈적한 오물투성이의 화장실 바닥에 무릎을 꿇었다. 그녀는 여전히 땀에 젖은 엉덩이를 내 쪽으로 향한 채 느긋하게 서 있었다. 나는 그녀의 따뜻하고 축축한 엉덩이에 입을 맞췄다. 엉덩이 사이로 수줍게 드러난, 체 게바라의 인자한 웃음과도 같은, 그녀의 은밀하게 사랑스러운 그곳을 향해 공손하게 두 손을 모았다. 나는 불교식으로 합장했다. 레너드 코언식의 인사법이 나도 모르게 튀어나왔다. 나마스떼, 옴마니반메훔, 할렐루야, 나무아미타불을 연달아 중얼거렸다.

역시나. 그녀는 고상한 미소로 나의 합장에 화답했다. 내 속을 가득 채운, 근원적인 죄악과 번뇌가 상쾌하게 사라져버렸다.

문짝의 잠금 장치도, 변기 뚜껑도 없는 화장실에서의 야릇한 소음 때문이었을까. 헝가리제 기관단총으로 무장한 공항경비대 셋이 화장실로 즉각 출동했다. 화장실 문짝을 군홧발로 뻥 차고 들어온 그들은 무방비 상태의 내 손목에 무자비한 방식으로 수갑을 채웠다. 여성 세관원은 경비대원들에게 깜찍한 윙크로 화답했다. 커다란 시가를 입에 문 아바나 공항경비대원들의 혁명 정신은 사그라지지 않았다. 그중 한 놈은 붉은 별이 박힌 검은색 베레모를 쓰고 있었다. 나머지 두 놈은 권태로움에 찌든 표정이었다. 방아쇠를 당기는 것만이 그들의 권태를 삭제시킬 수 있을 것 같았다.

'인정사정 봐주지 않는 이 개 같은 쿠바 빨갱이 놈들.'

대한민국 최정예 비밀요원도, 중무장한 사회주의 이데올로기 앞에서는 무력했다. 나는 개처럼 질질 끌려가며 화장실의 세관원에게 도와달라 소리쳤다. 헬프 미 플리즈! 그녀는 손바닥을 위로 향한 채 어깨를 으쓱했다. 내 예감은 틀리지 않았다. 그녀는 비밀요원이 틀림없었다. 쿠바 비밀정보국의 특급 비밀요원. 나는 시작부터 미인계에 당한 것이다.

아바나에서의 첫날 밤, 나는 호세마르띠 공항 구석의 유치장 신세를 졌다. 다섯 명이 누워도 충분한 침대가 떡하니 놓인 유치장의 벽은 핑크색 페인트로 칠해져 있었다. 수줍은 핑크가 아니었다. 오만 방자하기 짝이 없는, 우주의 기원 같은 강렬한 핑크였다. 유치장의 철창은 한 술 더 떴다. 세상과 나를 가로막은 철창의 재질은 황금이었다.

'맙소사. 핑크색 유치장에 황금 철창이라니.'

나는 쿠바의 색깔과 영혼에 감탄했다. 감탄은 이내 탄식으로 이어졌다.

'당신이 이겼어. 쿠바의 완승이야. 소비에트가 망해도 쿠바는 살아남았잖아? 베트콩보다 더 악랄한 라틴 아메리카 공산당 놈들 같으니라고.'

나는 밤새 쿠바의 빛깔과 영혼에 끝도 없는 질투를 보냈다. 해결 방법이 없는 질투는 숙면의 적이었다. 나는 기꺼이 뜬눈으로 밤을 보냈다.

호세마르띠 공항의 출입국 관료들도 뜬눈으로 밤을 지새웠다. 심각한 표정의 그들은 내 여권을 들여다보며 밤새도록 추방 여부를 긴밀히 논의했다. 하지만 그들에게는 나를 추방할 권리 따위는 없었다.

쿠바로 들어오기 전 몇 달 동안 내가 한 짓이 있다. 나는 특별 훈련, 즉 전통적인 비밀요원의 특수위장술—피델 카스트로의 손짓과 제스처, 그리고 표정—을 완벽하게 터득했다. 그들은 동양인으로 위장한 피델 카스트로를 추방할 수 없었다.

피델 카스트로와 체 게바라 사이에서 잠시 고민은 했다. 누구를 선택할 것인가. 내 선택은 적중했다. 체 게바라를 모델로 삼지 않은 것은 천운이었다. 체 게바라의 몸짓과 위장술을 사용했다면, 세관원의 은총을 받지 못했을 테니까. 뻔한 미인계에 걸려들지 않았을 테니까.

체 게바라는 이제는 그저 관광객을 위한 미끼에 지나지 않았다. 1957년의 쿠바혁명 직후, 우리나라로 치면 정보부장으로 맹활약을 펼치다가 의문의 비행기 사고로 영원히 종적을 감춘 당시 권력 서열 2위, 까밀로 시엔푸에고스도 마찬가지였다. 체 게바라와 까밀로 시엔푸에고스는 쿠바 패션과 화폐의 아이콘이 되어버렸다. 외국인은 사용할 수 없는 쿠바 지폐와 동전에 불멸로 새겨진 딱한 존재들. 혁명의 달콤함을 향유하지 못하고 혁명적으로 소멸한 청순가련형, 낭만형의 혁명가들.

유치장의 침대에 걸터앉은 나는 체와 까밀로의 명복을 빌었다. 침대 매트리스는 푹 꺼져 있었다. 동시에 딱딱하기 짝이 없었다. 쿠바의 색채와 향기는 감미로웠지만, 침대는 영 아니었다. 쿠바에서는 후배위가 정답이었다. 언제 어디서든 간편하게 욕망을 해소할 수 있는 영광스러운 쿠바 후배위!

내 예측대로, 쿠바에서 피델은 만능 통행증이었다. 인간의 심연까지, 권력의 심장부까지 도달할 수 있는 최고 권위의 통행증.

'피델 만세! 라울 만세! 카스트로 형제 만만세!'

나는 피델을 찬양했다. 진심을 담아 카스트로 형제를 찬양하고 경배했다. 피델을 경배하지 않으면, 쿠바에서의 삶은 엉망이 될 것이 분명하기 때문이었다.

평화롭고 한가로운 호세마르띠 국제공항 유치장에서의 밤이 지나갔다.

처음 맞는 아바나의 푸르른 새벽.

베레모를 쓴 졸린 눈의 공항경비대원이 수갑을 풀어주었다. 리모와 티타늄 캐리어가 공손한 자세로 유치장 밖에 놓여 있었다. 나는 베레모를 향해 500유로 지폐 한 장을 던졌다. 경비대원은 허공을 맴도는 500유로를 두 손을 모아 공손히 받았다. 그는 붉은 별이 선명한 검은 베레모를 기념품으로 내게 바쳤다. 공항경비대원은 대머리였다. 나는 고약한 냄새가 나는 베레모를 삐딱하게 머리에 걸쳤다. 거울에 비친 내 몰골은 쿠바 혁명군 그 자체였다. 부비트랩 가득한 쿠바의 깊숙한 정글에서, 포탄이 난무하는 쿠바 남서부 해안가의 늪지에서 끝까지 살아남은 전설의 혁명군.

'음, 완벽하군.'

나는 거울을 보며 감탄했다.

거만한 표정의 출입국 관료가 내게 서류 한 장을 쓱 내밀었다. 쿠바 입국에 필요한 서류였다. 쿠바 관료는 입이 찢어지도록 하품을 했다. 나의 쿠바 체류 기간은 1년이었다. '호세마르띠문화원 한국학 교수'라는 직함이 선사한 쿠바 사회주의 공화국 정부의 대단한 은총이었다. 아무리 돈이 많은 관광객도 한 달짜리 관광비자를 발급받아야 하는 현실을 감안한다면 말이다.

감탄도 잠시였다. 입국서류에 선명히 기재된 향후 1년의 세월을 들여다보며 나는 자괴감에 빠지고 말았다. 입국서류를 보다가 돌연 대한민국 국가정보원 대북공작관의 얼굴이 떠올랐기 때문이다. 뉴욕 맨해튼 센트럴파크 옆에 위치한 국정원 안가의 가죽 소파에 몸을 묻은 공작관. 금발에 푸른 눈동자의 여비서가 가져온 따뜻한 쿠바 커피를 마시며 덴마크제 가죽 의자에 몸을 묻고 서류 더미를 들여다보는 공작관. 나를 쿠바로 보낸 공작관. 나의 유일한 직속상관인 공작관.

축 늘어진 턱살에 검은색 뿔테 안경을 걸치고 땀을 뻘뻘 흘리며 서류 더미를 뒤지고 있을 늙은 제비족 같은 공작관을 생각하자니 환장하고 미칠 노릇이었다. 지금 바로 뉴욕행 유나이티드에 탑승하고 싶은 마음이 굴뚝같았다. 아름다운 뉴욕 여인의 품에서 잠들고 싶었다.

하지만 비밀공작이 남아 있었다. 비밀요원으로서의 경력에 종지부를 찍어 마땅할 탑 시크릿 공작.

공작명 '아바나 리브레'.

*

'어디 쿠바 아바나에서 1년을 혼자 살아보라지.'

쿠바 샌드위치와 싸구려 럼주와 길거리 피자로 연명하며 1년을 지내다 보면, 내가 누구인지, 나 자신의 심연을 들여다보기는 개뿔. 아무 생각도 없는 후천성 무뇌증에 걸리기 십상이었다.

그렇다. 나는 '무뇌無腦'를 위해 아바나에 온 것이었다. 혹독한 고행을 통해서만 얻을 수 있는, 깨달은 자만이 맛볼 수 있는 후천적-노력형 무뇌증. 자발적으로, 일시적으로 뇌 기능을 없애버리는 것은 보통 이들은 꿈도 꾸지 못할 행위였다. 천부적인 감각과 고도의 훈련으로 무장한 극소수 비밀요원의 특별한 기술이었다.

그 자체가 국가 일급기밀에 해당하는 기술이었다.

나는 쿠바 입국 서류의 체류 목적에 '무뇌'라고 정성껏 적었다. 나만이 알아볼 수 있는, 남태평양 나우루 소수 민족의 언어를 사용했다.

진정한 '무뇌'의 상태에 이르면, 보통 사람들은 그 사람을 성인, 성자, 현인, 혹은 종교 지도자로 오판하곤 한다. 그런 경우가 대부분이다.

추가 설명이 필요할 듯하다.

무뇌 훈련을 열심히 하다 보면 어떤 일이 눈앞에 펼쳐지는지 아는가? 무뇌 학습과 훈련의 부작용이 뭔지 아는가?

무뇌의 경지에 이르면, 사물의 속마음이 선명하게 보인다. 돌멩이, 바람, 나뭇잎 등의 사물에도 속마음이라는 게 있다. 결코 드러나지 않는 인간의 속도 환하게 드러난다.

산들바람에 굴러가는 모래알, 정숙한 숙녀의 질투심에 몸을 떠는 공기 입자, 헐벗은 사람들의 따뜻한 입김, 똑똑한 이들의 정신 나간 말들, 정신 나간 이들의 고매한 생각, 거리를 떠도는 개들의 음모, 손님을 받지 못한 창녀의 연민, 고리대금업자의 양심, 살인자의 박애, 경범 위반자의 책략이 또렷하게, 저급 만화의 말풍선처럼 눈앞에, 현실에 등장하고 만다.

나는 손쉽게 무뇌 상태에 도달했다.

무뇌 상태의 비밀요원이 되어 여전히 권태로움 가득한 공항 경비대원들과, 여전히 하품을 즐기는 출입국 관료와, 뚱뚱한 캐나다 백인 관광객의 팔짱을 끼고 화장실로 향하는 흑장미 세관원의 머릿속을 샅샅이 훑으며 공항을 빠져나왔다. 그들 모두가 음흉했다. 그들 모두 딴생각에 골몰하는 중이었다.

아바나 호세마르띠 국제공항 건물 밖은 동도 트기 전부터 온갖 사람들로 웅성거렸다. 쿠바의 아침 향기를 음미하며 담배를 피우고 있는, 장거리 비행에 지친 관광객들이었다.

영원불멸의 저주를 받아 마땅한 스페인 개자식들, 어리둥절한 눈빛으로 존재감을 드러내는 멍청한 양키 놈들. 높고 두꺼운 벽 너머에 웅크리고 앉아 있는 망할 놈의 자칭 '그레이트브리튼' 족속들, 지폐 뭉치를 흔드는 것으로 우월감을 과시하며 거들먹거리는 푸에르토리코 놈들, 양키의 신발을 핥다가 이제는 자기의 신발을 핥아주길 요구하는 파나마 놈의 종자들, 체 게바라의 후손임을 알아주길 기대하며 고고한 표정을 짓는 천하의 가난뱅이 아르헨티나 놈들이 사방에 우글거렸다.

나는 초연한 걸음으로 스페인, 영국, 푸에르토리코, 파나마, 아르헨티나 관광객들을 헤치고 나갔다. 나는 담배를 피우며 주차장까지 걸었다. 리모와 캐리어 특유의 발랄한 바퀴 소리가 내 뒤를 졸졸 따라왔다.

주차장 입구에 삐딱하게 선 거대한 몸집의 택시 운전사와 나는 눈이 마주쳤다. 나는 한눈에 알아보았다. 거대한 택시 운전사는 인간 종마 그 자체였다. 열여덟 시간 연속으로 그 짓을 할 수 있는 괴물 같은 능력의 소유자. 미국 놈들, 스페인 놈들, 영국 놈들이 쿠바 인민에게 굴복한 것은 그 이유였다. 사실 쿠바에는 저 택시 운전사 같은 인간 종마들이 수두룩한 것이다.

제국주의 놈들, 제국주의 똘마니 놈들이 쿠바 인민에 굴복한 이유는 체 게바라도, 피델도, 호세 마르띠도 아니었다. 쿠바 어디에나 널린 종마 같은 쿠바 남자들 때문이었다. 인간 종마의 경이로움 앞에서 그들 모두 고개를 푹 숙이고 말았다. 먹지도, 자지도 않고 열여덟 시간 내내 그 짓을 할 수 있다는 우리의 영광스러운 쿠바 종마는 품위를 잃지 않았다. 겁을 먹지도 않았다. 그저 근심스럽다는 표정을 지을 뿐이었다.

나는 종마 같은 아바나의 택시 운전사를 개인 운전기사로 고용하기로 마음먹었다. 종마에게 전화번호를 달라고 손짓으로 이야기했다.

아바나의 태양이 떠오르고 있었다. 아바나에서 마주한 첫 태양. 아바나의 태양은 너무나도 일찍 뜨는 경향이 있다. 또 이놈의 카리브해 태양은 솟구치자마자 맹렬하기가 이루 말할 수도 없었다.

'빌어먹을! 이 후배위 같은 아바나의 태양!'

이름도 고색창연한 호세마르띠 국제공항을 빠져나오며, 나는 단말마의 고통에 빠지고 말았다. 아바나의 지긋지긋한 태양 때문이었다.

나의 영원한 적은 태양이었다.

*

종마가 모는 택시를 타고 아바나 시내의 말레꼰으로 향했다. 1957년식 폰티악 택시는 안락하기가 이루 말할 수 없었다. 마이

바흐 못지않은 안락함에, 1957년 USA의 허영심과 상쾌함과 버블이 고스란히 보존된 아바나의 택시. 나는 종마의 운전 실력도 마음에 들었지만, 1957년 폰티악에 매료되어버렸다. 택시 안에서 즉각적인 흥정이 이뤄졌고, 종마는 하루 열두 시간 개인 운전기사 일을 냉큼 수락했다. 종마와 나는 신뢰가 가득 담긴 악수로 계약서를 대신했다. 진짜배기 남자들은 계약서를 쓰지 않는다. 신뢰의 악수와 선의의 미소면 그것으로 끝이다.

아침의 말레꼰에 도착했다. 나는 종마에게 대기 지시를 내렸다. 개인 운전기사의 주요 일과는 웨이팅, 즉 대기다. 대기하는 삶. 그것은 비밀요원도 마찬가지였다. 운전기사가 하루 열두 시간을 대기한다면, 비밀요원은 24시간 내내 대기 상태를 유지한다. 노련한 비밀요원은 잠잘 때도 대기 자세를 잃지 않는다. 한밤의 암살자와 맞서기 위해 옷장 속에 웅크리고 앉아 밤새도록 대기하는 상황도 종종 발생한다. 비밀요원이 운전기사보다 돈을 더 많이 버는 이유다.

말레꼰. 쿠바 말로 방파제. 가로로 길게 뻗은 아바나 시티의 북쪽 해안에 건설된 콘크리트 방파제다. 소비에트연방의 기술과 자금이 투입된 말레꼰은 아바나의 산책로이자 헬스클럽이자 낚시터인 동시에 휴식처이고 데이트 장소이고 술집이기도 하고 새벽에는 개방형 매음굴로 변신도 하고 공연장, 심지어 간이 러브호텔 역할도 충실히 수행한다. 종마가 내게 술술 읊어준 소중한 정보였다.

'아바나에서의 첫날부터 이런 탁월한 정보원을 얻다니! 역시

난 타고난 비밀요원이야.'

나는 스스로에게 감탄했다.

말레꼰의 한쪽 구석에 얌전히 대기 중인 폰티악을 뒤로하고 나는 말레꼰 산책에 나섰다. 아침의 말레꼰은 한산했다. 말레꼰을 천천히 걸었다. 아바나의 바람은 예상외로 상쾌했다. 지긋지긋한 태양과는 전혀 다른 아바나의 바람. 바람 속에 대양의 향취가 깃들어 있었다. 한국 포구의 비릿하고 칙칙한 냄새와는 결이 다른 대양의 향기. 나는 그 향기에 취하고 말았다.

검푸른 카리브해가 순식간에 말라버린다.

대양의 바닥이 훤하게 드러난다.

집채만 한 돌멩이가 굴러다니고 백골 같은 모래가 뒤덮인 폐허의 대양.

태양이 빛을 잃어버린다.

끝없는 밤 속에서 사는 삶이 시작된다.

밤하늘의 별들이 우수수 떨어져버린다.

세상을 흔적도 없이 사라지게 만드는 차갑고 매서운 바람이 말레꼰을 덮는다.

검은 독수리 떼가 말레꼰 상공을 배회한다.

모래만 남은 바다에 돌로 변한 꽃들이 위태롭게 서 있다.

당신의 사랑과 아름다움이 사라진 후에 펼쳐지는 그런 세상에 나는 우뚝 서 있었다.

치유 불가능한 상처로 가득한 세상.

당신의 사랑과 아름다움을 잃은 아바나의 말레꼰.

눈을 들어 하늘을 본다. 검은 독수리 떼 위로 거대한 허리케인이 천천히 비행 중이다.

허리케인의 동그란 눈동자가 내 정수리 위에 내리꽂히듯 자리 잡는다.

허리케인의 음험한 눈동자. 그 눈동자가 수직으로 내리꽂히는 원통형의 빛으로 변한다.

나의 마른 눈동자와 허리케인의 눈동자가 서로를 마주 본다.

허리케인의 눈동자에는 자비와 연민이 가득하다.

나의 소중한 사랑과 아름다움을 채간 것은 카리브해 허리케인의 고요한 눈동자였다. 허리케인의 눈동자로 잠입해 내 사랑과 아름다움을 되찾고 말겠다는 의지가 나의 영혼을 가득 채웠다.

'파도에 온몸으로 맞서보았는가?'

나는 물었다.

'파도와 정면으로 맞서리라. 허리케인과의 정면 대결을 회피하지 않으리라. 박애, 자유, 연민 가득한 내 사랑을 결코 잃지 않으리라.'

나는 다짐했다.

아침의 말레꼰에서 내가 본 것은 말라버린 대양과 음험하면서 자비로운 허리케인의 눈동자였다. 이제는 지나가버린, 퇴색되고 빛바랜 사랑이었다. 마음속에서만 영원하고 지금은 그 어디에서도 찾을 수 없는, 영원불멸의 내 사랑.

　대양의 향기에 취해, 문득 떠오른 사랑과 아름다움의 상실감 덕분에 헛것을 목격한 나는 구역질이 났다. 현기증 증상도 나타났다. 일사병의 전조 증상과 같은 아바나 고유의 현기증.

　종마가 비틀거리는 나를 보더니 종종걸음으로 내게 달려왔다. 아바나에서는 흔히 볼 수 없는 종종걸음. 한없이 느긋한 이들의 세상에서 불쑥 나타난 유일무이의 종종걸음.

　종마에게 괜찮다는 손짓을 보낸 나는 말레꼰 옆의 8차선 해안도로를 무단 횡단했다. 나는 시멘트가 부식되는 향기와 음식 쓰레기 냄새가 묘하게 뒤섞인 아바나 시티의 한복판으로 불쑥 들어갔다.

　체 게바라, 그리스도, 석가모니, 김일성, 스탈린, 마오쩌둥, 레닌, 그리고 칼 마르크스와 레너드 코언이 아바나의 뒷골목 곳곳에 널려 있었다. 골목 깊숙한 곳에서 그들은 싸구려 독주를 주거니 받거니 하고 있었다.

　만화 성경의 그림처럼, 그리스도의 머리카락은 치렁치렁했다. 폭식과 폭음, 무차별적인 섹스로 인해 그리스도의 배는 올챙이 형태였다. 그는 꼬질꼬질한 때가 잔뜩 낀 러닝셔츠를 가슴팍까지 올린 채, 싸구려 독주를 음미하며 황홀경에 빠져 있었다.

　불법 폐기물을 운반하는 파나마 선적의 화물선을 타고 밀항해 태평양과 대서양을 건너 온 낯선 이방인 같은 눈길의 김일성. 그는 경계심을 늦추지 않았다. 그는 잔뜩 주눅이 든 눈빛을 숨길 정도로 배짱이 있는 사내는 아니었다.

아바나 매음굴 입구의 골목길. 석가모니는 노랗게 머리를 염색한 흑인 매춘부의 분홍빛 구두에 끈적거리는 침을 연신 뱉어가며 광을 내고 있었다. 석가모니의 손가락은 울퉁불퉁했다. 모든 가련한 이들의 구두를 닦느라 닳아빠진 손가락. 더구나 그 손가락은 담뱃진으로 누렇게 변해 있었다.

칼 마르크스는 얼굴이 백지장이 되어, 최근 폭락한 나스닥을 걱정하고 있었다. 그의 두툼한 손가락에는 바나나 잎으로 만든 가짜 시가가 매달려 있었는데, 아바나의 보기 드문 협잡꾼에게 속아 구입한 가짜 시가였다. 그 시가 덕분에 마르크스의 건강은 급속히 회복되었다. 사실 바나나 잎에는 만병통치 및 현실을 있는 그대로 꿰뚫어 보는 강력한 환각 효과가 있었다.

선불교도이자 유태인이자 이슬람교도이자 히피이면서 한때는 비트족이었고 실패한 채식주의자인 동시에 실패한 금욕주의자이고 평생을 노련한 알코올 중독자로 행세한 레너드 코언 선생이 슬며시 내 옆에 앉았다. 그는 쭈글쭈글한 손가락으로 시가 한 개비를 내게 건넸다. 또 주머니에 쏙 들어가는 작은 공책과 정글 칼을 선물했다. 나는 녹이 잔뜩 슨 정글 칼을 이리저리 살폈다. 정글 칼의 끝 부분에는 이렇게 적혀 있었다.

'대체 불가능의 존재, 나의 오랜 친구, 나의 동반자에게 세상을 찢을 수 있는 이 칼을 드립니다.'

레너드 코언 선생은 어느새 사라지고 없었다. 쿠바 시가의 향기를 잔뜩 머금은 레너드 코언의 한없이 낮은 목소리. 달콤함과 퇴폐와 희망과 구원이 담긴 그의 음성이 아바나의 하늘 구석에서 천천히 내려오고 있는 중이었다.

나는 아바나의 뒷골목에 널리고 깔린 그 무리와 합류해 술을 마셨다. 그들이 사용하는 언어는 난생처음 듣는 것이었지만, 나는 즉각적으로 이해할 수 있었다.

인종차별주의, 더러운 중국인 출입금지주의, 어글리 코리안 우선 추방주의, 무자식 무부모 성인 남자 차별주의가 아바나 시티에 팽배해 있을 것이라는 나의 초라한 선입견은 순식간에 사라져버렸다. 중국인 출입금지주의자들이 질투를 느낄 법한 찢어진 눈초리의 소유자인 나는 아바나의 구석 어디에 가든 환영받는 존재가 되었다.

'자유사회주의 쿠바 아바나여!'

'생명과 살의가 팽팽히 맞서는 이 찬란한 황금빛 도시여!'

아바나 시티의 더러운 골목길 구석에 오줌을 갈기면서 나는 외쳤다. 길고 긴 여행과 숙면을 방해한 아바나 호세마르띠 국제공항의 황금 철창 유치장 덕분에 내 오줌은 걸쭉하고 탁했다. 한국에서부터 따라온 나의 불결한 영혼이 아바나 골목길의 시멘트 바닥 위로 쏟아져 내렸다. 상쾌함이 나를 엄습했다.

*

1957년식 폰티악과 함께한 아바나 시티투어.

아바나는 그늘, 음지, 음기가 존재할 수 없는 동네였다. 평생을 그늘에 은신한 나 같은 인간은 살 수 없는 도시라는 사실을 즉각적으로 깨달았다. 자의식이 유령처럼 찾아왔다. 자의식은 언제나 고통을 동반한다. 정신분열의 최대 적은 자의식이다. 자의식은 콘돔 같았다. 정작 필요할 때면 찾을 수 없고, 쓸 일이 없을 때만 바닥에 굴러다니는 중상모략적인 일본제 초박형 콘돔.

갑자기 찾아온 자의식. 신분을 위장한 비밀요원은 정신분열 상태를 유지해야 할 의무가 있다. 자의식 과잉을 정밀하게 진단하고 처방전을 써줄 정신과 전문의의 도움이 간절했다.

'오늘은 아바나에서의 첫날이라고. 아직 임무도 시작하지 못했고, 표적의 면상도 훔쳐보지 못했다고. 이런 젠장.'

아바나 최고의 정신병원으로 가자고 나는 종마에게 말했다. 응급 상황임을 감지한 종마는 전속력으로 폰티악을 몰았다. 60년이 넘은 폰티악의 엔진이 뜨거워졌다. 아바나의 도로 곳곳을 장식한, 닳아지고 해져버린 온갖 구멍들을 요리조리 절묘하게 피하며 달린 종마의 폰티악이 아바나 한복판의 최신식 정신병동 앞에 멈췄다. 쿠바 국립 중앙은행으로 건설되었던 웅장하고 고풍스러운 고층건물이었다. 화폐를 경멸한 체 게바라가 은행을 병원으로 바꿔버렸다. 그는 한때 쿠바 국립 중앙은행장이었다. 나는 쿠바의 선진적인 정신병동에 입원을 간청했다. 아바나의 의료 공무원들은 정신병자를 특별히 애호했다.

'정신병자도 거리를 활보할 수 있는 자랑스러운 우리의 아바나.'

그들 체제의 선전 문구였다. 즉, 그들은 문화적 다양성, 박애주

68

의, 형제애, 인류애 같은 여성성 가득한 이념을 나 같은 정신병자를 통해 드러내고 싶어 했다. 아바나의 정신병자는 서울 광화문 네거리의 투 플러스 한우 등심과 비슷한 존재였다. 가난한 자들과 배고픈 이들에게 꿈과 희망과 용기와 욕심과 위안을 주는 그런 존재. 아바나행 항공기에 탑승하기 전, 광화문의 한 식당에서 한우 등심을 든든히 챙겨 먹은 내가 정신병자 행세를 하는 것은 일도 아니었다.

쿠바 아바나의 의료 공무원은 미국 돈으로 천 달러를 하루 입원비로 요구했다. 나는 신용카드를 척 내밀었다. 안타깝게도 뉴욕의 공작관이 내게 준 신용카드는 쿠바에서는 사용이 금지된 아메리칸 익스프레스였다.

'머저리 같은 국정원 공작관!'

나는 늙은 제비족같이 생겨먹은 뉴욕의 공작관을 향해 욕설을 내뱉었다.

쿠바의 의사가 어리둥절한 표정을 지었다. 나는 그렇게 아바나의 정신병원에서 쫓겨났고 그늘, 음지, 음기 없는 아바나의 한복판으로 내몰렸다. 자의식을 동반한 정신병이 시작될 터였다. 천재들의 유산인, 매독을 동반한 비밀요원의 직업병.

정신병동 입원을 대신한 치료제는 쿠바의 여자였다. 사실, 자의식 과잉에는 정신과 전문의보다는 자비와 연민 가득한 거리의 창녀가 백 배, 천 배 더 효과가 있었다. 치료비도 훨씬 저렴했다. 나는 아바나의 창녀를 찾아 나섰다. 종마가 걱정 말라는 표정을 지었다.

순박한 미소, 애원과 체념이 반씩 담긴 눈동자로 접근하는 아바나의 창녀들. 백인 창녀, 흑인 창녀, 혼혈 창녀들. 다양한 인종의 그녀들을 대하는 내 눈길과 내 반응에 수치심이 몰려왔다.

'나도 이제 늙은 것인가. 창녀를 여자가 아닌 그저 창녀로 대하다니. 창녀를 대하는 보편적인 눈길과 반응이 나도 모르게 흘러나오다니. 이런 제기랄. 창녀가 추억 속의 존재가 되어버리다니…… 애원과 갈증과 무심함이 눈동자와 온몸에 듬뿍 담긴 현재 진행형의 창녀를 앞에 놓고도 추억을 소환하는 남자가 되어버리다니.'

절망감이 밀려왔다. 나는 손에 들고 있던 아바나끌럽을 병나발 불듯 쥐고 한 모금 꿀꺽 마셨다. 기운과 용기를 북돋기 위해서였다. 나는 창녀에게 가격을 물었다. 어떤 나라에 가든, 내가 먼저 습득하는 현지 언어는 '하룻밤에 얼마?'였다. 비밀요원에게는 거리의 여자가 필수조건이었다. 농담이 아니다. 비밀요원 훈련 매뉴얼에도 있는 사실이었다.

그녀는 환하게 웃으며 손가락 열 개를 보여줬다. 새까만 그녀의 손가락은 포동포동 살이 올라 있었다. 나는 부르주아 하녀풍의 그 손가락에 정이 좀 떨어졌지만, 흥정을 해볼 작정이었다. 아이의 손을 잡은 젊은 부부가 돌아다니는 대낮의 길거리에서 순수한 창녀를 만난 지가 너무나도 오랜만이었기 때문이었다. 나는 반을 뚝 잘라, 손가락 다섯 개를 펴주었다. 의기소침해지는 그녀의 표정. 하지만 그녀는 다시 힘을 내, 손가락 일곱 개를 수줍게 세웠다.

우리는 그렇게 일생일대의 타협을 해냈다. 남북 정상 간의 친필 서명 조약 못지않은 그런 타협이었다. 인종과 언어, 세계관의 장벽을 뛰어넘은 그런 대타협.

아바나 대로를 활보하는, 연민과 자비심 넘치는 거리의 여자 덕분에 나를 습격한 자의식을 동반한 정신병은 말끔히 치료되었다. 아바나 말레꼰 공중화장실에서의 치료 시간 동안, 종마는 충직한 자세로 나를 기다려줬다. 성스럽기까지 한 짧은 치료가 끝났고, 거리의 여자는 내 볼에 키스 자국을 남겨주었다. 그녀는 엉덩이를 씰룩거리며 다른 손님을 찾아 나섰다.

온전한 비밀요원으로 돌아온 나는 말레꼰을 산책하는 이들을 관찰했다. 관찰은 비밀요원이 갖춰야 할 기본 소양이었다. 나는 한국에서 온 관광객들을 유심히 살펴보았다. 자위행위 신봉자, 자위행위 예찬론자, 진보정당 후원자, 동물 권리 보호자, 자칭 '힙스터'들이 쿠바를 찾는 한국인들의 대부분을 차지했다. 나는 성비도 살폈다. 한국인 여자 관광객이 남자보다 일곱 배는 많았다. 24시간 내내 사탕발림을 늘어놓는 쿠바 남자들에게 정신과 육체를 빼앗긴 한국 여자들. 나는 그 여자들에게 연민을 느꼈다.

'그래, 사랑받지 못하는 여자만큼이나 보기 흉한 것은 없지. 아바나는 사랑을 갈구하는 여자들의 치유 센터야. 지구 유일의 여성 전용 사랑 보급 센터.'

나는 사랑받지 못해 아름다움을 상실한 그 여자들을 이해하고 존중하고 또 이해하고 또 존중하고 싶어졌다.

집시풍의 꽃무늬 원피스를 입고 머리에 커다란 꽃을 꽂은 한국 여자 관광객이 말레꼰의 석양을 쳐다보던 내 옆에 슬며시 섰다. 이슬 맺힌 아침의 초록 들판에서 풍기는 상큼한 내음이 진동했다. 익숙한 향기였다. 여자의 싱그러운 향기에 흠칫 놀란 나는 옆으로 고개를 돌렸다. 카리브해의 한복판에 그녀가 서 있었다. 떠날 태세를 갖춘 그녀. 속이고 속고 속아준 그녀. 나의 쿠바 아바나행에 지대한 원인을 제공한 그녀. 그녀도 치유가 필요했던 것일까. 쿠바 종마의 사탕발림에 넘어가고 싶었던 것일까.

나는 자비와 연민 때문에 여자와 자는 남자가 되고 싶지는 않았다. 나의 욕망, 나의 성욕, 나의 갈망, 나의 갈증, 나의 무력감, 나의 존재, 나의 희망, 나의 절망 때문에 여자와 자고 싶었다.

하지만 언제나 현실은 항문 강간을 당하는 것과 같았다. 인적 없는 늦은 밤의 골목 깊숙한 곳에서 느닷없이 일어나는 항문 강간과 같은 현실. 나는 그 현실에서 도망치고 싶었다. 도망친 곳이 쿠바하고도 아바나였다. 아바나 말레꼰의 석양을 바라보며, 항문 강간이 아닌 달콤하고 느려터진 항문 섹스를 오래도록 음미하고 싶었다. 말레꼰의 항문 섹스, 황혼에 붉게 젖은 카리브해를 함께 바라보며 그녀의 항문과 나의 성기가 하나가 되는 것. 그리고 마침내 카리브해의 수평선 너머로 붉은 태양이 자취를 감추는 순간 터져 나오는 일생일대의 범우주적인 오르가슴. 카리브해를 향한 투신자살 같은 오르가슴을 느끼고 싶었다. 오, 나의 항문 섹스여, 오, 나의 카리브해여, 오, 나의 오르가슴이여.

나는 그녀의 어깨를 조용히 안으며 발작하듯 몸부림쳤다. 기나긴 비행과 끝도 없이 펼쳐지는 아바나의 비현실적인 풍경들과 속

수무책인 아바나의 향기가 나를 고뇌에 빠지게 만들고 있었다. 사치스러운 고뇌가 물밀듯 밀려왔다. 고뇌가 없는 나라에 와서 고뇌에 빠지다니. 나는 다시 절망했다.

깜짝 놀란 그녀가 욕지거리를 내뱉었다. 그녀는 난생처음 보는 여자였다. 한국 여자도 아닌 황갈색 뒷머리를 질끈 묶은, 혁명군의 후손임이 분명한, 강인한 인상의 아르헨티나 여자.

나는 말레꼰의 축축한 시멘트 바닥에 길게 누웠다. 카리브의 푸른 대양에 젖은 말레꼰의 시멘트 바닥에 누운, 얼빠진 비밀요원을 적도의 별과 달이 비추고 있었다.

누군가와 뒹굴고 있을 것이 분명한 지구 반대쪽의 내 사랑, 떠들썩한 술집에서 한잔하고 있을 것이 분명한 내 친구 같은 저 분홍빛의 달과 별. 나는 분홍 달빛과 별빛을 품에 안고 잠을 청했다.

카리브해의 파도 소리도 분홍빛이었다. 분홍빛의 자장가가 철썩거리며 내 심장 속을 파고들었다.

사랑의 시작은 언제나 분홍빛. 분홍빛을 마주하면 유심히 들여다보게 된다. 어린아이의 뺨, 그녀의 젖가슴과 허벅지의 안쪽과 귓불, 처음 수확한 복숭아. 사랑의 끝 색깔은 사람마다 다르다. 나는 카리브해의 무한한 파랑으로 끝을 맺고 싶진 않았다.

'나의 끝이 분홍빛이기를. 처음과 끝이 같은 색이기를. 죽어 자빠진 나의 눈꺼풀에서 분홍빛 광채를 목격하기를.'

나는 말레꼰에 모로 누워 중얼거렸다. 시가에 막 불을 붙인 종마 운전기사가 내 어깨를 마구 흔들어댔다.

＊

누군가 이서준의 어깨를 슬쩍 흔들었다. 서준이 슬며시 눈을 떴다. 입가의 침을 손등으로 쓱 닦은 서준이 주위를 두리번거렸다. 여기가 어디지. 서준의 얼굴에 질문과 의심과 어리둥절함이 섞여 있었다.

미국 뉴어크 리버티 국제공항을 이륙해 쿠바 아바나로 향하는 유나이티드 1308 이코노미 좌석이었다. 창문 쪽에 앉은 서준은 손목에 찬 카시오 태엽식 시계를 들여다보았다. 쿠바 시간으로 밤 10시 45분. 아바나 호세마르띠 국제공항 도착 5분 전이었다.

"괜찮으세요? 잠꼬대를 하시던데요."

서준의 어깨를 흔든 스튜어디스가 근심스럽다는 듯 미소를 띠며 말했다.

"물론이죠. 괜찮습니다. 그런데 내가 영어로 잠꼬대를 했나요?"

콜라 한 잔을 달라 청한 서준이 푸른 눈의 스튜어디스에게 유창한 스페인어로 물었다. 백발이 반쯤 섞인 정년퇴직 직전의 베테랑 스튜어디스였다.

"에스파냐어 같던데요? 걱정 마세요. 무슨 말을 하는지는 알아듣지 못했어요."

쿠바산 콜라, 투꼴라Tukola를 플라스틱 잔에 부어주며 스튜어디스가 말했다. 그녀는 환한 미소를 짓고 있었다.

안전벨트 등이 켜졌다. 유나이티드 1308이 기수를 옆으로 천천히 돌리며 하강하기 시작했다. 서준은 스튜어디스를 쳐다보며 말도 없이 웃었다. 그는 미지근한 투꼴라 한 잔을 단숨에 들이켰다.

"아바나의 현재 기온 섭씨 29도입니다. 구름 한 점 없는 쾌청한 아바나의 밤입니다. 유나이티드를 이용해주신 승객 여러분의 행복과 건강을 기원합니다. 즐거운 쿠바 여행이 되시길!"

착륙을 알리는 기장의 명랑한 목소리가 스피커를 통해 흘러나왔다. 스페인어로 말하는 기장의 음성은 쾌활했다. 카리브해의 햇살과 바람처럼 톡톡 터지는 목소리. 이어지는 기장의 영어 안내는 음울했다. 잉글리시가 겉도는 나라, 바로 쿠바하고도 아바나였다.

여객기의 작은 창문 아래로 아바나의 불빛들이 가물거렸다. 노랗고 붉고 푸르른, 아바나 밤의 빛깔들. 서준은 창 아래로 펼쳐지는 아바나의 빛깔들을 빤히 쳐다보았다. 아바나행 유나이티드의 비좁은 이코노미 좌석에서 목격한 길고 길었던 아바나의 꿈을 되짚어보았다.

'쿵.'

여객기의 고무바퀴가 아스팔트 활주로와 부딪치는 둔탁한 소리가 났다. 잠에서 깬 승객들의 요란한 박수소리가 여객기의 무사 착륙 축하를 알렸다.

쿠바 아바나 호세마르띠문화원 한국학 교수이자 대한민국 국가정보원 블랙요원 이서준. 서류로도 존재하지 않는 '아바나 리브레' 작전의 집행자인 이서준. 그가 마지막 임무를 위해 쿠바에 다시 발을 내딛는 순간이었다. 작전명 '아바나 리브레'의 종결을 위한 시간이 마침내 이서준의 발 아래로 펼쳐지고 있었다.

4개월차   연회동, 서울

6. 작전의 시작

"이서준 교수님!"

"……."

이서준은 고개를 푹 숙인 채 눈을 감고 있었다.

"교수는 개뿔. 어이, 이서준이."

하얀 각질이 돋아난 부석부석한 턱, 붉고 푸르게 변색 중인 코, 벌겋고 누렇게 충혈된 눈동자, 딱 봐도 중증 알코올 중독자인 짧은 초로의 백발 남자가 손바닥으로 책상 바닥을 탁 내려치며 말했다. 핏기 없이 하얗고 얇은 남자의 손바닥과 백발 남자보다 더 나이 먹은 듯한, 낡아빠진 책상 바닥이 부딪히는 소리는 신선하고 강렬했다. 짙은 와인색 카펫이 깔린 바닥, 레드오크가 둘러진 벽, 창문 없는 취조실 같은 사무실의 공기 속으로 경쾌한 소리가 울려 퍼졌다.

네 다리 끝에 노란색 테니스공이 박힌 파란색 싸구려 플라스틱 의자에 앉아 있던 이서준이 게슴츠레 눈을 떴다. 천천히 고개를 든 그가 느릿느릿 팔짱을 끼더니 실눈을 떴다.

"시간 없어요, 시간이. 아 참, 용건이 뭡니까? 대박 프로젝트 지시라도 떨어졌어요?"

이서준이 입가에 맺힌 하얀 침방울을 손등으로 닦으며 중얼거렸다. 평범하고 쉽게 잊힐, 40대 초반으로 보이는 얼굴이었다. 그는 명예퇴직 압박과 맞서 싸우느라 진이 빠진 무능력한 은행원 같아 보였다. 무능력하지만 관리에 신경 쓴 군살 없는 은행원.

"뭐라고? 시간이 없어? 용건? 용건 같은 소리 하고 자빠졌네. 허…… 그것 참……. 이서준이 이거 술이 취한 거야, 뭐야? 당신 제정신이야?"

유행 지난 하얀 와이셔츠에 더 유행 지난 검은색 뿔테 안경을 코에 걸친 백발 남자가 가죽 의자에 파묻히듯 등판을 깊게 기대며 말했다.

"아…… 맞다. 제가 면담 요청한 거죠? 부장님이 저를 부르신 게 아니고. 요즘 창문도 없는 골방에서 죽치고 있느라 정신이 나갔죠. 맛탱이도 좀 갔어요."

"얼씨구. 이 친구 이거 완전히 갔네. 아무튼 정신이니 맛탱인지 좆탱인지 뭐 다 자네 것이니 내 상관할 바는 아니고…… 그나저나 여기도 창문은 없어. 실없는 소리 집어치우고 그 끝내준다는 정보가 뭐야?"

백발 남자가 안경을 추켜올리며 사무적인 표정으로 말했다.

햇빛에 적당히 그을린 반드르르한 얼굴. 부스스한 백발과는 다소 어울리지 않는 전문가의 관리를 받은 피부였다. 술에 찌든 콧등, 턱, 눈동자와는 전혀 다른, 검버섯 하나 없이 탱탱하게 그을린 노인의 얼굴. 이서준은 흥미롭다는 듯 두 얼굴을 가진 그의 면상을 빤히 쳐다보았다.

이서준의 '부장님'은 정년을 코앞에 둔 국정원의 늙은 요원이었다. 조직 내에서 그는 부장이 아닌 '스키조'로 불렸다. 개스키, 바보스키, 얼빠진스키…… 부하 직원, 동료를 대하는 걸걸한 말버릇에 프로 못지않은 실력을 갖춘 광적인 스키 애호가. 여기에 조라는 성이 더해진 결과였다. 러시아 전문가였으면 더 어울릴 별명이었겠지만, 아쉽게도 부장은 러시아가 아닌 중국통이었다.

조 부장, 아니 스키조는 비밀공작, 역공작, 이중공작, 암살공작, 납치공작, 위조공작, 페이퍼공작, 절취공작, 속임수공작, 갈취공작, 회유공작 등 온갖 더러운 공작을 기획하고 실행하고 실패하고 책임지느라 평생을 바친 베테랑 중의 베테랑이자 닳고 닳은 해외 공작 전문가였다.

말단 공작원으로서의 경력을 성공리에 마친 부장은 해외 비밀공작원을 관리하는 공작관, 별 성과 없었던 수사관 시절을 잠시 보냈다. 그는 현장 요원보다는 정보관, 분석관, 그리고 공작 관리관으로 탁월한 역량을 발휘했다. 군더더기 없는 치밀함과 조직 내에서 보기 드문 성실함, 그리고 무색무취의 정치성 덕분에 부장은 본부의 양복쟁이 낙하산들에게는 질시와 찬사를 동시에 받았다.

성공한 비밀공작의 대부분이 흔적을 일절 남기지 않듯, 성공적인 비밀요원으로서 평생을 보낸 부장 또한 조직 내에 자신의 흔적을 거의 남기지 않았다. 이서준은 몇 안 되는 그의 흔적이었다.

부장의 공작 기술과 태도를 고스란히 물려받은 보기 드문 전문 공작 요원 이서준. 하지만 서준은 성공적인 경력을 지내고, 성공적인 퇴직을 준비하는 부장과는 다른 처지였다. 그는 곤경에 처해 있었다. 부장은 서준의 상황을 누구보다 잘 알고 있었다. 서준은 이른바 '큰 거 한 방'이 필요한 처지였다.

*

서울 연희동 고급 주택가의 후미진 곳에 자리 잡은, 업계 사람들도 이름을 잘 알지 못하는 한 투자자문 회사의 투자 연구소로 위장한 국정원 안가였다. 작은 잔디 정원과 더 작은 연못이 딸린, 이 층짜리 안가의 은밀한 사무실. 스키조는 각종 해외 공작 프로젝트 서류를 검토하며 공작 관리자, 즉 관리관으로서의 안온한 퇴직을 준비하는 중이었다.

연출자, 배우, 조연과 주연, 꼭두각시를 자처하는 얼뜨기 공작원들의 야심이 고스란히 담긴 얼빠진 공작 계획들, 이용당하고 버림받을 것이 뻔한 철부지 현장 요원들의 무모함과 눈먼 대담함이 마구 뒤섞인 정신 나간 엉터리 공작 계획들, 출세에 눈먼 권력 추종 성향의 공작원들이 작성한 터무니없는 정치 공작 계획들을 폐기 처분하느라 부장은 눈코 뜰 새 없이 바빴다. 짜증과 상실감, 무력함이 전부인 책상머리 일상. 부장은 평생 그랬던 것처럼, 서류 더미에 파묻혀 종이쪼가리로 구성되고 끝나버리는, 종이 같은 하루하루를 묵묵히 견디고 있었다.

"끝내주는 정보라뇨? 아……."

이서준이 말끝을 흐리며 피식 웃었다.

"이 바닥에 끝내주는 정보가 어디 있어요? 에이…… 무슨 그런 섭섭한 말씀을. 끝장나거나 끝장을 보거나 아니면 인생 종 치는 정보만 우글거리죠. 잘 아시면서……."

이서준이 부장의 책상 바닥에 팔꿈치를 슬쩍 얹었다. 몽블랑 볼펜과 파커 만년필, 그리고 뾰족하게 날이 선 독일제 연필 세 자루가 가지런히 바닥에 놓여 있었다. 단정하게 놓인 연필들 옆으로, 크기와 색상이 제각각인 서류 뭉치가 아무렇게나 널려 있었는데, 각 서류 뭉치의 겉면은 누런 색깔의 두꺼운 마분지로 밀봉되어 있었다.

서준은 무심한 눈동자로 부장의 책상을 쳐다보았다. 서준의 눈길이 부장의 안경으로 향했다. 눈동자가 핑핑 돌아갈 정도로 도수 높은 그의 안경 렌즈는 혼탁 그 자체였다. 기름때와 손자국이 가득한 희뿌연 렌즈 너머로 부장의 반짝거리는 눈동자가 보였다. 우주의 끝을 다 본 것 같은 렌즈 속의 눈동자를 응시하며 서준은 이죽거렸다.

"나도 끝나고, 잘만 하면 부장님도 끝나버릴 달콤한 계획이 있어요."

서준이 의자에서 천천히 일어나며 목을 좌우로 천천히 움직였다. 나무늘보의 움직임을 닮은 그의 목뼈 속에서 상쾌하고 발랄한, 우두둑 소리가 났다.

"웃기고 있네. 거 시끄럽고, 그나저나 요즘 뭐 하며 지내? 듣자

하니, 너 지금 대기 발령 중이라면서? 팔자 좋구먼. 빈둥거리며
놀아도 월급은 또박또박 나올 테니."

깍지 낀 손바닥을 뒤통수에 얹은 부장이 서준을 올려다보며 싱
긋 미소 지었다.

"빈둥거리는 거, 그거 제 주특기잖아요? 젊었을 땐 빈둥거리는
것도 좋았는데, 나이 드니 아이고, 그것도 힘들어요. 시간이 너무
더디게 흘러요. 이럴 때는 손을 쓰는 일을 해야 하겠다는 생각이
들더라고요. 해서 요즘에 손쓰는 일 주로 하고 있습니다."

엉거주춤하게 서 있던 이서준이 플라스틱 의자에 엉덩이를 슬
며시 걸치며 말했다.

"뭐? 나이를 먹어? 손을 쓴다고? 손바닥? 아니면 손가락? 그 나
이에 딸 치며 시간 때우지는 않을 테고……, 네 놈 손으로 도대체
뭘 하는데?"

부장이 진지하게 물었다. 그의 입꼬리가 살짝 위로 올라갔다.

"나 원 참……. 딸 같은 소리 하시네. 이 양반이 노망이 드셨
나……. 딸이 뭔지 기억이나 나요?"

서준과 부장은 낄낄대고 싱글거렸다.

"점심이나 하러 가십시다."

부장과 서준이 동시에 일어났다. 둘의 입에서 끄응, 아이고가
연달아 작게 터졌다. 부장의 고관절과 무릎팍에서 두둑 하는 소
리가 났다. 서준이 한심한 눈길로 부장을 쳐다보다가 보일 듯 말
듯 윙크를 날렸다. 부장이 서준을 향해 가운데 손가락을 치켜세
웠다. 서로를 바라보는 둘의 눈빛에서 찰나의 신의가 넘쳐흘렀

다. 둘은 거의 동시에 바지를 추어올렸다.

서준이 벽돌 빛의 두꺼운 마호가니 문짝을 힘겹게 열었다. 열린 문짝 사이로 부장이 천천히 걸음을 옮겼다. 니스가 칠해진 안가 응접실의 마룻바닥 위에 꽃무늬 천 소파가 놓여 있었다. 오래되고 빛이 바랜 소파는 외로워 보였다. 소파 옆으로 작은 책상 하나가 얌전히 자리를 잡고 있었다. 책상의 주인은 스키조의 오래된 비서였다. 정년퇴직 후 계약직으로 자리를 지키고 있는 충직한 할망구 비서. 금테 안경에 짙은 화장, 빨간 립스틱을 얌전히 칠한 은빛 파마머리의 할망구가 서준을 향해 인자한 미소를 보냈다. 서준은 까딱 고개를 숙였다.

회색빛의 암막커튼 사이로 늦봄 이른 오후의 햇살이 슬며시 새어 들어 왔다. 난데없는 햇살에 서준은 눈살을 찌푸렸다. 봄날의 햇살을 타고 들어온 이름 모를 작은 새들의 요란한 울음소리에 서준은 귀를 쫑긋 세웠다.

*

서준과 부장은 따뜻하고 바스락거리는 봄날 오후의 연희동 거리를 걸었다. 사복 차림의 젊은 경찰이 무료한 표정으로 골목 입구를 서성거렸다. 야구 모자를 쓴 젊은 경찰은 부장을 향해 잔뜩 화가 난 표정으로 고개를 까닥였다. 부장은 눈길도 주지 않았다.

밝고 화사하고 평화롭고 적막한 연희동 거리. 건들거리며 발걸음을 옮기던 서준은 춥고 축축한 밤거리가 그리워졌다. 암살자와 미행자와 추적자가 절묘하게 뒤섞인 밤거리. 멀고, 춥고, 축축한 두려움으로 가득한 그 옛날의 밤거리. 서준은 밤의 거리로 무작정 나가고 싶어졌다.

서준의 뒤에서 비척거리며 걷던 부장은 무덥고 끈적이는 적도의 새벽을 떠올렸다. 목숨을 건 긴 밤 속에서 작전을 수행하던 현장 요원의 비밀 통신을 무료하게 기다리다 마주한 적도의 끈끈한 일출을 생각했다. 푸르고 끈끈한 일출의 기억은 부장의 팔뚝에 옅은 소름을 만들었다.

"어디로 가요?"

"잔말 말고 따라 와."

서준은 성큼 앞서가는 부장의 구부정한 등판을 쳐다보았다. 그는 고개를 돌렸다. 높다란 담장 사이 위로 불쑥 고개를 내민 감시 카메라들의 각도와 배열, 숫자를 확인하며 서준은 여유롭게 걸었다. 사각지대 확인은 서준의 일상이자 습관이었다.

부드러움과 온화함이 담긴 새파란 봄날 오후의 하늘, 바다 같은 하늘을 둥둥 떠다니는 크고 작은 하얀 구름, 널뛰듯 변하는 바람의 냄새. 부장이 곁눈질로 확인한 것은 형체 없는 바람과 시시각각 모양을 바꾸는 구름, 그리고 얽히고설킨 도심의 무질서한 전깃줄까지 품은 무한한 하늘이었다.

"카악, 퉤."

평화로운 봄날 오후의 새파란 적막을 깬 것은 부장의 걸쭉한 침 뱉는 소리였다.

'지저분하고 더러운 늙은이.'

부장의 침 뱉는 소리를 들은 서준이 빙긋 미소를 짓더니 소리도 없이, 스키조의 뒤꿈치를 향해 침을 뱉었다. 그의 입술 사이에서 순식간에 튕겨 나온 맑고 하얗고 작은 침 덩어리가 회색 빛깔의 육각형 보도블럭 한복판에 꽂히듯 추락했다. 서준의 침 덩어리는 부장의 발뒤꿈치에도 다다르지 못했다. 어디선가 아카시아 향기가 스멀스멀 몰려들었다. 서준은 목줄 묶인 강아지처럼 콩콩거렸다.

*

부장이 향한 곳은 연희동 한복판의 대로변, 새롭게 단장한 전통 깊은 쇼핑센터와 오래된 음식점들 사이에 위치한 네 층짜리 낡은 건물의 2층에 위치한 허름한 중국 식당이었다. 연희동 중심의 이차선 도로가 한눈에 내려다보이는 식당의 커다란 원형 창문은 반쯤 열려 있었다. 창문을 장식한 붉은색 플라스틱 블라인드 사이로 바람이 살랑살랑 춤을 추며 새어들어 왔다. 봄바람에 낡은 플라스틱 블라인드가 마구 흔들렸다. 바람과 플라스틱 블라인드는 달그락달그락 소리를 냈다.

식당 내부는 온통 붉은 빛으로 가득했다. 새빨간 플라스틱 블라인드, 붉은 페인트가 덕지덕지 칠해진 낡아빠진 목재 테이블에, 검붉은 철제 의자의 엉덩이와 등 쿠션은 새빨갰다. 습기와 곰팡이로 군데군데 부풀어 오른 식당 벽지는 희뿌연 아이보리색이었는데, 천장의 붉은 조명 때문에 벽 또한 검붉게 보였다.

창문 밖은 반짝거리는 봄날의 오후였고, 식당 안은 우중충한 붉은 세상이었다. 식당의 중앙 자리에 앉은 부장과 이서준의 얼굴도 우중충하게 붉기는 마찬가지였다. 가장 은밀하고 후미진 구석을 찾아다니며 평생을 보낸 그들은 낡아빠진 식당에서나 중앙을 차지했다.

'生意興隆通四海.'

'財源廣進達三江.'

"생의흥······륭통사해, 재원광진달삼강이라······. 부장님, 저거 뭐라고 해석해야 해요?"

아무렇게나 배치된 다섯 개의 테이블이 전부인 식당의 정 가운데 테이블에 떡하니 앉은 서준이 텅 빈 벽을 장식한 제단을 쳐다보았다. 삼국지의 관운장을 섬기는 제단. 제단의 유비를 호위하듯 모시고 있는, 철사 같은 치렁치렁한 검은 수염의 관우와 장비가 서준의 눈에 들어왔다. 유비 옆으로 두 줄에 걸쳐 내걸린 한자 문구를 쳐다보며 서준이 부장에게 물었다. 지친 표정의 가느다란 몸을 가진 중년 여자가 절뚝거리며 주문을 받으러 왔다.

"짜장면 둘에 군만두 하나요."

부장이 나무젓가락을 뜯으며 말했다. 젓가락이 갈라지며 딱 하는 소리가 났다. 왜소한 어깨의 여자가 고개를 까닥거리며 정성스럽게 부장의 주문을 받아 적었다. 서준은 주방으로 향하는 여자의 비스듬한 뒷모습을 멍하니 지켜보았다. 다른 손님은 아무도 없었다.

"중국 오지에서 몇 년을 굴러먹은 놈이 저 하찮은 한자 해석을 나한테 시켜? 그냥 용건을 말해. 다 귀찮으니까."

부장이 팔각 도자기 형태의 엽차 물컵을 입으로 가져가며 표정도 없이 말했다.

"음…… 장사가 흥해 사해로 통하고, 재물이 널리 삼강에 달한다. 멋진 말이죠. 돈 많이 벌자는 말이니까. 역시 삼국지의 기개는 단순하고 소박하면서 장엄하다니까."

"너 돈 많잖아? 돈 잘 버는 마누라에 돈 잘 쓰는 애인들에, 뭐가 걱정이야?"

부장이 주방 쪽을 흘깃 살피며 서준에게 말했다. 그는 여전히 무표정했다.

"돈 잘 벌고 돈 잘 쓰는 애인? 아이고, 부장님이 그건 저보다 백 곱절 아니 천 곱절 위면서……. 그런데 이상하죠? 돈 잘 벌고 사업 잘되라는 얘긴데, 여기서 관운장이 왜 나와? 유비, 관우, 장비 도원결의가 돈이랑 뭔 상관이에요?"

서준이 진지하게 물었다. 부장은 한심스럽다는 듯 싱겁게 헛웃음을 지었다.

"저 셋이 상징하는 게 뭐죠? 관운장 하면 도원결의…… 즉, 의리와 신의를 상징하는 셈이죠. 장사, 아니 사업의 근본은 의리와 신의이고. 그 둘이 있어야 장사든 사업이든 작전이든 다 잘된다는 거죠, 내 말은."

서준이 중지와 엄지를 부딪쳐 딱 하는 소리를 냈다. 그러더니 주방을 향해 "맥주 하나요!"라 작게 외쳤다.

"부장님! 아니 형님……. 의리 한 번만 사용합시다. 그래도 내가 형님한테 내 목숨 맡겼던 세월이 얼만데……."

주방장으로 보이는 뚱뚱한 남자가 맥주 한 병, 글라스 두 개, 녹이 슨 병따개, 하얀 양파 조각과 얌전히 썰린 노란 단무지가 담긴 쟁반을 들고 왔다. 뚱뚱한 주방장의 동작은 재빠르고 민첩했다.

"연태 작은 걸로 하나요."

부장이 맥주를 글라스에 따르며 낮게 말했다. 뚱보 주방장이 이마의 땀을 손등으로 닦으며 고개를 끄덕였다. 목덜미와 이마에 땀이 흥건했다. 서준은 고개를 들어 주방장을 흘깃 쳐다보았다.

"의리? 신의? 그딴 걸 어디에 써먹어? 너 망하려고, 아니 백주 대낮에 죽으려고 작정했냐? 이 바닥에서 왜 의리와 신의가 나와. 속고 속아주고 속이는 게 전부인 이 동네에서……."

부장이 사람 좋은 미소를 지으며 서준에게 맥주가 반쯤 담긴 글라스를 건넸다.

다리를 저는 여자가 짜장면 두 그릇과 군만두가 담긴 쟁반을 한 손에 얹고 부장 옆으로 다가왔다. 한쪽 옆구리에 낡은 목발을 짚고 있는 여자가 하얀 점들이 새겨진 연두색 플라스틱 짜장면 그릇을 힘겹게 테이블 위에 올려놓았다. 겁게 타버린 군만두가 담긴 사기 접시가 테이블 구석에 놓였다. 군만두에서는 오래된 생선튀김 냄새가 났다. 서준이 콧구멍을 벌름거렸다. 잠시 정적이 흘렀다.

"제 상황 잘 아시잖아요. 어차피 망할 거, 이왕이면 크게 망할 생각입니다. 일 년 반, 아니 일 년만 시간을 좀 주세요. 일 년짜리 휴가계획서 정식으로 제출할게요. 일 년짜리 작전. 그거 좀 검토

해주세요."

검붉은 테이블 위에 놓인 연두색 플라스틱 그릇 안의 새카만 짜장 소스를 나무젓가락으로 천천히 비비며 서준이 말했다.

"일 년짜리 휴가, 일 년짜리 작전이라. 너 어디로 가고 싶은데? 내 것도 좀 비벼."

부장이 연두색 플라스틱 짜장면 그릇을 쓱 서준 앞으로 밀었다. 그는 연태 고량주를 팔각 엽차 잔에 졸졸 따랐다.

"지구 반대편. 천국의 휴양지. 달콤함의 원산지."

글라스를 손에 쥔 서준이 건배를 청했다.

"어디? 지구 반대편? 거기 뭐가 있는데?"

부장이 축축한 손바닥으로 팔각 엽차 잔을 가볍게 쥐더니 연태 고량주를 단숨에 입 속으로 털어 넣었다. 서준은 맥주를 입에 대지도 않았다. 서준의 가느다란 가운뎃손가락 끝이 송골송골 물방울이 맺힌 맥주잔의 가장자리를 슬슬 어루만졌다.

서준과 스키조가 잠시 대화를 멈췄다. 식당으로 불쑥 들어온 한 쌍의 남녀 때문이었다. 노련한 전문가의 눈으로, 서준은 남녀를 관찰했다. 상상도 할 수 없는, 추잡하고 음탕한 짓거리를 한바탕 벌인 이들이 틀림없었다. 창녀 특유의 멍한 눈빛을 숨기지 못하는, 회색 레깅스에 분홍 야구 모자를 눌러 쓴 화장기 없는 30대 후반의 여자는 온통 헤벌쭉했다. 육체와 영혼 모두 헤벌쭉. 강렬한 한낮의 오르가슴 직후에 나타나는 전형적인 증상이었다. 돈 많아 보이는 60대 초반의 남자는 주위의 시선을 애써 외면하느라 바빴다. 탱탱하고 달콤한 내연녀의 살결과 숨결이 슬슬 부담스러워진 부자 노인네. 젊고 맹랑한 내연녀의 존재를 숨기고 싶은 마음이 막 들어서기 시작한 욕심쟁이 노인네 특유의 무심하게 이기적인 태도.

늙은 남자와 젊은 여자는 후미진 구석 테이블에 자리를 잡았다. 부자 노인네가 사준 것이 분명해 보이는 적당한 가격의 티파니 목걸이가 여자의 하얀 목에서 덜렁거렸다. 수치를 모르는 이의 눈빛과 반성의 기미가 없는 당당한 손짓으로, 젊은 여자가 목발을 짚은 기우뚱한 자세의 종업원에게 음식을 주문했다.

개 같은 연놈이, 개 같은 옷을 입고, 개같이 구는 광경을 이서준은 차분하게, 똑똑하게 쳐다보았다.

우아한 건달같이 옷을 차려입은 남자가 식당 안으로 냉큼 들어왔다. 잘생긴 늙은 제비족 같은 인상의 남자를 향해 부장이 손바닥을 흔들었다. 부장의 손바닥은 경쾌했다. 늙은 제비족의 발걸음은 유쾌했다.

"늦었네. 언제 들어왔어?" 부장이 다정하게 물었다.

"잘 지내시죠? 며칠 됐습니다." 짙은 눈썹, 더 짙은 검은 눈동자의 남자가 환하게 웃으며 서준의 옆자리에 털썩 앉았다.

"둘이 얼마 만이야?" 부장이 서준을 향해 몸을 돌리며 말했다.

"……"

서준은 아무 말도 하지 않았다.

"짜장면 다 먹고 먼저 올라가 있어. 나 이 친구하고 잠깐 할 얘기 있으니까."

"그러죠." 퉁퉁 불어터진 짜장면 한 덩어리를 우적거리던 서준이 말했다.

"지금 뉴욕에 계신 거 맞죠? 조만간 거기서 뵐 수도 있겠네요." 서준이 자리에서 일어나며 늙은 제비족에게 고개를 까딱 숙였다. 서준은 크고 환한 미소를 지었다. 모든 것을 다 주겠다는, 선의가 담긴 미소였다.

"그래? 요즘 어떻게 지내? 제수씨는 잘 있지?" 메뉴판을 살피던 늙은 제비족이 얼굴을 들어 서준을 쳐다보았다. 제비족은 메뉴를 살피며 씩 웃음을 흘렸다. 네놈이 뭘 줘도 아무것도 필요 없어,라는 냉소를 품은, 승리자의 웃음이었다.

"아주 잘 있죠. 지부장님 덕분에." 서준이 해맑은 표정을 지으며 받아쳤다.

젊은 여자와 늙은 남자는 아무 말도 없이 고개를 푹 숙이고 휴대폰 액정을 들여다보고 있었다. 주방 쪽에 서 있던 뚱뚱한 주방장과 목발을 짚은 여자가 서준과 눈이 마주쳤다. 둘 다 멀뚱멀뚱한 눈빛이었다. 주방장의 이마는 여전히 땀으로 번들거렸다.

낡은 목발의 한구석에 숨겨진 초소형 카메라. 서준은 목발에 설치된 카메라 렌즈를 유심히 쳐다보았다. 주방장이 손등으로 이마의 땀을 닦았다. 목발 여자가 어색한 미소를 지었다. 화교 요식업자로 위장한 중국 국가안전부 얼치기 요원들이 틀림없었다.

서준은 빙긋 웃으며 주방장과 목발 여자를 향해 공손히 고개를 숙였다. 부장이 손바닥을 흔들며 서준을 향해 소리 없는 웃음을 보냈다. 늙은 제비족의 얼굴은 심각해 보였다. 서준은 식당의 모두를 향해 고개를 까딱 숙였고, 이내 등을 돌렸다.

"이놈 봐라. 이놈의 망할 스키가. 얼른 일어나지 못해?"

아주 오래된 가죽의자에 몸을 묻고, 얼굴을 옆으로 툭 떨어뜨리고, 무릎과 무릎을 포갠 양 다리를 책상 위에 떡하니 올려놓고, 침을 질질 흘리며, 드르렁거리며 코를 고는 이서준을 내려다보며 부장이 외쳤다. 안가 사무실 천장을 향한 서준의 검은색 양말의 구멍 사이로 말끔하게 정리된 엄지 발톱이 뻔뻔하게 드러나 있었다.

책상 위에 다리를 올리고 눕다시피 의자에 파묻혀 있던 서준을 향해 부장이 고함쳤다. 깜짝 놀란 서준이 동그랗게 눈을 떴다. 의자에서 떨어질 뻔한 서준이 '여기가 어디지'라는 눈빛으로 부장을 올려다보았다. 부장의 등 뒤로 뉴욕에서 왔다는 늙은 제비족이 엉거주춤하게 서 있었다. 한심함과 처량함이 정확히 반반씩 섞인 표정이 그의 얼굴에서 무방비로 흘러내렸다. 표정을 숨기지 못하는, 비밀요원으로서 자격이 전혀 없는 늙은 제비족. 그는 블루 톤의 버버리 레인코트를 입고 있었다. 잔뜩 위로 향한 코트 깃, 벨트가 단정히 동여매진, 그런 옛날 식의 구태의연하고 진부한 버버리 레인코트.

"휴……." 이서준이 작게 한숨을 쉬며 부장의 책상에 올려놓았던 다리를 느릿느릿 내렸다.

"요즘 잠을 못 자요." 등을 쫙 펴고 부장의 가죽 의자에 앉은 서준이 손등으로 눈을 세게 비비며 말했다.

"아까 말하던 게 뭐였더라? 일 년짜리 휴가를 달라고 했나?" 고개를 옆으로 살짝 기울이며 부장이 물었다.

"바로 그거죠. 일 년짜리 휴가 공작." 서준은 여전히 의자에 앉아 있었다.

"어디 가고 싶다고 했지? 마닐라였나, 사이공이었나?" 검은 뿔테 안경을 왼손 검지로 치켜올리며 부장이 심드렁하게 물었다.

"지구 반대편. 아바나요. 쿠바하고도 아바나." 이서준이 슬며시 몸을 일으키며 소곤거리듯 말했다. 그는 하품을 하며 크게 기지개를 켰다.

"아바나? 거기 뭐가 있는데?" 부장이 가소롭다는 표정으로 말했다.

"설탕과 럼주, 그리고 시가요. 아직까지 살아 있는 빨갱이 혁명군 노인네들도 있다죠." 이서준이 이마를 찡그리며 말했다. 그의 이마 한복판에 일자 주름이 선명하게 드러났다.

"장난해?" 부장이 낡은 책상 바닥에 엉덩이를 툭 하니 걸쳤다. 너저분하게 널려 있던 공작 계획 서류들은 말끔히 사라지고 없었다. 텅 빈 책상 바닥을 서준은 멍하니 쳐다보았다.

"엔비 불알친구요." 이서준이 부장의 얼굴을 향해 자신의 얼굴을 성큼 들이댔다. 부장의 붉은 코끝과 서준의 번들거리는 눈동자가 맞닿을 지경이었다.

"이름이 영호라죠? 김영호." 서준이 중얼거리듯 낯선 이름을 말했다.

"김영호? 네가 그놈 이름을 어떻게 알아?" 부장이 불쾌한 표정을 지으며 뒤로 쓱 물러났다.

부장의 등 뒤에 여전히 엉거주춤하게 서 있던 이탈리아 제비족을 닮은, 돈은 많지만 쩨쩨하기 짝이 없는 호색한 같은 버버리맨이 서준을 쳐다보며 고개를 갸웃거렸다.

서준이 이탈리아 제비족에 쩨쩨한 호색한으로 위장한 버버리를 향해 성큼 악수를 청했다. 엉겁결에 손을 잡힌 늙은 제비족의 얼굴은 불콰했다. 그의 입 주위에서 들큼한 중국 독주의 향기가 났다. 서준은 콧구멍을 벌렁거리며 아래위로 손바닥을 크게 흔들어댔다. 선의와 호의와 반가움이 듬뿍 담기고 질시가 살짝 첨가된 패배자의 비굴한 손바닥이었다.

*

'엔비'는 'NV(North VIP)', 북한 최고 지도자를 일컫는 이 바닥의 은어였다.

서울 연희동의 허름한 중국 식당에서, 내동댕이치듯 툭 던져진 공작의 시작이었다.

작전의 명칭도, 설계자도, 집행자도, 아무것도 정해지지 않은 상태였다. 모든 것이 희뿌연 안개 속에 존재하고 있었다.

명확한 것은 딱 하나였다. 손을 내밀면 잡을 수 있을 것 같은 작전의 타깃.

'북조선 최고 존엄의 불알친구 김영호.'

7. 아바나행 휴가계획서

– 장점

매사에 용의주도하며 스페인어를 능숙하게 구사한다.

기록 · 조사와 보관 · 정리에 탁월한 재능이 있다.

소리를 기억하고 이미지로 표현하며 냄새를 시각적으로 추억하는, 비범한 기억력이 돋보인다.

모든 기억을 간결한 언어로 표현할 수 있다.

두뇌와 용기와 의지가 있는 인물이다.

……

– 하자

여자 문제가 항상 있다.

작전의 의도를 대놓고 드러내는 경향이 있다.

시건방진 철부지들을 좋아한다.

근면성, 지구력이 취약하다. 심각하게 취약하다.

술을 즐기지 않지만 한번 마시면 끝장을 본다. 하지만 음주로 인한 사고

기록은 서류상에는 없다(음주운전 1건 적발 제외).

　가정에서도 비밀요원처럼 행세한다.

　……

　부장은 이서준의 파일을 대충 훑어보았다.

　'해외 요원의 신상 파일을 도대체 어떤 놈들이 작성하는 거야?'

　부장은 모든 것이 엉터리인, 팩트라고는 하나도 없는, 이서준의 신상 파일을 툭 던져버렸다.

　'1년짜리 휴가? 휴가를 빙자한 비밀공작? 북조선 최고 지도자의 절친?'

　부장은 볼펜으로 작성된 A4 용지 한 장짜리 휴가계획서를 흘 깃 보았다. 오른손잡이가 왼손으로 쓴 것 같았다. 그깟 휴가 따위 안 가도 그만이라는 배짱과 오만이 공공연하게 드러난 폭력적인 계획서였다. 무지막지하게 폭력적이고 상상 이상으로 저급한 오 만방자한 계획서.

　'이렇게 무식할 수가, 이토록 저급할 수가……. 그래……. 이서 준이라면 능히 그럴 수도 있지…….'

　부장은 책상 위에 팔꿈치를 얹었다. 독한 술 한잔 생각이 간절 했다. 부장은 책상 아래 서랍을 슬며시 열었다. 서랍의 열쇠구멍 에는 옛날식 열쇠가 꽂혀 있었다. 그는 서랍 속에서 스탠리 스테 인리스 술병을 꺼냈다. 수십 년도 넘은 것 같아 보이는 낡아빠지 고 찌그러진 술병. 그는 엄지와 검지로 조심스럽게 술병의 작은 뚜껑을 돌렸다. 언제 넣었는지 기억도 나지 않지만 28년산이 분명한 스카치위스키 한 모금을 꿀꺽 삼켰다. 부장의 취향은 분명했다. 28년산 스카치위스키와 수정방 54도. 부장의 오랜 음주 취향이었다.

이서준의 휴가계획서는 엉터리 그 자체였다. 하지만 손해 볼 것도 없어 보였다. 밑져야 본전, 아니 밑져도 이익이었다. 작전에 실패하더라도, 춤과 음악과 여자와 술이 길바닥에 굴러다니는 사회주의 열대 낙원에서 1년을 보낼 수 있으니까. 작전에 개입할 상사도, 눈치 봐야 할 외교부 고위급 직원도, 고위급 관료 회담에 숟가락 하나 없는 정치인도 없는 곳이니까. 이쪽 용어로, '샴페인 공작'이 될 것이 유력하니까.

부장은 책상 위 구석에 얌전히 놓인 골동품 같은 은제 담배 케이스에서 던힐 한 개비를 꺼내 입에 물었다. 바지 주머니에서 금장 까르띠에 라이터를 꺼내 담배에 불을 붙였다. 푸르스름한 담배 연기가 불량 연막탄처럼 부장의 얼굴 주위로 퍼져 나갔다. 연기 속에서 부장은 곰곰이 현재 상황을 정리했다.

*

조직 내부에서도 이른바 '한 방'이 필요한 시기였다.

대한민국 최초의 여성 대통령은 쫓겨나기 직전이었다. 차기 대통령이 누가 될지, 베테랑 정보요원이 아닌 코흘리개 신입 요원이라도 명확하게 알 수 있는 상황이었다. 차기 대통령은 북한과의 관계 개선에 전력을, 진심을 다할 터였다.

10년 가까이 이어진 의도적이고 계획적이었던 북한과의 적대적 관계.

대기업 CEO 출신이 우두머리였던 지난 정부, 독재자의 딸이 대장 행세를 했던 이번 정부 내내 국정원 조직이 앞장서 그런 분위기를 만들었다. 북한과의 관계를 박살내고 파괴해버리는 적대 공작 계획을 너도나도 상부에 올렸고, 엉터리 같은 얼치기 공작들이 실행에 옮겨졌다.

남과 북의 관계는 완전히 망가져버린 상태였다. 그럴싸한, 때로는 엉터리 역정보를 흘리는 수십 년 전통의 휴민트들도 숨을 죽인 지 오래되었다.

하지만, 한 시대가 저물고 다른 시대가 떠오르는 것은 분명한 사실이었고 자연스러운 흐름이었다.

이제는 이름도 가물가물해진 그 망할 놈의 햇볕정책을 계승할 것이 분명한 차기 정부를 위해서, 차기 정부에서도 자리를 지켜야 할 의무가 있는 조직의 고위층을 위해서, 평화로운 퇴직을 맞이해야 할 부장 자신을 위해서, 죽으라면 죽지 않고 죽이라면 죽여버리는 음지와 그늘 속의 비밀요원들을 위해서라도, 뭔가 새로운, 혁신적인 공작이 절실한 시점이었다.

대한민국 정부와 정식 외교 관계를 맺지 않은 나라. 대사관도 영사관도 설치되지 않은 나라. 무슨 짓을 하다 들통이 나도 책임질 일 없는 나라. 북한과 오랜 세월 동안 우호적인 관계를 맺고 있는 나라. 여전히 사회주의를 붙들고 있는 나라. 쿠바 공화국.

그런 나라에 북한 최고 지도자의 절친이 있다?

부장은 서준의 말을 듣는 순간 무릎을 탁 치고 싶었다.

김영호, 북한 최고 존엄의 불알친구.

김영호의 이름은 부장도 이미 알고 있었다. 중국의 고위급 정보원이 생색을 내며 건넨 정보였다. 부장은 김영호라는 이름 석자를 히든카드로 숨겨놓고 있었다. 서랍 깊숙이 모셔놓았다. 적당한 때가 되면 꺼낼 작정이었다. 이 정보가 사실이라면? 그 존재자체만으로, 김영호는 먼지 속의 보물이었다.

열대 휴양지, 천국 같은 낙원에서의 비밀공작. 일명 아바나 공작에 부장의 가슴이 쿵쾅거렸다. 한 모금 꿀꺽 흘려 넘긴 28년산위스키 때문만은 아니었다.

*

언제였더라? 이서준을 처음 만난 게?

부장은 기억할 수 없었다. 시간은 부장에게 중요한 개념이 아니었다. 계획과 결과. 부장이 고려하고 결정하고 지시하고 실행하는 모든 개념은, 계획과 결과, 그 둘뿐이었다. '아바나의 김영호'가 계획이었다. 그리고 결과는 이서준의 몫이었다. 결과가 망하더라도, 결국 망할 것이 뻔한, 아니 애당초 망해버린, 이서준이망할 터였다.

10여 년 전, 이서준을 해외 공작 전문 요원으로 선발한 당사자가 부장이었다. 당시, 부장은 해외 비밀 공작원을 선발하고 훈련시키는 부서의 책임자였다. 스페인어에 능통한 현장 요원은 조직 내부에서 매우 귀한 존재였다. 며칠 전, 연희동 중국 식당에서 만났던 현 국정원 뉴욕 지부장이 이서준의 인사파일을 손에 들고 의기양양한 표정으로 부장을 찾아 왔었다.

행정직 이서준을 공작원으로 발굴, 소개한 뉴욕 지부장. 그놈의 별명은 '간판'이었다. 눈에 띄게 잘생긴, 이탈리아 제비족 같은 외모 때문이었다. 비밀요원으로서는 치명적인 결함. 엉뚱하면서 잔잔하게 잘난 얼굴 덕분에 간판은 현장 요원으로서 일절 활동하지 못했다. 그는 총무, 인사, 감찰, 방첩 부서에서 경력을 쌓았고, 지금은 국정원 직원이라면 백이면 백 모두가 침을 질질 흘리는 바로 그곳, 국정원 뉴욕 지부의 책임자가 되었다. 줄을 잘 서는 탁월한 재능. 혈관에 새겨진 아부와 충성의 본능. 간판에게는 그 능력과 본능이 있었다.

간판은 코트 깃을 잔뜩 세우고 돌아다녔다. 뉴욕의 쓸쓸한 바람둥이 행세를 하며, 안락하고 편안하며 화려한 스파이 두목 노릇을 하느라 바빴다. 그 인간에게는 그 옛날, 항상 스스로를 '간판'이라 강조하던 습관이 남아 있었다.

"내가 우리 회사 간판이야. 얼굴로는."

부장은 몇 년 후배인 간판의 짙은 눈썹과 우수에 젖은 듯 움푹 들어간 깊은 눈동자, 그리고 여자들을 순식간에 무방비 상태로 만들어버리는 위로 슬쩍 올라간 치명적인 입술을 생각하며 빙그레 웃음 지었다.

부장의 얼굴에서 웃음기가 확 사라졌다. 그 망할 놈의 이서준 때문이었다. 부장은 양 팔꿈치를 책상 바닥에 얹고 왼쪽 손바닥으로 오른 주먹을 감쌌다. 그는 오른손 엄지 끝으로 관자놀이를 지긋이 누르며 기억을 되짚었다.

이서준은 외교부 공무원이었던 부친 때문에 어린 시절의 대부분을 중남미에서 보냈다. 볼리비아에서 중학교를, 파나마와 멕시코에서 고등학교 과정을 마친 이서준은 해외 특례 입학 제도의 수혜자였다. 그는 부친 덕분에 국립대학인 서울대학교에 손쉽게 들어갔다. 학부에서 법학과 정치학을 공부했다. 성적은 나쁘지 않았다. 별다른 사고도 없었다. 대학 졸업 후 육군 입대. 특전사 차출, 특전병 전역. 이서준의 이력에서 군 제대 후 약 3년이 비어 있었는데, 그는 중남미 곳곳을 돌아다니며 여행을 했다,라고 국정원 면접에서 주장했다. 국정원 인사팀의 조사 결과는 당사자의 주장과는 좀 달랐다. 검증 결과, 이서준은 3년 동안 볼리비아, 콜롬비아에 주로 머물렀고, 쿠바와 멕시코, 칠레에도 잠깐 체류했다. 브라질과 아르헨티나에 머문 시간은 단 며칠이었다. 현지의 한 정보원은 이서준이 멕시코 마약조직에서 일한 것으로 의심된다는 짧은 보고서를 올렸는데, 그 보고서에는 이서준이 CIA 끄나풀 노릇을 해 체포 위기를 모면했다는 다소 황당한 내용이 담겨 있었다.

국정원 공개 채용 당시, 이서준은 현장 요원이 아닌 일반 행정직으로 지원했다. 덕분에 중남미에서의 의심스러운 행적은 별 문제가 되지 않았다. 최고 학부를 졸업한 엘리트, 특전사 경력, 원어민 수준의 탁월한 언어구사 능력. 이서준의 장점이 의심스러운 행적을 이겼다. 이서준은 국정원 공채 직원이 되었고, 우수한 성적으로 교육 과정을 통과했다. 20대 후반에 국정원에 입사한 그는 약 10년 동안 눈에 띄지 않는 평범한 행정 담당 직원으로 묵묵히 자리를 지켰다.

중남미 전문 현장 요원이 필요했던 시기. 현 뉴욕 지부장, 당시 간판이 이서준을 추천했다. 간판은 해외 담당 공작관으로 일하고 있었다. 부장은 이서준을 불렀다. 현장 요원으로서의 자질과 능력을 저울질했다.

'눈을 내리깔지 않고, 정상적인 심장박동을 유지한다.' 즉 뇌와 심장이 지극히 정상적인 상태에서 배우자에게 일생일대의 거짓말을 할 수 있는 자가 비밀요원의 자격이 있다,라는 것이 부장의 지론이었다.

부장은 단숨에 알아보았다. 닳고 닳은 비밀요원은 닳고 닳아질 운명의 비밀요원을 알아보기 마련이었다. 척 봐도, 이서준은 비밀요원으로서의 자격이 충분했다. 태연한 표정으로 자기 자신을, 배우자를, 친구를 속일 수 있는 자질. 부장이 이서준을 통해 본 것은 자기 자신이었다. 볼록 거울을 보는 듯한 그런 느낌.

이서준은 기다렸다는 듯, 현장 요원으로의 직위 전환에 침착하지만 열렬히 반응했다. 모든 조건이 완벽했다. 부장은 이서준을 선발해 시험하기로 마음먹었다. 은퇴한 늙다리 특급 요원들을 그에게 붙여줬다. 미행, 납치, 암호 해독, 갈취, 도청, 협박, 회유, 비밀통신…… 비밀요원이 갖춰야 할 기본 기술들을 전수했다. 베테랑 전문가들의 테스트가 이어졌다. 이서준은 재빨리, 별 어려움 없이 기술을 익혔다. 부장의 예상보다 훨씬 빨리, 정확히 말하자면, 부장이 예상했던 시간의 딱 절반 만에 이서준은 전문 공작 요원으로 변신했다. 그는 타고난 비밀 공작원 같았다.

비밀요원, 즉 블랙요원으로의 변신에 신분 세탁은 필수 조건이었다. 이서준은 행정직원으로 일하며 스페인어 박사 과정을 마쳤다. 서준의 박사 학위 취득은 부장도 나중에 안 사실이었다. 이서준은 마치 자신의 미래를 예상이라도 한 것 같았다. 스페인어 박사 학위 덕분에 이서준의 신분 세탁은 골치 아플 일이 없었다. 그는 세계 곳곳에 한글과 한국 문화, 한국학을 전하는 비영리 공공기관인 국제교류재단의 계약직 교수 신분을 합법적으로 취득했다. 교수 지원과 임용에 국정원의 외압과 간섭, 개입도 일절 없었다. 대한민국 비영리 공공기관의 한국학 교수. 합법적인 절차와 과정을 통해 신분을 바꾼 이서준은 중남미로 향했다.

코스타리카, 볼리비아, 과테말라에서 이서준은 짧게는 1년, 길게는 2년 동안 한국학 교수로 일했다. 동시에 이서준은 동시에 블랙요원으로 암약했고, 공작원으로 쑥쑥 성장했다. 이서준은 속고 속아주고 속이는 데에서 타고난 자질을 발견했고, 회유와 협박과 갈취 전문가로서의 능력을 개발했다.

이서준은 멕시코에서 큰 실적을 거뒀다. 부장이 흘려준 정보를 바탕으로 진행된 포섭, 갈취 공작이었다. 이서준은 갈색 눈동자의 물라또 콜걸에 넋이 나간 중국 외교관의 약점을 잡았다. 그는 능숙한 전문가의 태도로 외교관을 협박하고 회유했다. 덫에 걸린 외교관을 통해 서준은 중국 정부의 기밀 정보를 장기간 갈취했다. 본부의 양복쟁이들은 이서준의 성공에 크게 고무되었다.

공작들이 성공하면서, 이서준이 청구하는 공작금의 규모는 점점 커졌다. 부장이 결재한 공작금으로 이서준은 주재국 고위 관료, 사업가, 외교관들에게 향락을 베풀었다. 한편, 해결 불가능한 공작금의 영수증 처리 때문에 부장의 골치 아픈 일은 점점 불어났다. 1년 넘게 이서준의 정보원 노릇을 하던 중국 외교관이 중국 국가안전부의 감찰에 걸렸다. 뒤늦게, 타의에 의해 정신을 차린 외교관은 즉시 본국으로 송환되었다. 서준의 덫에 걸려 정신을 차리지 못한 중국 외교관은 본국에서 조사 도중 자살했다는 소문이 들렸다. 화가 잔뜩 난 중국 당국은 한국 정부에 강경한 대응을 취했다. 중국에서 활동하던 피라미 한국 정보원 몇몇이 구금되었고, 추방되었다. 중국 통인 부장이 나서 사태를 겨우 수습했다.

  부장이 사태를 수습하는 동안, 이서준은 고향 같은 중남미를 떠나 베트남 하노이 대학으로 넘어가 한국어 수업을 맡았다. 베트남에서 비밀공작 활동은 전혀 없었다. 하노이에서 이서준이 챙긴 것은 때늦은 가정이었다. 부장이 의도한 것은 아니었지만, 부장의 소개 아닌 소개로 이서준은 결혼까지 했다. 베트남 체류 기간 동안, 이서준은 뻔질나게 한국을 들락거렸다. 부장은 수상스키장이 눈앞에 펼쳐진 자신의 북한강 별장에서 파티를 여는 취미가 있었다. 이서준의 처지를 짠하게 여긴 부장이 파티에 서준을 종종 초청했다. 간판도 파티 단골 참석자였다. 부장과 간판과 이서준. 아주 잠깐 동안이었지만, 그들도 속내를 드러내며 술잔을 기울이던 시절이 있었다. 동남아시아를 오가며 무역업을 하는, 누가 봐도 미모와 재력을 갖춘, 예쁜 데다가 지적이기까지 한

30대 후반의 여성 사업가가 이서준과 눈이 맞았다. 그들은 결혼식을 생략했다. 즉시 가정을 꾸렸다. 부장은 속이 좀 쓰렸다. 하지만 그들의 앞날을 진심으로 축복해줬다.

평범한 공무원 이서준을 비밀요원으로 선발해준 이가 부장이었다. 눈에 띄는 매력도, 마력 같은 재력도, 무시당하지 않을 배경도 없는, 보잘것없는 노총각에게 가정을 선사한 것도 바로 부장이었다.

멕시코의 중국 외교관 사태는 겨우 종결되었고, 이서준은 다시 중남미로 복귀했다. 그의 아내는 사업을 하느라 바빴다. 이서준과 그의 아내 둘 다 일이 먼저였다. 부장이 보기에, 그들의 조합은 완벽 그 자체였다.

콜롬비아에서 이서준은 마약조직단과 안면을 텄다. 마약조직의 중간 간부를 정보원으로 활용해 마약 관련 정보를 한국으로 전송했다. 국정원은 이를 바탕으로 세계 마약 유통의 최신 정보를 파악할 수 있었다. 이서준은 중남미의 미국 CIA 요원들과도 친구로 지냈다. 이서준에게는 승승장구의 시절이었다. 이서준은 중남미 전문가로 성장했다. 부장은 이서준의 성장을 지켜보며 흐뭇했다. 타고난 공작원을 알아본 타고난 공작 관리관. 부장은 스스로에게 만족했다.

오르막이 있으면 내리막이 있는 법. 이서준의 전성기는 오래가지 못했다. 비밀공작과는 하등 상관없는, 개인적인 욕심 때문이었다. 부장의 지시로 실행된 파나마의 페이퍼 컴퍼니 관련 정보 추적 과정에서 일어난 결과였다. 한국의 거물급 정치인과 대기업

사주들이 파나마 시티의 페이퍼 컴퍼니를 통해 천문학적인 돈을 세탁한다는 정보를 부장이 입수했다. 부장은 이서준에게 페이퍼 컴퍼니 관련 정보를 알아보라 지시했다.

당시 서준은 파나마의 한 대학에 개설된 한국학 강좌 객원교수로 일하고 있었다. 그는 부패한 파나마 고위 공무원을 매수하는 데 성공하는 등 나름대로의 성과를 거뒀다. 부장은 깔끔하게 정리된 이서준의 보고서를 기다렸다. 결정적 정보와 확실한 증거를 입수해 정식으로 합법적인 수사 기관에 사건을 이첩할 심산이었다. 이서준의 보고서가 전송되기 직전, 사건이 터졌다. 누군가 감찰실에 투서를 넣었다. 파나마의 블랙요원이 한국의 재력가들을 상대로 돈세탁 심부름을 하고 있고, 그 과정에서 한몫 단단히 챙기고 있다는 제보였다. 제보자는 문제의 블랙요원을 제거하지 않으면, 언론에 이 사실을 알리겠다는 문구도 친절하게 투서에 추가했다. 문제의 블랙은 당연히 이서준이었다. 이서준은 즉시 본부로 송환되었다. 감찰실의 강도 높은 조사를 받았다. 감찰 과정 도중, 어처구니없는 일이 또 일어났다. 본부 감찰실을 오가며 조사를 받는 와중에 이서준이 조직의 공식 장비를 이용해 개인 사생활 기록을 염탐했다는 사실이 들통났다. 그는 애인은 물론 동료와 아내의 통화기록, 이메일 계정, 문자메시지, 심지어 카카오톡 같은 메신저를 마구 뒤졌다. 그는 정신 나간, 사리분별이 불가능한 아마추어처럼 굴었다. 보란 듯이 가까운 이들을 엿보고 뒤를 캤고 감청했다.

비밀요원이라면 상상도 할 수 없는 행동이었다. 하필이면 민간인 불법 감청, 사찰 사건으로 조직 안팎이 뒤숭숭할 때였다. 페이퍼 컴퍼니 사건은 별 문제가 되지 않을 터였다. 부장의 지시로 인한 조사였고, 증거도 부실했다. 하지만 이서준의 돌발 행동은 다른 문제였다. 잔뜩 예민해 있던 감찰실은 비밀요원의 불법 감청, 사찰 행위를 문제 삼지 않을 수 없었다.

특급 해외 공작요원의 초특급으로 얼빠진 행위에 부장을 비롯한 관리자들은 '초초특급'으로 어이없어했다. 더욱 가관인 것은 이서준의 추후 반응이었다. 그는 아무렇지 않다는 듯 굴었다. '불법인 줄 몰랐다'고 둘러댔다. '자신의 안전을 위해 이런 짓을 했다'고 주장했다. '누군가 자신의 움직임을 주시하고 있고, 자신의 정체를 추적하고 있는 것이 분명하다'는 것이 서준의 설명이었다. '보이지 않는 추적자를 추적하기 위한 최소한의 조치였다'고 서준은 강조했다.

부장은 사태를 수수방관했다. 곤경에 처한 서준에게 손을 내밀 명분도, 방법도, 체면도 없었다. 민간인 사찰은 엄연한 불법이었다. 서준의 행위가 밖으로 새어나가기라도 하면 그야말로 조직 최고위층들의 자리가 날아갈 참이었다. 이서준의 목을 뎅강 베어버리는 것이 최선이었지만, 조직 내부의 인정머리는 아직 남아 있었다. 인정이라기보다는 망신살이 뻗치는 사태를 우려해 내린 조치였다.

감찰실과 인사과가 내린 결론은 무기한 대기 발령이었다. 창문 없는 본부의 사무실에서 대기하며 가끔 쓸모도 없는 정보 분석이나 하라는 지시가 떨어졌다. 특급 비밀공작 요원에게 가장 어려운 임무가 떨어진 셈이었다.

고문이나 다름없겠군.

부장은 그렇게 생각했다. 졸리면 자고, 배고프면 먹고, 정시 출근해 정시 퇴근하는 그런 일상. 이서준은 1년 가까이 그런 일을 하고 있었다. 자신의 안위가 급했던 조직의 간부들은 누구 하나 서준의 상태에 관심을 보이지 않았다. 이서준의 대기 발령 조치가 해제될 날도 요원해 보였다.

골방에서 1년을 무료하게 보낸 특급 해외 공작요원 이서준. 웅크리고 있던 그가 튀어나왔다. 어처구니도, 맥락도, 성의도, 간절함도 없는 A4 한 장짜리 휴가계획서를 들고서.

*

폭력적이고 저급하기 짝이 없던 서준의 한 장짜리 휴가계획서가 확 바뀌었다. 수십 년간 닳고 닳은 공작 전문가의 손길과 기술과 속임수가 덧칠되었고 첨가되었다.

타깃, 접근 방법, 기대 효과, A안이 망했을 때의 대안, 공작에 필요한 물품과 인력과 예산이 포함된 간결한 보고서로 탈바꿈되었다. 저 위에 앉은 양반들이 읽기 쉽게 큼지막한 글씨로 출력된 보고서.

부장은 긴급 안건으로 최고위층에 공작 계획 보고서를 제출했다. 부장의 예상대로, 조직의 최고위층은 부랴부랴 부장의 보고

서에 결재 도장을 쾅 하고 새겨주었다. 격려와 기대의 당부도 전해 들었다. 정권 교체에 대비해 꼭 필요한 보험. 부장은 칭찬은 물론 고위급 간부의 격려금까지 받았다.

"반드시 뭐 하나 건져오라고. 얼어붙은 남북 관계를 단방에 녹일 뭐 그런 거. 잘 알지?" 평생을 국정원에서 버텼고, 차기 정부에서도 한자리 차지할 것이 유력한, 조직의 넘버 투가 달러 뭉치가 담긴 두둑한 봉투를 부장에게 건네며 말했다. 대머리에 돼지같이 살이 찐 그가 다정한 눈웃음을 보인 것은 부장 평생 처음이었다.

부장은 보고서의 누런색 마분지 겉면 상단 구석에 큼지막한 직사각형의 도장을 조심스럽게 새겨 눌렀다. 검붉게 새겨진 탑 시크릿. 부장은 등줄기를 단단히 폈다.

'그래, 아바나에 이서준을 보내고, 뉴욕의 간판을 공작관으로 붙여놓겠어.'

부장은 마음을 굳게 먹었다.

부장은 휴대폰을 꺼냈다. 며칠 한국에 머물며 진탕 놀다가 뉴욕으로 다시 떠난 간판을 긴급 호출했다. 간판은 투덜거렸다. 부장은 신속, 긴급 사안임을 통보했다. 즉시 귀국 명령을 내렸다.

이서준은 본부 지하의 골방에 앉아 하루 지난 신문을 대충 훑어보고 있었다. 신문을 들여다보다가, 꾸벅꾸벅 졸다가, 콧구멍을 벌렁거리던 이서준. 그는 다정하고 따스한 음성이 담긴 부장의 전화를 받고 자리에서 벌떡 일어날 뻔했다.

"가자. 아바나. 그것도 당장."

부장이 무덤덤한 목소리로 서준에게 말했다.

이서준의 말 한마디로 시작된 제안과 계획서가 조만간 현실로 툭 튀어나올 터였다. 하지만 지구 반대쪽, 쿠바 아바나에서 어떤 일이 일어날지는 아무도 예측할 수 없었다. 모든 것은 이서준의 몫이었다.

*

부장의 지시가 떨어졌다.

부장은 분석파였고 매복에 능했다. 서준은 궁극적으로는 행동 파였다. 부장의 결정은 대체로 지지부진했다. 서준은 즉시 움직 이는 쪽이었다. 즉각적이고 본능적인 공작원과 침착하고 태연한 공작관리관. 둘의 궁합은 이상적이었다. 지금까지는 그랬다.

본인의 성향과는 별개로, 부장은 즉시 실행 가능한 분석과 행 동 쪽을 선택하는 경향이 있었다. 서준은 부장의 이런 경향을 예 측하고, 김영호라는 미끼를 던졌다. 아무것도 아닌 일을 엄청난 것으로 교묘히 꾸미는 특별한 자질과 능력. 이서준이 애호하는 공작 방식이었다. 쪽박 아니면 대박. 북한의 최고위층 휴민트를 통해 얻었다는 '김영호'라는 이름 석 자. 위기에 처한 이서준이 제 시한 그 동아줄이 썩었는지, 상상 이상의 높은 세상으로 향한 관 문에서 툭 떨어진 황금빛 동아줄인지는 아무도 알지 못했다.

분석과 설계 전문가인 부장, 즉각 반응과 즉시 행동주의자인 이서준이 다시 만났다. 부장과 함께 움직였을 때, 이서준은 깜짝 놀랄 수준의 성공을 연달아 거뒀다. 하지만 부장이 아닌 다른 관리관과 붙었을 때, 서준은 참담하고 조잡한 실패를 맛봤다. 성공한 공작은 드러나지 않지만, 실패한 공작은 단숨에 드러나기 마련이었다. 실패 공작이 연달아 드러난 이서준. 익명의 제보와 어처구니없는 민간인 불법 사찰로 무기한 대기 발령 중인 이서준. 조직 내에서 한물간, 조만간 잊힐 공작원으로 전락한 이서준에게 마지막일지도 모를 기회가 찾아왔다.

이서준이 확보한 단 하나의 정보. 쿠바 주재 북한대사관 김영호. 북한 최고 존엄의 유일한 절친.

부장은 서준의 아바나행을 승인하며 몇 가지 조건을 달았다.

1년 내에 결과를 가져올 것. 쿠바에 정보망을 구축할 것. 안개처럼 사라져버린 전임 블랙의 행적과 행방을 추적할 것.

'전임 블랙이라고? 쿠바에서 사라진 블랙이 있었어?'

서준은 고개를 갸웃거렸다.

부장이 전임 블랙의 이름을 내뱉었다.

'아, 그놈의 인간.'

행방불명 상태라는 전임 블랙은 서준도 잘 아는 인간이었다. 분쟁 지역 전문 언론인으로 행세하면서 베이루트, 레바논, 아프가니스탄 등에서 활동한 자였다. 어디서든 큰소리를 뻥뻥 치던 친구였다. 나 비밀 공작원이요, 하고 단서를 질질 흘리며 임무를 수행하던 치였다. 황금빛 아이스베를린 선글라스를 머리에 꽂고 회색 아르마니 정장을 걸친 채 포르쉐를 몰고 다니며 정보원을 만나던 놈이었다. 서준이 본 공작원 중 가장 쓰레기였다. 대놓고 돈을 밝히고, 예쁜 여자에게 침을 질질 흘리고, 제대로 된 정보는 가져올 생각이 애당초 없고, 비밀요원이라는 직함을 훈장처럼 달고 다니고, 쓰레기 정보만 잔뜩 쌓아놓던 최하급의 쓰레기.

부장의 설명에 따르면, 서준의 전임인 듯 전임 아닌 전임 같은 그 블랙은 아바나에서 여덟 달을 머물렀다. 국내 한 일간지의 단기특파원으로 신분을 위장했다. 그 인간이 무슨 짓을 벌였는지, 타깃이 누구였는지, 공작 성과가 있었는지, 정보망을 구축했는지, 부장은 아무 단서도 내놓지 않았다.

'처음부터 새로 시작해. 그거 네 전문이잖아?'

이번 작전의 공작관으로 지명된 간판과 서준을 긴급 소집해놓고 부장은 말했다. 연희동 안가의 응접실이었다. 연희동 중국 식당에서 셋이 처음 만난 날부터 채 보름도 되지 않은 시점이었다.

뉴욕에서 급히 날아온 간판은 처음이자 마지막이 될 것이 유력한 '공작원-공작관-관리관'의 3자 회의에서도 투덜거렸다. '그만 인간을 뭐 하자고 추적해요?'라는 불만이 가득 섞인 어조로 간판은 부장에게 물었다. 그는 동의를 구하는 표정으로 서준의 눈치를 슬쩍 살폈다.

그 쓰레기 정보원 놈이 쿠바 남쪽의 깊숙한 해변에서 매일 밤낮으로 미녀들을 갈아치우고 있느라 바쁜지, 소리 없는 암살자에게 조용히 살해되었는지, 북한 혹은 중국으로 넘어갔는지, 마약 장사에 발을 걸쳐 한몫 단단히 잡고 조용히 사라졌는지, 서준은 잠깐 상상의 나래에 빠졌다.

행방불명된 비밀요원, 실종된 비밀공작원. 그것만큼 멋진 것은 없었다. 그렇게 최후를 장식하고 싶다는 생각이 서준의 머릿속을 스치고 지나갔다.

'뭐야, 역시 사람 속은 모른다니까. 그 얼치기 같은 놈이 감쪽같이 사라졌다고?'

서준은 전임 블랙에게 진심 어린 질투를 느꼈다.

*

작전은 일사천리로 진행되었다. 조직 고위층의 조바심과 성급함이 고스란히 드러나는 일정이었다. 부장이 휴가계획서로 위장된 공작계획서를 대북공작 담당 최고위층에게 제출했다. 대북공작 담당 책임자는 조직의 넘버 투였다. 그는 부장이 들고 온 계획서를 흘깃 본 후 바로 시행 지시를 내렸다. 부장은 마치 기다렸다는 듯 세부 일정을 잡았다. 부장과 간판과 서준은 연희동 안가에서 다시 만났다.

"아바나 작전 보고는 간판에게만 하도록."

"네."

서준이 답했고, 간판은 심각한 표정으로 머리통 전체를 연신 끄덕였다.

"아바나 일정은 간판을 통해 내려갈 테니까 이 교수는 정리되는 대로 뉴욕으로 떠나도록."

부장은 탑 시크릿 도장이 찍힌 공작계획서를 부채처럼 흔들며 점잖게 말했다.

"네."

무표정하게 서준이 답했고, 간판은 입을 가리고 하품을 했다.

"뉴욕에서 이 교수만을 위한 특별교육 훈련이 진행될 거야."

"네."

"짧으면 보름, 길어봤자 한 달."

부장이 책상 위에 놓인 수동식 커피 그라인더의 손잡이를 돌리며 말했다.

"네. 그런데 특별교육을 뭐 하자고 뉴욕에서 해요? 여기서 하고 가는 게 낫지."

서준의 콧구멍이 씰룩거렸다. 그라인더에서 드르륵 하며 커피 콩이 갈리는 소리가 났고, 커피 향이 사무실 전체로 퍼졌다. 간판이 다리를 꼬더니 공작계획서를 심각하게 들여다보기 시작했다.

"거 참 말 많네. 그냥 하라면 하자고. 선생들이 다 미국에 살아. 은퇴한 영감님들. 잘 배워놓으라고. 뉴욕에서 교육받을 동안 국제교류재단에서 아바나 호세마르띠문화원인지 뭔지 교수직 발령 날 거야. 발령 공고 떨어지면 바로 쿠바로 떠나도록 해. 그 일정은 여기서 짤 테니 교육에 집중하고."

부장이 곱게 갈린 커피 가루를 커피 필터에 조심스럽게 쏟으며 말했다.

"네."

부장은 서준과 간판을 쳐다보지도 않고 필터 안에 뜨거운 물을 천천히 부었다

"작전명은 뭐가 좋겠어? 교수 양반?"

커다란 시가를 코에 대고 킁킁거리며 부장이 물었다. 부장은

앞니로 시가의 앞부분을 톡 뜯어냈다.

"네?"

서준이 갸웃거리며 물었다.

서준은 고개를 푹 숙이고 계획서를 들여다보던 간판을 쳐다보았다.

"아바나 리브레 어때?"

간판이 고개를 들지도 않고 말했다.

"좋잖아, 자유 아바나. 지난겨울 휴가 때 아바나에 갔는데, 묵었던 호텔 이름이 '아바나 리브레'야. 힐튼이었다지, 거기가 원래. 카스트로 형제와 체 게바라가 아바나 입성하자마자 힐튼을 접수했지. 호텔 로비에 그놈들 사진이 떡하니 걸려 있더라고. 턱수염에 다 해진 군바리 옷 입고 AK 소총 질질 끌고 다니던 그 풋내기 혁명군 놈의 새끼들. 카스트로가 거기에서 살면서 떡쳤다는 거아냐. 암살 시도가 무서워서 호텔 방을 나오지 않았다지?"

"딱이네요. 아바나 리브레. 무슨 칵테일 이름 같기도 하고 영화 제목에서 본 것도 같고 말이죠."

간판과 이서준이 서로를 쳐다보며 소리 없이 웃었다.

"그럼 바로 시작하자고. 자세한 사항은 뉴욕에서 받아. 간판 통해서."

까르띠에 라이터를 켠 부장이 시가를 입에 물고 시가 끝에 불을 가져다 댔다. 부장은 뺨이 홀쭉해지도록 시가를 쭉쭉 빨았다. 푸르른 시가 연기가 뭉게뭉게 피어올랐다. 시가 연기를 입속에서 오래도록 굴려대던 부장이 천천히 연기를 내뿜었다. 정성스레 내린 커피를 한 모금 음미한 부장이 책상 위에 놓여 있던 술병을 쥐고 흔들었다.

"한 잔씩, 한 모금씩 하자고. 쿠바 커피 한 잔, 쿠바 럼주 한 잔, 쿠바 시가 한 모금. 작전 전 한 잔, 떠나기 전 한 모금은 반드시 필요하지. 얼음 없이 괜찮지?"

부장이 술병의 뚜껑을 돌렸다.

에스프레소 잔에 따른 커피 석 잔, 커다랗고 굵은 시가 두 대, 딱 한 모금 분량의 갈색 럼주가 담긴 글라스 석 잔이 부장의 책상 위에 가지런히 놓였다. 커피는 쿠비타Cubita, 시가는 꼬이바 Cohiba, 술은 론 산티아고Ron Santiago였다. 빈티지풍의 목재 커피 그라인더의 겉면에도 '쿠바Cuba'가 선명히 새겨져 있었다.

"이것들 다 쿠바에서 온 거야. 이서준이 네가 추적해야 될 그놈이 보내준 거지. 서준이 너는 이런 것들 보낼 생각일랑 꿈도 꾸지마. 맡은 바 임무만 생각하라고. 공작원은 오직 결과로 말하는 거야. 잘 알잖아 너도?"

부장이 건배를 권하며 말했다.

"네."

이서준은 심각한 표정으로 답했다.

*

국정원 지하 골방에서 드디어 벗어난 이서준. 그는 대낮의 올림픽대로를 달리며 태엽식 카시오 손목시계를 슬쩍 보았다. 뉴욕

118

의 간판이 선물이랍시고 준 시계였다.

'최신형 도청장치가 내장되었다나 뭐라나. 위성통신도 할 수 있다지.'

그는 뉴욕으로 향하는 여객기를 타기 위해 인천 국제공항으로 향하는 길이었다.

이서준은 연희동 안가에서 열린 아바나 공작 회의를 생각하며 운전대를 꽉 쥐었다. 가속 페달을 슬며시 밟았다. 부장이 공항까지 타고 가라고 내준 LR-V8 레인지로버의 5.0리터 슈퍼차저 가솔린엔진에서 굉음이 울려 퍼졌다. 엔진의 울림이 엉덩이까지 덜덜거리며 전해졌다. 서준은 시속 170킬로미터로 영종대교를 이리저리 내달렸다.

"차는 공항 장기주차장에 놔둬. 키는 공항 우리 사무실에 던져주고."

부장이 선심 쓰듯 자동차 키를 건네줬었다.

서준은 주차장 외딴 구석에 비뚤어지게 차를 댔다. 인천공항 주차장 아스팔트 바닥에 발을 내딛으며 서준은 부장의 마지막 말을 떠올렸다. 회의가 끝나고 안가 사무실을 나오던 서준의 등줄기를 파고들었던 바로 그 말.

"누구도 믿지 마. 나도, 간판도, 너 자신까지도."

서준은 아무런 대꾸도 하지 않았다.

"미리 말해두는데, 영수증 제대로 챙겨. 연필로 대충 휘갈긴 거 말고, 금액 딱 인쇄된 실물 영수증."

부장 옆에 딱 붙어 서성이던 간판이 서준의 등판을 향해 던진 말이었다. 목소리도 늙은 제비족 같았다. 속삭이는 듯한, 구역질 나는 새된 목소리.

'하여간 개새끼라니까. 퇴물 호색한 같으니라고.'

이서준이 눈살을 찌푸리며 하늘을 쳐다보았다. 막 이륙한 대형 점보제트기가 새파란 하늘 속으로 들어가고 있었다. 블랙 선글라스로 햇빛을 차단한 블랙요원 이서준이 성큼 걸음을 옮겼다. 그의 손가락에서 클러치가 딸랑거렸다. 검은색 가죽에 빨강과 노랑과 주황이 절묘하게 섞인 가는 줄무늬의 클러치. 그의 짐은 덜렁거리는 작디작은 폴스미스 클러치 하나였다.

'블랙요원은 블랙 슈트를 결코 입지 않는 법이야. 암, 그렇고말고.'

이서준은 화려한 꽃무늬가 프린트된 쿠바풍의 다이마루 와이셔츠에 분홍빛 스키니 면바지, 은은한 보랏빛이 감도는 페레가모 로퍼 차림이었다. 명예퇴직을 앞둔 은행원에서 베트남 폭력단 소속 베테랑 행동대원으로의 완벽한 변신이었다.

"비밀요원의 생명은 패션이야. 명심하라고."

뉴욕 지부장의 농담 같은 진담을 떠올리며 서준은 건들거리며 출국장 입구로 향했다. 번들거리는 그의 입술 사이로 휘파람 소리가 흘러나왔다. 쿠바 특유의 나태한 인자함을 가득 품은, 꼼빠이 세군도의 앞니 빠진 미소가 서준의 얼굴에 가득 번졌다.

경쾌하게 흔들거리는 휘파람.

쿠바 민요 〈관타나메라Guantanamera〉.

클린 스트리트, NYC

8. 클린턴 스트리트의 가슴 죄는 발라드

쾌락.

쾌락에도 종류가 많다.

그 망할 놈의 다양한 쾌락들.

서글픈 쾌락, 낯선 쾌락, 불멸의 쾌락, 늘어진 쾌락, 고요한 쾌락, 숭고한 쾌락, 짐승 같은 쾌락……

이토록 다양한 쾌락을 조용히 음미할 수 있는 능력의 소유자이기를 간절히 소망했었다.

하지만 아니었다.

나는 어림도 없는 인간이었다.

바로 그녀였다. 쾌락을 자유자재로 가지고 놀 줄 아는, 쾌락의 고수는.

애써 잊으려 했던 추한 상상은 언제나 현실이 된다. 그것은 나의 운명이었다. 잠시 망각했을 뿐.

나의 상상은 언제나 추했다. 사탕발림의 진실로 추함을 뛰어넘고 싶었다.

하지만 글러먹었다.

사랑의 대상이었던 그녀.

아름다움의 근원이었던 당신.

불현듯 고통을 주는 존재가 된 그녀.

돌이킬 수 없는 치명상을 벼락처럼 내게 안긴 그녀.

그녀의 달콤했던 말들을 떠올려본다.

이제는 흔적도 없이 사라진, 고름처럼 악취를 풍기며 흘러내리는 달콤함의 흔적들.

그녀는 내게 정신과 상담을 권한다.

그렇다.

서로에게 정신과 치료를 권하는 사이. 내가 처한 따스한 현실.

여인의 애정과 보살핌은 내게 필요하지 않았다. 그녀를 만나기 전까지는.

창백한 순교자의 표정과 애꿎은 희생자의 눈빛으로 나는 그녀를 조용히 쳐다본다.

순결한 잠에 빠진 그녀의 얼굴 뒤로 어리석음, 죄악, 과오, 실책, 뉘우침이 뭉게뭉게 피어오른다.

죄는 끈질기고 후회는 느슨하다.

참회의 결과물이 비열한 눈물로 조금씩 흐른다.

고리대금업자의 정부情婦. 끊임없이 돈을 뜯어내는 존재.

공중의 도덕과 미풍양속과 충실과 신의는 무력한 갈망에 빠져버렸다.

죄다 거짓말이었다. 모두 부풀리거나 찢어발긴 거였다.

어쩌자고 신은 내게 이런 시험과 시련을 내린단 말인가. 속고 속이고 속아주느라 평생을 바친 나에게.

신을 가장 잘 아는 이가 누군지 아는가.

다름 아닌 죄인이다.

나는 기꺼이 죄인이 될 것이다.

나는 나도 어찌할 수 없는 충동에 빠지고 말았다.

마침 신이 말을 걸어온다. 신은 오직 그때만 말을 건다.

오늘 아침. 신물 나는 거짓말로 점철된 아침.

시퍼렇고 벌건 아침의 빛 속에서 거울을 쳐다보았다.

그을린 얼굴, 눈에 띄게 핼쑥해진 뺨, 날카로워진 턱선, 갸름한 입술, 지쳐 보이는 눈동자.

거울 속의 낯선 남자와 눈이 마주쳤다.

배신의 이유? 자기 연민이었다.

자기 연민에 빠진 여자는 멈추지 않을 것이다. 평생을 배신으로 일관하며, 배신이 배신인 줄도 모르고.

어렴풋한 사랑의 기억에 가끔은 그녀도 흔들릴 것이다. 하지만 그녀는 결코 멈추지 않을 것이다.

재력이 선사하는 마력.

이를테면 호젓한 강가의 호화스러운 별장, 오성급 호텔의 피트

니스 회원권, 손톱만 한 다이아몬드, 인천-뉴욕 간 퍼스트클래스 투 웨이 티켓, 부가티 베이론의 조수석 등등.

현금다발을 채가는 그녀의 부드러운 손길과 달콤한 숨결이 어른거린다.

재력 앞에서 흔들리지 않는 여자. 나는 그런 여자를 찾을 것이다. 그게 아니라면, 악마 앞에 무릎을 꿇고 마력을 달라 간청할 것이다.

상실과 배신의 싸움이 이어진다.

추파, 짓궂은 농담, 사소한 스킨십, 자연스러운 눈웃음, 다정한 미소…….

위선의 부작용이 나를 에워싼다.

심장이 가슴속을 떠다닌다.

심장을 짓밟히는 순간이 있다. 바로 그런 순간에 터져 나오는 웃음. 끔찍한 깨달음을 동반하는 웃음.

나는 거울을 보며 웃었다. 계속 웃었다.

고통스러운 웃음의 끝에는 뭐가 있을까.

나는 눈을 질끈 감는다.

눈을 감으면 찾아오는 것은 꿈. 달콤한 꿈. 현실과는 다른 꿈.

하지만 언제나 후회는 늦다.

당신의 거짓, 당신의 속임수, 당신의 영악스러움, 당신의 교활함이 달콤한 꿈을 압도한다.

당신과 나는 다른 세상에서 살고 있었다. 나는 나만의 세상을 찾아 항상 떠났다. 다른 세상으로 향하는 발걸음. 언제나 가벼운 그 발걸음의 촉감. 내 작은 가슴이 쿵쾅거린다.

당신을 향한 말투에서, 눈빛에서, 뚝뚝 흘러내리는 경멸.

녹아내린 경멸은 자기 모멸로 향할 터였다. 그녀는 놀라지 않을 것이다. 분노하지도 않을 것이다. 분노는 언제나 놀라움을 동반하니까.

참패를 인지한 체념은 낯설지 않았다. 체념을 동반한 참패를 친구로 맞이할 수는 없었다. 정신을 잃을 만큼 취해도 봤다. 기분 좋은 이야기와 유쾌하지 않은 이야기의 반복. 오히려 당신이 힘들어했다. 애처로워 보일 지경이었다.

비열한 자아와 위선적인 자아의 싸움. 따분하고 볼품없는 남자의 자존감.

너무나 수치스러워 말을 꺼낼 수도 없었다.

당신을 파멸시키고 싶은 욕망. 그녀를 완전히 망가뜨리고 싶은 충동이 스멀스멀 기어 나왔다.

사랑이 사라진 자리에 뭐가 남을까.

경멸과 혐오?

아니지, 무관심이 남는다. 수몰 지구의 폐가 같은 황량함과 황폐함과 피폐함을 동반한 그런 무관심.

당신도 한때는 고고했었다. 충분히 고고한 당신. 그토록 고고한 당신.

그녀의 맑음과 밝음은 어디로 갔을까.

처음부터 없었던 것일까.

심원하게 솟아난 마음 한복판의 적막한 샘을 들여다본다. 무궁무진한 경멸과 혐오가 솟아나는 샘. 방종과 방탕으로도 씻을 수 없는 칠흑 같은 샘. 눈에 보이는 칠흑의 온도.

정나미가 뚝 추락한다.

마음속에서 멸종된, 한없이 개운하며 상쾌했던 정나미.

밀려오는 좌절감. 중후하고 엄숙하며, 애잔하고 애달픈 좌절감.

허탈감이 좌절감을 뒤덮는다. 비장미 가득한 허탈감의 기운이 나를 감싼다.

나는 다짐한다.

목숨을 걸겠다. 곤충도, 미물도 다들 목숨을 걸지 않는가.

내가 걸 것은 결국 목숨이었다. 그것은 당신의 목숨이냐, 나의 목숨이냐.

당신은 대답을 듣고 싶은가.

예의와 겸손은 개나 줘버릴 것이다. 불손함으로 똘똘 뭉친 마인드를 과시할 것이다.

그래. 오늘은 기념할 만한 날이다. 목숨 걸고 떠나는 바로 그날.

우리는 모두 패잔병의 후예다. 나는 패잔병의 후예답게 행동할 것이다.

우리는 개돼지나 다름이 없다. 애석하지만, 사실이 그렇다. 개돼지로서의 인간. 그 역할과 본능에 충실히 따를 것이다.

물컹한 분노가 시시각각 퍼진다. 흐물흐물한 분노의 색깔은 광기 어린 노랑. 별이 가득한 하늘에서 떨어지는 별똥별의 노랑 속에서 나는 매일 다시 태어날 것이다.

빨주노초파남보의 무지개를 품은 장미. 당신의 속살 같은 푸른 장미꽃들 위로 붉은 비가 내린다. 꿈결 같았던 푸름. 숨결 같았던 붉음.

우리의 푸름과 붉음은 단지 꿈이었을까.

성스럽게 고요한 거리.

스핑크스처럼 웅크린 남자. 남자의 어깨 위로 바다를 품은 달빛이 반짝거린다. 바람이 신음하며 남자의 어깨를 흔든다.

산산조각 나는 침묵.

*

이서준은 찌그러진 거울을 쳐다보았다.

뉴욕 클린턴 스트리트의 음침한 뒷골목, 이스트사이드 호텔 11층의 복도 끝 객실이었다.

잘 걷지도 못하는 중증 마약중독자와 야구방망이를 든 강도에게 호되게 얻어맞은 이들을 위한 호텔 같았다.

검정색에 가까운 짙은 갈색 벽돌의 외관은 빅토리아풍의 정신병동을 연상케 했다. 어둡고 좁은 복도는 끝없는 미로 같았다. 비에 흠뻑 젖어 녹아내리는 눈사람 같은 몰골의 한 남자와 따끈따끈한 한 구의 시체가 겨우 탈 수 있는 엘리베이터는 여전히 1960년대에 머물러 있었다.

소름 끼치도록 낡은 꽃무늬 커튼과 너덜너덜한 침대보가 덮여 있는 이서준의 방은 딱 싱글베드 두 개만 한 크기였다. 방구석의 라디에이터는 증기기관차처럼 쉭쉭거리며 하얀 김을 내뿜고 있었다.

사람 얼굴 크기의 창문은 나사로 고정되어 있어서, 잘 열리지도 않았다. 욕실 세면대의 수도꼭지에서는 벌건 녹물이 똑똑 떨어지고 있었다.

무일푼의 노름꾼, 내일을 생각하지 않는 떠돌이, 작품 없는 예술가, 약을 못 한 약쟁이들이 이서준의 동료 투숙객들이었다.

보는 이를 초현실풍의 인물로 변형시키는 금이 쩍 간 거울을 쳐다보던 서준은 몸을 겨우 움직여 창문 쪽으로 다가섰다. 그는 단단히 고정된 창문을 올리려 애썼다. 창문 틀에서 녹이 묻어 나왔다. 서준은 녹이 잔뜩 묻은 손바닥을 보았다. 차고 있는 카시오 손목시계를 보았다.

새벽 네 시.

어디선가 음악 소리가 들렸다. 술 취한 노숙자의 한탄이 창문 틈을 파고들었다. 주머니를 탈탈 털어 술을 마신 주정뱅이 무리의 발걸음 소리가 새벽의 공기를 뒤흔들었다.

모두가 춤을 추고 마셔대는 바로 그곳, 아바나.

사랑의 이면과 사랑의 그늘과 사랑의 황폐를 찾아 나설 시간이 다가오고 있었다.

말보로 레드 한 개비를 입에 문 서준은 고개를 숙여 창문 사이로 얼굴을 욱여넣었다. 새벽의 뉴욕 공기를 흠뻑 들이마셨다. 가무잡잡한 적도의 푸르른 바람이 코끝에 와 닿는 것 같았다. 서준은 반쯤 열린 창틀 사이로 녹슬고 메마른 손바닥을 내밀었다.

만지고 입맞춤할 수 있는 당신의 사랑. 찬미하고 음미할 수 있는 당신의 아름다움.

서준은 칠흑 같은 뉴욕의 허공을 향해 손을 뻗었다. 당신의 사랑과 아름다움을 움켜쥐었다. 손가락 사이로 사랑과 아름다움이 연기처럼 빠져나갔다. 이제는 향기로만 남은 당신의 사랑과 아름다움.

한겨울 같았던 봄밤. 부슬비 사이로 천천히 녹아내리던 한숨 섞인 담배연기. 어깨에 살며시 기대오던 당신의 불그레해진 젖가슴.

"나를 잊지 마오. 우리의 추억을 간직해주오."

서준은 뉴욕 클린턴 스트리트 뒷골목의 텅 빈 허공에 내걸린 축축해진 손바닥을 움켜쥐며 중얼거렸다.

맨해튼, NYC

이바나헹 특별군장

9. 국정원 뉴욕 지부의 늙은 암살자들

국정원 뉴욕 지부는 센트럴파크가 한눈에 내려다보이는 최고급 호텔의 한 층 전체를 통째로 사용하고 있었다. 100년도 넘은 고풍스러운 호텔이었다. 국빈 자격으로 미국을 방문한 대한민국 대통령이 단골로 묵는 워싱턴 D.C.의 호텔보다도 비싼 숙박비로 유명한 곳.

검은 정장을 입은 커다란 몸집의 흑인 벨보이가 서준을 보고 빙긋 웃음 지었다. 서준은 벨보이에게 10달러짜리 지폐를 건넸다. 뒷골목 헤비급 복서의 눈빛을 지닌 벨보이가 싱긋 웃으며 엄지를 위로 척 올렸다. 벨보이의 오른쪽 바지 주머니는 불룩 튀어나와 있었다. 반나절 동안 팁으로 받은 지폐 뭉치가 분명해 보였다. '젠장, 나보다 처지가 낫네.' 서준도 벨보이의 거무튀튀한 엄지를 향해 자신의 엄지를 살짝 치켜세웠다.

안내문도 없는 국정원 뉴욕 지부. 국민의 혈세를 덕지덕지 처발랐지만, 정작 국민은 절대 접근이 불가한 구역이었다. 호텔 1층 로비 한구석에 거만한 자세로 앉아 있는 보안 담당도 국정원 정식 요원이었다. 뉴욕 지부에 들어가려면 반드시 거쳐야 하는 첫 번째 관문이었다. 보안 담당이 죽치고 있는 자리는 여행 안내소 부스 같은 모양새였다. 하루 지난 《뉴욕타임스》를 척하니 펼치고 기세등등한 표정으로 지부 출입자들을 체크하는 임무를 맡은 새 파란 젊은 요원이 이서준을 가로막았다. 서준은 베트남 폭력단원 차림새에서 상류층 동양계 뉴요커로 변신한 모습이었다. 젤을 발 라 단정히 넘긴 머리카락, 클래식 폴로셔츠에 톰브라운 면바지, 골든구스 스니커즈에 만다리나 갈색 가죽 백팩까지. 월 스트리트 의 프리랜서 주식 중개인 같아 보이는 이서준. 보안 담당은 거만 하게 다리를 꼰 채 앉아 있었고, 이서준은 기우뚱 선 모양새였다.

"황 소장님을 뵙기 위해 왔어요. 약속이 되어 있습니다. 제 이름 은……" 서준의 말에 보안 담당이 턱짓으로 구석을 가리켰다. 그 의 눈동자는 여전히 《뉴욕타임스》에 고정되어 있었다.

"기다리세요. 순서가 있으니까." 새파란 보안 담당이 웅얼거렸 다. 그의 턱이 향한 지점에 작은 소파가 보였다. 웅장하게 빛나고, 고풍스럽게 번쩍거리는 호텔 로비와는 전혀 어울리지 않는 이케 아 소파. 노인 둘이 무심한 표정으로 소파에 앉아 있었다. 말끔하 게 옷을 차려 입은 노인은 꾸벅꾸벅 졸고 있었다. 구호물자같이 생긴 낡은 옷을 단정히 입은 영감은 먼산을 쳐다보며 콧구멍 밖 으로 삐져나온 하얀색 코털을 뽑느라 여념이 없었다.

"당신 보스, 황 소장 보러 왔다니까. 빨리 문 열어. 이 빌어먹을 새끼야." 이서준이 상체를 숙이고 리셉셔니스트의 얼굴을 향해 으르렁거렸다. 서준은 영어로 말했다. 완벽한 할렘 뒷골목 마약

상의 억양이었다. 서준의 표정에는 변화가 없었다.

보안 담당의 눈동자가 휘둥그레졌다. 서준이 신사적인 손짓으로 가운데 손가락을 치켜들었다. 손가락 끝에 대롱대롱 매달린 신분증. 신분증에는 'S'가 선명히 박혀 있었다. '스페셜'의 약자 S. 최근에 본부 간부급 요원에게만 지급된 종류였다. 정권 말기 정보기관의 천박함이 담긴 그런 신분증. 성급하게 전화기를 든 보안 담당. 그의 입에서 네, 네, 네, 알겠습니다,가 연달아 튀어나왔다. 보안 담당이 데스크 아래로 손을 뻗어 버튼을 눌렀다. 기계식 알림음 특유의 웅웅거리는 소리. 보안 담당의 등 뒤로, 국정원 뉴욕 지부 전용 엘리베이터로 향하는 은밀한 출입문이 스르르 열렸다. 벌떡 일어선 보안 담당이 정중한 손짓으로 엘리베이터 쪽을 가리켰다.

이서준이 졸고 있던 노인과 영감을 향해 손바닥을 까딱거리며 외쳤다.

"같이 올라가시죠."

이번에는 서울 사대문풍의 완벽한 표준 국어 발음이었다. 노인과 영감이 힘겹게 몸을 일으켰다. 그들은 서로 눈을 마주치지 않았다. 졸고 있던 노인이 크게 하품을 했다. 코털을 정리하던 영감은 팔뚝을 머리 위로 들더니 손등을 뒷목 쪽으로 힘겹게 옮겼다. 검버섯이 군데군데 피어 있는 쭈글쭈글한 손등이 구부정한 뒷목을 톡톡 두들겼다. 나이와는 어울리지 않는 커다란 손등과 두터운 목이었다.

황금빛 엘리베이터 문짝이 열렸다. 작고 마른 노인과 크고 건장한 영감이 은밀하게 엘리베이터로 들어갔다. 서준은 그들의 뒤를 따라 성큼 발걸음을 옮겼다. 검은 정장을 쫙 빼입은 보안 담당이 황급히 엘리베이터에 올라타려 뛰어왔다. "자리 지켜. 우리끼리 갈 수 있다고." 서준이 스페인어로 말하며 그를 제지했다. 프리미어리그 축구 선수처럼 머리에 젤을 잔뜩 발라 머리카락을 딱 붙인 보안 담당이 어리둥절한 표정을 지으며 지문인식기에 엄지를 꾹 눌렀다. 서준은 그의 어깨를 툭툭 두드려줬다.

2, 3, 4……. 부드럽게 상승하던 엘리베이터가 소리도 없이 멈춰 섰다. 국정원 뉴욕 지부는 18층이었다. 센트럴파크 동물원이 내려다보이는 W59 스트리트와 5번가의 교차 지점인 18층. 엘리베이터 문이 천천히 열렸다. 역시나, 양복을 입은 요원 둘이 그들을 맞이했다. 서준과 노인 둘은 앞서거니 뒤서거니 하며 보안검색실로 향했다. 정중하면서도 깔끔한, 말 그대로 전형적인 보안검색 절차가 이어졌다.

소지품을 다 내어준 서준과 노인과 영감이 보안검색실을 나왔다. 그들의 걸음걸이에는 거추장스러움이 없었다. 뉴욕 지부의 복도에는 붉은 카펫이 깔려 있었다. 센트럴파크 특유의 말똥 냄새가 복도 전체에 은은하게 배어 있었다. 이서준은 개처럼 킁킁거렸다. '알코올 냄새보다는 훨씬 낫네.' 서준은 연희동 안가의 냄새를 기억하며 생각했다.

희미한 조명이 빛나는 긴 복도를 따라 늘어선 객실들. 정확히는 뉴욕 지부의 정체 모를 사무실들. 각 사무실의 문짝 중앙에는 알파벳과 숫자로 구성된 팻말이 붙어 있었다. 70년대식 암호문

같은 표식들. 100년도 넘은 호텔이었지만 분위기는 칙칙하지 않았다. 정보기관 특유의 냄새도 나지 않았다. 시체실과 알코올과 리놀륨 바닥이 뒤섞인 그런 냄새. 오성급의 인테리어 덕분이었다. 쾌적하고 세련된 뉴욕 맨해튼 중심부 최고급 호텔의 분위기가 고스란히 느껴지는 공간이었다. 음침하고 음울한 서울 본부와는 전혀 다른 분위기.

'센트럴파크 쪽을 향한 가장 넓은 객실이 당연히 지부장실이겠지.' 서준은 지부장실의 위치를 상상했다.

안내 역할을 맡은 보안요원 하나가 소리도 없이 움직였다. 노인과 영감이 앞장섰고 서준이 뒤를 따랐다. 노인과 영감이 귓속말을 주고받았다. 노인이 고개를 천천히 끄덕였고 영감은 보안요원에게 뭔가를 물었다. 보안요원의 손가락 지시를 받은 영감이 복도 중앙의 객실 문을 열고 쏙 들어갔다. '저 영감님은 이 와중에 설사라도 난 거야?' 서준은 영감의 행방이 궁금해졌다.

"개똥같은 뉴욕 양복쟁이들." 주름 하나 없이 반들거리는 블랙 슈트의 등판을 쳐다보며 서준이 중얼거렸다.

뉴욕에서는 보안 담당도, 보안검색 요원도 블랙 슈트였다. 아르마니 블랙. 아르마니는 간판의 분명한 취향이었다. 코트는 버버리, 슈트는 아르마니. 간판은 부하직원들에게 자신의 패션 취향을 넌지시 강요하는 습관이 있었다.

'돈이 썩어나는구만.' 서준은 혀를 끌끌 찼다.

*

국정원 뉴욕 지부 지부장실.

뉴욕 지부장. 일명 '간판'은 센트럴파크의 연못 위를 둥둥 떠다
니는 오리 한 마리의 움직임을 주의 깊게 응시하는 중이었다. 엄
밀히 말하자면, 응시가 아닌 관찰과 감시와 상상과 망상. 그는 바
지 주머니에 쏙 들어가는 크기의 쌍안경을 지부장실을 통째로 둘
러싼 방탄 유리창에 딱 붙이고 있었다. 수면 아래로 바삐 움직이
는 물갈퀴의 움직임을 추적하는 것이 그의 본능과 자리에 어울렸
지만, 간판의 머릿속을 차지한 것은 온통 그놈의 염병할 아바나
리브레였다.

자리보전이 시급한, 아니 목이 근질근질할 것이 분명한 보스의
간청이 환청처럼 들렸다. 쫓겨나기 일보 직전의 대통령이 지명
한, 똥별 네 개 출신의 영감태기 국정원장.

'이봐, 그거 잘해야 해. 당신 자리가 문제가 아냐. 우리 조직의
명운이 달렸다고. 똑바로 처리해야 해.'

간만에 발딱 선 물건도 단박에 흐물흐물하게 만드는 보스 영감
의 가래 끓는 목소리가 환청처럼 들렸다. 간판은 넌덜머리가 났
다. 금방이라도 녹아내릴 것 같은 축 늘어진 보스 영감의 볼과 지
저분한 검버섯. 그 망할 늙은이의 냄새가 어디선가 솔솔 풍기는
것 같았다.

간판은 쌍안경을 다시 바지 주머니에 집어넣었다. 현장 비밀요
원에게만 특별히 지급되는, 적외선 기능이 있는 이스라엘제 쌍안

경이었다. 간판은 고개를 세차게 좌우로 흔들었다. 좌삼삼 우삼삼. 정신을 똑바로 차리려는 그만의 의식이었다. 모르는 사람이 보면 일종의 틱 질환.

정권이 망해버렸다. 수십 년을 굴러먹은 특급 요원들도 힘이 빠져버렸다. 전력을 다하는 이는 없었다. 피와 살을 태우는 이도 보이지 않았다. 모두가 숨을 죽였다. 체념에 찬 눈빛과 한숨을 공공연히 드러냈다. 모두가 대충 시간을 때우는 중이었다.

"국가의 안녕과 평화는 개뿔." 간판은 중얼거렸다.

"국가의 안녕과 평화는 개나 주라지." 간판은 한숨을 푹 쉬었다.

"자유와 진리를 향한 무명의 헌신? 어디서 개 같은 소리를 하고 있어?" 간판은 우두둑 소리가 나게 목을 돌렸다.

국가가 아닌, 개인의 안녕과 평화가 중요한 시기였다. 이름 없는 헌신이 아닌, 자신의 이름을 저 위로 널리 알릴, 이름 선명한 헌신이 필요한 시점이었다.

간판의 충성심이 향하는 곳은 국가가 아니었다. 국가의 안녕과 평화는 그의 마음속에서 사라진 지 오래였다. 그의 지향점은 권력이었다. 여전히 살아 있는 권력과 죽은 것처럼 보이지만 기어코 다시 살아날 권력을 귀신같이 알아보는 눈. 그 감별 능력은 간판의 소중한 자산이었다. 한낱 작은 씨앗에 불과하지만, 조만간 싹을 틔우고 뿌리를 굳건히 내릴 미래의 권력을 감지하는 것. 그의 유일한 능력이었다. 권력 감별사 간판.

간판은 고급 소형차 한 대 가격의 덴마크제 가죽의자에 몸을 묻었다. 가죽에서 은은히 풍기는 북반구의 향기. 간판은 향을 음미하며 눈을 지그시 감았다. 책상 아래 숨은 빨간 버튼을 발끝으로 톡 찼다. 책상 아래에서 불빛이 반짝거렸다. 하나, 둘, 셋, 넷. 간판은 손가락을 엄지부터 접어가며 초 단위로 시간을 쟀다. 정확히 넷 하고 반. 커다란 마호가니 문짝이 스르르 열렸다.

새빨간 립스틱에 검은 뿔테 안경. 엉덩이의 윤곽이 고스란히 드러나는 검은색 미니스커트. 터질 듯한 가슴을 가까스로 억누른 딱 붙는 새하얀 블라우스. 빼꼼 열린 문짝 사이로 척 봐도 끝내주는 젊은 여자가 얼굴을 내비쳤다. 간판이 뉴욕에 부임하자마자 직접 면접을 통해 선발한 비서였다. 애국심이 투철한 재미교포 2세. 지성과 미모를 겸비한 재원. CIA를 마다하고 국정원 뉴욕 지부 계약직으로 입사한 예쁜이. 거기에 머리카락은 금발로 염색. 금발은 그의 오랜 로망이자 취향이었다.

간판은 흐뭇한 미소를 흘리며 비서에게 손짓을 보냈다. 블랙 미니스커트가 종종걸음으로 달려왔다.

"선생들 섭외 다 끝났지? 다들 멀리 계셔서 연락이 제대로 됐는지 모르겠네. 아 참, 그 친구 연락은 아직 없나? 오늘 온다고 했는데…… 국제교류재단 교수 말이야."

금발의 비서가 상큼한 검지로 안경을 척 올리더니 가슴에 품은 서류더미를 한 장 한 장 확인했다. 그녀가 간판의 얼굴을 향해 슬쩍 상체를 기울였다. 들큼한 살 냄새와 샤넬 넘버 5 특유의 향기가 섞여 보기 좋게 벌어진 블라우스 옷깃 사이로 뭉게뭉게 퍼져 나왔다.

간판의 머릿속에서 윙윙거리던 보스 영감의 검버섯과 불결하게 늘어진 목주름과 오늘내일하는 끔찍한 목소리가 어디론가 확 사라졌다. 간판은 상쾌한 기분에 몸을 부르르 떨었다.

'가장 나쁜 죄는 절망이지. 자신의 구원을 향한 희망을 잃어버리는 것. 암…… 그게 제일의 죄악이야.'

간판은 가슴속 깊이 숨을 들이마셨다. 비서가 똑바로 섰다.

"세 분 모두 섭외 끝났습니다. 교육 일정표도 미리 팩스로 보내드렸습니다. 한 분은 그리니치빌리지에 사셔서 별 문제가 없는데요, 다른 두 분은 비행기 티켓을 보내드려야 올 수 있다고 하셨습니다. 그것도 비즈니스 아니면 절대 못 오신다고. 가만 있자, 한 분은 디트로이트, 또 한 분은 시애틀이네요."

"비즈니스? 전세기라도 보내드려야지. 여기서 가까운 호텔에 숙소도 잡아드리고. 오성급, 아니다, 사성급에서 조금 싼 곳으로. 식사에도 특별히 신경 쓰라고. 저녁은 무조건 한국 식당으로 예약하고. 노인네들 이빨도 성하지 않을 테니, 와규 스테이크 같은 거 말고 도가니 수육 뭐 그런 걸로."

"알겠습니다. 비즈니스 티켓은 이미 보내드렸습니다."

"그래. 나가봐."

"알겠습니다."

비서가 고개를 까닥 숙이더니 몸을 확 돌렸다. 실룩거리는 엉덩이. 간판은 무심한 눈빛으로 블랙 미니스커트 속의 엉덩이를 쳐다보았다. 간판은 스커트 속의 소리와 색깔과 냄새와 촉감이 궁금해졌다. 아랫도리가 묵직해지는 느낌. 간판은 흡족한 미소를 지었다.

간판은 다시 창가로 향했다. 주머니에서 쌍안경을 꺼냈다. 센트럴파크 관찰을 재개했다. 간판의 가장 중요한 하루 일과였다. 관찰과 감시와 상상과 예측. 세계 최대의 도심 공원을 쏘다니는 온갖 종류의 사람들. 간판은 형상과 빛깔이 제각각인 사람들을 관찰하며 상상했다.

'어디 보자, 저놈은 어디서 왔을까?' 알 카에다의 후예같이 생겨먹은 덥수룩한 턱수염의 젊은 남자. '요르단? 시리아? 저 인간 설마 가슴팍에 폭탄을 두른 것은 아니겠지.'

'저 년은 어디로 향할까?' 딱 붙는 블랙 레깅스에 스포츠 브라를 걸치고 공원을 뛰는 히스패닉계 여자. '저렇게 몸을 만들어 어디다 써먹을까? 유대인 부자 노인네의 값비싼 노리개 같으니라고.' 쌍안경을 한 손에 꼭 쥔 간판은 끌끌 혀를 차며 혼잣말을 중얼거렸다.

'저 호모새끼 둘은 대낮부터 저러고 싶을까?' 하얀색 반바지에 하얀색 민소매 나시를 입고 연못가 구석진 벤치에서 딥 키스에 푹 빠진 동양계 게이 커플. '저 호모들만 보면 토가 나온다니까. 에이 씨발.' 연못의 오리 쪽으로 눈길을 돌리며 간판은 욕지거리를 내뱉었다.

인간들에게 질려버린 간판의 관심이 다시 오리로 향했다.

'연못이 꽁꽁 얼어버리면 저 오리 녀석은 어디로 갈까?' 간판은 어릴 적 감명 깊게 읽었던 미국 작가의 소설을 추억했다. '소설가나 될걸 그랬어. 공무원보다는 소설가에 어울리지, 내 얼굴은. 소설가 중에서도 아방가르드 미래파 전위 소설가.' 간판의 상상이 난데없이 《호밀밭의 파수꾼》으로 향했다. 그의 관찰과 상상은 급기야 뉴욕에서 암살당한 존 레논까지 도달했다. 그리고 마침내 간판의 상상은 망상으로 변모하기에 이르렀다. 존 레논 피격 사건에서 암살자로의 도약.

'내가 본 최고의 암살자였지. 암, 그렇고말고.' 그리니치빌리지에서 평온한 말년을 보내고 있는 전직 암살자. 간판이 직접 섭외해 이서준의 속성 과외 선생으로 붙여놓은 바로 그 노인네였다.

'그 노인네 실력 여전할까? 어디 한 놈 죽이라고 시켜볼까? 죽어 마땅한 놈들은 쌔고 쌨으니까.'

"지부장님!"

깜짝 놀란 간판이 황급히 몸을 돌렸다. 암살자처럼 은밀히 등 뒤로 다가온 블랙 미니스커트 비서. 간판은 잠시 당황했다.

"뭐야. 보고도 없이 들어온 거야?"

"그게 아니라……, 전화를 드려도 받지를 않으셔서요." 비서가 배시시 웃으며 말했다. 간판은 자신의 방심과 무방비에 화가 치밀었다. 센트럴파크 관찰과 상상에 집중한 결과였다. 간판은 단호한 표정으로 잠깐 동안의 방심과 무방비를 감췄다.

"국제교류재단 교수님 오셨다고 연락 왔습니다. 선생님 두 분도 도착하셨습니다. 시애틀에서 오실 예정이던 한 분은 전립선 수술을 급하게 받는 바람에 거동이 힘드시답니다."

"뭐? 전립선?" 아랫도리가 근질근질해지는 불쾌한 느낌에 간판은 작게 몸서리를 쳤다.

전립선에 최근 문제가 생긴 간판. 힘도 없이 졸졸대며 찔끔거리는 오줌 줄기를 생각하니 어마어마한 공포가 밀려왔다.

"보안 검색 마치고 잠시 후에 올라오실 예정입니다." 간판의 안색을 살핀 비서가 무표정한 얼굴로 말했다.

"뭐? 지금 온다고?"

"그렇습니다."

"시간이 벌써 그렇게 됐나? 아 참, 교수 숙소는 200불 아래로 해. 하룻밤에 200불 넘으면 절대 안 돼."

"이서준 교수님 맞죠?"

"그렇지. 이서준이. 미리 말해두는데, 그 교수한테 들어가는 비용 말이야. 영수증 잘 챙겨놓으라고. 그게 제일 중요해." 근엄한 목소리로 간판이 지시사항을 하달했다.

"이서준이 말이야. 그 인간, 내 허락 없이 여기 지부장실에 절대로 들이지 말아. 접근 금지 구역임을 확실해 해두라고. 그리고 교육 내용, 뭔 교육을 어떻게 했는지 반드시 보고하라고 일러둬. 일일 보고. 대면 말고 서면으로만. 담당 선생 두 양반은 교육 마무리 즈음에 식사자리 한번 만들고. 교육 얼마나 걸린다고 했지?"

"한 달이면 충분하답니다."

"뭐 그깟 교육을 한 달씩이나 해? 아무튼 오케이."

"말씀하신 사항, 명심하겠습니다." 비서가 샛노란 몽블랑 볼펜을 입에 물더니 몸을 홱 돌려 종종걸음으로 걸어 나갔다.

간판은 덴마크제 의자에 눕다시피 몸을 묻었다.

연희동 안가의 스키조, 조 부장의 의자에 엿가락처럼 늘어져 있던 이서준. 불쾌해진 이서준의 면상이 간판의 머릿속에서 먹구름처럼 피어올랐다.

"양아치에 게으름뱅이 새끼. 지가 뭐라고 여기 뉴욕까지 와. 천하의 뉴욕 지부장께서 양아치에 주정뱅이 요원의 공작관 노릇까지 하라고? 이거야 원."

간판은 이서준의 게슴츠레한 눈빛을 떠올리며 중얼거렸다. 간판은 다시 쌍안경을 꺼내 들었다. 센트럴파크를 배회하는 주정뱅이를 하나하나 추적했다. 간판은 주정뱅이 이서준을 찾아낼 작정이었다.

'내가 아는 가장 저급한 주정뱅이야. 이서준이 그 개새끼는.'

센트럴파크의 가장 후미진 구석에서도, 이서준의 면상은 찾을 수 없었다. 간판은 쌍안경의 적외선 버튼을 슬쩍 눌렀다. 낮술 기운에 얼굴이 붉어진 주정뱅이들. 그들의 붉은색 얼굴이 간판의 눈에 속속 들어오기 시작했다.

'무인 공격기가 있다면, 저 망할 주정뱅이들의 면상에 당장 폭탄을 떨어뜨리겠어.'

간판은 뉴욕 지부 차원에서 무인 공격기 도입을 추진하겠노라 마음먹었다. 진심으로 마음먹었다. 아랍 테러리스트 놈들의 심장에 폭탄을 투하하는 최신형 이스라엘제 무인 공격기.

'새로 부임한 모사드 지부장 전화번호를 받았던가?'

간판은 휴대폰을 꺼내 연락처를 뒤지기 시작했다.

*

은퇴한 스파이가 현직 스파이를 만났다.

추운 나라에서 돌아온 스파이이자 은퇴한 지가 언제인지도 가물가물한 왕년의 스파이와 더운 나라로 떠날 현직 스파이. 전직 암살자와는 어울리지 않게, 안온한 말년을 보내고 있다는 은퇴한 스파이와 가장 저급한 주정뱅이라는 직속상사의 평판을 얻은 현직 스파이 이서준.

"왕년의 구닥다리에게 배울 게 뭐가 있다고 나를 부르셨나 모르겠네. 이런 기술을 요즘 어디다 써먹어? 스파이 박물관이라도 차리려는 건가? 별일일세. 오래 살다 보니 이런 날도 오는구면."

노인이 말했다. 그의 눈은 반짝거렸다. 서준은 노인의 하얀 눈썹과 푸석푸석한 뺨과 단정하게 정리된 은빛 머리칼을 물끄러미 쳐다보았다. 잔뜩 멋을 낸 말끔한 노신사였다.

반짝반짝 빛나는 구두, 오래됐지만 정성껏 다림질이 된 양복, 먼지 한 톨 없는 고급 중절모, 처음 꺼내 입은 것이 분명한 새하얀 와이셔츠를 걸친 노인. 구부정하고 왜소한 노인은 여든은 되어 보였다.

"계획대로만 잘 지도해주시면 됩니다. 선생님의 기술을 어디에, 어떻게 써먹을지는 말씀드릴 수 없습니다. 잘 아시겠지만 말이죠."

이서준이 단호하게 말했다. 그의 눈빛에는 진심 어린 존경심이 담겨 있었다.

"그거야 나도 알지. 자네가 어디로 가는지, 어떤 작전을 펼치려는지, 뭐 그런 건 아무것도 궁금하지 않네. 늙으면 호기심이라는 게 저 멀리 도망쳐버려. 호기심이 어떻게 생겼는지도 모르겠다니까. 진심이야."

노인이 하품을 하며 말했다.

"다른 한 분은 아까 어디 가셨나요? 갑자기 사라지셔서 살짝 놀랐습니다."

"그 친구? 병원 잠깐 들른다던데? 당뇨 약을 깜빡했다지 뭐야. 당이 떨어져서 어지럽다고 급하게 병원 갔어. 쓰러질 것 같다나 뭐라나. 정신 나간 노인네 같으니라고."

서준의 진지한 질문에 노인도 진지하게 답했다.

18층 구석에 마련된 뉴욕 지부 교육실이었다. 아바나 리브레 작전의 설계자이자 집행자인 이서준 전용 교육실. 노인과 서준은 기다란 회의용 테이블에 마주 앉아 있었다.

70년대에 시간이 멈춰버린 쿠바 아바나로 떠날 가련한 요원을 위한 지부장의 특별 배려가 교육실 구석구석에 녹아들어 있었다. 인테리어 공사가 막 끝난 교육실은 쾌적했고 밝았다. 아이보리색 실크 벽지와 연한 빛깔의 오크 목재 바닥. 투명한 유리 테이블과 튼튼한 바퀴가 달린 가죽의자들. 그리고 옛날 이동식 칠판에 묵직하고 커다란 다이얼식 열쇠가 부착된 대형 철제 캐비닛까지. 뉴욕 맨해튼풍의 비밀요원 교육실이었다. 예상대로, 교육실에는 창문이 없었다. 창이 없는 공간. 서준에게는 익숙한 광경이었다.

서준은 교육실 천장 구석과 바닥, 걸레받이의 모서리를 쓱 훑어보았다. 도청 기능까지 갖춘 초소형 CCTV가 교육실 곳곳에 은밀하게 설치되어 있었다. 엿보고 엿듣기를 즐기는 간판의 취향이 고스란히 담긴 공간이었다.

"여기 관계자에게 미리 통지는 받았네. 그런데 자네에게 전수해야 될 기술들 말이야. 써먹을 데는 없겠지만 내용적으로는 훌륭해. 역사적인 가치가 있어. 이런 기술들은 절대적으로 보존되어야 마땅해. 마음에 쏙 들더라고. 그거 보고 아주 근질근질했네. 옛날 생각이 나서 말이지. 냉전 시대의 첩보 기술 교육이라니. 커리큘럼 훑어보다가 아주 잔뜩 흥분했다네."

"그런가요? 저는 아직 내용을 알지 못합니다."

"그래? 천천히 따라오면 되네. 한 달 예정이라는데, 내가 볼 때 한 달까지 필요 없어. 잘은 모르겠지만, 자네면 보름이면 충분할 걸세."

꼿꼿하게 등을 편 노인이 단언하듯 말했다.

"오늘은 첫날이니 빨리 끝내고 식사나 하지죠. 제가 한잔 대접하겠습니다."

"그거 좋지. 병원 간 친구 말이야. 그 친구, 지금도 술 잘해. 반주로 소주 두 병 거뜬하다니까. 나이 여든에 소주 두 병이라니. 괴물 같은 인간이야 그거. 나는 석 잔이면 족해."

"두 분 원래부터 친구셨나요?"

"친구? 친구는 아니고, 동료라고 하는 게 맞지. 옛날 얘기 하면 곤란한데. 하기야 뭐, 이 나이에 회사에서 징계 먹을 일은 없겠지. 옛날 얘기 까발리면 연금 끊어버리는 거 아냐? 아, 모르겠다.

그 친구랑 나랑 옛날에 함께 움직였어. 콤비, 아니 일종의 세트랄까? 2인1조로 움직였다고. 세계 곳곳에서. 둘이 합이 척척 맞았지. 여기 뉴욕에서도 일한 적 있네. 할렘 뒷골목의 밤거리에서. 그때 죽여줬지."

시절이 죽여줬다는 얘기인지, 표적을 수없이 해치웠다는 말인지 서준은 잠시 궁금해졌다. 좋았던 시절을 회고하는 노인의 눈동자가 촉촉해졌다. 과거의 영광 속에서 살고 있는 노인네 특유의 먼 곳을 응시하는 눈동자를 서준은 힐끗 쳐다보았다.

"환상의 듀오셨군요. 회사에서 지금도 회자되는 전설의 듀오."

"전설은 무슨. 그 정도는 아니고."

서준은 진지했다. 태도와 눈빛과 말투 모두 진지했다. 연희동에서, 서울 본부에서는 절대 볼 수 없었던 뜻밖의 진지함. 노인의 얼굴에서는 쑥스러움이 묻어 나왔다. 감추고 싶은 과거의 영광과 추억을 자랑하다 들킨 노인의 쑥스러움.

"다 옛날 얘기지. 목숨을 걸고 서로 붙어 다녔지만 지금은 자주 보지 못하네. 나는 이 동네에 살고 그 친구는 디트로이트에 있으니 말이야. 오늘 몇 년 만에 본 걸세."

"제가 어떻게 부르면 될까요? 호칭부터 정해주시죠."

"나? 심 선생이라고 부르면 될 것 같은데?"

"알겠습니다. 심 선생님. 저는 이 군이라고 부르시면 됩니다."

"이 군? 이 양반 이거 재미난 친구네. 아무래도 그렇지, 이 군이 뭐야. 그냥 편하게 이 과장이라고 부르겠네. 과장 정도 할 나이 아닌가?"

"그게 편하시면 그렇게 하시죠."

심 선생이 껄껄 웃었다. 서준은 빙그레 미소 지었다.

"저 친구는 양 선생."

교육실 문짝을 쾅 차고 들어오는 양 선생을 흘깃 쳐다보며 심 선생이 말했다. 권투선수의 눈과 코에 레슬링선수의 귀를 가진 양 선생. 심 선생보다 머리통 하나가 더 붙은 키. 당뇨 환자로는 보이지 않는 건장한 체격. 단추를 끝까지 채운 흰색 와이셔츠에 감색 면바지, 낡은 검은 구두에 주름진 하늘색 재킷을 입은 양 선생. 낡아빠진 싸구려 옷을 정성스레 차려입은 양 선생. 그는 가죽 의자에 털썩 앉으며 수줍은 미소를 지었다. 험상궂은 노인과 수줍은 미소는 예상외로 썩 잘 어울렸다.

심 선생과 양 선생은 신의와 장난기가 반반씩 섞인 미소를 주고받았다. 두 손을 맞잡고 흔들어대던 그들은 다시 서로를 쳐다보며 환하게 웃었다. 죽을 고비에서 가까스로 살아남은 전우 사이에서만 나올 것 같은 밝고 커다랗고 둥그런 웃음. 두 선생의 미소와 웃음을 눈앞에서 지켜보던 서준은 안도감을 느꼈다.

"약 먹었어? 아무리 급하게 온다고 해도 어떻게 당뇨 약을 깜빡 할 수가 있어? 정신 차려. 딸내미가 약도 안 챙겨주던가?"

"너도 내 나이 돼봐. 밥 챙겨먹는 것도 잊어버릴 거다, 아마. 어린 놈 같으니라고."

"생일 여섯 달 빠른 게 자랑이냐? 하긴 네 얼굴은 나보다 열 살은 많아 보인다. 완전 폭삭 늙어버렸네. 오늘 보니까."

선생들이 낄낄대며 농담을 주고받았다.

"오늘은 그냥 나가시죠. 교육 첫날인데, 선생님들 이른 저녁 하시는 게 좋을 듯합니다. 식사하시고 숙소 가셔서 편히 쉬셔야죠. 먼 길 오시느라 피곤하실 것 같습니다. 특히 양 선생님."

"이 친구 이거 마음에 드네. 딱 내 스타일이야."

서준의 진지한 제안에 양 선생이 파안대소했다. 심 선생과 양 선생은 한 치의 망설임도 없이 일어났다. 서준은 두 노인의 등판을 쳐다보며 웃음 지었다. 느닷없이 서준을 급습한 까닭 모를 안도감. 서준의 심장이 쿵쾅거렸다. 안도감은 서준을 불안케 했다. 흔들림과 초조함과 위기의 순간에서만 서준의 심장은 고요함을 유지했다. 서준에게 안도감은 낯선 감정이었다. 예상 밖의 안도감에 서준은 모든 것이 낯설어졌다.

내가 내가 아닌 것 같은, 내가 나로부터 분리되는 익숙한 느낌. 근육과 뼈가 분리되는 편안함. 서준의 동공이 급속히 축소되었다. 점으로 찍어놓은 듯한 눈동자. 서준은 눈을 지그시 감고 바지 주머니 속의 알약을 확인했다.

*

한 달 예정의 뉴욕 교육 첫날. 늙은 선생 둘과 늙어가기 시작한 제자가 향한 곳은 32번가 한인타운 한복판의 한국 식당이었다. 은퇴한 스파이와 현직 스파이가 대놓고 어울릴 만한 곳은 아니었다. 음지를 굴러다니는 비밀요원 업계의 입장에서 보자면, '등잔 밑이 어둡다'라는 말에 딱 어울리는 그런 장소.

누가 봐도 정보기관 소속임을 눈치챌 수 있는, 새까맣게 선팅된 블랙 포드 익스페디션이 그들을 실어 날랐다. 아이씨베를린 선글라스에 아르마니 블랙 슈트를 입은 운전기사는 뉴욕 지부 호텔 로비에 죽치고 있던 새파란 나이의 보안 담당이었다. 운전기사 겸 보안 담당이 자동차 문짝을 정중히 열었다. 방탄 익스페디션의 두꺼운 문이 느릿느릿 열렸다. 차에서 내리는 서준의 몸짓은 잽쌌다. 노인 둘의 몸짓은 육중한 방탄 문짝보다 느렸다. 서준이 얌전히 선생 둘을 기다렸다. 운전기사 겸 보안 담당은 사설 경호업체 신입 같아 보였다. 긴장감과 초조함으로 온몸이 뻣뻣하게 굳은 초짜 경호원.

"근처에서 대기해. 밥은 알아서 해결하고. 수상한 놈 보이면 바로 보고하고."

서준이 보안 담당에게 말했다. 블랙 아르마니가 근엄하게 머리를 숙였다.

초여름의 늦은 오후 뉴욕 맨해튼 32번가. 스산한 여름비가 내리고 있었다. 부슬비 속에서도 바스락거리는 잿빛 하늘, 우중충한 회색 고층빌딩들, 부슬비에 젖은 검은 아스팔트 바닥의 둥그런 맨홀 구멍 사이로 솟아오르는 하얀 김, 그르렁거리며 서 있는 대형 트럭들, 음식을 들고 서서 먹는 말끔한 양복차림의 젊은 남자, 고풍스러운 뉴욕 특유의 칙칙함이 사위에 가득했다.

서준은 야쿠자 똘마니 같은 모습으로 변신했다. 어디에 내놔도 눈에 띄는 꽃무늬 실크셔츠와 핑크색 면바지, 브라운 톤의 겐조 플랫샌들과 얇은 손목에 걸린 구찌 클러치까지.

"이 친구 완벽해. 인간 카멜레온이라니까. 뼛속까지 투철한 프로정신이 돋보여. 수업 아무 문제없겠어. 안 그런가?" 심 선생이 양 선생에게 동의를 구했다.

"나는 잘 모르겠네, 아직은. 옷 잘 갈아입는다고 일 잘하는 건 아니지 않아?" 양 선생이 눈길도 주지 않고 말했다.

"옛날이나 지금이나 뭘 모른다니까. 옷 잘 입는다는 말이 아니라 프로정신을 말하는 거야. 하긴, 네가 프로정신을 알아? 내가 네놈 목숨 붙들어준 것만 몇 번인 줄 아냐? 넌 옛날부터 프로정신이 없었어. 결정적일 때 내뺄 궁리만 했지."

심 선생이 웃으며 말했다.

"결정적일 때 내빼는 게 바로 우리 업계의 프로정신이야."

양 선생이 심각한 표정으로 심 선생을 쳐다보며 답했다.

"웃기고 있네." 심 선생이 껄껄 웃었다.

"내 목숨이 네 덕에 여기까지 온 건 맞다. 그래, 참 고맙다. 네가 내 생명의 은인이었지. 그것도 몇 번씩이나. 이 은혜를 뭐로 갚아야 되냐?" 양 선생의 감개무량한 표정.

"갚을 일 있을 거야. 잘 생각해보라고."

심 선생은 까치발을 하고 손을 최대한 뻗어 양 선생의 어깨를 감싸려 애썼다.

코리안 바비큐 전문 식당으로 향하는 좁은 보도는 젖어 있었다. 각양각색의 사람들이 남긴 발자국이 길바닥 이곳저곳에 널려 있었다. 서준은 심 선생과 양 선생의 정겨운 대화에 귀를 기울이며 그들의 뒤를 따랐다. 서준은 발자국의 사이즈와 신발의 종류를 머릿속으로 면밀히 체크했다. 어깨를 부딪히며 마주 오는 이들의 표정을 눈동자에 담았다. 서준의 오래된 습관이자 본능. 뉴욕의 초여름 부슬비에 서준의 어깨도 잿빛으로 젖어가고 있었다.

'저런 동료가 내게는 없었어. 언제나 혼자였지. 단독 작전의 전문가. 동료 따위는 필요 없는 현장 요원. 언제나 독고다이.'

심 선생과 양 선생의 등판은 외롭고 쓸쓸하고 다정해 보였다. 목숨을 걸고 동료를 지켜준 작고 구부정한 심 선생의 외로운 어깨. 목숨을 내맡기고 작전을 수행한 양 선생의 여전히 꼿꼿하지만 쓸쓸한 어깨. 쓸쓸함과 외로움이 서로를 지켜주면 다정함이 등장했다. 서준은 그들의 뒤로 다가가 두 선생의 어깨를 양손으로 껴안고 싶어졌다.

"여기 와봤나, 이 과장? 이 식당 등심 괜찮아. 오래되고 유명한 곳이야. 사람이 좀 많아서 그렇지."

심 선생이 서준 쪽으로 고개를 돌리고 말했다. 양 선생의 어깨는 힘겹게 꼿꼿함을 유지하고 있었다.

"저는 처음입니다. 뉴욕에 와도 한인타운에는 올 일이 거의 없었습니다. 사무실 젊은 직원이 여길 추천하더군요. 선생님들 고향 생각나실 거라면서."

"고향 생각? 내 고향은 여기야. 내가 있는 곳이 고향이지. 현재 위치가 나의 고향. 내 오랜 원칙이자 생각이네. 고향에 관해선 말이지."

심 선생은 말이 많았고 양 선생은 과묵했다. 역시나, 전설의 듀오가 분명했다. 뚱뚱이와 홀쭉이, 껑다리와 땅딸보, 까불이와 샌

님. 완전히 서로 다른 듀오가 성공을 거두는 법이니까. 상대에게서 내 모습을 목격하면 곤란하니까. 정확히 말하면, 상대에게서 수면 아래 숨겨진 내 이면을 봐야 하니까. 나도 모르는 내 모습을 상대로부터 인지해야 하니까.

"뭔 생각을 그리 해?"

과묵한 양 선생이 서준을 향해 입을 열었다.

"고향 생각하고 있었습니다."

서준이 웃으며 말했다.

"내 고향은 한반도 남쪽 항구도시일세. 나는 지금도 거기 가고 싶어. 이 친구와는 다르다고. 지금 사는 곳이 고향이라니, 그게 무슨 말이야? 개똥철학 같은 소릴 하고 있어 이 친구."

양 선생이 심 선생에게 꿀밤을 먹였다. 기술적으로 힘을 쏙 뺀, 우정 넘치는 노인네의 꿀밤. 심 선생이 아야 소리를 내며 양 선생을 째려봤다. 양 선생이 심 선생의 정수리를 향해 주먹을 쥐었다. 은퇴한 권투선수의 주먹이었다. 산전수전 공중전을 다 겪은, 닳고 닳아 단련된 그런 주먹. 머리 위의 커다란 주먹을 본 심 선생은 가소로운 미소를 지었다.

은퇴한 스파이 둘, 현직 스파이 하나가 등심이 괜찮다는 한국 식당의 유리문을 열었다. 식당 문을 열면 복도였다. 길다란 복도 옆으로 미닫이문이 달린 방들이 쭉 배치된 형태였다. 방들을 지나면 넓은 홀이 나타났다. 그들은 고기 굽는 연기 자욱한 홀로 발걸음을 옮겼다. 그들에게 관심을 기울이는 이는 아무도 없었다. 안내 담당 식당 직원조차 그들에게 눈길을 주지 않았다. 누구의 관심도 끌지 않고 은밀하게 움직이는 치들. 그들은 비밀요원임이 분명했다. 눈에 띄지 않고 그림자처럼 움직이는 비밀요원 중의 비밀요원들.

홀 가운데 선 서준이 직원을 불렀다. 심 선생과 양 선생은 두리번거렸다. 김칫국물이 묻은 녹색 앞치마를 걸친 동남아 출신의 젊은 여자. 골상학적으로 베트남 남부 메콩델타. 서준은 젊은 여자의 출신지를 추측했다.

정신없이 바쁜 척을 하던 직원이 서준 일행을 자리로 안내했다. 구석 자리였다. 서준은 직원의 안내에 따르지 않았다. 서준의 선택은 홀 중앙이었다. 홀 중앙에 자리 잡은 5인용 원형 테이블.

"여기 앉을게요. 괜찮죠?" 서준이 정중하게 물었고, 여직원이 고개를 작게 끄덕였다.

"구석이 편하실 것 같은데요?" 여직원의 서투른 한국어.

"아니요. 저는 한가운데가 좋아요. 식당 손님들 구경하는 게 술맛이 더 좋거든요."

서준의 설명에 직원이 아, 소리를 내며 고개를 크게 끄덕였다.

*

서준은 주위를 둘러보았다.

돌솥비빔밥에 매콤한 순두부찌개, 라면사리가 들어간 떡볶이를 한 상 가득 시켜놓고 휴대폰 카메라 셔터를 눌러대는 고도비만의 흑인 여자 셋, 달콤한 연기를 풍기는 돼지갈비를 앞에 놓고 소맥을 연달아 말아 들이켜는 한국계 젊은 남자와 여자, 시뻘건 낙지볶음과 청양고추가 잔뜩 들어간 조개탕을 앞에 놓고 캬아, 소리를 내며 진로 소주를 털어 넣는 백인 양복쟁이 둘.

의심스러운 치들은 보이지 않았다.

서준은 테이블 위의 호출벨을 힘껏 눌렀다. 무선이어폰을 귀에 걸고 허리춤에 무전기를 찬 여직원이 종종걸음으로 달려왔다. 이 직원도 베트남 출신 같았다. 정중하게 주문을 받는 직원의 발음에서 베트남 억양이 물씬 풍겼다.

서준은 주위를 살폈다. 비밀요원의 본능적인 눈초리. 양 선생과 심 선생도 비밀요원 출신이었다. 모든 것을 관찰하고 계산하고, 머릿속에 새겨 넣는 비밀요원 특유의 눈초리. 비밀요원은 비밀요원을 알아보기 마련이었다. 서준은 양 선생과 심 선생을 한눈에 알아보았다. 한인타운의 한국 식당에 비밀요원은 없었다. 적어도 아직까지는.

서준은 직원에게 주문서를 건넸다. 소고기 등심, 안심, 살치살, 치마살과 매콤한 순두부찌개로 구성된 바비큐 세트. 잣 막걸리에 진로와 카스 각 한 병씩. 선생들의 의견을 존중한 주문서였다.

"말아 드십니까?"

"첫 잔은 말지."

"나는 안 말아. 첫 잔은 맥주. 다음부터는 소주."

서준이 물었고 심 선생과 양 선생이 답했다. 언제나 심 선생이 먼저였고 양 선생이 그다음이었다. 오랜 습관 같았다. 시작과 집행은 심 선생. 현장 마무리는 양 선생. 새벽의 뒷골목에서 표적을 제거할 때도 그랬을 것이다.

서준이 잔에 술을 따라 선생들에게 건넸다. 그들은 스승과 제자 같아 보였다. 정중한 제자와 인자한 스승 둘.

"놀면 뭐 해? 바로 수업 시작하지. 양 선생?"

"나보다 더 잘 알 것 같은데? 가르칠 것이 없어 보여, 이 친구."

심 선생과 양 선생이 진지한 표정으로 잔을 부딪치며 말했다.

"오리엔테이션인지 뭔지 해보라는 얘기야, 양 선생아."

심 선생이 소맥을 반쯤 들이켜며 질책하듯 말했다.

"요즘은 어떻게 하는지 모르겠는데 말이야. 우리 땐 술집, 식당 이런 데 들어오면 말이지, 반드시 손님들 얼굴, 옷차림, 안주까지, 각 테이블별로 일목요연하게 정리했어. 사진으로 찍을 순 없으니까 눈으로 스캔하고 머릿속에 딱 기억하는 거지. 각 테이블의 광경을 한 컷의 사진으로. 이해하지?"

양 선생이 가느다란 푸른 힘줄이 얇게 돋아난 관자놀이를 검지로 톡톡 두들기며 말했다.

"오랜만에 하려니 도통 힘들구먼, 이거."

양 선생이 주위를 찬찬히 둘러보았다. 파리 한 마리의 움직임도 놓치지 않겠다는 다짐이 담긴 비밀요원의 눈초리.

"옛날엔 그랬나요? 그거 보통 일 아닐 텐데요? 요즘엔 카메라로 딱 찍습니다. 넥타이핀 카메라나 볼펜 카메라 뭐 그런 걸로 말이죠. 요즘 카메라들 성능이 끝내줘서 그런 기술은 누구도 말해주지 않습니다."

한 컷의 이미지로 작전 현장의 세부적인 디테일을 머릿속에 심

어 넣는 방식. 카펫 위를 굴러다니는 먼지 알갱이와 공기의 움직임을 포착하고 파악하는 능력. 표적의 눈매와 입술과 주름과 점과 머리칼의 모양새와 색깔과 현장의 온갖 냄새를 이미지로 기억하는 힘. 제거 대상의 셔츠에 묻은 얼룩의 종류를 순식간에 분석하는 재능. 촉각, 후각, 청각, 미각을 이미지로 변환시켜 기억하는 능력은 이서준의 주특기였다. 비밀요원으로 여기, 뉴욕까지 오게 만든 서준의 특별한 능력. 비밀요원으로서 성공의 기반을 닦은 선물이자 서준 개인에게는 끝도 없는 고통을 안기는 그 저주받은 서준의 능력을 양 선생은 말하는 중이었다.

"이 친구가 그거 전문이야. 현장에 잠입해 한번 쭉 훑어보면 그걸로 조사 끝. 이 친구 눈이 카메라, 손가락은 현상기. 먼지 한 톨까지, 세세한 것들을 다 기억하고 그려내니까. 나는 그런 거는 꿈도 못 꾸지. 이 친구가 그려준 현장 설계도를 보고 나는 작전을 계획할 수 있었어. 한 치의 오차도 없는 작전의 기본이 바로 그 설계도였지." 이어지는 심 선생의 추가 설명.

"그거 배운다고 될 것 같지 않은데요? 타고나야 할 수 있을 것 같습니다." 서준이 아무것도 모르겠다는 표정으로 물었다.

"요즘엔 그렇지? 하긴 기술이 좋아졌겠지. 아무튼 여기 들어오면서 모든 걸 파악하고 기억하려고 했어. 식당 종업원들 인상착의부터 우리 옆 손님들 얼굴, 옷차림, 메뉴, 그들의 신발 종류까지. 여기 천장의 전구가 몇 개인지, 테이블과 의자의 방향도. 오랜만에 해보려니 어렵구먼. 그래도 녹슬지는 않은 것 같네." 양 선생이 싱긋 웃으며 말했다.

양 선생은 낡아빠진 가죽가방에서 연필과 작은 공책을 꺼내 뭔가를 그리기 시작했다. 채 1분도 지나지 않아 결과물이 나왔다. 식당을 작전 현장이라 가정했을 때 필요한 작전 설계도가 뚝딱 탄생했다. 심 선생이 고개를 연신 끄덕였다. 동료에 대한 믿음이 담긴 끄덕임이었다.

"이거 놀라운데요? 배울 수 있는 겁니까?" 서준이 경탄을 담아 말했다.

"한번 해봐. 나처럼 연필로 그리지 말고, 현장의 모든 것을, 사소한 것 위주로, 그러니까 테이블 위에 놓인 젓가락 방향, 양념통의 모양과 색깔, 종업원의 옷차림 등등. 그런 디테일을 머릿속에 쏙 담아두는 거지. 훈련하면 웬만큼은 가능해. 훈련이 중요해." 양 선생이 부연 설명을 늘어놓았다.

녹색 앞치마를 걸친 직원이 가위와 집게를 들고 서준의 테이블 옆에 섰다. 앞치마의 김칫국물은 어디론가 사라지고 없었다. 서준이 직원을 올려다보며 미소를 보냈다. 직원이 환하게 웃으며 고기를 굽기 시작했다. 베트남 메콩델타 출신으로 추측되는 직원이었다.

"잊고 있었네. 한 친구가 더 있어. 오늘 오기로 했다가 전립선 수술 때문에 못 온 친구. 그 친구가 와야 제대로 된 실습을 하는데 말이지. 제일 중요한 선생이 오지 못했네."

"한 분이 더 계십니까?"

반찬으로 나온 시금치무침을 한입 우적거린 심 선생이 말했고, 소주잔을 손바닥에 쥔 서준이 물었다.

"원래 셋이 움직였어. 삼인조. 그 친군 우리보다 두 살 아래. 쉽게 말하면 나는 집행자, 양 선생이 설계자, 전립선은 지원 담당. 특급 기술 지원. 기계 전문가라고 하면 될까? 성냥갑 크기 도청기, 만능열쇠, 지우개 모양 섬광탄. 또 뭐가 있었더라? 작전에 필요한 뭐든 그 친구에게 말만 하면 뚝딱 만들어줬지."

알맞게 구워져 모락모락 김이 나는 살치살 조각이 셋의 앞접시에 얌전히 놓였다. 소주 한 잔을 급하게 털어 넣은 심 선생이 쿵쿵거리더니 살치살을 냉큼 입에 넣었다. 양 선생이 테이블 아래로 심 선생의 정강이를 발로 툭 차며 말했다. 양 선생의 표정은 심각했다. 눈자위가 붉어진 심 선생의 눈빛은 유쾌해 보였다.

"이 친구 이거 큰일 날 소리하네. 술 그만 먹어. 취한 거야? 아니면 치매가 왔어?"

"뭐 어때? 우리가 죄를 지은 것도 아니고. 다 나라를 위해 한 일인데. 또 이 젊은 친구에게 잘 알려줘야지. 내가 다 말해줄 걸세. 우리의 지난 영광을."

"영광 같은 소리하고 자빠졌네. 이거 맛이 갔구먼. 완전히 맛탱이가 가버렸어."

"너도 이제 그만 신경 쓰지 마. 언제까지 과거에 빠져 허우적거릴 거야? 다 잊어버리든지 아니면 나처럼 그냥 술술 털어놓든지. 네놈 병이 다 그 옛날 일들을 파묻어놔서 그런 거라니까. 내가 몇 번을 말했어?"

심 선생은 여전히 유쾌했다. 심 선생의 눈빛을 살핀 양 선생이 작게 한숨을 쉬더니 고개를 푹 숙였다. 심 선생이 양 선생의 술잔에 술을 따랐다. 고개를 든 양 선생이 피식 웃었다.

"하긴 뭐. 이제 와서 뭐 어쩔 거야. 네 말이 맞다. 나도 다 파헤치고 잊고 나불거려야겠어. 내가 살아야지. 용서를 빌 일은 없지만 용서할 일은 많아. 그 용서라는 것, 내가 살자고 하는 것이지. 내가 살기 위한 수단이라고. 곰곰이 생각해보니까." 양 선생이 심각한 표정으로, 단호한 어조로 말했다.

"뭔 개똥같은 소리를 하고 있어? 용서? 수단? 너 뭐 잘못 먹었냐?" 여전히 가볍고도 유쾌한 심 선생.

"용서가 없으면 우리는 아마 죽을 거야. 자, 우리의 빛바랜 영광을 위하여. 오늘은 진탕 마셔야겠다. 옛 친구도 만나고, 내 맘에 딱 드는 현장 친구도 만났으니까. 언제 이런 날이 또 오겠어."

양 선생이 건배를 권했다. 심 선생은 고개를 갸웃거렸다. 알아듣지 못하겠다는 갸웃거림이 분명해 보였다.

깔끔한 앞치마로 갈아입고 고기를 굽는 여직원의 이마에 작디작은 땀방울이 송골송골 돋아났다. 치마살 세 조각을 조심스럽게 올려놓는 여직원의 눈동자와 건배를 하던 서준의 눈이 마주쳤다. 서준이 빙긋 웃었다. 여직원이 작고 하얀 손등으로 땀을 닦았다. 앞치마의 중간 부위, 셔츠 단추보다 작은 구멍 하나. 서준은 그 구멍의 존재를 놓치지 않았다. 앞치마에 설치된 초소형 카메라. 서준은 앞치마를 빤히 올려다보며 윙크를 날렸다. 긴장한 표정의 여직원이 서준의 윙크를 보고 작게 고개를 끄덕여줬다.

'미국 놈들일까, 러시아 놈들일까, 아니면 중국? 혹시 모사드? 쿠바 비밀정보국일 수도 있지. 그도 아니면……'

심 선생과 양 선생의 술잔에 술을 채우며 서준은 머리를 굴렸다. 베트남 출신의 식당 직원을 정보원으로 채용한 놈의 정체를 추측했다. 힘겹게 고기를 씹던 양 선생이 서준을 쳐다보며 수줍게 한쪽 눈을 깜빡였다. 여유 넘치는 미소는 덤이었다. 나도 다 봤네,라고 말하는 듯한 눈짓이었다. 양 선생은 메뉴판을 뒤적거렸다.

"여기 소주하고 술 각 두 병씩 추가!"

양 선생이 직원을 보며 외쳤다. 카랑카랑한 집행자의 목소리였다. 고기를 굽던 여직원의 이마에서 땀 한 방울이 똑 떨어졌다.

앞치마의 카메라 렌즈를 적신 땀방울. 모든 광경이 희뿌옇게 변했다. 서준에게는 너무나도 익숙한, 모든 것이 희뿌연 세상. 오직 희뿌연 세상 속에만 명확함이 존재했다. 서준이 희뿌연 세상 속으로 쓱 진입했다. 치욕과 수치를 잔뜩 품은, 안개 자욱한 희뿌연 세상.

10. 아메리칸 익스프레스 플래티늄

"아이고, 선배님들. 첫날부터 보기 좋습니다. 저한테 말씀을 해 주시지, 선배님들도 참 너무하십니다. 명색이 그래도 제가 여기 책임자인데, 저만 쏙 빼놓고 이런 자리를 만드시면 섭섭하지요. 많이 섭섭합니다."

간판이었다. 도수 없는 렌즈의 앤티크 갈색 뿔테 안경을 콧등에 걸치고 버버리 블루 레인코트의 깃을 잔뜩 세운 간판. 국정원 뉴욕 지부장. 공식적으론 황 소장. 대외적으론 황 사장.

크리스티 경매장에 등장한 골동품 같은 분위기를 잔뜩 풍기는 간판의 좌측에는 블랙 미니스커트에 새하얀 블라우스를 입은 금발의 동양계 젊은 여자가 긴장한 자세로 서 있었다. 간판의 우측엔 새파란 운전기사 겸 보안 담당이 충직한 개처럼 곁을 지키고 있었다.

이제는 유물이 된 냉전 시대 첩보 기술에 관해 이것저것 질문을 던지던 서준은 고개를 들어 익숙한 얼굴을 쳐다보았다. 서준은 아주 잠깐 동안 어리둥절한 표정을 지었다. 베테랑 중의 베테랑, 양 선생도 눈치채지 못한 찰나의 어리둥절함. 간판의 기습적인 등장에 심 선생과 양 선생이 힘겹게 몸을 일으켰다. 그들의 입에서 아이고, 끙, 같은 감탄사가 자연스럽게 튀어나왔다.

"아이고, 황 사장님. 높으신 양반이 어떻게 여기까지 친히 왕림을……. 이거 황송합니다."

얼굴이 붉어진 심 선생이 고개를 잔뜩 숙였다. 그는 간판의 오른 손바닥을 양손으로 잡더니 마구 흔들어댔다. 금방이라도 비틀거리며 쓰러질 것 같은 양 선생이 느릿느릿 고개를 숙였다. 간판의 인상이 살짝 찌푸려졌다.

"자리에 앉읍시다. 선배님들. 제 술도 한잔 받으셔야죠."

간판이 정중한 태도로 말했다.

서준은 여전히 자리에 앉은 채였다. 서준이 엄지발가락 끝으로 의자 하나를 간판 쪽으로 쓱 밀었다. 간판이 털썩 자리에 앉았다. 엉거주춤하게 서 있던 심 선생과 양 선생도 다시 자리를 잡았다.

식당 사장으로 보이는 50대 중반의 한국 여자가 헐레벌떡 달려왔다. 80년대 중반, 미스코리아 서울 예선을 가까스로 통과한 것처럼 보이는 그런 인상착의. '나 미스코리아 출신이야!'라는 문구를 이마에 달고 다니는 그런 몸매의 소유자. 보톡스와 온갖 미용 시술로 빵빵하게 부풀어 오른 얼굴의 식당 사장.

"어머! 황 사장님! 오시면 오신다고 미리 말씀을 해주셔야죠. 안쪽에 방도 있는데, 죄송해서 어째요." 실제 미스코리아 예선에 출전한 경력이 있는 식당 사장이 교태 섞인 호들갑을 떨었다. 사장의 몸매는 나이에 걸맞지 않게 탄력이 넘쳤다. 빵빵한 얼굴에 더 빵빵한 몸매.

"귀찮게 뭐 하자고 미리 연락을……. 김 사장! 요즘 경기 괜찮죠? 이 동네서 제일 돈 많이 벌 거야, 우리 김 사장님이."

"사장님도 무슨 별말씀을. 겨우 버티고 있죠. 인건비에 임대료에, 잘 아시면서."

간판이 하나 마나 한 안부를 전했고, 왕년의 미스코리아는 들으나 마나 한 죽는 소리를 했다. 형식적이고 의례적으로 상대를 대하는 오래된 단골 사이 같아 보였다.

"이 친구들 의자 좀 가져다줘요." 간판은 블랙 미니스커트와 운전기사 겸 보안 담당을 챙겼다.

"여부가 있겠습니까!"

"고기 좀 더 가져다주고! 오늘 뭐가 좋아요? 제일 싱싱한 거, 아니 제일 비싼 걸로 5인분 추가!"

간판이 주방 쪽으로 향하는 김 사장의 빵빵한 엉덩이를 향해 외쳤다. 홀 모든 손님이 들으라는 듯 크게 외쳤다. 김 사장의 엉덩이가 더욱 크게 출렁거렸다.

심 선생과 양 선생이 서로의 얼굴을 쳐다보며 연신 고개를 갸웃거렸다. 서준은 무사태평한 웃음을 흘리며 간판을 쳐다보았다. 간판이 오른 손바닥으로 서준의 왼쪽 어깨를 툭 쳤다. 반가움과 우정과 신뢰가 담긴 손바닥이었다. 서준은 씩 웃으며 오른 손바닥을 슬쩍 들어 먼지를 털어내듯 간판이 전달한 우정과 신뢰를 툭툭 털어버렸다.

'하여간 이놈의 싸가지는 구제불능이라니까.'

간판의 표정이 잠깐 동안 일그러졌다. 속마음이 공공연히 드러나는 간판의 표정. 심 선생과 양 선생은 흥미롭다는 표정으로 서준과 간판의 표정과 손짓을 지켜보고 있었다.

소고기 5인분이 추가되었다. 간판은 비서와 운전기사를 정식으로 소개했다. 심 선생과 양 선생의 술잔에 술을 연신 채워주느라 바쁜 금발의 비서. 이름은 재키. 뉴욕 컬럼비아대학을 우수한 성적으로 졸업하고 CIA 입사를 마다한, 간판의 표현을 옮기자면, 지성과 미모와 투철한 애국심을 갖춘 재키 리.

여전히 뻣뻣한 자세로 소고기 섭취에 열중인 운전기사 겸 보안 담당. 이름은 제임스. 프로 격투기 대회에 출전해도 모자랄 것이 없는 신체 능력에 영어와 한국어는 기본. 스페인어와 독일어, 거기에 프랑스어까지도 자유자재로 구사한다는, 세계 어느 곳에 내놔도 손색이 없다는 전도유망한 요원. 제임스 킴. 뉴욕의 간판을 양 옆에서 든든히 보좌하는 재키와 제임스를 소개하며 간판은 흐뭇하고 자랑스러운 표정을 지었다.

'사람 참 잘 뽑아. 자신에게 뭐가 어울리는지를 정확히 알고 있는 보기 드문 인간이야. 이름도 딱이네. 재키와 제임스라. 간판 옆을 지키는 이름으로 완전 어울려. 물론 가명이겠지만.'

서준은 간판의 좌우를 지키고 있는 재키와 제임스를 훑어보며 생각했다. 빈정거림이 아닌 순도 100퍼센트의 진심이었다.

이마의 땀이 마른 앞치마 차림의 직원이 생고기가 담긴 수레를 밀고 왔다. 앞치마의 초소형 카메라는 여전히 반짝거렸다.

"서준아. 내가 선배님들 섭외하느라 무지하게 고생했다. 이번 작전에 반드시 필요한 분들이야. 인간문화재급이라 할 수 있지. 미국 놈들도, 러시아 놈들도, 저기 영국, 프랑스, 독일 놈들 중에서도 이런 분들은 이제 없어. 진즉 멸종된 존재. 너 그거 알지? 형이 너를 위해 엄청 신경 쓰고 애쓴 거."

비서의 전문적인 손놀림으로 제조된 소맥 석 잔을 후다닥 마신 간판이 말했다. 간판의 주량은 형편없었다. 소맥 석 잔에 혀가 꼬였다. 술 석 잔에 간판과 서준의 관계는 형과 동생으로 발전했다. 피를 나눈 형제 사이.

"잘 알죠, 형님. 그걸 제가 어찌 모르겠습니다. 반드시 이번 프로젝트, 형님 앞에 근사한 결과물로 내놓겠습니다. 기대하셔도 좋습니다. 인간문화재의 기술을 배우고 가는데, 국보급의 결과가 나오는 게 당연하겠죠."

서준이 맞장구를 쳤다. 운전기사 겸 보안 담당 제임스가 서준의 잔을 채웠다. 소주 한 잔을 들이켠 서준이 제임스에게 잔을 건넸다. 제임스가 황송하다는 몸짓으로 잔을 받았다.

"국보급의 결과물! 너 말 참 잘했다. 바로 그거야. 결과와 성과. 그게 우리를 평가하는 기준이지. 결과물을 가져오라고. 그게 이 바닥의 전부잖아?"

소주 3에 맥주 7의 비율로 섞인 술잔을 손에 쥔 간판이 결연한 미소를 지으며 말했다.

"선배님들! 여기 이 교수는 제 동생이나 마찬가집니다. 죽을 고비도 같이 넘겼고, 실패도 함께 맛봤고, 위험과 어려움도 수도 없이 헤쳐 나갔죠. 잘 부탁드립니다. 이 교수 이 친구, 이번에 반드시

치고 올라가야 합니다. 특히 저 높은 양반들, 목 빠지게 이번 프로젝트 기대하고 있습니다. 이거 똑바로, 아니 제대로 해야 합니다."

"우리 같은 구닥다리 늙은이들이 무슨 재주가 있다고 그런 부탁을 하십니까? 그저 커리큘럼 적힌 내용 그대로, 우리가 알고 있는 그 옛날 잔재주들 모두, 이 교수님께 전해 드리기는 하겠습니다. 우리야 시키면 시키는 대로, 평생을 버텼죠. 우리 소장님, 아니 사장님이던가? 아무튼, 우리는 상부의 지시는 충실히 이행하겠습니다. 그건 자신 있는 분야죠. 까라면 까고, 죽으라면 살아남고, 죽이라면 죽이는 것."

심 선생이 심각하게 말했다. 그는 술 대신 물을 연신 들이켰다. 양 선생이 소주를 맥주잔에 콸콸 따르더니 단숨에 들이켰다.

"우리 회사도 많이 변했구먼. 술집에서 업무 회의를 하고 말이야. 상사에 부하에 우리 같은 늙은이들까지 우르르 모여서 말이야. 우리 땐 상상, 아니 꿈도 꾸지 못했던 일이 서울도 아닌 뉴욕 한복판 식당에서 일어나는구먼. 지금 내가 꿈을 꾸는 건 아니겠지?"

양 선생이 허허 웃으며 구시렁거렸다. 그는 다시 맥주잔에 소주를 콸콸 부었다. 양 선생의 머리통 위로, '세상 말세야 말세'라는 내용의 말풍선이 서준의 눈에 어른거렸다.

*

간판이 빤히 서준을 쳐다보며 의기양양한 미소를 보냈다. 서준이 왼쪽 눈을 찡긋거렸다. 둘은 말도 없이 웃었다.

말도 없이 웃는 얼굴 둘, 심각하게 불콰해진 노인네 얼굴 둘. 배시시 웃으며 옷매무시를 가다듬는 젊은 여자의 얼굴 하나. 흥미진진한 눈빛으로 모두의 얼굴을 살피는 젊은 남자의 얼굴 하나. 뉴욕 32번가 한국 식당의 중앙을 차지한 얼굴들.

고기를 굽는 직원의 앞치마 중앙에 숨겨진 카메라만 이 얼굴들을 지켜보고 있지는 않았다.

새롭게 테이블을 차지한 새로운 손님들. 서준은 슬며시 주위를 둘러보았다. 무심한 척 메뉴판을 살피는 러시아 남자 둘, 비빔밥을 앞에 놓고《뉴욕포스트》를 대충 들여다보고 있는 중국 여자, 반바지에 러닝셔츠를 입고 커다란 헤드폰으로 머리통을 감싼 흑인 남자, 기본 반찬만 놓인 테이블을 앞에 놓고 맥주를 홀짝이며 주위를 살피는 긴장한 표정의 백인 남자와 여자. 러시아, 중국, 미국, 영국 정보기관 소속의 얼치기 요원들. 서준은 그들의 존재를 일찌감치 감지하고 있었다. 서준의 출신지 적중률은 완벽에 가까웠다.

'북한 놈들과 프랑스 자식들과 유대인 놈들은 아직 도착 전인가? 느려터진 이 멍청이들 같으니라고. 잠깐, 쿠바 총첩보국 놈들도 여기 뉴욕에 널렸을 텐데, 그 자식들은 도대체 어디에 있는 거야?'

CIA, SVR, MSS, MI6의 감시요원들. 서준은 그들의 얼굴을 하나하나 훑었다. 그들의 옷차림과 헤어스타일, 넥타이핀과 안경의 디자인과 상표를 머릿속으로 작성했다.

뉴욕의 한복판, 손님들로 웅성거리는 식당의 중앙을 차지한 것은 간판과 서준의 계산된 의도였다.

대한민국 국정원 뉴욕 지부장이 경호원과 비서를 대동하고 공공장소에 모습을 드러낸다. 대한민국 최고의 공작원이 세계 최고 수준의 전직 첩보기술자와 함께 술을 마신다. 술에 취한 전·현직 요원들이 이번 작전의 개략적인 의도와 계획을 아무렇지도 않게 지껄인다. 작전 장소와 작전의 타깃을 만천하에 공개한다.

그랬다. 뉴욕 한인타운 한국 식당 모임은 철저히 계산된 작전의 일부였다. 아바나 리브레의 시작점. 미국과 북한과 영국과 이스라엘과 중국 정보기관 놈들에게 이 작전을 공공연히 드러내는 것. 작전계획서를 하늘에 뿌려버리는 것. 완벽한 선전포고.

작전은 완벽한 성공이었다. 초대받은 모든 놈들이 식당에 모였다. 작전의 실체를 던져주기만 하면 끝이었다. 작전명 아바나 리브레의 시작을 공표하는 것.

'이 새끼들아. 잘들 봐라. 대한민국 최고의 공작원이 쿠바로 향한다. 똑똑히 봐둬라, 내 얼굴을. 보무도 당당하게 작전지로 향하는 비밀공작원의 잘생긴 얼굴을. 내가 바로 이서준이다. 아바나 리브레 공작원이 이렇게 생겼다.'

미지근해진 맥주 한 모금을 꿀꺽 삼키고 서준이 속으로 웅얼거렸다.

간판이 흐느적거리며 몸을 일으켰다.

"어디 가십니까?" 제임스가 벌떡 일어나며 물었다.

"담배 하나 꼬실러야지. 물도 좀 빼고." 간판이 혀 꼬인 목소리로 말했다.

"담배 끊으셨잖아요?" 긴장한 제임스의 질문.

"오늘 같은 날은 하나 피워야지." 간판은 여전히 혀가 꼬였다.

"같이 갈까요?" 제임스의 충직한 목소리.

"됐어. 고기나 더 먹어. 아 참, 서준아! 이걸로 계산해. 이 카드로. 아바나에서도 이 카드 쓰라고. 아메리칸 익스프레스." 간판이 지갑에서 카드 한 장을 꺼내며 말했다. 살구색 에르메스 장지갑이었다.

드디어, 아바나,가 튀어나왔다. 에르메스에서 아메리칸 익스프레스와 함께 튀어나온 아바나. 간판은 주위를 살피며 여유로운 표정으로 작전 지역을 만천하에 공표했다.

간판이 서준에게 신용카드 한 장을 건넸다. 무료한 눈빛의 검투사 그림이 새겨진 아메리칸 익스프레스 플래티늄.

"이거 무제한이야. 내가 특별히 상부에 신청해서 발급받았어." 의기양양한 표정으로 간판이 말했다.

"카드를 쓰라고요? 아바나에서?" 서준은 당혹스럽다는 눈빛을 보냈다.

"아무튼 알겠습니다. 이거 여기서 써도 상관없죠?" 서준은 평정심을 되찾았다.

"당연하지. 플래티늄인데. 어디 한번 마음대로 써봐." 간판은 미간을 잔뜩 찡그렸다.

"알겠습니다. 이거 무슨 횡재래." 서준이 싱글거렸다.

간판이 식당 밖으로 나왔다. 에쎄 클래식 한 개비를 꺼내 문 간판은 버버리 레인코트의 옷깃을 단단히 여몄다. 유령처럼 간판의 뒤를 따른 제임스가 금장 지포라이터를 꺼내 불을 밝혔다. 간판의 손끝에서 담배의 끝이 칙 소리를 내며 타들어갔다. 칙칙한 뉴욕의 밤거리. 주홍빛으로 반짝이는 담배 불빛, 푸르스름하게 피어오르는 연기. 어느새 찾아온 밤. 서늘하고 축축한 뉴욕의 밤거리를 간판은 물끄러미 쳐다보았다.

간판은 취하지 않았다. 위장과 연기는 간판의 전공이었다. 꼬인 혀에서 나오는 알코올에 젖은 목소리. 완벽한 위장이었다.

이서준은 희생양 작전의 희생자가 될 터였다. 미끼 작전의 미끼가 될 것이었다.

쿠바 주재 북한대사관 영사 김영호.

남북 관계의 새로운 물꼬를 틀 당사자.

거물 중의 거물 정보원 김영호.

김영호의 보호와 포섭이 최우선인 작전이었다, 아바나 리브레 작전은. 거기에 덧붙여 하나 더. 함량 미달, 퇴출 대상의 정보요원을 적성국에 줘버리는 것. 이서준은 그런 역할이었다. 정부와 조직에 철저히 이용당하고 결국에는 버려질 가련한 정보요원.

이서준이 그 역할을 자처했다. 간판이 수립한 한국 식당 모임의 의도를 서준은 충분히 간파하고도 남았을 것이다.

'어렵쇼?'

예상과 달리, 서준은 간판의 제안을 냉큼 수락했다. 게임의 시작을 앞장서 실행했다. 교육의 첫날, 뉴욕 한복판의 한국 식당에서 공공연히 작전을 터트려버리는 것. 폭탄 돌리기 같은 게임의 시작. 이서준에게는 자살 폭탄 같은 게임의 시작.

간판은 서준의 의도가 궁금해졌다.

'어디 한번 해보라지.'

간판은 서준에게 모든 것을 일임할 작정이었다. 밑져도 이익인 게임으로 만들 필요가 있었다.

'달콤한 결과는 나눠야겠지. 의미 없는 결과는 그놈에게 던져주겠어. 의뭉스러운 이서준 그놈에게 말이지.'

반쯤 태운 담배를 바닥에 던져버리며 간판은 다짐했다.

'시작부터 순조롭기 짝이 없군. 이번 작전은.'

식당 안으로 발걸음을 옮기며 간판은 미소 지었다.

*

"저도 화장실 좀 다녀오겠습니다." 멀쩡한 얼굴의 이서준.

"나는 이제 맥주 많이 마셔도 오줌 생각이 안 나." 심 선생의 너털웃음.

"같이 가세." 양 선생이 벌떡 몸을 일으켰다. 서준과 양 선생이 서로의 얼굴을 쳐다보며 고개를 끄덕거렸다.

이서준이 앞장섰고 양 선생이 뒤를 따랐다.

소리도 없이, 서준이 여자화장실로 잠입하듯 들어갔다. 어느새 열쇠 수리공 복장을 한 양 선생이 식당의 여자화장실 문 앞에서 망가진 열쇠를 손보고 있었다. 땀을 삘삘 흘리며 망가진 열쇠를 고치는 늙은 열쇠수리공 양 선생.

명멸하듯 깜빡거리는 형광등 아래 세면대. 서준 일행의 테이블에서 고기를 굽던 직원이 손을 씻고 있었다. 초소형 카메라가 장착된 앞치마를 입고 있었던 베트남 출신의 여자였다.

화장실 문짝이 천천히 열렸다. 정성껏 손을 씻던 직원의 등 뒤로 서준이 모습을 드러냈다. 거울에 비친 서준의 얼굴은 유령 같았다. 앞치마는 사라지고 없었다. 손에 비누거품이 잔뜩 묻은 직원이 깜짝 놀랐다. 그녀의 표정이 얼음처럼 굳어졌다. 서준은 빙글거렸다.

"여기 여자화장실이에요." 베트남 억양이 섞인 직원의 말.

"압니다." 직원의 옆으로 다가간 서준이 세면대 수도꼭지를 돌려 물을 틀었다. 콸콸거리는 물소리가 화장실을 가득 채웠다. 직원의 옆에 서서 천천히 손을 씻은 서준이 거울 옆에 걸린 하얀색 수건을 꺼내 손을 닦았다.

"누가 줬어요? 아까 그 앞치마?" 서준이 정중하게 물었다.

"……."

직원은 여전히 얼음처럼 굳어 있었다.

서준의 손바닥을 감싼 만년필 한 자루. 서준은 만년필 뚜껑을 열어 직원의 옆구리를 슬며시 찔렀다.

"이거 총이에요. 살짝 누르면 소리도 없이 총탄이 나오죠. 농담 아니에요." 서준은 여전히 빙글거렸다. 직원의 얼굴이 백지장같이 변했다. 깜빡이는 낡은 형광등 불빛이 직원의 얼굴을 더욱 창백하게 만들었다.

"중국 남자였어요. 오십 줄의 중국 남자." 직원이 부들부들 몸을 떨었다.

"중국 놈인지 어떻게 알아?" 서준이 반말로 물었다.

"딱 보면 알죠. 식당 일이 몇 년짼데." 직원의 얼굴빛이 붉게 변했다. 그녀는 숨을 헉헉거렸다. 긴장과 공포가 몰고 온 전형적인 증상.

"얼마 받았어?" 서준이 만년필의 뚜껑을 닫았다. 주머니에 만년필을 얌전히 넣으며 서준이 말했다.

"이천 달러. 백 달러짜리로 스무 장이요. 필요하면 가져가세요. 그 앞치마."

"돌려달란 말 없었어?"

"네. 그냥 이 앞치마만 걸치고 고기를 구워주면 된다고 했어요. 다 끝나면 앞치마는 쓰레기통에 버리라고 했고요."

블루투스 카메라가 틀림없었다.

"다음에 그 중국 남자 보면 말이죠. 있는 그대로, 지금 상황 그대로 말해줘요. 내가 협박했다고. 총구를 옆구리에 들이대고 앞치마 주인이 누구인지 물었다고. 알았죠? 나도 이천 달러 드릴게요. 알겠어요?" 엄숙한 표정으로 서준이 말했다.

"쉽죠? 있는 그대로 말하고 돈은 똑같이 받고." 서준은 직원에게 수건을 건넸다.

겁에 질린 직원이 고개를 연신 끄덕였다.

"그럼 다음에 또 봅시다."

서준이 태연한 걸음으로 화장실 문짝을 열었다. 빙글거리며 여
자화장실을 나오는 서준을 쳐다본 양 선생이 고개를 끄덕이더니
남자화장실로 쏙 들어갔다. 여전히 열쇠수리공 복장의 양 선생.

'중국? 중국 놈이 카메라를 달아줬다고? 미국 놈들이 아니고?'

서준은 테이블로 뚜벅뚜벅 걸음을 옮겨 홀 중앙의 테이블로 향
했다. 테이블을 둘러싼 세계 각국의 정보요원들은 어느새 사라지
고 없었다. 대놓고 엿듣고 보란 듯이 엿보던 얼치기 요원들.

'원하는 정보를 얻었으면 내빼는 게 마땅하지. 상부 보고가 최
우선이니까.'

마무리 중인 뉴욕 교육 첫날의 광경이자 아바나 리브레의 시작
을 공표한 역사적인 현장을 내려다보며 서준은 중얼거렸다.

심 선생은 팔짱을 낀 채 졸고 있었고 거나하게 취한 간판은 좌
우의 제임스와 재키에게 일장연설을 늘어놓는 중이었다. 화장실
감시 임무를 완벽하게 수행한 양 선생은 아직 돌아오지 않았다.

"선생님! 이제 그만 숙소로 돌아가시죠!"

서준이 손뼉을 딱 치며 큰소리로 외쳤다.

*

"아이고, 이거 술이 올라오네. 오늘 과음이야."

꾸벅꾸벅 졸던 심 선생이 서준의 손뼉 소리에 부스스 고개를 들며 말했다. 그는 입가에 흘린 침을 손등으로 슬며시 닦았다.

"계산서!"

서준의 외침에 김 사장이 '벌써 가시게?'라는 표정으로 느릿느릿 걸어왔다. 서준 옆에 선 김 사장은 간판의 얼굴을 한참 동안 빤히 쳐다보았다. 재키와 제임스를 번갈아 쳐다보며 침을 튀기는 간판은 넋이 나간 듯한, 뭔가에 홀린 듯한 눈매의 김 사장에게 눈길도 주지 않았다.

'역시 잘생겼다니까. 우리 황 사장님 얼굴은 정말 물건이야. 한국이 아냐, 저 얼굴은. 이탈리아 남부 쪽이지.'

김 사장이 활짝 웃으며 간판의 얼굴을 향해 계산서가 담긴 가죽 케이스를 천천히 내밀었다.

"사장님! 오늘 계산은 제가 합니다." 서준이 빙글거리는 얼굴로 외쳤다.

"아, 그래요? 여기 있습니다." 김 사장이 아쉽다는 듯 입맛을 쩍 다셨다.

서준은 계산서를 꼼꼼히 살폈다. 음식과 술값, 세금 포함 890달러. 서준은 김 사장을 손짓으로 넌지시 불렀다.

"팁은 보통 몇 프로 적죠?"

"보통은 십 프로면 충분한데요, 오늘같이 고기까지 직접 굽고 잘라 드리면 이십 프로 해주시면 감사하지요."

"이십 프로? 알겠습니다."

"우리 테이블 담당한 그 직원 분, 일 참 꼼꼼하고 단정하게 잘

하시던데, 웃기도 잘 웃으시고. 표정이 밝아서 참 좋아요. 그분 이름이? 다음에 오면 바로 지정하겠습니다."

"그렇죠? 한국에서 살다가 몇 년 전에 미국으로 왔어요. 베트남 이름은 응옥. 한국 이름도 있어요. 영옥. 김영옥. 한국에서 결혼했으니까."

"이름 예쁘네요. 응옥, 영옥. 어쩐지 쟁반에 옥구슬 굴러가는 목소리 같더라니까?"

"옥구슬? 아니 무슨, 그런 옛날 농담을. 사장님, 참 재미있어요!" 서준의 농담 아닌 농담에 김 사장이 입을 가리고 크게 웃으며 과장된 반응을 보였다. 김 사장은 축축한 손바닥으로 서준의 어깨를 살짝 때렸다.

서준이 바지 주머니에서 만년필을 꺼내 뚜껑을 열었다. 계산서 하단에 정성스러운 필체로 액수를 적었다. 팁 2천 달러. 서준은 간판이 공작용으로 선사한 아메리칸 익스프레스 카드와 함께 계산서가 담긴 케이스를 김 사장에게 건넸다. 계산서를 흘깃 본 김 사장이 눈을 동그랗게 떴다.

"저기, 이거 잘못 쓰신 것 같은데. 영이 하나 더 붙은 거 아니에요?"

"아뇨. 맞습니다. 영 셋 맞아요. 계산해주세요."

"아이고, 이게 무슨 일이람. 영옥이 오늘 계 탔네. 고맙습니다!"

김 사장이 두 손바닥으로 입을 가리고 호호호 웃으며 말했다.

"사장님! 이렇게 화끈하신 동료 분을 모시고 오시고, 참 고맙습니다."

김 사장인 게슴츠레한 표정의 간판을 향해 말했다. 기쁨과 감동에 젖은 목소리였다.

"영이 하나가 더 붙어? 그게 무슨 말이야?" 영문을 모르겠다는 간판의 새된 목소리.

"글쎄, 젊은 사장님이 우리 직원에게 팁으로 이천 달러 주셨어요. 진짜 화끈하시다."

"뭐? 이천 달러?"

간판의 표정이 일그러졌다.

"역시, 우리 이 교수, 딱 내 스타일이야. 사나이 중의 사나이라니까."

아무런 기척도 없이 화장실에서 돌아온 양 선생이 엄지와 중지로 딱 소리를 내며 말했다. 양 선생의 얼굴에 경탄과 기쁨의 미소가 피어올랐다.

"언제 오셨어요?"

깜짝 놀란 얼굴의 서준이 양 선생을 쳐다보며 말했다.

"나도 전립선이 좋지 않아서 말이야. 화장실이 좀 오래 걸려."

양 선생의 입에서 튀어 나온 전립선. 간판의 얼굴이 더욱 일그러졌다. 서준은 여전히 빙글거렸다.

팁 2천 달러.

아바나행 뉴욕 특별교육 첫날의 마무리와 작전명 아바나 리브레의 시작은 예상치 못한 공작금 지출이었다. 뉴욕의 간판도, 서울 연희동의 스키조도, 공작관과 관리관이 철저히 배제된, 공작원 이서준의 단독 결정이었다.

*

바비큐 전문 한국 식당에서 아바나 리브레 공작 계획을 만천하에 공표한 후, 양 선생은 타임스 스퀘어의 호텔로, 심 선생은 그리니치빌리지의 집으로 각각 향했다. 이동수단은 제임스가 운전하는 포드 익스페디션 방탄 차량이었다. 간판과 비서는 지부장 전용 차량의 뒷좌석에 함께 몸을 실었다. 메르세데스 벤츠 S600 가드 방탄차량. 짧은 머리의 경호원이 대동했다. 경호원도 아르마니 블랙이었다.

양 선생이 먼저 내렸다. 국정원 뉴욕지부가 마련해준 양 선생의 숙소는 타임스 스퀘어 한복판의 호텔이었다. 지난 1928년 호텔 링컨으로 문을 연, 타임스 스퀘어 인터콘티넨탈과 메리어트 마르키스 사이에 위치한 고급과 중급 사이의 어중간한 호텔. 양 선생의 나이와 경륜에는 어울리지 않는 공간이었다. 1,300개가 넘는 객실을 갖춘 규모로 24시간 혼잡하고 어지럽고 북적북적한 그런 곳이었다.

"뭐야, 이따위 숙소를 마련해줬어?" 호텔 로비를 향해 걸음을 옮기는 양 선생의 등판을 쳐다보며 서준은 중얼거렸다. 양 선생은 뒤를 돌아보지 않았다. 그는 똑바로 선 채 머리 위로 손을 흔들어 인사를 대신했다. 머리 위로 흔들거리는 양 선생의 다정한 손바닥을 서준은 한참 동안 쳐다보았다.

심 선생과 서준은 그리니치빌리지에서 함께 내렸다. 우아한 브라운스톤 빛깔의 건물들이 달빛에 반짝거렸다.

"이 거리를 사랑해. 가난한 예술가의 거리. 아직도 정착하지 못한 영원한 이민자의 거리. 적당히 넉넉하고 고풍스럽고 타락도 있지. 고풍스러운 타락. 이 거리의 트레이드마크야."

심 선생이 서준에게 악수를 청했다. 서준은 '고풍스러운 타락'의 이미지를 머릿속으로 그렸다. 뉴욕의 타락이 고풍스럽다면, 아바나의 타락은 어떤 모습일까? 서준은 아바나의 타락을 구체적으로 떠올릴 수 없었다.

정중하지만 가벼운 심 선생의 손바닥. 그의 손바닥은 바싹 말라 있었다.

"내일 보자고 이 군. 아니 이 과장. 푹 주무시게나. 밤길 조심하고. 오늘 참 즐거웠네."

바스락거리는 손바닥을 맞댄 심 선생이 고풍스러운 타락으로 은은하게 물든 그리니치빌리지의 뒷골목으로 쑥 들어갔다.

*

서준은 맨해튼의 밤거리를 걸었다. 초여름 뉴욕의 밤바람을 어깨로 갈랐다. 미행의 기미도, 불신의 징조도, 도사린 위험도 일절 찾아볼 수 없는 싱그러운 밤거리였다.

서준은 느릿느릿 걸음을 옮겼다. 평화로운 고요와 감미롭기까지 한 정적이 감도는 뉴욕의 밤거리. 서준은 미친놈들의 눈빛이 갑자기 그리워졌다. 사위에 우글댔던 광기와 협잡과 등쳐먹기의 달인들. 제대로 미친, 미친놈들의 미친 눈빛이 별빛처럼 주위에서 미치도록 반짝거렸다.

남창과 뚜쟁이들의 유구한 역사를 품은 맨해튼의 밤거리. 서준은 대놓고 부정을 저지르는 여자의 얼굴이 보고 싶어졌다. 교활하고 굴욕적이면서 태연자약한 아름다운 얼굴. 무관심과 태연함, 평정심으로 모욕을 주던 그 사랑스러운 얼굴이 사무치게 그리워졌다.

온갖 마약의 향기로 인이 박힌 맨해튼 남서부의 밤거리. 역사적인 마약의 거리에서 서준은 타고난 거짓말쟁이의 판에 박힌 얼굴을 떠올렸다. 낄낄대고 이따금 싱글거리던 얼굴. 악의적이면서 친절한 미소를 만면에 품고 사는, 하늘이 내린 거짓말쟁이의 얼굴이 보름달처럼 하늘에 떠올랐다.

달콤한 재즈 연주가 희미하게 들리는 맨해튼 중부의 밤거리. 의심스러운 가게들과 빈민가가 만나는 지점에서 서준은 분홍색의 얼굴들을 목격했다. 미지근한 술 한 병을 기다리는 것으로 오후 시간을 견디는 분홍색 얼굴의 알코올 중독자들. 친구도 없이 경멸당하는 존재로 전락한 열정적인 주정뱅이들. 서준은 알코올 냄새를 풀풀 풍기며 활짝 웃는 분홍빛 얼굴들을 요리조리 헤쳐 나갔다.

살인과 폭력과 공포의 기운을 가득 품은 맨해튼 중서부의 밤거리. 길바닥을 파헤치면 핏물이 화석으로 굳어 있을 것 같은 그 거리에서 서준은 길길이 날뛰는 분노의 색채에 정면으로 맞섰다. 당신을 완전히 파멸시키고 싶은 폭력적인 욕망과 손을 잡았다. 당신을 완전히 망가뜨리고 싶은 절망적인 충동과 반갑게 인사를 나눴다.

미친놈들의 미친 눈빛, 사랑 가득한 모욕이 깃든 배신자의 영혼, 죽어버릴 정도로 술을 마시고 말겠다는 주정뱅이의 필사적인 다짐, 돌이킬 수 없는 결과에 온몸으로 맞서겠다는 폭력과 복수의 맹세. 서준은 그 눈빛과 영혼과 다짐과 맹세를 가슴에 새기며 걸었다.

맨해튼 7번가를 지나 14스트리트로 향하는 길. 골목 구석에 유령처럼 웅크리고 서 있던 한 남자를 서준은 스쳐 지나갔다. 희뿌연 가로등 불빛이 남자의 외로운 등판에 내려앉았다. 그의 등에는 골판지로 만든 플래카드가 얹혀 있었다. 서준은 그의 등판에 문신처럼 새겨진 비뚤비뚤한 글씨를 물끄러미 쳐다보았다.

'제발, 나를 지나치지 말아주세요. 나는 눈이 멀었어요. 하지만 당신은 볼 수 있잖아요. 나는 완전히 눈이 멀었어요. 부디, 나를 지나치지 말아주세요.'

서준은 눈먼 남자를 지나쳐 다시 걸었다. 새벽의 맨해튼 골목에 한 무리의 사람들이 조각상처럼 서 있었다. 휠체어에 앉은 불구자들, 목발을 짚고 서 있는 남루한 행색의 사람들, 불구자들과 장애인들과 버림받은 이들과 쓸모없어진 이들이 말도 없이 서 있었다.

서준은 뉴욕의 밤하늘을 올려다보았다. 검푸른 밤하늘에서 하얀 눈송이가 흩날리기 시작했다. 불구자와 패배자와 버림받고 쓸모없어진 이들의 머리 위로 함박눈이 쏟아져 내렸다.

스쳐 지나간 눈먼 남자의 등판에 새겨진 글씨가 음악으로 퍼졌다. 도시 전체가 재잘대며 노래하는 느낌에 서준은 작게 몸서리를 쳤다. 한여름의 밤하늘에 쏟아지는 함박눈들도 저마다 노래하며 추락 중이었다.

'제발, 나를 지나치지 말아주세요. 나는 눈이 멀었어요. 하지만 당신은 볼 수 있잖아요. 나는 완전히 눈이 멀었어요. 부디, 나를 지나치지 말아주세요.'

서준은 그 노래가 장애인과 불구자의 노래라 생각했다. 아니었다. 그 노래는 서준의 가슴속에서 울려 퍼지는 울림이었다.

'제발, 나를 지나치지 말아주세요. 나는 눈이 멀었어요. 하지만 당신은 볼 수 있잖아요. 나는 완전히 눈이 멀었어요. 부디, 나를 지나치지 말아주세요.'

약에 취해 황홀경에 빠진 이들, 무릎을 꿇고 바닥을 기는 불구자들, 만년설이 쌓인 산등성이로 행진하는 곱사등이들, 욕망에 불타 육체와 영혼 모두 활활 타오르는 이들, 쓸모없어져 바람처럼 흩날리는 이들, 쓴웃음에 질려 무표정에 빠진 파산자들, 비탄에서 헤어나지 못해 얼음처럼 굳어버린 이들의 얼굴들이 서준의 눈앞을 휙휙 지나쳐 갔다. 눈송이 수천수만 개의 표정이 제각각 달랐다. 서준은 억겁으로 쏟아지는 눈송이들과 눈인사를 나눴다.

그 가련한 얼굴들의 끄트머리에서 사랑과 아름다움의 얼굴이 선명히 모습을 드러냈다. 뉴욕 뒷골목의 종착지에 나타난 바로 그녀. 사랑과 아름다움으로 똘똘 뭉친 그녀의 얼굴.

그녀가 노래하기 시작했다. 창백한 입술 사이로 흘러나오는 그녀의 노래. 그녀가 마지막으로 부르게 될 그 노래를 서준은 무심하게 바라보았다.

서준은 중얼거렸다.

내가 서 있는 이 거리 구석에 비스듬히 서 있는 당신의 얼굴. 내가 서 있던 그 자리에서 무릎 꿇고 애원하는 당신의 숨결. 당신의 노래와 숨결을 느끼고 싶어. 산들바람에 묻혀 속삭이듯 밀려오는 당신의 노래. 이제 나는 당신을 떠나려고 해. 다른 누군가를 찾아서, 내가 가보지 못한 새로운 세상으로.

부디, 날 지나치지 말았으면 해.

그녀도 똑같이 노래할 것이다. 지금의 나처럼. 바로 저기 저 불구자와 패배자들처럼. 그녀가 부르는 노래가 서준의 귓속을 파고들었다.

'제발, 나를 지나치지 말아주세요. 나는 눈이 멀었어요. 하지만 당신은 볼 수 있잖아요. 나는 완전히 눈이 멀었어요. 부디, 나를 지나치지 말아주세요.'

서울에서도 뉴욕에서도 세상 그 어디에서건 서준은 장님이었다. 오늘은 아니지만, 내일도 아니겠지만, 그녀 또한 눈이 멀 것이었다.

아바나에서, 서준은 눈을 뜨고 싶었다.

부디, 나를 지나치지 말아줘.

서준이 그녀의 노래에 화음을 넣었다.

그녀와 함께하는 노래에 귀 기울이며 서준은 또다시 발걸음을 옮겼다.

축축하고 서늘하고 검디검은 늦은 밤이 푸르스름한 새벽의 기
운을 살짝 품었다. 밤과 새벽 사이, 밤과 새벽이 교접을 시작한 순
간. 서준은 클린턴 스트리트의 호텔을 향해서 터벅터벅 계속 걸
었다.

폐쇄된 정신병동 같은 분위기를 물씬 풍기는 클린턴 스트리트
뒷골목의 낡은 호텔. 서준은 졸고 있던 호텔 직원을 깨워 키를 받
았다. 서준은 덜컹거리는 소음을 내며 하강하는 기계식 엘리베이
터를 기다렸다. 그의 얼굴에 세상을 다 본 이의 미소가 번졌다.

11. 더운 나라로 떠날 스파이

한 달 일정의 아바나 리브레 교육은 일사천리로 진행되었다.

전직 암살 전문가 심 선생.

심 선생의 실전 기술은 중생대 화석이자 고대 유물과 마찬가지였다. 써먹을 데도 없는, 실행에 옮기기엔 위험천만하고 허무맹랑한 그 옛날의 암살 기술. 소리 없이 표적을 추적하고 제거했다는 전설의 기술들은 오직 심 선생의 추억 속에만 존재할 뿐이었다.

등이 굽고 몸짓은 한없이 굼떠진 심 선생은 그 전설의 기술들을 시연하지도 못했다. 하나를 제외하고는. 심 선생의 주특기였다는 동전 살상 기술 시연.

살찐 비둘기들이 구구거리며 빵 부스러기를 쪼아대는 센트럴파크의 낡은 벤치였다.

군데군데 칠이 벗겨진 하얀색 벤치에 털썩 앉은 심 선생은 검지와 중지 사이에 50센트짜리 동전을 끼웠다. 심 선생이 던진 동전은 작은 포물선을 그리며 힘없이 날아갔다. 무료한 표정의 J. F. 케네디는 표적으로 삼은 털 빠진 회색 비둘기 근처에도 가지 못했다. 옛날 같으면 핏덩이로 변했을, 붉은 눈동자의 비둘기는 날아오는 동전을 쳐다보지도 않았다. 비루먹은 비둘기에게도 깡그리 무시당한 심 선생의 동전 기술.

"이걸로 옛날엔 사람도 죽일 수 있었는데. 기절은 기본이고."

심 선생이 머리를 긁으며 쑥스럽다는 듯 읊조렸다.

"동전 날아가는 모양새가 꼭 내 오줌줄기 같다. 에라, 이 친구야." 벤치 옆에 세워진 심 선생의 지팡이 옆에서 동전 던지기 시범을 지켜보던 양 선생이 껄껄 웃었다. 구부러진 금속제 손잡이가 연결된 오동나무 지팡이. 양 선생의 몸집도 지팡이 같았다. 커다랗고 쭈글쭈글한 골동품 지팡이.

"그런데 그거 알아? 암살은 독살이 최고야. 칼도 총도 다 필요 없어. 그거 위험하잖아? 들고 다니기도 귀찮고, 검문이라도 당하면 바로 내가 죽는다고. 독은 휴대와 변신이 용이해. 액체, 기체, 고체 다 가능하다는 얘기지. 이번 작전에서 누구 죽일 일 있을까? 그렇다면 반드시 독을 이용하라고. 총이나 칼은 꿈도 꾸지 마. 백이면 백, 큰일 난다니까."

벤치에서 힘겹게 일어나며 심 선생이 변명하듯 말했다. 그는 한숨을 크게 쉬었다.

"사람 죽일 일이 뭐가 있겠습니까? 제가 뭐 공공칠도 아니고 말이죠. 잠시 기절시킬 일은 있을지 모르겠네요. 죽은 것처럼 정신을 잠시 잃게 만들 일은 있을 것도 같아요. 그런데 그 특수 약물을 어디서 구한답니까?" 서준이 진지하게 물었다.

"나야 모르지, 그쪽 분야는. 지부장에게 말하면 구해다 줄 거 같은데?"

심 선생이 가느다란 손가락으로 뒤통수를 긁적였다. 그의 뒤통수에서 비듬 가루가 날렸다. 뉴욕의 여름 햇살 속에서 반짝이는 비듬 가루 사이로 심 선생이 희미하게 웃었다.

그 옛날의 죽이고 죽여줬던, 그토록 섬세하고 다양하고 창의적인 살인의 기술들. 심 선생은 오직 입으로만, 손짓과 발짓도 없는, 100퍼센트 '입으로만'의 교육을 실시했다. 오래된 스파이 영화를 은퇴한 변사의 가래 끓는 음성으로 듣는 것 같은 교육이었다.

심 선생의 옛날 얘기에 무료해진 서준과 양 선생은 교육 시간 내내 하품을 했다. 서준은 졸음을 참느라 몇 번이나 허벅지를 세차게 꼬집었다. 강인한 정신력으로 졸음을 쫓아내는 학생과 대놓고 꾸벅꾸벅 졸고 있는 참관인을 목도한 심 선생은 급기야 수업을 못 하겠다며 불평을 늘어놓았다. 심 선생의 수업은 야외 수업으로 변환되었다. 야외 수업은 순전히 심 선생의 요청이었다. 지부장, 즉 간판은 숙고 끝에 심 선생의 야외 수업 제안을 승인했다.

심 선생은 야외에서 미행, 감시, 위장, 협박, 접선 등의 기술을 직접 가르치겠노라 큰소리쳤다. 엄밀히 말하자면, 야외 수업은 관광이었다. 전직 암살자가 안내하는 뉴욕 시티 관광. 교수로서의 자질이 전혀 없다는 현실을 깨달은 심 선생이 관광 가이드를 자처한 것이었다. 서준은 전직 암살자가 안내하는 뉴욕 관광에 크나큰 기대를 품었다. 야외 수업 대면 보고를 받은 지부장도 "그거 괜찮겠는데? 전직 암살자가 안내하는 뉴욕 관광. 약간 멋져." 라 말하며 동행 의사를 넌지시 비쳤다.

"올 테면 오라고 해. 그런데 그 망할 놈의 방탄 벤츠로는 곤란하다고 전해. 뉴욕 메트로, 시티투어 버스, 워킹. 나는 이렇게만 돌아다닐 테니까."

심 선생의 관광 원칙은 단호했다. 천하의 뉴욕 지부장도 예외 없다는 단호함. 왕년의 암살자다운, 냉혹하기 짝이 없는 단호함이었다.

"운동도 하고 좋겠네. 일정 잘 짜보라고. 나도 지팡이 하나만 구해다 줘. 지팡이 끝에서 가스총 같은 게 튀어나오는 그런 특수 기능 있으면 더 좋고. 심 선생 같은 싸구려 말고. 이 과장, 알았지?"

야외 수업 교재로 지팡이를 공식 요청한 양 선생도 전직 암살자의 관광 가이드를 반겼다.

방탄 벤츠 차량을 불허한다는 보고를 받은 간판은 "하루 정도는 같이 다녀보지, 뭐."라며 참가 의사를 전하라고 비서에게 지시했다. 우연치 않게 교육 내용을 접한 비서는 "저도 따라가고 싶어요, 지부장님!"이라며 코맹맹이 소리를 냈다. 간판은 단호히 말했다. "절대 안 돼. 이번 교육은 탑 시크릿이라고. 끼워주고 싶은 마음은 굴뚝이지만 원칙은 원칙이니까."

간판과 비서 모두 쩝, 하고 입맛을 다셨다.

*

지원 전문가 양 선생.

암살, 포섭, 회유와 협박, 갈취, 도청, 미행 등등 그토록 다양한 비밀요원 작전의 지원 전문가였다는 양 선생의 경험과 지식은 여전히 구체적이었다. 양 선생의 기술들은 여전히 꿈틀꿈틀 살아 있었다. 그의 지식과 기술은 살아 숨 쉬는 생명체였다.

작전 현장의 모든 것을 이미지로 기억하는 방식. 현장의 냄새와 촉감과 맛과 소리와 진동을 한 컷의 이미지로 기억하는 양 선생 고유의 능력. 사실 그 분야는 서준이 양 선생보다 몇 발 앞서 있었다. 어린 시절 겪었던 불의의 사고로 자기도 모르게 얻은 저주이자 축복의 능력. 서준은 그 능력을 선생에게 철저히 숨겼다. 대신 양 선생의 생생한 수업을 통해 서준은 자신의 능력을 돌아보고 정리할 수 있었다. 저주받은 능력의 원인을 분석했고 미래를 예측할 수 있었다. 서준이 가진 능력의 원천과 이유에 대한 학술적인 해석. 양 선생의 수업을 통해 서준은 수면 아래 숨은 자신과 똑바로 마주할 수 있게 되었다.

양 선생은 아날로그 기술 전문가였다.

그는 디지털에 관련된 것은 아무것도 알지 못했다. 서준은 열쇠-자물쇠 따기 수업 시간에 큰 열의와 열정을 보였다. 서준은 가느다란 철사와 테니스 줄, 피아노 줄로 갖가지 열쇠와 자물쇠를 여는 양 선생의 기술을 온전히 습득할 수 있었다. 소리를 이용해 다이얼식 자물쇠를 여는 원리와 기술도 배울 수 있었다.

옛날식의 도청장치 설치와 이용법도 양 선생은 서준에게 충실히 전했다. 코드북을 이용한 암호 해독법도 서준은 다시 배웠다. 인공위성과 휴대폰, 인터넷에 밀려 지금은 거의 사용할 일이 없는 모스 부호 타전법도 양 선생을 통해 복습할 수 있었다. 10여

년 전, 블랙요원 교육에서 잠깐 배웠던 모스 부호. 서준은 모스 부호를 작전 현장에서 단 한 번도 써먹을 일이 없었다. 하지만 이번 작전에서 눈을 깜빡이는 방식으로 사용해보겠다고 마음먹었다.

'김영호를 만나면 눈을 깜빡여 말을 해봐야겠어.'

서준은 다짐했다. 서준이 상상한 모스 부호 내용은 이러했다.

'이봐, 우리 친구 먹자고? 남과 북을 이어주는 가교 역할을 하는 그런 친구. 남과 북의 역사를 바꿀 역할을 우리가 한번 해보자고. 적이 아닌 친구로서.'

서준은 이번 작전의 표적인 김영호에게 전할 메시지를 열심히 연습했다. '친구'라는 단어를 열심히 익혔다.

"이봐, 눈에 뭐 들어갔어? 바보같이 눈을 왜 그리 깜빡거려?"

무료하게 양 선생의 강의를 지켜보던 심 선생이 핀잔했다.

클린턴 스트리트의 호텔방에서 밤을 지새우며 눈 깜빡임 모스 부호를 완벽히 마스터한 서준. 그는 양 선생의 눈동자를 똑바로 쳐다보았다. 서준의 의도를 알아챈 눈치 빠른 양 선생이 눈을 깜빡였다.

'내 눈을 바라봐.'

양 선생이 눈으로 말했다.

'한……잔……하……실래……요?'

서준의 서투른 깜박임.

'날이 너무 뜨겁잖아. 이럴 때 한잔은 당연하지.'

양 선생의 능수능란하고 현란한 깜박거림.

그들은 한 발 더 나아갔다.

'여자…… 좋아하……세요?'

서준의 질문.

'여자라면 환장했지.'

양 선생의 답변.

'저도 그……래……요. 조만간…… 여자…… 보러 같이…… 나 갈까요?'

서준의 공식 요청.

'그거 좋지.'

양 선생의 공식 답변.

서준과 양 선생은 눈으로 대화하는 사이가 되었다. 텔레파시를 주고받는 것처럼 그들은 눈으로 가끔 말하곤 했다. 눈으로도 소통이 가능하다는 사실을 깨달은 서준은 새로운 세상을 만난 것 같았다. 세상이 다르게 보일 정도의 느낌.

서로의 얼굴을 쳐다보며 눈을 깜빡이는 서준과 양 선생을 보던 심 선생이 "이것들 좀 보소."라 말하며 헛웃음을 지었다. 심 선생은 만성 눈 경련을 앓고 있었다. 심 선생은 눈으로 소통할 수 없었다. 그는 소외감에 약간 외로워졌다.

"나도 술 땡기고 여자도 좋아한다고." 심 선생이 여전히 눈을 깜빡이는 둘에게 카랑카랑한 음성으로 말했다. 서준과 양 선생, 그들의 눈 깜빡거림 대화를 우연히 엿본 심 선생 모두 크게 웃었다. 감시카메라를 통해 교육을 훔쳐보던 간판은 고개를 갸웃거렸다.

'저것들이 드디어 미쳤나.'

간판은 다시 쌍안경을 꺼내 들고 창가로 향했다.

*

　기술 담당 조 선생. 예정에 없던 전립선 수술 때문에 교육에 불참했던 조 선생이 합류했다. 아바나행 특별교육의 막바지였다.

　다정하고 온화한 눈빛, 희끗희끗하지만 숱이 풍성한 머리칼, 적당히 나온 배를 숨기지 않는 조 선생. 그의 손짓과 눈빛에는 진심이 담겨 있었다. 커피를 마실 때면 언제나 웃음 지었고, 매사에 호의적이고 점잖았으며 예의를 지켰다. 검소함과 엄격함이 몸에 배어 있었다. 그의 말투와 행동거지에는 편안함과 자부심이 동시에 묻어 나왔다.

　지혜롭고 현명하게 늙은 보기 드문 노인. 서준은 조 선생과 처음 인사를 나누며 존경심마저 느꼈다. 요즘 노인에게서 지혜와 현명을 발견하기는 거의 불가능에 가까웠기 때문이었다. 괴팍하고 성마른 기색을 전혀 찾아볼 수 없는 조 선생. 서준은 그에게 경외심 비슷한 감정을 가지게 되었다.

　심 선생과 양 선생을 본 조 선생은 중절모를 벗어 가슴팍에 올리더니 90도로 고개를 숙이는 식의 인사를 건넸다. 인자함과 지혜로움과 우정이 철철 넘치는 미소는 덤이었다. 기성복으로는 보이지 않는 어두운 빛깔의 핀 스트라이프 더블 슈트를 입은 조 선생. 그는 상큼하게 반짝거리는 티타늄 재질의 리모와 캐리어를 끌고 등장했다.

　'누구랑 닮았는데? 누구였더라.'

　조 선생의 모습을 본 서준은 잠깐 동안 고민했다.

197

'아, 맞다. 레너드 코언이랑 비슷하시네. 조 선생님.'

조 선생은 만년의 레너드 코언을 쏙 빼닮은 인상이었다. 아래로 처진 눈매에 매부리코, 공공연히 드러나는 인자한 미소까지.

조 선생의 수업은 도착 즉시 시작되었다. 옛날 동료들과의 반가운 인사는 나중이었다. 남은 시간이 별로 없었다.

"어디 보자. 캐비닛 비밀번호가 뭐더라? 옛날 물건들 캐비닛 안에 다 넣어놨다던데. 이 과장! 자네가 좀 살펴보는 게 낫겠네. 도둑질 기술도 배웠다면서?"

"도둑질이라니? 너 말이면 다야? 이거 많이 컸네?"

조 선생의 도둑질 발언에 양 선생이 발끈했다. 웃음과 우정이 담긴 정다운 발끈이었다.

조 선생의 지시에 서준은 교육실 구석에 자리 잡은 육중한 철제 캐비닛으로 향했다. 서준은 양 선생에게서 배운 기술을 떠올리며 다이얼을 이리저리 돌렸다. 양 선생이 흥미로운 듯 서준을 주시했다. 조 선생은 빙글빙글 웃고 있었다. 심 선생은 심각한 표정으로 50센트 동전을 손바닥 안에서 이리저리 굴리고 있었다.

서준의 이마에 땀이 슬쩍 뱄다. 양 선생이 "이거 써봐!"라 말하며 작은 청진기를 던졌다. 빛바래고 퇴색한 골동품 같은 구식 청진기였다.

"소리를 들어, 소리를. 그리고 그 소리를 이미지로 바꿔. 이음새가 딱 걸리는 모양새를 머릿속에서 그려보라고." 양 선생의 조언.

딸깍 하는 소리가 경쾌하게 울렸다. 양 선생은 흐뭇한 미소를 지었고, 서준은 이마의 땀을 손등으로 가볍게 닦았다. 굳게 잠겨 있던 캐비닛 문짝이 활짝 열렸다.

"이것들 좀 봐요. 별 물건들이 다 있네. 이게 언제 적 장비들이야? 심 선배! 이거 좀 보라니까? 선배 좋아할 물건들 널려 있네. 보물창고야, 완전!"

냉전 시대에 사용되었던 각종 스파이 장비들이 캐비닛 내부에 각을 맞춰 놓여 있었다. 캐비닛 내부에는 붉은 빛의 조명 장치까지 달려 있었다. 캐비닛 안에 가지런히 놓인 각종 스파이 장비들은 박물관의 전시품처럼 보였다.

크기와 색깔, 제조사가 각각 다른 단파수신기. 도청장치로 추정되는 열댓 종류의 쇠붙이. 1975년산 오리지널 베레타 92와 소음기가 장착된 발터 PPK, 그리고 스미스&웨슨, 콜트, CZUB 등의 오래된 권총들. 사이즈별로 정돈된 소형 녹음기. 만년필과 안경, 벨트로 위장된 초소형 카메라. 전원도 들어올 것 같지 않은 오래된 후지쯔와 소니 랩톱. 정체를 알 수 없는 작은 기계장치들이 캐비닛 네 칸을 꽉 채우고 있었다.

"이 감촉, 이 느낌은 죽어서도 잊을 수 없지."

감동한 표정의 심 선생이 권총을 하나하나 뽑아 들어 어루만지며 웅얼거렸다. 그는 어쩔 수 없이 헤어졌던 옛날 애인과 상봉한 것 같은 표정이었다. 눈가에 눈물이 그렁그렁 맺힌 심 선생. 권총 성애자가 틀림없었다.

"책이 있네? 이건 뭐에 쓰는 물건이야 도대체? 비밀 작전에 책이 필요해?"

양 선생이 캐비닛 구석에 놓인 두꺼운 책 한 권을 들더니 혼잣

말을 했다. 붉은 표지의 벽돌 같은 책. 먼지 쌓인 체 게바라 평전. 프랑스 언론인 장 꼬르미에가 엮었고, 한국의 한 출판사에서 오래전에 출간된《체 게바라 평전》. 지금은 절판.

"이거 코드북이네. 아, 이번 작전지가 아바나라고 들은 것 같은데? 하긴, 이런 옛날 기술들을 써먹을 곳은 딱 두 곳밖에 없지. 북조선 아니면 쿠바. 자네가 여기 뉴욕에서 북조선으로 들어갈 일은 없을 테니 남은 곳은 딱 하나네. 쿠바."

역시나 눈치 빠른 양 선생이 이서준의 작전 지역을 누설해버렸다. 서준은 양 선생의 말을 못 들은 척하며 각종 장비들을 살펴보았다.

조 선생의 즉각적인 강의가 이어졌다.

조 선생은 캐비닛 속 각종 장비들의 쓰임새, 작동법, 유의사항 등을 속성으로 서준에게 전했다. 서준 역시 속성으로 장비 사용법을 숙지했다. 심 선생도 각종 총기류의 분해법과 특징을 서준에게 속성으로 알려줬다. 캐비닛 속의 장비 교육은 이틀 만에 종결되었다.

"역시 전문가는 전문가야. 선생들이나 학생이나. 어렵고 수준 높은 이 수업을 단 이틀에 끝내다니!"

조 선생이 감탄 가득한 웃음을 지으며 외쳤다. 양 선생도 고개를 끄덕여 조 선생의 의견에 동의했다. 심 선생은 왠지 모르게 부루퉁한 얼굴이었다.

"그런데 여기 캐비닛에서 뭘 꺼내 가야 하나? 가져갈 게 없어 보여, 사실은."

"그러게 말입니다. 뭘 가져가야 할지 도통 모르겠어요."

이틀간의 속성 수업을 마친 조 선생과 서준이 고민에 빠졌다.

"뭘 고민해. 종류별로 하나씩 다 가져가봐. 그런데 쿠바 놈들 검색에 걸릴까?"

양 선생이 우려 섞인 목소리를 내놓았다.

"상부와 상의해. 자네 작전 관리해주는 이들이 있을 거 아냐? 공작관이 뭐라 지시하겠지. 원래 공작원은 지시만 따르면 된다고. 앞서 나가지 마. 그게 공작원 입장에서 제일 중요한 거야. 진의를 알려 애쓰지 말고 보이는 그대로 대해. 판단은 유보하고. 중요한 거 하나 더 있다. 총은 꿈도 꾸지 마. 단파수신기도 마찬가지고. 나 스파이요,라고 말할 거 아니면. 원래 진짜배기 작전은 맨손에 맨몸으로 하는 거니까."

오리지널 베레타 92를 슬쩍 챙길 꿈에 부풀어 있던 심 선생이 당부했다. '이 친구가 베레타 92를 들고 가면 곤란한데?'라는 사심이 잔뜩 깃든 당부였다.

*

아바나행 특별교육은 보름 만에 종료되었다.

심 선생의 예측이 들어맞은 것은 아니었다. 간판의 결정이었다.

서준과 노인 셋의 사치스러운 일상 때문이었다. 원래 정해진 숙소야 그렇다 치더라도, 그들은 제일 비싼 식당에서 음식을 먹었고, 제일 비싼 술을 들이부었다. 한 병에 몇 백 달러짜리 와인은 기본이었다. 하루는 수정방, 하루는 조니워커 30년, 또 하루는 로 얄살루트 38년에 돔 페리뇽 외노테크까지. 그것도 뉴욕 맨해튼 중심부의 최고급 술집에서 하루에 몇 병씩 들이부었다. 그들의 나이를 감안한다면, 술고래 중의 술고래들이 틀림없었다. 접대부가 나오는 술집에 가지 않은 것이 그나마 다행이었다.

'이서준이 이 자식, 아메리칸 익스프레스 플래티늄을 매일같이 신나게 긁어대?'

간판은 울화통이 터졌다.

고급 술이 넘쳐나고 산해진미가 한상 가득 차려진 그 자리에 간판은 참석하지 않았다. 정확히 말하면, 부름을 받지 못했다. 선생들과 학생 모두 간판을 부를 생각과 의도가 일절 없었다. 간판 대신, 그들은 금발의 비서 재키를 몇 번이나 호출했다. 술에 취한 심 선생은 재키의 허벅지에 슬쩍 손바닥을 올려놓기도 했다. 심지어 간판은, 서준이 재키에게 휴대폰 번호를 알려주며 "뭐 궁금한 것 있으면 연락해."라 말한 적도 있다는 보고를 받았다. 또 그들은 술집에서 숙소로 돌아가는 길이면 반드시 기사 딸린 방탄 익스페디션을 대기시켰다. 술에 취한 그들 모두 제임스가 방탄 문짝을 열어주길 기다렸다.

재키와 제임스의 입이 교육 내내 튀어나온 것은 당연지사였다. 급기야 재키는 심지어 심 선생과 서준의 추행 비슷한 행동을 간판에게 보고했다.

"계약직이라고 무시하는 것 같아요. 다들 너무하세요."

재키는 살짝 울먹이기까지 하며 간판을 쳐다보았다. 연분홍빛으로 살짝 충혈된, 촉촉해진 눈동자가 간판의 눈에 들어왔다.

간판의 귀에는 재키의 울먹거림이 정규직 전환을 요구하는 압박이자 협박으로 들렸다. 지성과 미모를 갖춘 재원, 예쁜이 재키의 울먹거림을 눈앞에서 본 간판은 성질이 뻗쳤다.

새벽 시간에 대리기사 노릇까지 한 제임스는 호텔 로비에 앉아 졸다가 간판에게 들켰다. 호된 질책을 받은 것은 당연했고 나아가 제임스는 시말서라는 것을 처음 작성했다. 제임스는 간판에게 시말서와 함께 야근 수당 청구서를 불쑥 내밀었다. 억울함이 잔뜩 담긴 표정의 제임스. 뉴욕 지부에서 야근 수당 청구서를 받기는 처음이었다.

'비밀요원이 야근 수당 청구서를 내밀어? 이 새끼 이거 안 되겠네. 싹수가 노래.'

간판은 성질이 더 뻗쳤다. 모든 것이 지긋지긋해졌고 노인네 셋과 이서준의 얼굴도 보기 싫어졌다. 어서 빨리 서준을 쿠바로 보내고 싶은 마음이 굴뚝같아졌다.

간판은 모든 사항을 꼼꼼히 기록했고 서울 연희동의 관리관에게 가감 없이 보고했다.

"그만 끝내지? 교육 내용 보니까 뭐 별것도 없던데. 부어라 마셔라. '먹고 마셔서 조지자'가 이번 교육의 목표인 것 같은데?"

간판의 보고를 받은 서울의 관리관, 스키조가 건조한 음성으로 말했다. 암호화된 휴대폰 속에서 간판의 콜록거리는 기침 소리가 들렸다.

"그렇죠? 아무튼 이서준 이거 골치 아파요. 일정 최대한 당겨서 빨리 보내버리겠습니다. 일 년짜리 작전 계획도 대폭 축소하는 게 어떨까요? 돌아가는 꼴을 보니 일 년은 너무 길어요. 세상에, 일 년 작전이 어디에 있었습니까? 그것도 단독 작전으로 일 년."

간판이 기쁘게 동의했다. 그는 한발 더 나아가 1년짜리 샴페인 공작의 기간을 확 줄이겠다는 의견을 내비쳤다.

"좋은 생각이야. 쿠바에서 뭐 하러 일 년이나 있어. 석 달 정도로 조정해. 석 달 안에 성과 없으면 즉시 귀환 조치."

역시나, 스키조의 결정은 단호했고 재빨랐다. 어떤 상황에서든 얄짤 없이 딱 부러지는 과감한 판단력. 간판이 스키조를 존경하는 가장 큰 이유였다.

이러한 사정들이 겹치고 겹쳐, 이서준의 아바나행 특별교육은 보름 만에 끝나버렸다.

*

교육의 마지막 날, 간판이 처음으로 교육실로 향했다. 금발의 비서, 재키는 대동하지 않았다. 뉴욕에서 단독으로 움직이는 간판의 모습은 처음이었다. 그는 어디를 가더라도 경호원과 재키를 좌우에 달고 다녔다. 좌 재키, 우 제임스. 혼자 움직이길 질색하는 유형. 독고다이를 지향하는 서준과는 결이 다른 체질이었다.

서준과 노인 셋은 교육실의 테이블에 머리를 맞대고 앉아 있었다. 그들은 마지막 점심식사를 어디에서 할지 토론 중이었다. 심 선생과 양 선생은 미슐랭 가이드 별 셋을 받은 웨스트 42번가의 초밥집을 고집했고, 조 선생은 8번가 대로변에 위치한 쿠바 레스토랑에 가봐야 한다고 우기고 있었다. 이서준은 근처 분식집에서 대충 라면과 김밥으로 점심을 때우고 싶은 마음이 간절했다. 서로의 주장을 굽히지 않던 이들은 결국 가위바위보로 식당을 정하기로 결론을 내렸다. 한국, 일본, 쿠바 중 하나를 선택하는 가위바위보. '남자는 주먹이지.' 서준이 주먹을 움켜쥔 그 순간, 간판이 주위를 살피며 조심스럽게 모습을 드러냈다.

"아이고, 마지막 날에 뭘 그리 심각한 토론을 하고 계십니까?"

톰포드 감색 슈트를 빼 입은 간판이 최대한의 정중함을 담은 안부 인사를 전했다.

선생 셋이 엉거주춤 몸을 일으켰다. 주먹을 쥔 서준은 가죽의자에 앉은 채 고개를 까닥 숙였다.

"날도 더운데 고생 많으셨습니다. 우리 선배님들 강의는 역시 최고였습니다. 다음에도 기회가 된다면 또 모시겠습니다. 이건 빈말이 아니라 지부장으로서의 약속입니다."

간판이 단호한 어조로 말했다. 그는 금방이라도 쓰러져도 이상할 것이 없어 보이는 노인 셋에게 일일이 악수를 청했다.

"강의료나 좀 올려주라고. 우리 회사 이렇게 쩨쩨하지는 않았어. 옛날엔 말이지."

심 선생이 인상을 잔뜩 찌푸리며 간판에게 말했다. 존대어가 생략된 심 선생의 뉴욕 지부장을 향한 반말에 양 선생이 흐뭇한 미소를 보냈다.

"당연히 그래야죠. 하지만 옛날과는 많이 달라요. 우리 회사도 이제 제약이 많습니다. 비용 처리가 엄청 꼼꼼해졌어요. 선지출 후결재? 꿈도 못 꿉니다. 비밀작전 공작금도 사전에 결재를 받아야 한다니까요. 저도 입장이 곤란할 때가 많습니다."

가죽의자에 몸을 묻고 무릎을 꼰 채 휘파람까지 불고 있는 서준을 째려보며 간판이 작금의 회사 분위기를 설명했다.

"그건 그렇지. 돈은 함부로 막 쓰면 곤란해. 그 누구도, 그 어떤 작전도, 자금 지출이 투명해야 성공률이 높아. 구린 구석이 많으면 작전은 제대로 이뤄지지 않아. 특히 비밀 작전은. 작전이 비밀이면 돈은 오픈해야 한다니까. 그건 우리 때도 그랬어."

조 선생이 예의 인자하고 진지한 눈빛으로 말했다.

의례적인 악수를 마친 간판은 심, 양, 조 선생의 얼굴을 꼼꼼히 살폈다.

노인 셋은 보름 전보다 생기가 돌아 보였다. 화색이 돌고 팽팽해진 피부, 입가에 미소가 정착된 노인들. 그는 쭈글쭈글한 손바닥들과 악수를 나누며 노인네들에게 투입된 고급 음식과 고급 술과 공짜 관광의 비용을 얼추 계산했다. 혈세가 줄줄 샌 것이 자명했다. 노인들의 낯빛이 그 증거였다. 국회와 감사원의 감사를 받지 않는 기관이라는 현실이 천만다행이었다.

'감찰실 김 부장을 잘 구워삶아야겠어.'

간판은 본부 감찰실에서 건방진 자세로 펜대를 굴리고 있을 재수 없는 김 부장의 면상을 떠올리며 속으로 중얼거렸다.

간판이 톰포드 바지 뒷주머니에서 봉투 석 장을 힘겹게 꺼내 테이블 위에 올려놓으며 말했다.

"이건 제 마음입니다. 쥐꼬리만 한 강의료가 영 좀 그래서, 제 개인 활동비 좀 넣었습니다. 돌아가셔서 보약이라도 한재 지어 드십사, 하는 마음입니다."

각각의 봉투에는 빳빳한 100달러짜리 열 장이 들어 있었다.

'재키가 설마 실수하지는 않았겠지?'

간판은 봉투 안의 달러를 직접 세어보지 않았던 순간의 방심을 자책하며 노인 셋에게 봉투를 돌렸다.

"그리고 서준이 너는 잠깐 따로 좀 남아. 조 선생님도 같이요. 전달해줄 게 있으니까."

"그러죠, 뭐. 선생님들 1층 로비 커피숍에서 잠깐 기다리시겠어요? 지부장님하고 미팅 끝나고 바로 내려가겠습니다."

간판의 대기 지시. 서준은 조 선생을 제외한 나머지 선생들을 대기시키는 방식으로 화답했다. 간판은 잠깐 어이없다는 표정을 지었다.

"그렇게들 하시죠. 금방 끝날 일입니다." 간판이 말했다.

"뭐 하자고 커피숍에서 죽을 때려? 근처 라멘 전문점 알지? 그쪽으로 오라고. 우리 먼저 점심하고 있을 테니까. 다들 괜찮지? 스시집은 물 건너간 것 같아서 하는 말이야. 거기 괜찮게 해. 미소라멘이 굿이야. 차슈도 그런 대로 알차다니까. 가격도 적당하고."

선제공격의 습관을 여전히 버리지 못한 심 선생이 단독으로 점심식사 메뉴를 정해버렸다. 예측하지 못한 간판의 등장에 가위바위보가 생략된 결과였다. 조 선생의 미간이 좁아졌고 양 선생은 아무렇지도 않다는 표정이었다.

심 선생은 간판이 건넨 봉투를 귀에 대고 펄럭펄럭 흔들어댔다. 양 선생은 꼿꼿한 자세를 유지하며 여유롭지만 세심한 눈길로 교육실 곳곳을 둘러보았다. 조 선생은 서준의 어깨를 툭툭 치며 말했다. 분명한 격려의 손짓과 눈빛이었다.

"이건 내 선물이야."

서준이 벌떡 몸을 일으켰다. 조 선생은 작은 공책과 정글 칼 모양의 볼펜을 건넸다. 손바닥에 쏙 들어가는 크기의 얇은 공책에는 이런 문구가 새겨져 있었다.

'대체 불가능의 존재. 나의 오랜 친구, 나의 동반자. 세상을 기록할 수 있는, 세상을 찢어버릴 수 있는 이 책을 드립니다.'

"모든 작전엔 기록이 중요해. 머리가 아닌 펜으로 기록하는 것. 반드시 명심하라고. 단, 자신만이 알 수 있는 기호와 암호를 사용해야지. 내가 아는 친구는 나우루 소수민족의 언어로 메모를 하더구먼. 나는 화장실 좀 다녀올게. 그놈의 전립선 때문에 소변도 오래 걸려. 지부장님? 먼저 얘기 나누고 있으시죠?"

간판의 대답이 나오기도 전에 조 선생은 손바닥을 흔들며 교육실 밖으로 걸음을 옮겼다. 심 선생과 양 선생은 어느새 사라지고 없었다. 소리도 없이 사라져버린 심, 양 선생. 그들 모두 전설의 비밀요원임이 틀림없었다.

*

교육실에 단둘이 남았다. 둘만의 공간. 다소 멋쩍은 표정으로

208

서 있는 간판.

"슈트빨 죽입니다. 지부장님. 역시 지부장님 패션 센스는 알아 줘야 해요. 뉴욕의 일급 멋쟁이라니까요."

의자에 털썩 엉덩이를 걸치며 서준이 말했다. 그는 엄지를 위로 척 올리며 간판의 신상 톰포드를 칭찬했다.

"네가 보는 눈은 있어. 이게 얼마짜린 줄 알아? 뭐, 그건 그렇고, 저기 저 가방 좀 가져와봐."

간판의 검지가 교육실 구석에 내동댕이쳐진 것처럼 놓인 캐리어를 향했다. 조 선생이 끌고 온 티타늄 리모와 캐리어. 반짝거리던 캐리어에는 먼지가 잔뜩 쌓여 있었다.

"이거 네 장비야. 아바나 리브레 공작용 특수 장비. 이 안에 모든 게 들어 있다고. 가져와서 열어봐."

"특수 장비? 어쩐지 때깔이 다르다 했습니다."

리모와 캐리어를 번쩍 들고 온 서준. 그는 특수 장비라는 리모와를 테이블 위에 세워놓더니 입김을 후 불어 캐리어에 쌓인 먼지를 털어냈다. 리모와가 다시 반짝이기 시작했다.

간판이 슈트 안주머니에서 봉투 한 장을 꺼냈다. 선생들에게 준 봉투보다 사이즈도 두께도 두껍고 더 큰 누런 색깔의 봉투. 그는 봉투를 테이블 위에 올려놓았다. 봉투 겉면에 붉은색으로 찍혀 있는 '탑 시크릿'.

'개나 소나 다 탑 시크릿이야, 이 동네에서는. 염병할 놈의 탑 시크릿.'

서준이 속으로 웅얼거렸다.

"이 봉투는 서준이 네 것."

"역시! 내 봉투는 왜 없나 했습니다."

서준이 농담을 지껄이는 것처럼 말했다.

"헛소리 집어치우고. 잘 듣고 잘 기억해. 일단 이 가방, 내가 특별히 요청해서 조 선생이 직접 제작한 거야. 세상 어디에도 없는 공작용 가방. 가만 있자, 조 선생이 직접 설명을 해야 하는데. 오래도 걸린다. 하긴 그 전립선이 문제이긴 하지."

"지부장님은 괜찮으세요?"

"나야 완전 멀쩡하지. 내 나이에 무슨 전립선이야? 너는 어때?"

"약간 찜찜하긴 해요. 가끔 개운하지 않을 때가 있어요. 파이프 살짝 새는 느낌?"

"네 나이가 몇인데, 벌써부터 그러냐? 관리 좀 하자, 관리. 관리가 생명이야, 이제."

전립선 얘기가 나오자 간판과 서준이 진지해졌다. 간판은 서준의 안색을 살피며 진지하게 말했고, 서준은 간판의 사타구니 쪽을 세심히 훑어보며 걱정스러운 표정을 지었다.

"아이고, 이거 죄송합니다. 바쁘신 두 분을 기다리게 만들고. 아주 괴롭습니다. 안 당해보면 몰라요. 이놈의 전립선."

조 부장이 젖은 손바닥을 비비며 테이블 쪽으로 걸음을 옮겼다. 그는 환하게 웃고 있었다.

"간단히 브리핑해주시면 됩니다."

엄숙한 표정으로 팔짱을 긴 간판이 테이블 위에 놓인 리모와 캐리어를 턱으로 가리키며 말했다.

조 선생이 자랑스러운 눈동자로 리모와를 눕혔다.

"이 안에 이 과장이 쿠바로 가져갈 장비가 다 들어 있어. 비밀번호는 위가 333, 아래가 999로 맞춰져 있고. 비번은 자네가 알아서 바꿔도 돼."

서준이 조심스럽게 캐리어의 뚜껑을 열었다. 캐리어는 텅 비어 있었다.

"뭐야? 아무것도 없는데요? 맨손으로 가는 겁니까? 팬티하고 셔츠는 충분히 들어가겠네요. 사이즈가 넉넉하니까."

휑하기 짝이 없는 리모와 캐리어의 내부를 살핀 서준이 뚜껑을 닫으며 무심하게 말했다.

"관찰력이 그렇게 없어서야, 원. 너 그렇게 보는 눈이 없어서 이번 작전 제대로 하겠어?"

간판이 테이블 위의 누런 봉투를 살짝 열더니 A4 사이즈의 서류 한 장을 꺼내 흔들며 말했다.

서준이 간판의 손에서 펄럭거리는 서류를 낚아채듯 가져갔다. 서류는 설계도였다. 리모와 캐리어를 분해하고 조립할 수 있는 설계도.

"들키지 않을 자신 있으면 이거 휴대폰으로 찍어놓든지. 외우는 게 가장 좋기는 하지. 할 수 있지? 이 과장?"

리모와 특유의 그루브 무늬를 손가락으로 살살 어루만지며 조 선생이 말했다.

서준은 설계도를 유심히 살펴보았다. 리모와의 한쪽 측면을 분해하면 발터 PPK 부속품이 떨어져 나오는 구조. 티타늄 발터 PPK

한 자루와 뭉툭한 일곱 개의 티타늄 총알, 그리고 소음기까지. 소련 놈들이 개발했다는 전자장치 없는 도청장치는 덤이었다.

"이런 건 처음 보네요? 이거 진짜 검색에 안 걸리는 거 맞죠? 쿠바 놈들뿐 아니라 미국 애들 검색도 받아야 하는데요?"

"걱정 붙들어 매셔. 조 선생이 이거 들고 시애틀에서 델타항공으로 여기 뉴욕에 오셨다고. 국내선 보안이 더 심해 미국은. 서준이 너도 잘 알잖아? 사무실에서도 시험해봤어. 아귀가 딱딱 들어 맞더라. 다들 이거 보고 침 질질 흘리더라고. 아무튼 이건 절대 안 걸려. 아주 물건이야 물건. 첩보 역사에 획을 그을 그런 장비라 할 수 있지. 조 선생의 모든 내공이 압축된 작품이야."

서준의 질문에 부장이 답했다.

뚫어져라 설계도를 지켜본 서준은 눈을 감고 머릿속에 이미지를 저장했다. 발터 PPK와 도청장치의 분해, 조립 과정을 상상 속에서 시연했다. 완벽하게 작동되는 티타늄 발터 PPK와 도청장치가 서준의 머릿속에서 뚝딱 조립되었다. 완벽한 설계도였고 더 완벽한 부속들이었다. 하자는 전혀 없어 보였다.

"선생님, 이거 정말 물건이네요. 대단하세요."

"자랑이 아니라, 솔직히 그거 만들 수 있는 인간은 나밖에 없을 거야. 한 달 꼬박 걸렸네."

서준의 진지한 칭찬에 조 선생이 인자한 웃음이 깃든 설명으로 화답했다.

"특수장비 하나 더 있다."

간판이 슈트 안주머니에서 50밀리리터 용량의 플라스틱 샴푸,

린스 용기를 꺼내며 말했다. 샴푸는 블루, 린스는 그린.

'저놈의 톰포드 슈트도 특수장비 아냐? 무슨 물건들이 계속 쏟아져 나와?'

서준은 잠시 생각했다.

"탈모 방지 샴푸도 개발하신 겁니까?"

"돼먹지 않은 소리 그만하고, 서준이 너 특수약물 요청했다면서? 사람 잠깐 기절시킬 수 있는 그런 약물."

서준의 시답잖은 농담에 간판이 정색을 하며 답했다.

"아, 그랬었죠."

"이거 구하느라 내가 아주 애먹었어. 모사드 놈들이 최근에 개발한 약인데, 샴푸가 독극물, 린스는 해독제. 스포이트 세 방울이면 충분해. 술이나 물에 타서 먹이면 열 시간 기절. 호흡도 맥박도 최소로 유지. 거의 죽은 것처럼 보인다네? 숨 쉬는지, 숨이 멎었는지도 모를 정도야. 그런데 명심해야 돼. 열 시간 내에 해독제 투여하지 않으면 뒈질 수도 있대. 상황 잘 봐서 써먹으라고. 아무 때나 썼다간 서준이 너도 골로 가버릴 수 있으니까."

간판은 의기양양한 손짓으로 샴푸, 린스 통을 흔들어댔다.

"이거 시험은 해보셨어요?"

"미쳤어? 그걸 누구한테 시험해? 우리 개한테도 할 생각 없어. 그런데 너 걱정도 참 많다. 우리 회사를 뭐로 보고 그런 의심을 자꾸 해? 모사드 신임 지부장의 선물이니 믿어도 좋아. 그 친구 나랑 아주 친하니까 하는 말이야. 신뢰할 수 있는 친구야, 그 지부장. 그리고 그 약, 유통기한이 딱 석 달. 그래서 하는 말인데, 이번

작전 석 달 안에 끝내도록. 이건 연희동의 지시 사항이야. 내 지시
가 아니고. 윗선의 공식 지시."

예전부터 이스라엘 놈들을 지나치게 믿는 구석이 있는 간판이
아바나 리브레 작전 기간 변경을 공식적으로 통보했다.

모사드의 최신 독극물과 해독제를 살피던 서준은 "알겠습니
다."라며 작전 기간 축소 지시를 즉각적으로 수용했다. 질문, 의
문, 의심, 불만, 불평이 전혀 없는 긍정이 가득 담긴 목소리였다.

'어라? 이 자식 좀 보게.'

간판이 고개를 갸웃거렸다.

"자, 이게 마지막이야."

"뭐가 또 있어요? 라멘 불어터지겠네. 조 선생님 먼저 가시죠?"

"아니야. 같이 나가. 재미있네, 오랜만에 이런 거 보고 들으니."

간판과 서준과 조 선생이 차례차례 입을 열었다.

간판은 누런 봉투에서 서류를 꺼냈다.

"이건 아바나에서 네가 접촉할 사람들 신상정보. 간단히 설명
하자면 사람 셋에 조직 한 팀. 다 포섭 대상이기도 하지. 아, 조직
이라 말하기엔 좀 그런가?"

"포섭 대상자 정보가 있어요? 그거 듣던 중 반가운 소리네요."

"반가운 소리가 될지, 독이 될지는 네가 가서 직접 보고 판단해.
언제나 판단은 현장요원 몫이지. 그리고 그 판단에 대한 책임도
완벽히 네 몫이고. 알잖아?"

"잘 살펴보겠습니다."

"첫 번째 대상, 이름은 조엘. 쿠바에서 사라진 전임 블랙 얘기

들었지? 고려일보 특파원으로 나갔던 그 친구. 조엘이 그 블랙의 운전기사였어. 전화번호 있으니 가서 만나보라고. 시간 나면 전임 행방 좀 쫓고."

'전임 블랙? 아, 그 친구 실종됐다고 했지? 쿠바 해변에서 놀고 있겠지. 한몫 단단히 챙겨서.'

간판이 잊고 있었던 전임 블랙을 끄집어냈다. 서준은 전임의 얼굴이 가물가물했다.

"두 번째는 심윤미. 쿠바에서 20년 넘게 산 한국 여자분. 명예 외교관으로 활약하고 있고, 네가 가는 호세마르띠문화원에도 발 걸치고 있지. 그 양반이 공항에 픽업 나올 거야. 보름 동안 네가 묵을 숙소도 마련해주셨다고. 그 양반 도움 많이 받으라고. 나도 잘 아는 분이야. 여기 뉴욕도 가끔 오시니까."

"이미 연락했습니다. 숙소 설명도 간단히 들었습니다."

"그래? 그분 남편 핏줄이 화려해. 쿠바 대통령 쪽 집안이야. 잘 만나보라고."

"대통령이라뇨? 지금 대통령?"

"지금 쿠바에 대통령이 어디 있어? 아, 지금 국가평의회 의장이 대통령으로 조만간 선출된다는 정보가 있긴 하더라. 공부 좀 해라, 공부. 아무튼, 혁명 전에 임기 이 년도 못 채운 대통령이긴 하지만. 그래도 그 집안이 어디 가나. 망했어도 기세가 여전하지."

"판이 점점 커지는군요."

"당연하지. 이번 작전이 누구 작품인데?"

판이 점점 커질지, 한방에 훅 쪼그라들지, 서준은 문득 석 달 후가 궁금해졌다.

"셋째는, 이진경이라고 한국 소설가. 호세마르띠문화원 공식 초청작가. 한국과 쿠바 간에 문화교류 프로그램이 있어. 몰랐지? 두 달 전에 이진경 씨가 쿠바 들어갔는데, 숙소가 네 타깃 바로 아래층이야. 와, 대박도 이런 대박이 없다. 판이 벌써 다 깔렸어. 이진경 씨가 호세마르띠문화원에 종종 와서 쿠바 학생들과 교류한다니까, 알아서 잘 꼬셔보라고. 여자 후리는 거 네 특기잖아? 하여튼 복도 많아요, 우리 이서준 요원."

'김영호 집 아래층에 한국 여자가 살아? 그것도 호세마르띠문화원 초청 작가가?'

모든 것이 의심스러운 상황. 서준은 판단했다. 누군가, 먼저 공작을 펼치고 있는 것이 분명해 보였다.

서준은 이진경의 파일을 대충 훑어봤다. 중국에서 중국 문학을 공부한 소설가였다. 10년 가까이 중국에서 지낸 이력이 눈에 들어왔다.

'뭐야? 중국 끄나풀이야?'

"뭔 생각 하냐? 정신 차려 인마."

간판이 한심하다는 눈초리로 말했다.

"조직은 뭡니까?"

조 선생이 간판과 서준의 대화를 흥미롭게 경청하는 중이었다.

"조직은 아니고, 네가 현장 가서 한국어 가르칠 학생들 명단. 직업, 나이, 거주지, 특기사항 등 다 정리되어 있으니까 잘 들여다보라고. 이 중에서 정보원으로 써먹을 만한 사람들 추리면 될 거야.

한국학교실 학생이 열셋인데, 열둘이 여자야. 그것도 십 대 후반부터 이십 대 중반이 대부분. 아주 살판 났네, 이서준이. 좋겠어. 님도 보고 뽕도 따고, 도랑 치고 가재 잡고. 이상 끝! 나가봐. 아, 저기 캐비닛에서 필요한 거 있으면 챙겨 가. 총만 빼고. 체 게바라라는 반드시 가져가고. 코드북이니까. 난수표도 여기 있다. 국민은행 보안카드."

서준은 간판이 건넨 서류를 다시 한번 훑어보았다.

누가 촬영했는지 모를 포섭 대상자들의 사진과 이름, 전화번호와 특이사항들이 일목요연하게 적혀 있었다. 타깃, 김영호의 주소가 인쇄된 메모장이 서류 틈에 꽂혀 있었다.

타깃의 주소.

'까예 낀세 엔뜨레 베이세.'

15번가 B, C 교차로.

눈에 띄는 한 얼굴. 호세마르띠문화원 초청작가 이진경. 서준은 사진 속 진경의 눈동자를 마주 보았다.

이번 작전의 타깃, 김영호에게 이미 접근 완료한 이진경. 김영호를 타깃으로 삼은 것이 분명한 이진경. 소설가로 위장한 비밀요원 이진경.

그녀의 눈동자는 소설가가 아닌 비밀요원의 눈동자였다. 시무룩함과 의기소침의 눈치는 전혀 찾아볼 수 없는, 냉담함과 무뚝뚝함과 무감정으로 구성된 비밀요원 특유의 눈동자.

"서류는 나중에 찬찬히 보고 어르신 모시고 어서 가봐. 아바나로는 언제 출발이라고?"

"모레 갑니다."

"연락은 이메일로 하자고. 문자도 좋고. 어차피 쿠바 놈들이 다 들여다볼 테니까, 단파송신기나 위성전화 쓸 필요도 없어. 쿠바 정보부 놈들도 너 신상 다 알고 있을 거야. 대놓고 작전 펼쳐. 나 정보요원이야,라고 이마에 대놓고 붙이고 돌아다니라고. 그래야 뭐라도 들러붙지."

"잘 알고 있습니다. 궁금한 사항 있으면 현지에서 바로 연락 올리겠습니다."

"재키 통해서 해. 내 번호로 직접 연락하지 말고."

간판이 교육실을 성큼 빠져나갔다. 간판의 등 뒤로 깊고 커다란 한숨이 새어 나왔다. 후련함과 시원함, 통쾌함으로 구성된 경탄에 가까운 한숨이었다.

*

보름 동안의 교육을 무사히 마친 이서준. 작전에 필요한 장비와 서류까지 챙긴 이서준.

그가 단지 먹고 마시며 시간을 때운 것은 아니었다. 암살자가 안내하는 뉴욕 관광에 푹 빠져 있지도 않았다.

서준이 습득한 것은 선생들의 기술이 아니었다.

미행, 도청, 포섭, 회유, 감시, 위조 등의 기술은 서준도 전문가였다. 서준은 전문가의 전문 교육을 애초에 마스터한 베테랑 중의 베테랑 공작원이었다.

서준이 이번 교육에서 배운 것은 선생들의 자세와 태도였다.

서준은 선생들을 통해 지구력과 인내력과 신뢰성과 결단력을 구체적으로 목격했다. 타자에게 의지하지 않는 결연한 삶이 어떤 것인지를 새록새록 느꼈다. 엄숙하고 품위 있는 말투와 어떤 상황에서도 자연스럽게 튀어나오는 농담의 기술을 새롭게 감지할 수 있었다.

또 서준은 격분을 자제하는 방식을 자연스럽게 체득했다. 선생들 모두 격분을 자제할 줄 알았다. 격분을 모르는 것과는 전혀 달랐다. 자신도 모르고 있던 자제와 인내를 발견한 것도 이번 교육의 수확이었다.

차가움과 뜨거움을 구별하고 그 둘을 취합하고 선택할 수 있는 기술을 얻었다. 차가운 두뇌에서 뜨거운 두뇌로의 순간적 변신, 뜨거운 가슴과 차가운 가슴의 양립, 깨끗한 손과 더러운 손을 상황에 맞춰 자유자재로 활용할 수 있는 기술. 선생들로부터 느끼고 배운 제일 중요한 결과물이었다.

한 단계 상승한 기운. 업그레이드된 이서준. 베테랑 비밀요원에서 지혜로운 비밀요원으로의 변신. 다시 태어난 느낌. 허물을 벗어던진 기분. 상쾌하고 싱그러운 기운이 서준의 육체와 영혼에 구체적으로 새겨졌다.

*

아바나로 떠나기 전날. 뉴욕의 하늘은 잔뜩 흐렸다. 서준은 맨해튼 곳곳을 돌아다녔다. 지하철을 탔고 거리를 걸었고 다시 지하철에 올랐다. 걷고 또 걸었다. 아바나에서는 걸어 다녀야 했다. 일종의 예행 연습이었다. 헨리스트리트, 브로드웨이, 5번가, 차이나타운, 타임스 스퀘어, 코리아타운, 할렘, 브루클린, 그라운드제로까지. 늦은 오후, 서준은 뉴욕 마지막 날의 최종 목적지로 정한 현대미술관으로 향했다. 미술관 복도에 아무렇게나 내걸린 에드워드 호퍼의 〈뉴욕의 영화관〉을 정면으로 마주하고 싶었다. 손바닥에 턱을 괴고 상념에 빠진 그림 속의 여인. 수백의 겹이 겹 속으로 녹아드는 여인의 얼굴을 마주하고 싶었다. 상념, 회한, 고뇌, 번민 따위는 결코 없을 아바나. 그곳에서 여인의 얼굴을 기억하면 조금은 캄푸라치가 될 성싶었다.

미술관으로 향하는 길. 잔뜩 찌푸렸던 초여름의 뉴욕 하늘이 순식간에 먹빛으로 변했다. 대서양의 바람을 머금은 먹구름이 몰려왔다. 느닷없이 쏟아지는 장대비. 길을 걷던 서준은 록펠러센터 1층의 라디오시티뮤직홀 처마에서 비를 피했다. 순식간에 맨해튼을 흠뻑 적신 빗줄기. 아스팔트 대로에 회색빛의 빗물이 콸콸 흘렀다.

사정없이 뉴욕 고층빌딩들 사이로 추락하던 빗방울이 뚝 멈췄다. 거짓말처럼 등장한 초여름의 햇살. 서준은 햇살 비치는 도로로 걸어 나갔다. 비에 젖어 번들거리는 옐로 캡 한 대가 경적을 울리며 급하게 멈췄다.

눈을 들어 바라본 맨해튼의 하늘. 반짝거려 눈부신 파란 하늘과 하얗고 푸른빛을 발산하는 햇살. 새로 창조된 것처럼 보이는 세상이 서준의 눈동자에 새겨졌다. 모든 것이 반짝반짝 빛나는 새로운 세상. 칙칙한 콘크리트 빌딩들도 반짝거렸다.

서준의 감각이 뒤엉켰다. 시각이 청각으로 변하고 미각이 촉각으로 바뀌는 혼돈과 창조를 품은 무지개 빛깔의 뒤엉킴. 너무나도 익숙한 그 느낌.

서준은 멍한 눈빛으로 새로운 세상을 둘러보았다. 마천루 사이로 드러난 파란 하늘을 가로지른 무지개. 빨주노초파남보로 반짝거리는 무지개의 한쪽 끝에 아바나가 있을 것만 같았다. 이 세상과 저세상을 연결하는 가교 같은 무지개. 뉴욕에서 시작되어 아바나에서 끝을 맺을 무지개. 서준은 무지개의 보라색에 올라타고 싶었다. 아바나까지 뻗은 둥그런 무지개를 성큼 건너고 싶었다. 지금 바로, 무지개에 올라 아바나로 향하고 싶었다.

인도계의 옐로 캡 운전사가 서준을 향해 가운뎃손가락을 치켜세우며 욕설을 내뱉었다.

정신을 차린 서준. 그는 현대미술관에 가지 않기로 했다. 상념과 회한과 고뇌와 번민은 내다 버리기로 마음먹었다. 서준은 곧바로 클린턴 스트리트의 호텔로 걸음을 옮겼다. 뉴욕의 유일한 안식처, 정신병동 같은 단골 호텔에서 뉴욕의 적막한 마지막 밤을 맞이하기로 했다. 아바나로 향하는 무지개가 꿈에 나타나길 소망했다.

La Habana, Cuba

올라 아바나

12. 라 아바나

뉴욕과 아바나를 연결하는 무지개에 올라타지 못한 이서준.

동남아시아 국가의 오지에 파견된 중년의 한국 선교사 같은 차림으로 서준은 변신했다. 헐렁한 유니클로 면바지에 목이 늘어난 휠라 골프셔츠를 입은 서준의 손에는 반짝거리는 티타늄 리모와 캐리어가 들려 있었다. 전혀 어울리지 않는 조합. 조 선생의 기술적 한계가 분명해 보였다.

'내다 버리기 직전의 샘소나이트로 만드셔야지. 리모와가 뭐야?'

서준은 맨해튼 한복판의 포트 오소리티Port Authority 버스터미널로 걸음을 옮기며 투덜거렸다. 쿠바 아바나로 향하는 유나이티드 항공기 탑승을 위해서였다. 출발지는 뉴어크리버티 국제공항. 도착지는 호세마르띠 국제공항.

쓰레기더미가 나뒹구는 타임스 스퀘어의 맥도날드 앞에 쭈그려 앉아 있던 흑인 홈리스. 멍하고 슬픈 눈빛의 홈리스가 서준에게 담배 하나만 달라는 손짓을 보였다. 서준은 주머니에서 말보로 레드 한 개비를 꺼내 건넸다. 홈리스가 황송하다는 표정으로 고개를 꾸벅 숙였다. 서준은 담배에 불까지 붙여주었다. 홈리스가 물었다.

"친구! 목적지가 어디야?"

"아바나, 쿠바."

"오 마이 갓, 나도 가고 싶은데. 행운을 비네."

서준은 홈리스와 함께 다정하게 담배를 피웠다.

뉴어크리버티 익스프레스에 올라탄 서준은 지그시 눈을 감았다. 리모와의 내용물을 하나하나 점검했다. 호세마르띠문화원 한국학교실 교재들, 맨해튼 5번가를 돌며 아메리칸 익스프레스로 냉큼 구입한 여러 벌의 명품 셔츠와 반바지, 아바나의 뚜벅이 생활을 위해 특별히 준비한 버켄스탁 지제 화이트 샌들 두 켤레, 선물용, 엄밀히 말하면 뇌물용으로 구비한 폴스미스와 구찌 클러치, 업무용으로 사용할 최신식 HP 랩톱, 위성통신 장치가 내장된 후지쯔, 소니 랩톱은 뉴욕 지부 캐비닛에 방치했다. 코드북으로 준비된 《체 게바라 평전》, 모사드 신임 지부장이 선물했다는 샴푸와 린스는 면도기 주머니에 얌전히 모셔놓았다. 리모와 분해-설계 도면과 포섭 대상자들이 담긴 서류들은 머릿속에 이미지로 저장해놓았다. 공작금 명목으로 받은 달러는 몽땅 유로화로 바꿨다. 몽블랑 장지갑을 채운 500유로짜리 열여섯 장과 1달러, 10달러, 100달러 짜리 지폐들. 써먹을지 아직은 알 수 없는, 체 게바라 평전의 파트너인 보안카드도 지갑 속에 자리는 잡았다. 추가 공작금은 간판이 준 아메리칸 익스프레스 현금서비스로 충당할 계획이었다.

뉴욕 뉴어크리버티 국제공항 터미널 C. 계단 아래 구석진 곳에 자리 잡은 아바나 수속 전용 카운터에서 서준은 75달러를 내고 쿠바 관광 비자를 구입했다. 쌍팔년도 극장표같이 생겨먹은 쿠바 비자. 그는 여권 사이에 비자를 단단히 끼웠다. 리모와는 화물로 부쳤다. 지갑과 여권, 비행기 티켓이 서준의 소지품 전부였다. 짐 하나 없는 서준은 상쾌한 기분으로 아바나로 향하는 여정을 시작했다.

오랜만의 해외 작전이 선사한 긴장 탓이었을까? 검색대를 무사히 통과한 서준의 뱃속에서 이상 신호가 울렸다. 느닷없는 설사 기운. 서준은 땀을 뻘뻘 흘리며 화장실을 찾아 두리번거렸다.

멕시코, 중국, 일본, 심지어 한식까지. 온갖 나라의 식당과 카페테리아가 즐비한 터미널 내부에 화장실은 단 두 곳이었다. 그것도 길고긴 터미널의 양 끝에 자리 잡은 화장실. 서준은 하필이면 터미널의 딱 중간 지점에서 두리번거리고 있었다.

'무조건 우측이지. 대한민국 비밀요원은 언제나 우파니까.'

서준은 우측 화장실을 향해 뒤뚱거리며 달렸다. 겨우겨우 화장실 입구에 도착은 서준은 진심으로 좌절했다. 네 칸의 화장실 앞에 사람들이 줄을 서서 기다리고 있었다. 모든 이들의 표정에 근심과 불안이 가득했다. 똥줄 타는 사람들 틈에서 서준도 어쩔 도리 없이 기다릴 수밖에 없었다. 비밀요원 훈련 시절의 고문 체험 시간보다도 더 악랄하고 참기 힘든 시간이 속절없이 흘러가는 중이었다. 서준의 얼굴이 하얗게 질렸다. 식은땀이 얼굴에 가득했다. 서준은 발을 동동 굴러가며 극한의 인내심을 발휘했다.

마침내, 서준의 차례가 왔다. 부랴부랴 좌변기에 걸터앉은 서준은 콸콸 쏟는 심정으로 예상하지 못한 생리현상을 해결했다.

'이런 젠장.'

주위를 둘러보았다. 화장지가 존재하지 않았다.

'화장실에 인색한 똥 같은 미국 놈들.'

서준은 욕을 내뱉었다.

'먹는 거에는 환장하지만 싸는 거에는 한없이 짜게 구는 양키 새끼들 같으니라고.'

그는 휴지통에 쌓여 있는 똥 묻은 화장지 더미를 뒤질 수밖에 없었다.

'하긴, 내 일이 이거와 똑같지. 오물 더미를 뒤지고 남의 똥을 닦아주는 일상. 뒤를 캐고 엿보고 훔치고 속여야 먹고사는 직업.'

서준은 자신의 처지를 되새기며 뒤를 처리했다. 아바나로 향하는 시작점부터 크나큰 곤란에 처한 이서준. 하지만 그는 타인의 똥이 묻은 휴지로 뒤를 닦으며 현실을 냉철히 파악할 수 있었다. 속이 개운해졌고 정신도 맑아졌다.

급한 불을 가까스로 끈 서준은 여유롭게 손을 닦았다. 아바나행 유나이티드의 탑승을 알리는 안내방송이 화장실 스피커에서 흘러나왔다. 손목시계를 쳐다보았다. 도청기와 카메라가 내장된 구식 카시오 전자시계. 연희동에서 간판이 선물로 준 카시오의 시간을 확인한 서준은 탑승구를 향해 뛰었다. 경쾌한 뜀박질. 아바나행 탑승구는 좌측 끝이었다. 현재 위치는 우측 끝.

'역시나. 쿠바 빨갱이들답군. 좌측하고도 맨 끝이라니. 극좌파 섬나라 놈들이 맞긴 맞아.'

서준은 쿠바의 위치 선정에 감탄을 표했다. 냉소가 아닌 진심 어린 감탄이었다.

*

뉴어크리버티 공항을 이륙한 유나이티드는 미국 동부 해안가 와 마이애미를 통과했고 마침내 카리브해를 건넜다. 비행 시간 네 시간. 서준은 무사히 쿠바 영공에 진입했다.

아바나 호세마르띠 국제공항. 쿠바 입국은 일사천리로 진행되 었다. 올리브색 군복을 입은 턱수염의 통관 담당 직원은 서준의 여권과 얼굴을 흘깃 쳐다본 후 여권의 빈 페이지에 관광비자를 붙였다. 쿠바 입국을 환영한다는 도장이 쾅 하고 찍혔다. 턱수염 은 환하게 웃으며 "비엔베니도 아 꾸바Bienvenido a Cuba!"라고 외 쳤다. 세상에, '웰컴 투 쿠바!'라니. 세상 그 어디 공항에서도 목격 할 수 없었던 통관 직원의 웃음과 환영 인사에 서준은 잠시 당황 했다.

느릿느릿 돌아가는 수화물 컨베이어 벨트 앞. 특수 제작된 리 모와 캐리어가 얌전히 놓여 있었다. 파손은커녕 열어본 흔적도 일절 없는, 발터 PPK와 도청장치가 탑재된 리모와 캐리어는 쿠 바에 썩 어울렸다. 뉴욕이나 파리보다, 쿠바에 더 어울리는 리모 와! 서준은 조 선생의 혜안에 감탄했다.

리모와 손잡이를 손에 쥔 서준의 뱃속에서 다시 꾸르륵거리는 소리가 났다. 다행히, 뉴어크리버티에서와는 비교할 수 없는 약한 강도의 신호. 서준은 또다시 화장실이 급해졌고 이리저리 눈동자를 굴렸다. 표범 무늬가 선명한 매끈한 검정 스타킹을 착용한 한 여자가 그의 옆을 지나가고 있었다. 여자도 올리브색 제복 차림이었다. 쿠바에서는 제복도 미니스커트였다.

　"화장실이 어디?"

　서준은 스페인어로 여자를 향해 물었다.

　세관원으로 보이는 여자가 환하게 웃었다. 그르렁대는 흑표범으로 장식된 그녀의 검지 손톱이 정확한 방향을 일러줬다. 서준은 급히 걸음을 옮겼다. 여자가 서준을 붙잡더니 뭔가를 건넸다. 증정용 화장지를 전해주는 세관원은 환하게 웃고 있었다. 서울의 주유소에서 증정용으로 주는 그런 화장지. 웃음 짓는 통관 직원에, 친절이 몸에 밴 생글거리는 세관원. 서준은 세관원의 연민과 자비를 가슴에 품고 화장실로 향했다.

　호세마르띠 국제공항 화장실에서 서준은 여유롭게 볼일을 봤다. 화장실 바닥은 축축하고 더러웠다. 냄새는 기똥찼다. 아보카도 향기가 화장실에 배어 있었다. 쿠바 중부 고산지대에서 수확한 수박만 한 아보카도의 고소하면서 달콤한 향기. 뚜껑 없는 좌변기에 문짝의 잠금장치도 없는 아바나 공항의 화장실. 하지만 서준은 넉넉하고 여유로운 쿠바의 화장실 인심에 진심으로 고마움을 느꼈다. 미국과는 결이 다른 관대한 화장실 문화에 경외심마저 들었다. 여성 세관원의 표범 무늬 스타킹을 상상하자 가냘폰 발기 증상도 나타났다. 그는 서둘러 바지를 올렸다.

아바나 세관원이 화장실 앞에서 기다리고 있었다. 그녀는 여전히 생글거렸다. 세관원은 증정용 화장지를 선사한 대가를 요구했다. 당당하고 자존심 넘치는 정당한 요구였다. 그녀의 요청은 10쎄우쎄였다. 미국 돈으로 10달러. 서준이 여유 넘치는 표정으로 몽블랑 지갑에서 1달러 한 장을 꺼냈다. 세관원이 흑표범 무늬가 달린 검지를 좌우로 흔들었다. 그녀는 다시 한번 손가락 열 개를 활짝 펼쳤다. 손가락 셋으로 쇼부를 치는 서준. 서준은 말도 없이 1달러짜리 석 장을 건넸다. 세관원이 아쉽다는 표정으로 몸을 홱 돌리더니 가던 길로 향했다.

미소와 자비와 연민으로 위장하고 자본주의식 답례를 당당히 요구하는 쿠바의 여성 세관원.

'그러면 그렇지. 연민과 자비는 무슨.'

서준은 잠깐 동안의 착각을 반성하며 자책했다. 서준은 서둘러 출국장을 빠져나왔다. 리모와 바퀴 특유의 경쾌한 울림이 출국장을 가득 채웠다.

*

출국장을 빠져나온 이서준.

밤 열한 시가 넘은 시간. 검고 푸른 아바나의 공간과 시간이 서준의 눈앞에 희미하게 펼쳐졌다.

검푸른 아바나의 밤공기 속에서 들큼한 향이 훅 하고 밀려왔다. 서준은 담배 생각이 간절해졌다. 그가 발을 붙이고 서 있는 이곳은 설탕과 담배의 원산지였다. 달콤함과 고뇌의 원산지, 쿠바 아바나.

"이서준 교수님이시죠? 안녕하세요!"

쿠바 특유의 들큼한 사탕수수 향기를 쿵쿵거리며 담배를 찾고 있던 서준에게 누군가 외쳤다. 희미한 가로등 조명 아래 얌전히 서 있는 한국 여자. 그녀는 환하게 웃고 있었다. 부스러지고 있는 콘크리트 바닥은 비에 젖어 번들거렸다. 적도의 스콜이 한바탕 지나간 것으로 보였다. 야자수를 스치는 비에 젖은 아바나의 바람은 서걱거렸다. 습기 없이 서걱대는 아바나의 바람.

"네, 제가 이서준입니다. 심윤미 선생님이시죠?"

쿠바인 남편과 결혼해 아바나에 살고 있다는 심윤미였다. 호세 마르띠문화원 한국학교실 이서준 교수의 공식 조력자 심윤미. 쿠바의 명예 외교관으로 활동하고 있다는 심윤미.

"쿠바는 처음이신가요?"

"이십 년 전에 잠깐 오기는 했는데, 처음이나 마찬가지죠. 그때 이틀인가 있었으니까요. 기억도 거의 없습니다."

그들은 환한 표정으로 악수를 나눴다.

"피곤하실 테니 일단 숙소로 가시지요. 당장 내일부터 수업이 있으니까요. 내일 오후에 제가 문화원 학생들에게 교수님 정식으로 소개하는 시간을 마련하겠습니다."

"첫날부터 신세 많이 지네요. 여러 모로 잘 부탁드립니다."

"별말씀을요."

서준과 심윤미는 의례적인 인사를 나눴다.

"제 차로 가시지요."

심윤미가 앞장섰고 서준이 뒤를 따랐다. 심윤미의 자동차는 주행거리 30만 킬로미터의 2000년식 NF소나타였다. 뒷좌석을 사양한 서준은 조수석에 올랐다. 리모와 캐리어는 뒷자리에 얌전히 놓였다.

"한국에선 진즉에 폐차장으로 갔어야죠. 그런데 이 차가 여기에서 십만 달러가 넘어요. 또 돈이 있다고 쉽게 살 수 있는 것도 아니고요."

자동차 계기판을 꼼꼼히 살피는 서준을 본 심윤미가 쑥스러운 눈초리로 말했다.

"아, 그런가요? 차 좋은데요? 씽씽 잘 나가는데요, 뭘. 그런데 숙소는 어디쯤인지요?"

"베다도라고, 쉽게 말하면 아바나의 신시가지라 할 수 있죠. 뭐 제가 따로 설명하지 않아도 차차 둘러보시고 파악하실 테니 설명은 그만 줄이겠습니다. 남미 다른 나라에서도 학생들 가르치셨다고 들었는데, 어디 계셨어요?"

"최근에는 파나마에 있었습니다. 그 전에 멕시코, 콜롬비아에서도 잠깐 지냈고요."

"와, 그러면 여기 적응하시는 데 아무 문제없으시겠어요. 전임 교수님은 스페인어가 서툴러서 고생 많이 하셨거든요. 스페인어 잘하시죠?"

"스페인어야 뭐, 제 전공이니까요. 기본적인 의사소통엔 별 문제 없을 정도죠. 그런데 문화원에서는 무슨 일을 하세요?"

"별일은 아니고요. 제가 여기서 오래 살았잖아요. 한국 대사관도 여기 없고요. 정식 직함은 호세마르띠문화원 국제협력팀에 속해 있는데요. 사실은 이런 저런 잡일 하는 거지요. 일종의 봉사 활동? 오늘같이 새 교수님 오시면 마중도 나오고 안내도 해드리고요. 사고 당한 관광객들 뒤치다꺼리가 제 가장 큰 일입니다. 오늘도 젊은 여자분이 여권 분실했다고 해서 그거 처리했고요."

심윤미가 깔깔 웃으며 서준의 질문에 답했다.

호세마르띠 공항에서 베다도 숙소로 향하는 길.

서준과 심윤미는 시시껄렁하고 의례적이지만 반가움과 정다움이 담긴 대화를 나눴다. 서로를 탐색하는 시간.

심윤미는 호탕해 보였고 유머가 넘쳤다. 가식이 없고 솔직해 보이는 심윤미. 그녀의 운전은 과격했다. 차선을 급작스럽게 변경했고 털털거리는 자동차를 지체 없이 추월했다. 외국 생활을 오래한 이 특유의 어리숙함이 섞인 당돌함은 일절 찾아볼 수 없었다. 상대와 눈을 정면으로 마주치며 보조개가 쏙 들어가게 활짝 웃는 심윤미. 속마음이 훤히 드러나는 눈동자의 심윤미.

'쿠바에서 오래 살면 저런 인상이 될까?'

서준은 자문했다. 그녀의 표정과 태도와 말투와 눈동자엔 정겨움이 담겨 있었다. 가냘픔이 깃든 풍만한 체형에는 자신감이 넘쳐흘렀다.

흥겨운 음악 소리가 아바나의 밤하늘에 작게 울려 퍼지고 있었다. 부식되어 가는 오래되고 낡은 건물들, 위태롭게 서 있는 열대의 가로수들, 외롭게 불을 밝힌 노란 빛의 가로등들이 차창 옆으로 휙휙 지나쳐 갔다. 서준은 한밤의 아바나 속으로 들어가는 중이었다.

자동차가 멈췄다. 베다도 거리의 길모퉁이. 희미하게 불을 밝힌 채 비스듬히 서 있는 가로등은 체념한 듯 보였다. 골목 깊숙한 곳에도 굼실거리는 이들은 보이지 않았다. 감격적인 섹스가 집 안마다 불을 밝힌, 자정의 아바나 베다도.

"이쪽으로 들어오세요."

서준은 고개를 들어 심윤미가 안내하는 건물을 살폈다. 1층에 은행이 자리 잡은 다섯 층짜리 아파트였다. 리모와 캐리어를 질질 끌고 서준은 희미한 어둠 속으로 들어갔다.

아바나의 첫인상, 모든 것이 희뿌옇고 희미한 도시.

'턱없이 부족한 전기와 더 부족한 가로등 덕분인가?'

서준은 고향에 온 것처럼 마음이 편안해졌다. 비스듬한 가로등이 희미하게 명멸하는, 희뿌연 아바나의 밤.

심윤미가 엘리베이터 버튼을 힘껏 눌렀다. 덜컹거리는 체인의 움직임. 기계식 엘리베이터 특유의 익숙한 소리가 주위에 퍼져 나갔다.

"이거 좀 많이 느려요. 당황스러우시죠?"

"아닙니다. 저 원래 이런 엘리베이터 좋아합니다."

"볼리비아에도 이런 게 있나요? 파나마에는 없었는데. 저도 파나마에서 오래 일했거든요. 이런 엘리베이터는 쿠바 와서 처음

봤어요."

"뉴욕에도 있어요. 사이공, 빠리에서도 봤습니다. 오래된 승강
기가 다 비슷하죠."

"그런가요? 여기 승강기는 다 옛날 소련 제품이래요."

"소련요?"

"보시면 알겠지만, 베다도의 고층건물들 대부분이 소련 기술자
들이 만들었어요. 카스트로 집권 후에 소련 기술, 물자가 엄청 들
어왔다고 합니다. 영어는 일절 통하지 않아도 러시아 말 하는 사
람들이 지금도 많아요. 소련 우주비행사들이 임무를 마치면 쿠
바로 휴가를 보내줬대요. 옛날 얘기지만요. 소련 우주비행사들이
즐기던 골프장이 지금도 있어요. 나중에 가보실 기회 있으실 거
예요."

덜컹거리며 상승하는 '메이드 인 소비에트' 엘리베이터에서 심
윤미가 아바나에 관한 정보를 일러줬다. 현지인만이 알 수 있는
특급 정보임이 분명해 보였다.

쿵, 소리를 내며 급작스럽게 멈춘 엘리베이터의 문짝이 느릿느
릿 열렸다. 양 옆으로 좁고 긴 복도가 펼쳐졌다. 복도 역시 희미하
게 깜빡거렸다. 서준의 숙소는 오른쪽 끝이었다.

"여기 열쇠만 디지털이랍니다. 쿠바에선 아예 볼 수 없는 디지털
도어 록. 일 년에 한 번은 한국 들어가는데요, 필요해서 제가 사 왔
어요. 번호는 0369로 맞췄는데, 필요하시면 바꾸셔도 됩니다."

심윤미가 도어 록 버튼을 눌러 문을 열었다. 조명 스위치가 켜
졌다. 좁은 현관, 2인용 소파와 테이블에 싱크대가 놓인 거실 겸

주방, 더블베드가 놓인 침실, 구석의 욕실로 구성된 공간이 서준 앞에 펼쳐졌다.

"좀 좁은가요?"

"아이고, 이 정도면 과분합니다. 훌륭합니다. 혼자 지낼 텐데요, 뭘."

"여기서 보름 묵으실 수 있고요. 계시는 동안 편안한 숙소 알아보시면 될 것 같아요."

"여기서 더 지낼 수는 없나요?"

"예약이 미리 잡혀 있어서요. 단기임대를 주로 해서요. 혹시 필요하시면 다른 숙소 소개는 가능합니다."

"네, 천천히 살펴보고 결정하겠습니다."

"아 참, 여기가 인기가 좋은 게요, 거실에서 와이파이가 됩니다. 잘 아시죠? 쿠바에서는 지정된 장소에서만 인터넷 사용 가능하다는 거요."

"대충 들었습니다."

"전용 와이파이 회선이 있어요. 쿠바 정보통신부에서 시범 사업을 실시했는데, 무작위로 추첨해서 와이파이를 줬습니다. 운이 좋았죠. 아, 물론 인터넷 카드는 개별적으로 구입하셔야 되고요."

'쿠바 정보통신부? 여기 오는 놈들 다 들여다보겠다는 심산이군. 쿠바 비밀정보부 지정 숙소가 분명해. 모든 것이 까발려지는 그런 지정 숙소.'

"내일 하실 일이 있어요. 아래 일 층 은행에서 환전하셔서 보름 숙박비 미리 결제해주셔야 하고요. 그게, 왜냐하면 숙박비 영수증을 당국에 신고해야 해서요. 세금 많이 떼어가거든요. 그리고 현관 나가서서 왼쪽 보시면, 포크사 빌딩이라고 있어요. 펼쳐놓은 책같이 생긴 고층 건물. 거기 이 층에 인터넷카드하고 심카드 판매하는 가게가 있는데요, 그곳에서 인터넷카드랑 심카드 구입하셔서 사용하시면 될 것 같아요. 제가 그것까지는 같이 해드릴 수가 없어서요. 일 년 이상 머무르실 테니 휴대폰 사용하셔야 되지요? 저도 연락드릴 일 많고요."

"그럼요. 제가 알아서 처리하겠습니다."

"그거 두 건만 처리해도 쿠바 실정 딱 파악할 수 있을걸요? 한 번 부딪혀보세요."

심윤미가 환하게 웃으며 말했다.

"아, 그리고 여기 옆 카페테리아에서 아침식사 하더라고요. 아파트 현관 나가서 오른쪽, 말레꼰 방향 식당이에요. 커피랑 토스트, 피자도 있어요. 캐나다 출신 사이클선수가 차린 식당이라서 입맛에 맞으실 거예요."

"첫날부터 너무 많은 정보를 받아서, 황송합니다."

"별말씀을요. 우리 학생들 지도 잘 부탁드립니다. 학생들이 새 선생님에게 거는 기대가 엄청나요. 내일 만나서 보시면 아시겠지만요. 아, 그리고 금고는 안방 옷장 안에 있습니다. 귀중품은 거기 넣어놓으시면 됩니다. 금고 비밀번호는 바꾸시고요."

"여러 모로 고맙습니다. 심 선생님."

"내일 점심 무렵에 제가 올라오겠습니다. 이진경 작가 말씀은 들으셨죠? 내일 오후에 이진경 작가 특강이 있어요. 그때 함께 보시고, 학생들과 첫인사도 하면 될 것 같아요. 내일 꼭 휴대폰 번호 알려주셔야 해요. 오늘 숙제 잊지 않으셨죠?"

"물론이죠. 그럼 내일 뵙겠습니다."

"편히 쉬세요. 교수님!"

서준이 정중하게 고개를 숙였다. 심윤미가 활짝 웃으며 현관문을 열었다.

아바나에서의 첫날 밤. 이서준의 정보원은 심윤미였다. 새벽 한 시가 넘은 시간이었다. 나중에 알았지만, 서준의 숙소는 심윤미 소유의 숙박업소였다. 외국인 관광객 대상 단기 임대 숙소. 아바나 곳곳에 널리고 널린, 파란색 주택 무늬가 내걸린, 정식 명칭은 까사casa.

*

아바나 리브레 작전의 둘째 날. 엄밀히 말하면 작전의 첫날.

새벽 여섯 시. 힘겹게 몸을 일으킨 서준은 침실의 커튼을 걷고 발코니로 향하는 문을 열었다. 선선한 공기에 부스럭거리는 바람. 말레꼰이 코앞이랬지만 비릿함과 축축함은 보이지 않았다. 서준은 발코니로 나갔다. 왕복 6차선의 아스팔트 도로가 건물의 오른편으로 쭉 뻗어 있었다. 발코니 아래는 2차선의 콘크리트 도로였다.

발코니에서 본 아바나의 풍경. 건물들은 모조리 부스러지고 있었다. 시멘트가 금방이라도 떨어져 나갈 것처럼 보이는 회색빛의 건물들. 부스러진 벽과 쪼개진 문짝들이 모든 건물들의 공통점이었다. 거리에는 사람이 보이지 않았다. 모두가 늦잠을 자는 아바나. 서준의 숙소 앞, 셔터 내려진 1층 가게 앞의 개도 쿨쿨 잠에 빠져 있었다. 그는 삐쩍 마른 하이에나같이 생긴 개를 향해 휘파람을 불었다. 개는 눈도 뜨지 않았고 꼬리도 움직이지 않았다.

침실로 돌아온 서준은 빨간 반바지에 하얀 티셔츠를 걸쳤다. 엄지와 검지 발가락 사이에 하얀색 버켄스탁을 끼워 넣은 서준은 버튼을 눌러 현관문을 열었다.

이른 아침의 푸르스름한 아바나. 커피 생각이 간절했다. 문을 연 레스토랑도, 돌아다니는 커피 노점상도 찾을 수 없었다. 심윤미가 알려준 카페테리아도 문을 열지 않았다. 여덟 시에 문을 연다는 문구가 카페테리아의 문짝에 쓰여 있었다.

서준은 말레꼰으로 향했다. 늙은 흑인 남자가 서준 옆으로 달라붙었다. 그의 입에서 유창한 영어가 튀어나왔다. 스페인 억양이 섞이지 않은 순수한 잉글리시.

쿠바엔 언제 왔니, 관광하러 왔니, 지금 어디 가는 중이니, 오늘 뭐 일정 있니. 흑인은 서준을 졸졸 따라다니며 지껄여댔다.

일 때문에 왔다, 당신 나라 정부 관련된 일이다, 지금은 산책 중이다, 오늘은 별 일정 없다. 서준도 영어로 답했다. 그는 기본 예의를 갖춘 비밀요원이었다. 서준은 최대한 공손한 태도로 늙은 흑인 남자를 대했다. 아바나에서 처음 만난 현지인을 무시할 수는 없었다. 비밀요원의 기본적인 태도였다.

나 저기서 일해, 흑인의 시커먼 손가락이 말레꼰 앞에 우뚝 솟은 듯한 건물을 가리켰다. 형형색색의 올드카들이 도열해 있는 '호텔 나시오날 데 쿠바'. 저기서 무슨 일을 해? 월급이 형편없어, 우리 애들 잘 먹이지도 못한다고. 서준의 질문에 흑인이 엉뚱한 소리를 했다. 시가 공장에 잘 아는 친구가 있는데 거기 구경 가지 않을래? 간절한 표정으로 흑인이 말했다. 응, 안 갈래. 나 시가 별로야. 서준이 말보로 레드에 불을 붙이며 말했다. 그럼 살사 배울 생각 있어? 아니, 춤도 별로야. 다정한 친구처럼 그들은 대화를 이어갔다.

그럼 10달러만 내, 내가 말레꼰까지 안내해줬으니까. 흑인 남자의 당당한 요구에 서준이 담배 연기를 훅 뿜었다. 1달러 줄게, 서준이 지갑에서 달러를 꺼냈다. 남자가 울상을 지었다. 싫으면 말고, 서준이 태연하게 말했다. 흑인 남자는 서준의 손가락에 걸린 달러를 공손히 잡아챘다. 그라시아스, 시무룩한 얼굴로 남자가 말했다. 아스따 비엔, 빙글거리며 서준이 답했다.

다음 날도, 그다음 날도, 아바나 리브레 작전 기간 내내, 아침 산책을 나선 서준은 어리둥절한 표정의 관광객에게 말을 거는 늙은 흑인을 목격했다. 전력을 다하는 이도, 피와 살을 태우는 이도 보이지 않는 아바나에서 보기 드문, 부지런함이 몸에 밴 협잡꾼. 서준은 그를 볼 때면 반갑게 손을 흔들었고 서준을 본 늙은 흑인 남자도 엄지를 위로 척 올리며 환하게 웃음 지었다. 흑인 남자는 서준의 작전 기간 내내 단 하루도 쉬지 않았다. 존경할 만한 지구력의 소유자였다.

아바나에선, 베테랑 공작원도 '삥 뜯김'의 대상이었다. 공공장소에서 서준이 삥 뜯긴 날은 이틀에 불과했지만.

흑인 남자와 헤어진 서준. 옆으로 펼쳐지는 카리브해를 따라 동틀 녘의 말레꼰을 걸었다. 찌그러진 모자를 쓴 뚱뚱한 물라또 남자가 붉고 푸르게 물들어가는 카리브해를 향해 낚싯대를 드리우고 있었다. 그의 널찍한 등판은 외로워 보였다.

이 빠진 금발의 백인 노인과 검은 곱슬머리의 물라또 노인. 어깨동무를 한 그들의 발치에 아바나끌럽 두 병이 나뒹굴고 있었다. 말레꼰에 등을 기대고 철퍼덕 주저앉은 노인 둘이 서준을 향해 술에 취한 미소를 보냈다. 야방Japan? 금발 노인이 물었다. 그의 입에서 역한 럼주 향기가 물씬 풍겼다. 꼬레Corea. 곱슬머리 노인이 엄지를 척 하고 위로 올렸다.

카리브해를 뚫고 올라오는 붉은 아바나의 태양. 푸르스름한 아바나의 아침이 장엄한 붉음으로 물들어갔다. 서준은 발바닥과 손끝과 눈동자와 코와 귀로, 오직 감각만으로 아바나를 이해하고자 애썼다.

실눈을 뜬 서준의 눈앞에 등장한 작은 수레를 끄는 노점상. 서준은 캔맥주와 담배 한 갑을 청했다. 서준이 내민 달러를 본 노점상이 크게 웃으며 고개를 끄덕였다. 속마음이 여과 없이 드러나는 아바나 특유의 웃음과 몸짓. 노점상은 푸른 야자수가 그려진 끄리스딸 맥주와 필터 없는 정통 쿠바 담배를 꺼냈다. 서준은 말레꼰의 일출을 바라보며 끄리스딸을 마셨고 필터 없는 담배를 끝까지 피웠다. 작전 지역의 맥주와 커피와 담배를 마시고 태우는 것은 서준의 오랜 습관이었다. 작전의 시작은 언제나 작전 지역의 맥주와 커피와 담배였다. 맥주를 들이붓고 연신 담배를 피우다 보면 어느새 그의 몸도, 영혼까지도 현지인으로 변신할 수 있었다. 아바나 작전의 시작은 끄리스딸 맥주와 필터 없는 쿠바 담배 끄리올료스. 담배를 건넨 상인은 푸른 눈동자의 백인 청년이었다. 그가 건넨 담배, 끄리올료스는 쿠바에서 태어난 백인을 일컫는 말이기도 했다. 완벽한 조합이었다.

점점 뜨거워지는 말레꼰. 서준은 발길을 돌려 숙소로 향했다. 느긋하게 샤워를 마친 서준은 여덟 시를 기다렸다. 아침식사와 환전과 인터넷카드와 심카드 구입. 심윤미가 내린 아바나에서의 숙제. 서준은 경건한 마음과 자세로 심윤미의 숙제를 준비했다.

캐나다 출신 사이클선수의 사진이 내걸린 카페테리아. 쿠바식 커피와 쿠바식 샌드위치로 아침을 해결한 서준은 숙소 1층의 은행으로 향했다. 메뜨로뽈리따노 방꼬 베다도. 쿠바 국영 메트로폴리탄 은행. 오전 아홉 시, 아바나의 태양은 벌써부터 이글거렸다. 서준은 뉴욕의 제임스에게 잠시 빌린, 정확히 말하면 강탈하다시피 한 아이씨베를린을 이마에 걸쳤다.

은행이 문을 열기도 전, 은행의 문 앞에 열댓 명의 사람들이 웅성거렸다. 긴 줄과 긴 기다림. 자본주의 사회에서는 쉽게 볼 수 없는 사회주의 특유의 웨이팅. 돈을 쓰는 놈이 갑이 아닌, 돈을 받는 분이 갑인 세상. 서준은 웨이팅, 대기와는 오래된 친구였다. 대기는 비밀요원의 숙명이었다. 소리 없는 암살자를 기다리며 쪽잠을 자는 비밀요원의 숙명.

서준은 웅성거리는 쿠바의 웨이팅 피플이 반가웠다. 사이공은 보트 피플, 아바나는 웨이팅 피플. 작전 기간 내내 서준은 '웨이팅 쿠바 피플'에 자연스레 녹아들 것을 예감했다.

서준은 무리의 끝에서 어슬렁거렸다. 그의 등판을 누군가 손가락으로 찔렀다. 금테 안경을 쓴 백발의 백인 할머니. 할머니가 '울띠모'라 말했다. '네가 끝이야?'라는 뜻. 서준은 고개를 끄덕였다. 할머니가 미소를 지으며 작은 나무그늘 아래로 향했다. 서준은 즉각적으로 쿠바식의 줄서기를 이해할 수 있었다. 다행히, 서준은 할머니에 앞서 울띠모를 묻는 이를 기억할 수 있었다. 노란색의 하와이안 셔츠를 입은 초로의 백인 남자. 그 남자가 서준의 울띠모였다. 자기의 앞에 선 이만 기억하면 모든 것이 해결되는 쿠바식의 줄서기. 서준의 울띠모가 은행에 입장하면 그다음이 서준이었다.

은행을 찾은 이들은 무료한 일상을 보내기 위해 공원에 모인 듯한 분위기를 풍겼다. 사람들은 지루한 기다림의 긴 시간을 떠들썩한 흥겨움으로 맞서는 중이었다. 기다림이 일상이 된 쿠바 인민들, 그들은 자신의 울띠모만 주시하며 제 할 일을 하고 있었다. 농담 섞인 대화, 휴대폰 게임, 독서, 그도 아니면 혼자만의 상념이 기다리는 이들의 일이었다. 그들에게서 서준이 목격한 것은 혼돈 속의 무사태평, 무질서 속의 평온, 태만 속의 질서였다.

은행 앞을 지키는 대머리 경비원. 터질 듯한 회색 제복의 경비원은 오직 눈빛만으로 사람들의 출입을 엄격히 제한하고 있었다. 아침부터 이글거리는 아바나의 태양과 정면으로 맞서며 서준도 자신의 차례를 기다렸다. 뉴어크리버티 공항의 화장실에서도 기다림을 이겨낸 서준. 이까짓 기다림은 아무것도 아니었다.

　마침내, 서준의 울띠모가 은행으로 들어갔다. 경비원 앞으로 다가섰다. 고개를 끄덕이며 웃는 경비원. 경비원의 웃음이 입장 허가증이었다. 서준은 에어컨 냉기 가득한 은행으로 들어갈 수 있었다. 고객의 출입이 엄격히 제한된 은행 내부는 쾌적했다. 적막감이 감도는 쿠바 국영 은행. 서준은 어린 제비족같이 생긴 백인 말라깽이 은행원과 마주 앉았다. 작은 구멍이 뻥뻥 뚫린 투명한 아크릴 판이 그들 사이에 놓여 있었다. 서준은 몽블랑 장지갑에서 500유로짜리 열여섯 장을 꺼냈다. 은행원은 살짝 놀라는 표정을 애써 숨겼다. 은행원의 휴대폰에서 요란한 소리가 울렸다. 서준을 앞에 놓은 은행원은 태연한 표정과 명랑한 말투로 애인과의 통화에 열중했다. 너 언제 오니? 어제 그 사람 만났어? 아침에 강아지 밥은 제대로 준 거야? 정확히 12분 동안 이어진 시시껄렁한 대화. 귀를 쫑긋 세운 서준은 은행원의 통화 내용을 엿들으며 시간을 흘려보냈다. 서준 역시 태평한 표정이었다. 서준은 아바나 사람들의 표정과 손짓과 말투를 벌써부터 흉내 내고 있었다. 의도와 노력이 아닌 본능적인 흉내였다. 진짜배기 비밀요원의 진짜배기 기술이었다. 은행원의 통화가 마침내 끝났다.

　서준은 8천 유로를 몽땅 쎄우쎄, 즉 쿡으로 환전했다. 지폐를 세는 은행원의 손가락은 한없이 느려 터졌다. 은행원의 손가락처럼, 아바나의 시간도 늘어지고 있었다.

　쿠바의 이중 화폐 시스템. 외국인은 쎄우쎄CUC, 내국인은 쎄우뻬CUP, 다른 말로 모네다. 은행원은 "모네다는 필요 없어?"라고 물었다. 쿠바에서 처음 목격한 진심 어린 친절. 서준은 남은 100쎄우쎄를 쎄우뻬, 즉 모네다로 바꿨다. 서준은 은행원에게 빳빳한 3쎄우쎄 지폐를 요청했다. 은행원이 검지를 위로 치켜세웠다. 체는 하나밖에 줄 수 없어, 은행원이 말했다. 서준이 받은 지폐에는 베레모를 쓴 체 게바라의 얼굴이 인쇄되어 있었다. 3쎄우쎄 지폐에 영원불멸의 존재로 남은 우울한 표정의 체 게베라. 서준은 체의 눈동자를 물끄러미 쳐다보았다.

서준은 쎄우쎄 지폐와 체 게바라 한 장을 가지런히 지갑에 넣었다. 모네다 지폐뭉치는 바지 주머니에 쑤셔 넣었다. 주머니가 뭉툭하게 튀어나왔다. 서준은 느릿느릿 은행을 빠져나왔다. 뛰어다닐 일 없는 아바나의 시간. 엿가락처럼 늘어진 아바나의 시간을 서준은 첫날부터 즐기고 있었다.

은행에서와 비슷한 방식으로 서준은 아바나의 국영 휴대폰 가게에 들어갈 수 있었다. 인터넷카드를 판매하는 가게 앞에 사람들은 은행보다 더 북적거렸고, 더 무질서했다. 쿠바식의 줄서기를 몸으로 체험한 서준은 태연하고 태평한 태도로 심윤미가 지정한 두 번째 숙제를 마칠 수 있었다.

휴대폰 번호를 받을 수 있는 심카드, 와이파이 로그인을 가능케 하는 인터넷카드도 환전과 마찬가지로 여권 제출이 필수였다. 국가가 개인의 모든 경제 활동과 통신을 들여다보는 나라가 서준의 작전지였다.

즉석복권을 긁는 식으로 동전을 긁으면 와이파이 접속 비밀번호가 나오는 쿠바 국영 정보통신 회사가 발행한 인터넷카드. 카드의 한쪽 면에는 석가모니 자세로 명상을 하는 젊은 여자의 사진이 인쇄되어 있었다. 명상에 빠진 여자의 양 옆으로 유령처럼 선으로 표시된 세 명의 여자, 그러니까 여자의 몸을 빠져나온 세 개의 영혼이 인터넷과 통화에 푹 빠져 있었다. 인터넷 따위는 집어치우고 명상을 하라는 소리인지, 서준은 쿠바 국영 정보통신회사의 의중이 궁금해졌다.

아침의 말레꼰 산책과 두 건의 숙제를 끝내니 정오였다. 서준은 서둘러 숙소로 향했다. 심윤미가 기다리고 있을지도 몰랐다. 기다림의 도시, 아바나에서 심윤미를 또다시 기다리게 해서는 곤란하다는 생각이 서준의 뇌리를 스쳤다.

*

은행 앞 도로변에 비뚤어지게 주차된 NF소나타. 심윤미의 자동차였다. 아니나 다를까, 심윤미는 벌써 숙소 앞에서 대기 중이었다.

"교수님! 타세요!"

운전석의 차창이 내려가더니 심윤미가 외쳤다.

"언제 오셨어요?"

자동차 옆에 선 서준이 물었다.

"아까 와서 은행에서 일 좀 봤어요. 어제 말씀드렸던 숙제 두 건은 잘하셨어요?"

"시행착오는 좀 있었지만 무사히 끝냈습니다."

"아이고, 고생하셨습니다. 쿠바 처음 오는 한국 분들 그 숙제 아예 불가능인데요, 보통은요. 얼른 타세요. 뜨거워요."

심윤미가 환하게 웃으며 차창을 올렸다. 서준은 페인트가 군데군데 벗겨진 NF소나타의 조수석에 냉큼 올랐다.

"여기 병원 좀 들를게요. 같이 가셔도 괜찮으시죠?"

심윤미의 다소 심각한 얼굴.

"어디 아프세요?"

서준도 심각해졌다.

"아니요. 한국 관광객 두 분이 병원에 입원했다고 해서요. 말도 전혀 통하지 않고 상태도 심각한 것 같아요. 가서 상황 보고 해결책을 찾아야죠. 병원 일 끝나고 호세마르띠문화원 가면 딱 맞을 것 같아요. 가서 인수인계 받으시고, 이진경 작가 특강도 보시고요. 학생들과도 첫인사 하셔야죠?"

심윤미가 가속페달을 힘껏 밟았다. NF소나타가 한낮의 말레꼰을 힘차게 내달렸다.

한국 관광객이 입원해 있다는 병원은 아바나 비헤아와 베다도 사이에 위치하고 있었다. 정식 명칭은 센뜨로 아바나. 스페인 제국의 위엄과 퇴락이 깃든 건물들이 옹기종기 모여 있는 아바나 비헤아, 폐전함 같은 분위기를 풍기는 소비에트풍의 회색 고층빌딩이 즐비한 베다도 사이에 위치한 중립 지역이었다. 부스러지는 아스팔트 도로와 떨어져 나간 문짝과 유리 없는 창문 밖으로 하릴없이 거리를 내다보는 노파들의 거리. 병원이 위치한 센뜨로 아바나.

베다도를 빠져나온 심윤미의 자동차는 말레꼰 해안도로를 지나 센뜨로 아바나의 구멍 숭숭 뚫린 아스팔트 도로를 요리조리 피하며 빠져나왔다. 심윤미는 여유롭게 아바나의 구멍들을 헤쳐 나갔다.

에르마노스 아메이제이라스 국립병원.

차에서 내린 서준은 고개를 들어 병원을 올려다봤다. 말레꼰을 정면으로 보고 있는 25층 규모의 회색 콘크리트 건물. 병원이 아닌 최고급 호텔이 있어야 마땅한 위치였다. 병원 인근에 고층 건물은 보이지 않았다. 센뜨로 아바나에 우뚝 솟은 국립병원을 지키는 이는 칼을 찬 혁명 영웅이었다. 금방이라도 아바나의 하늘로 솟아오를 것 같은 말에 오른 칼 찬 영웅의 동상. 그의 얼굴은 시무룩해 보였다. 쿠바의 푼돈 지폐에 영원불멸로 남은 체 게바라와 비슷한 표정.

"여기가 병원이에요? 분위기가 병원으론 보이지 않는데요."

"그렇죠? 정확하지는 않은데요, 여기가 원래 쿠바 국립은행이었다고 해요. 혁명 후에 체 게바라가 잠깐 국립은행장도 했다고 하던데요? 피델이 은행을 병원으로 바꿨다고 들었어요. 아무튼 쿠바에서 제일 큰 국립병원이랍니다. 바로 여기가."

"그렇군요. 말씀이 사실이라면 체 게바라가 여기서 일했겠네요? 와, 피델다운 발상이네요. 국립은행과 국립병원의 맞교환이라. 좀 멋진데요?"

서준이 웃으며 말했고 심윤미는 아무 말도 하지 않았다.

병원의 로비도 호텔 같았다. 로비의 한쪽 벽면을 채운 수십 미

터 규모의 거대한 예술작품은 시름시름 병을 앓는 환자들을 압도
하기에 충분해 보였다.

엘리베이터에 오른 심윤미가 휴대폰 화면을 살피더니 20층 버
튼을 눌렀다. 소리도 없이 상승하는 고속 엘리베이터. 심윤미는
20층 복도를 서성거리는 간호사에게 한국 관광객의 입원실을 물
었다.

카리브해를 가로지는 말레꼰과 부스러지는 센뜨로 아바나, 우
측으로 모로 요새와 좌측으로 아바나 리브레 호텔이 한눈에 들어
오는 입원실. 쿠바 최고의 국립병원다운 초특급의 전망이었다.

입원실로 들어서는 서준과 심윤미를 본 여자가 낡은 철제 침대
에서 힘없이 몸을 일으키려 시도했다. 부스스한 머리칼에 창백한
얼굴의 여자는 울음을 터트리기 일보직전으로 보였다.

"그냥 누워 계세요!"

심윤미가 외쳤다. 심윤미의 목소리에 여자가 울음을 터트렸다.
그것도 대성통곡. 입원실 창가로 다가선 서준은 아래로 펼쳐지는
아바나의 경관을 눈에 담아두었다. 눈이 부시도록 푸르른 카리브
해의 하늘에 독수리처럼 생긴 새 몇 마리가 날고 있었다. 푸른 하
늘과 더 푸른 바다와 검디검은 커다란 새. 서준은 카리브의 바다
와 하늘을 배회하는 검은 새의 궤적을 쫓고 있었다.

시커먼 곱슬머리에 더 시커먼 턱수염과 콧수염을 한 남자가 입
원실 문을 열고 슬며시 들어왔다. 젊은 남자의 얼굴도 그의 머리
카락처럼 검었다. 꼬질꼬질한 하얀 가운에 낡고 작은 청진기를
목에 건 쿠바 국립은행의 의사였다. 휠체어를 탄 여자가 의사의

뒤를 따랐다. 울음이 터진 환자와 함께 입원한 한국 관광객으로 보였다. 휠체어의 여자 환자는 침대에 누운 이보다는 상태가 좋아 보였다.

엉엉 울고 있는 여자 환자를 아래에 두고 심윤미는 휠체어에 탄 환자와 심각하게 대화를 나눴다. 서준이 엿들은 사건의 전말은 이러했다.

낭만과 기대와 희망을 품고 쿠바 여행을 온 두 여자. 나이는 30대 중반. 직업은 간호사. 쿠바의 대표적인 해변 휴양지, 바레데로의 리조트에서 쿠바 관광을 시작한 둘. 모든 시설과 음식이 숙박 기간 내내 무제한으로 제공되는 올 인클루시브 리조트에서 쿠바의 태양과 바다와 바람을 즐긴 이들. 리조트에서의 휴식을 마치고 쿠바의 속살을 직접 보기 위해 아바나로 이동했다. 아바나에서의 첫날, 한국 관광객들 사이에서 입소문이 난 아바나의 랍스터 식당을 찾은 둘은 한국에서라면 꿈도 꾸지 못할 가격에 랍스터 요리를 즐겼다. 문제는 이들이 먹은 랍스터의 상태. 아바나의 첫날 밤, 벼락처럼 찾아온 복통과 고열과 설사에 둘은 데굴데굴 굴렀고, 놀란 숙소 주인이 직접 택시를 불러 병원으로 온 것. 영어가 전혀 통하지 않는 쿠바 국립병원 측은 한국인 관광객 환자 둘을 외국인 전용 입원실에 각각 넣었다. 초특급의 전망을 자랑하는 제일 비싼 입원실. 수액 주사와 간단한 처치가 이어졌다. 말도 통하지 않는 지구 반대편의 병원에서 이틀 밤을 보낸 한국 간호사들. 그중 한 명은 상태가 좋아졌지만, 다른 한 명은 여전히 설사와 복통에 시달리고 있었다. 휠체어 쪽이 호전된 환자. 울고 있는 이가 아직 회복되지 않은 환자.

태연한 표정의 젊은 흑인 의사가 명랑한 어조로 환자의 상태와 병원의 입장을 늘어놓기 시작했다. 연신 고개를 끄덕이는 심윤미는 심각한 표정이었다. 서준은 비밀요원의 눈초리로 의사의 눈빛과 환자 둘의 낯빛과 입원실의 특급 조망을 살피고 있었다.

무사태평한 분위기의 설명을 끝낸 의사가 입원실을 나갔다. 맨발에 짝퉁 아디다스 삼선슬리퍼. 의사의 발톱에는 때가 잔뜩 끼어 있었다. 의사의 입에서는 휘파람이 흘러나왔다. 익숙한 멜로디. 찬찬.

울고 있던 환자가 힘겹게 몸을 일으켰다. '왜 울고 있지? 그것도 대성통곡을?' 서준은 속으로 생각했다. 여전히 심각한 얼굴의 심윤미. 그녀가 의사의 말을 전하기 시작했다. 심윤미가 전한 쿠바 의사의 설명은 정확했다. 한치의 오차도 가감도 없는, 완벽한 통역이었다. '심윤미 선생, 스페인어 실력이 뛰어난걸? 동시통역사로 진출해도 전혀 문제없겠어.' 팔짱을 낀 서준은 생각했다. 의사의 설명이자 주장은 이러했다.

휠체어 환자는 오늘이라도 퇴원 가능하다. 하지만 침대에 누운 쪽은 절대 불가다. 쿠바 병원은 상태가 호전되지 않은 환자를 그냥 내보내지 않는다. 완치 판정이 나야 병원 밖으로 나갈 수 있다. 그것이 우리 사회주의 쿠바 의료진의 원칙이다. 그리고 제일 중요한 사실 하나. 이 환자들 입원비 지불이 가능한지 확인해라. 쿠바 인민은 의료비가 무상이지만 외국인은 정당한 대가를 지불해야 퇴원이 가능하다. 외국인 전용 병실 입원비에 치료비, 진료비까지 일인당 하루 1,200달러. 신용카드 결제도 물론 가능하다.

'역시나, 사회주의 쿠바 국립은행이야! 계산이 딱 부러진다니까.'

서준은 쿠바의 의료 정책에 진심 어린 감탄을 보냈다. 나시오날 호텔의 스위트룸 숙박비에 버금가는 입원비를 들은 환자의 울음이 한탄으로 변했다.

침대에 누워 아바나에서의 일정을 보낸 환자의 한탄 섞인 푸념이 시작되었다. 그녀의 하소연은 이러했다.

멕시코로 가는 비행기 시간이 오늘 늦은 밤이다. 우리 둘 다 오늘 밤에 반드시 쿠바를 떠나야 한다. 반드시 떠나겠다. 여기 병원에서 해준 거라곤 수액주사밖에 없다. 수액 상태도 믿지 못하겠다. 별다른 약도, 주사도 없었다. 내가 간호사라서 잘 안다. 기저귀라도 차고 퇴원하겠다. 1인당 4천 달러 가까이 지불해야 하는데 그런 돈 없다. 쿠바에서 신용카드 사용이 거의 불가능하다고 해서 카드도 한국에 놓고 왔다. 누가 훔쳐 갈지도 모를 일이었고. 병원에서 여권도 가져갔다. 우리 어떡하면 좋으냐? 이 망할 놈의 쿠바. 지긋지긋하다. 어떡해요. 진짜로 우리 어떡해요. 플리즈, 플리즈 헬프 미.

심윤미의 심각한 얼굴이 난감함으로 변했다. 서준이 해결사로 나설 차례였다. 서준은 입원실의 벨을 힘껏 눌렀다. 한 번 더 벨을 굵고 짧게 눌렀다. 마지막은 길게 눌렀다. 모스부호로 SOS를 타전했다. 조 선생이 전수해 준 모스부호를 쿠바에서 처음으로 사용한 서준.

맨발에 삼선슬리퍼의 담당 의사가 태평한 걸음으로 입원실 문을 열었다. 서준은 유창한 스페인어로 행정 담당 책임자를 불러달라 요청했다. 입원비와 진료비를 지금 즉시 내겠다고 덧붙였다. 의사가 휴대폰을 꺼내더니 누군가에게 전화를 걸었다. 채 1분도 지나지 않아 감색 셔츠를 입은 중년의 남자가 입원실로 들어왔다. 쿠바 국립병원의 원무과장으로 추정되었다.

서준이 아메리칸 익스프레스 플래티늄을 감색 셔츠에게 내밀었다. 감색 셔츠의 인상이 구겨졌다. 이어지는 한숨 섞인 불평.

"미국 카드는 못 받습니다. 그것도 몰랐어요?"

'이런 젠장. 이런 카드를 공작용으로 준 거야? 머저리 같은 공작관 같으니라고.'

서준이 뉴욕에 있는 간판을 향해 욕설을 내뱉었다.

서준은 즉시 작전을 변경했다. 몽블랑 장지갑을 꺼내 환전한 지폐를 몽땅 꺼냈다. 서준의 제안은 이러했다.

오늘 밤 멕시코행 비행기 시간에 맞춰 이 두 환자, 퇴원 처리 해달라. 공항까지 구급차로 모셔라. 공항에서도 환자 상태 감안해서 간략하게 수속 밟아달라. 요실금 패드 넉넉히 준비해주고.

서준은 미국 돈으로 8천 달러에 달하는 돈을 즉시 지불하겠다고 선언했다. 거절할 수 없는 제안이 분명했다. 쿠바 국립병원 관계자는 서준의 제안을 즉시 수락했다. 상한 랍스터 덕분에 쿠바 관광을 망쳐버린 것은 물론 일생일대의 곤경에 처해 있던 여자 둘이 안도의 한숨을 쉬었다.

심윤미는 한국 간호사들에게 자신의 개인 계좌 번호를 적어주었다. "제가 쿠바에서 사용할 수 있는 개인 계좌가 없으니, 제 돈으로 지불한 병원비는 심 선생님께서 처리해주시면 감사하겠습니다. 선생님께서 저분들에게 돈 받아서 숙박료 제하고 저한테 주시면 됩니다." 서준의 정중한 요청이었다.

심윤미는 한국에 돌아가자마자 입원비를 송금하라고 여자 둘에게 일렀다. 휠체어 환자가 눈물을 흘렸다. 침대 위의 환자는 울음을 멈추고 웃고 있었다. 병원비 계산을 끝낸 감색 셔츠가 서준에게 영수증을 건넸다. 볼펜으로 대충 쓴 간이 영수증. 서준은 쿠바 국립중앙은행 발행 영수증을 지갑 속에 얌전히 넣었다. 꼼꼼하고 빈틈없는 공작금 관리의 일환이었다.

서준과 심윤미는 병원을 서둘러 빠져나왔다. 그들의 등 뒤로, 고맙습니다, 이 은혜는 잊지 않겠습니다, 정말 감사합니다, 등의 상투적인 말들이 흘러나왔다.

*

"정말 대단하세요. 한두 푼도 아니고 큰돈인데, 그걸 선뜻 빌려주시기 쉽지 않은 일인데."

심각했던 심윤미의 얼굴이 환해졌다. 마음을 활짝 연, 속마음이 훤히 보이는 아바나 특유의 눈동자와 입매가 그녀의 얼굴에 고스란히 드러났다.

"영수증도 받았고 또 증인들도 있으니까요. 돈 못 받으면 한국에서 바로 고소 절차 들어가겠습니다. 제 동생이 서울에서 변호사 일 하고 있으니까요. 재판 열리면 증인 부탁드릴게요. 여기 의사들도 증인으로 부르고요."

뉴욕의 노인네 선생들에게서 배웠던 농담의 기술. 서준은 타이밍을 놓치지 않았다. 어처구니없는 농담은 사람을 방심하게 만드는 가장 큰 무기였다. 역시나, 심윤미가 방심을 가득 담아 깔깔 웃었다.

"여기서 십 년 넘게 살고 있어요. 한국 관광객들 요즘 쿠바 많이 오잖아요? 쿠바면, 한국에서 가장 먼 나라들 중 하난데, 여기까지 와서 왜들 그러는지 모르겠어요. 이곳에서 오래 계실 테니 드리는 말씀입니다."

서준은 잠자코 조수석에 앉아 있었다. 심윤미의 속마음을 여는 공작은 성공했다. 공작금 8천 달러가 순식간에 허공으로 날아간 일의 효과였다.

"지구 반대편까지 오기가 얼마나 힘들어요? 여기까지 올 정도 한국 관광객이라면 경제적으로 쪼들리는 건 아니죠?"

"그렇겠죠?"

서준이 맞장구쳤다. 속마음을 여는 또 하나의 중요한 무기, 맞장구.

"한국 관광객들 대부분이 너무 짜게 놀아요. 이 뜨거운 나라에서 택시비 아낀다고 시내버스 타고. 여기 시내버스가 어떤지 모르시죠? 에어컨은커녕 선풍기도 없는 콩나물시루. 그 버스 타고 돌아다니면서 쿠바 욕을 해요. 뭐 이런 나라가 있냐고 불평하면서 땀 뻘뻘 흘리는 거죠. 좋은 식당 마다하고 이상한 데 가서 아까

처럼 탈 나고. 여기 사람들 먹고살자고 관광객들 상대로 숙소나 식당들 소개하는데, 그거 보고 쿠바 사람들 다 사기꾼이라고 불평 늘어놓고요. 쿠바를 제대로 좀 보고 즐겼으면 좋겠어요. 그 양반들이 미국이나 유럽 가서도 그러겠어요?"

심윤미가 정곡을 찔렀다. 서준은 무릎을 탁 치는 것으로 '지당하신 말씀'을 대신했다. 그녀의 말은 사실이었다. 한국 사람들은 자신보다 못사는 나라에서 더 짜게 구는 경향이 있었다. 그들은 미국이나 유럽에 가면 짠돌이 짠순이로 굴지 않았다.

"이제 문화원으로 가는 건가요? 점심식사도 하질 못했네요. 어디 괜찮은 곳 아시는 데 있으면 제가 늦은 점심 대접하겠습니다. 병원 일로 고생하셨는데요."

"고생은 교수님께서 하신 거죠. 간단하게 때우는 게 어때요? 제가 길거리 식당 소개해드릴게요. 제가 사겠습니다."

호세마르띠문화원으로 향하는 길. 심윤미가 길가에 차를 세웠다. 잠시 후, 심윤미는 쿠바 콜라 두 캔과 어른 손바닥보다 조금 더 큰 피자 두 쪽을 들고 돌아왔다. 누런 종이에 둘둘 말린 쿠바 피자.

"미국 물건이 쿠바에 들어오질 못했잖아요? 쿠바 정부에서 코카콜라와 똑같이 생긴 콜라를 만들었어요. 뚜꼴라. 향도 맛도 똑같아요. 피자는 우리 돈으로 오백 원쯤 하는데, 드셔보시지요. 앞으로 많이 드셔야 할 거에요. 여기 사 먹을 게 별로 없답니다."

서준은 뜨거운 피자를 우적우적 씹었다. 미지근한 뚜꼴라를 꿀꺽 삼켰다.

"아바나에 들어오는 주요 인사들, 아 주요 인사라고 하긴 좀 그런가요? 기업인이나 뭐 기자들, 그런 사람들 많이 오잖아요. 그런 분들도 심 선생님이 안내하시는 경우 많을 것 같은데요?"

쿠바 피자와 콜라에 힘을 얻은 기습적인 서준의 질문.

"그럼요. 당연하죠. 대사관이 없으니까 제가 안내하고 통역하고 그런 일들은 대부분 합니다. 피자 한 조각 더 하실래요?"

태연자약한 심윤미의 대답. 그녀는 얇고 투명한 양파 한 조각이 토핑으로 얹어진 피자를 우적우적 씹고 있었다.

"최근에 여기 있었던 고려일보 김기식 특파원도 아세요?"

서준이 한 발 더 나아갔다. 간판의 파일에 포함된 쿠바 전임 블랙. 서준은 김기식의 이름을 불쑥 꺼냈다.

"그럼요. 그분 잘 알죠. 지금 교수님 숙소에서 넉 달쯤 지냈어요. 그런데 그분은 왜요?"

심윤미가 동그란 눈동자로 말했다.

'진짜 쿠바 비밀정보부 전용 숙소네.'

서준은 속으로 현재 상황을 되짚었다.

"여기 오기 전에 뭐 좀 여쭤볼 게 있어서 연락처를 수소문했었는데 연락이 닿질 않더라고요. 신문사에서는 퇴사했다고 하고요."

"김 특파원 그분, 한국에 잘 가셨는데요? 아바나 떠나실 때 제가 공항까지 배웅해드렸어요. 운전기사가 갑자기 아파서 제 차로 모셔 갔죠. 그런데 그분 때문에 제가 좀 골치가 아팠습니다. 북한 대사관 정문에서 벨 누르고, 북한대사 면담 요청하고, 상식 밖의 취재를 하셔서요. 쿠바 정부의 공식적인 항의도 있었습니다. 그

런 식으로 취재하면 추방할 수밖에 없다고요.'

'운전기사? 조엘? 북한대사관? 당신이 골치가 왜 아파?'

서준은 한 발 더 나아가기로 마음먹었다.

"아 그렇군요. 북한대사관이 여기 있어요? 아 참, 그분 운전기사 이름이 뭐였더라? 덩치 큰 물라또 남자. 그 기사도 아세요? 기사 일 잘한다는 소문을 들어서요. 제 운전기사로 채용해볼까 합니다."

"당연히 알죠. 조엘이 한국 장기 체류자들 전담 운전기사 일 많이 했어요. 소개시켜드릴까요? 전화번호 저한테 있습니다."

"그래주시면 고맙죠."

본격적인 작전의 첫날부터 간판의 파일 속 인물들이 튀어나왔다. 심윤미, 조엘, 그리고 전임 블랙까지. 서준은 작전 첫날에 모든 조사를 완결하기로 마음먹었다. 남은 인물은 이진경과 한국학교실 학생들. 거짓말처럼 술술 풀리는 작전. 누군가 각본을 써놓고 그에 맞춰 움직이는 배우가 된 기분. 서준은 각본을 쓴, 저 위의 인물을 상상했다.

'조 부장이 중국이랑 붙어먹었나? 이진경을 움직이는 놈이 누구지? 조엘은 또 어디 소속이야? 심윤미 이 여자는 도대체 정체가 뭐야? 한국 국정원, 미국 CIA, 쿠바 비밀정보부 모두에게서 돈을 받는 여자야, 심윤미 이 여자? 전임 블랙의 멍청한 행동은 도대체 뭐야?'

서준의 머릿속에서 윙윙거리는 소리가 났다. 간판이 툭 던져준 파일. 그 속에 있는 모든 인물들이 심윤미의 입에서 튀어나오고 있는 중이었다. 거짓말처럼 처음부터 술술 풀리는 작전은 거짓말처럼 허망하게 종결되기 마련이었다. 서준은 이 모든 상황을 의심하기로 마음먹었다. 그 누구의 말도 믿지 않기로 결론지었다.

쿠바 콜라와 쿠바 피자는 예상외로 훌륭했다. 서준은 하루 한 끼는 콜라와 피자로 때우기로 결심했다.

"피자 한 쪽 더 가져다주시면 고맙겠습니다. 갑자기 허기가 밀려옵니다. 쿠바 피자 의외로 괜찮은데요?"

"그러실래요? 잠깐 기다리세요. 제가 금방 다녀오겠습니다."

심윤미가 웃으며 NF소나타 문을 열었다. 피자 가게 옆의 담벼락에는 '영원한 승리의 그날까지'라는 문구와 함께 쿠바 국기가 그려져 있었다. 심윤미의 엉덩이와 등판과 뒤통수를 확인한 서준이 심윤미의 핸드백을 뒤지기 시작했다. 그는 조수석과 운전석의 곳곳을 파헤쳐 심윤미의 정체를 탐색했다. 베테랑 비밀요원의 현란한 손놀림이 잠깐 동안 이어졌다.

"여기 피자 왔습니다."

운전석 문을 연 심윤미가 서준에게 말했다. 서준은 조수석 등받이를 최대한 뒤로 젖히고 늘어지게 누워 있었다.

"아이고, 고맙습니다. 갑자기 졸려서요. 잠깐 졸았습니다. 피자 잘 먹겠습니다."

서준이 하품을 하며 기지개를 켰다. 서준은 룸미러의 반짝거리는 불빛을 쳐다보았다. 룸미러 블랙박스의 빨간 불빛. 서준은 싱긋 웃었다.

*

아바나의 비밀요원 이서준이 호세 마르띠를 만났다.

열대관목이 하늘을 뒤덮은 베다도 한복판에 위치한 호세마르 띠문화원.

쿠바의 혁명 영웅 호세 마르띠. 문화원 정문 앞에 호세 마르띠 는 낡아빠진 얼굴 조각상으로 남아 있었다. 턱의 일부가 부식된 호세 마르띠. 그의 눈빛은 단호해 보였다. 치유 불가능한 고집불 통이 그의 입매에 담겨 있었다. 깡마른 얼굴, 우주를 꿰뚫어 보는 것 같은 형형한 눈빛의 호세 마르띠. 서준은 쿠바의 전설적인 혁 명 영웅을 향해 정중하게 고개를 숙였다.

'안녕, 호세 선생! 앞으로 잘 부탁해. 쿠바 작전 성공할 수 있도 록 도와주고 지켜줄 거지? 아니, 뒈지지 않게만 도와줘도 고맙겠 어.'

서준의 인사에 호세 마르띠가 고개를 끄덕였다. 서준은 그 끄 덕임을 분명히 지켜보았다. 작은 바람에도 흔들거리는 호세 마르 띠. 기우뚱하게 서 있는 얼굴 조각상을 향해 뭐라 중얼거리는 서 준을 본 심윤미가 어리둥절함이 살짝 깃든 미소를 보냈다.

"문화원 본부는 마이마르에 있어요. 여기는 문화원 베다도 분 원이고요. 이곳에서 한국학교실 수업이 있어요. 교수님 지금 숙 소에서 느긋하게 걸어서 이십 분? 시간 잘 맞춰서 왔네요. 삼십 분 후에 이진경 작가님 특강 있어요. 강의 끝나고 인사 나누시죠."

나무 한 그루가 거대한 숲을 이루는 하구에이 나무. 뿌리와 줄기의 교차점이 어지럽게 뒤섞인 하구에이 나무가 만든 그늘 속에 파묻힌 호세마르띠문화원 베다도 분원. 심윤미와 서준은 여전히 형형한 눈초리의 호세 마르띠 조각상을 지나쳐 건물 안으로 들어 갔다. 심윤미가 앞장섰고 서준이 뒤를 따랐다.

문화원은 아담한 두 층짜리 건물이었다. 낡았지만 잘 정비된 건물이었다. 부스러지는 벽과 떨어진 문짝은 볼 수 없는 건물. 1층은 널따란 강의실, 2층은 사무실. 초롱초롱한 눈빛들이 어두 침침한 강의실에서 반짝거렸다. 이진경의 특강에 참석한 열댓 명 의 학생들. 호세마르띠문화원 한국학교실 학생들. 간판이 던져 준 파일 속에서 사진과 텍스트로 존재하던 이들이 구체적으로 서 준의 눈앞에 튀어나왔다. 서준은 그들의 얼굴을 하나하나 살피며 이름과 직업, 특이점을 기억해냈다.

파일 속의 사진에서 이진경은 영락없는 비밀요원의 눈동자를 가지고 있었다. 아바나의 이진경, 그녀의 눈동자는 비밀요원의 그것이 아니었다. 순진하고 해맑고 구김 없는 평범한 30대 초반 여자의 눈동자였다. '위장일까, 연기일까?' 서준은 이진경을 주의 깊게 지켜보았다.

이진경은 서준에게 눈길도 주지 않았다. 이진경은 의자에 앉은 학생들을 마주하고 편안한 자세로 서 있었다. 심윤미와 이진경이 가벼운 악수를 나눴다. 그들이 가볍게 서로를 안더니 양쪽 뺨을 번갈아 가며 비볐다. 유럽에서 건너와 아메리카 중부에서 토착화 된 볼 키스.

그들의 볼 키스를 지켜보던 서준은 자신의 한쪽 뺨을 손바닥으로 비볐다. 땀에 젖어 끈적거리는 뺨. 서준은 손바닥을 코에 가져다 대고 깊이 숨을 들이마셨다. 시가와 럼주와 사탕수수와 자동차의 매연이 섞인 아바나 특유의 향. 서준은 아바나 고유의 냄새를 머릿속에 담아두었다. 분홍빛으로 시작해 노랑, 파랑, 빨강이 마구 뒤섞이다가 검푸름으로 종결되는 아바나의 냄새. 이진경의 강의가 시작되었다. 진경의 말을 학생들에게 스페인어로 옮기는 통역사는 심윤미였다. 역시나, 서준의 예감은 틀리지 않았다. 스페인어 동시통역사 심윤미.

학생들의 책상 위에는 이진경의 소설책이 놓여 있었다. 스페인어로 번역된 얇은 소책자. 이번 프로그램을 위해 준비된 교재로 보였다. 서준도 빈 의자에 자리를 잡고 앉아 이진경의 책을 집어 들었다.

바람만이 아는 대답. 진경의 소설 제목이었다. 소설가 이진경은 학생들에게 자신의 소설을 간단히 소개했다. 서준은 책을 대충 훑어보았다. 그 바람의 끝, 저 바다의 시작에서 답을 찾아 헤매는 주인공이 등장하는 소설이었다.

'그 누가 노래했던가. 바람만이 아는 대답을.' '그 바람의 끝에 답이 존재하는 것이 아닐까.' '그 바람 끝, 저 바다의 시작을 보고 싶었던 것일까.' 등등의 문장이 서준의 눈에 들어왔다. 이게 뭔 소리인지, 서준은 전혀 알 수 없었다. 궁금하지도 않았다.

서준의 눈길은 이진경의 눈동자와 손짓과 몸짓에 집중되어 있었다. 비밀요원은 비밀요원을 알아보기 마련이었는데, 이진경의 정체는 아직 파악할 수 없었다.

소설을 주제로 한 강의가 끝났다. 학생들의 질문 차례였다.

'남자친구 있어요?' '김치 만들 수 있어요?' '한국 라면 맵다던데 얼마나 매워요?' 'BTS 멤버 중 누굴 제일 좋아해요?' 수줍고 해맑은 학생들의 질문들. 한국학교실 학생들은 서투른 한국어로 진경에게 질문을 던졌다.

'쿠바 오기 전까지는 있었는데 지금은 없어요. 쿠바에서 남자친구 만들고 싶어요.' '재료만 있으면 만들어서 같이 먹어요.' '우리 집에 한국 라면 있으니까 대접해드릴게요. 선착순 세 명!' 진경의 대답에 학생들이 깔깔 웃었다. 아바나 소녀들의 웃음소리는 칙칙한 강의실 분위기를 확 밝아지게 만들었다. 소비에트풍 회색빛 콘크리트에서 카리브해의 푸르름으로의 변신. "BTS가 뭐예요?" 학생들이 우우 하며 실망 가득한 야유를 보냈다. "아, 방탄소년단? 솔직히 나 잘 모르는데, 이를 어쩌죠?" 쑥스럽다는 표정으로 진경이 답했다. 학생들은 애정이 담긴 손가락질과 야유로 자신들의 우상을 알지 못하는 한국 소설가를 힐난했다. BTS를 알지 못하기는 서준도 마찬가지였다.

"아바나에서는 뭘 찾고 싶어요?"

양 갈래로 머리를 땋은 자그마한 체구의 흑인 학생이 던진 마지막 질문. 아바나에서는 볼 수 없는, 번민과 고뇌와 상념이 담긴 질문에 진경은 잠시 당황한 것처럼 보였다.

"온전한 나 자신을 찾고 싶어요. 고요함 속에서 온전한 나 자신을 발견하고 싶어요. 여기 아바나에선. 내 자신과 똑바로 마주할 수 있는 그런 진귀한 경험을 하고 있어요. 여기 아바나는, 질문이 발생하는 공간이에요. 아직 질문에 대한 답은 뒤따라오지 않았지만요."

자세를 바로잡은 진경이 답했다. 진지한 표정의 이진경. 순간 드러난 비밀요원의 눈동자. 그럼 그렇지. 비밀요원이 틀림없다니까. 팔짱을 끼고 진경의 표정을 유심히 살피던 서준은 직감했다.

심윤미가 인상을 잔뜩 찌푸리더니 겨우겨우 진경의 말을 학생들에게 옮겼다. 심윤미의 통역은 엉터리였다. 생활언어만 통역 가능한 수준 낮은 통역사 심윤미.

양 갈래 머리의 흑인 소녀가 고개를 크게 끄덕였다. 진경은 해맑은 표정을 되찾았고, 그녀의 눈동자에서 비밀요원의 기미는 사라지고 없었다.

진경의 강의와 질의응답이 끝났다. 심윤미가 이서준을 학생들에게 소개했다. 학생들이 큰 박수로 서준을 반겼다. 서준은 쑥스럽게 웃으며 학생들과 인사를 나눴다. 서준은 양 갈래 머리 소녀와 눈을 맞췄다.

"이름이 뭐예요?" 서준이 한국말로 물었다.

"나는 캔디입니다." 소녀가 또박또박 답했다. 가까이서 본 캔디는 소녀가 아닌 숙녀였다. 20대 중반의 쿠바 흑인 숙녀 캔디는 간판이 준 파일 속에 존재하지 않는 인물이었다. 캔디를 정보원으로 활용하게 될 것이라 서준은 예감했다. 베테랑 비밀요원의 직감과 육감에서 탄생한 예감. 이진경과 캔디. 이번 작전의 성패는 그 둘에게 달려 있을 것 같았다.

*

　호세마르띠문화원 한국학교실 신임 교수 이서준, 호세마르띠
문화원 초청작가 이진경, 호세마르띠문화원 협력팀장 심윤미, 그
리고 강의에 참석했던 학생 여섯 명이 강의실에 남았다. 나머지
학생들은 약속과 볼일이 있다며 아쉽다는 표정으로 강의실을 빠
져나갔다.

　"처음 만난 기념으로 가볍게 한잔 사겠습니다."

　서준의 제안이 있었고, 이진경과 심윤미, 그리고 학생 여섯 명
이 함께하겠다고 나섰다.

　"어디로 가죠? 아시는 데 있어요?"

　"근처에 작은 레스토랑 겸 바가 있어요. 간단한 음식도 하고 맥
주도 있더라고요. 거기 괜찮을 것 같은데요? 열 명쯤 앉을 수 있
는 기다란 테이블도 있고요."

　서준이 진경을 쳐다보며 물었고, 진경이 안내자를 자처했다. 아
바나 베다도의 안내자 이진경. 심윤미는 서준과 진경 뒤로 한 발
짝 물러나 있었다.

　"가시죠?"

　진경이 앞장섰다. 10대 후반에서 20대 중반 사이로 보이는 한
국학교실 학생들이 병아리들처럼 진경의 뒤를 졸졸 따랐다. 심윤
미는 스페인어로 누군가와 통화를 하고 있었다. 문화원 밖으로
나온 서준은 여전히 고고한 얼굴의 호세 마르띠를 향해 꾸벅 인
사를 했다. 그의 미간이 살짝 좁아졌다.

해 질 녘의 베다도 거리. 서준은 부식 중인 시멘트 도로를 따라 늘어선 열대 관목 아래의 그늘을 따라 걸었다. 공기는 부드러웠고 바람이 살랑살랑 불었다. 서준은 벽이 떨어져 나가고 있는 콘크리트 연립주택들을 따라 걸었다. 베다도의 모든 주택이 부식 중이었다. 판자가 덧대진 창문을 서준은 흘깃 쳐다보았다. 녹슨 철창 속 신고전주의풍의 대저택, 잡초가 우거진 정원이 딸린 닳아지고 해진 작은 박물관이 서준의 곁을 느릿느릿 지나쳐 갔다. 자갈투성이 시멘트 포장길의 감촉이 그의 발바닥에 고스란히 전해졌다.

가무잡잡한 바람이 훅 하고 서준의 뺨을 스쳤다. 적도의 푸르른 공기에 서준의 팔뚝에 소름이 돋았다. 반쯤 찢어진 신문지가 펄럭거리며 바람에 휘날렸다. 쓰레기통에서 풍기는 냄새 속에도 달콤함이 숨어 있는 것 같은 베다도의 해질 녘.

석양에 붉게 물들어가는 회색빛 콘크리트 건물들이 소실점으로 서준의 눈앞에 펼쳐지고 있었다. 커다란 물탱크를 머리에 얹은, 높고 작은 건물들.

경멸당하고 버림받은 이의 손짓이 보이지 않는 아바나의 뒷골목. 평생을 침묵한 자의 울림이 가득한 듯한 베다도의 길바닥. 에덴동산의 느낌. 서준은 모든 것이 낯설어지기 시작했다. 서준은 주머니에서 담배를 꺼냈다. 필터가 제대로 달린 꼬이바 블랑꼬. 쿠바 현지인들은 절대 피우지 않는 고급 담배. 신이 태운다는 아바나산 담뱃잎으로 만든 꼬이바. 그는 담배에 불을 붙였다. 푸르스름한 담배연기가 석양과 어지럽게 헝클어지는 풍경이 서준의

267

눈앞에 펼쳐지고 있었다.

서준의 앞으로 이진경과 학생들과 깔깔대며 걷고 있었다. 서준의 귀에 전해지는 정다운 대화. 그들은 한국말로 묻고 대답하고 있었다.

"여기예요, 교수님!"

진경이 고개를 돌리며 외쳤다. 그녀는 환하게 웃으며 검지로 오른쪽을 가리켰다. 익숙한 웃음. 모든 것을 이해하고 받아주겠다는 결심이 담긴 진경의 웃음. 서준은 손바닥을 살랑살랑 흔들어 그녀의 웃음에 화답해줬다.

둘세 아바나Dulce Habana. 진경이 안내한 레스토랑 겸 술집에 내걸린 커다랗고 하얀 현수막을 서준은 쳐다보았다. 스윗 아바나, 달콤한 아바나. 진경과 학생들이 아바나의 달콤함 속으로 옹기종기 들어갔다. 서준이 뒤를 따랐다. 심윤미는 여전히 휴대폰을 귀에 대고 있었다.

아바나의 금요일 저녁, 아바나의 달콤함 속에서 학생들과 진경과 서준과 심윤미는 서로를 마주 보고 앉았다. 격자무늬 식탁보가 깔린 기다란 나무 테이블. 검고 흰 타일 바닥 구석에 비스듬히 서 있는 커다란 선풍기에서 흘러나오는 삐걱거리는 바람. 서준은 선풍기를 꺼달라고 웨이터에게 요청했다. 나비 넥타이를 한 중년의 물라또 웨이터가 교태를 부리며 서준에게 눈인사를 건넸다.

온갖 술병들로 장식된 반원형의 바가 술집 중앙을 차지하고 있었다. 아바나끌럽 3, 7, 15. 산티아고 데 쿠바와 잭다니엘, 조니워

커까지. 서준은 '달콤한 아바나'를 단골로 삼겠다고 다짐했다. '나를 얼른 마셔'라 속삭이는 술병들을 외면하고 집에 갈 수는 없는 노릇이었다. 예의바르고 지적이면서 수줍은 알코올중독자 이서준. 씰룩거리며 걷는 웨이터가 메뉴판을 가지고 왔다.

신기하다는 눈빛으로 메뉴판을 살피는 학생들. 그들은 어색한 표정을 지었다. 베다도의 술집에 와본 적 없는 것이 분명해 보이는 학생들. 서준은 진경과 상의했다. 토마토소스 해산물 스파게티와 닭고기 스튜, 설탕을 듬뿍 얹은 단호박 요리를 식사 겸 안주로 주문했다. 학생 여섯 중 넷은 부까네로 맥주를, 나머지 둘은 다이끼리를 청했다. 아바나끌럽 7 온더록을 고른 진경, 서준은 진경의 주문을 따랐다. 심윤미는 코카콜라였다. 뚜꼴라가 아닌 오리지널 코카콜라.

서준은 술과 음식의 가격을 얼추 계산해봤다. 미국 돈으로 100달러가 훌쩍 넘었다. 아바나의 달콤함은 그리 호락호락하지는 않았다.

어둠이 내렸다. 아바나에서, 밤은 벼락처럼 찾아왔다. 순식간에 도시를 뒤덮은 아바나의 밤. 새들의 울음소리가 주위에 가득했다. 교향악을 듣는 느낌. 달콤함과 들큼함의 중간 지대. 아바나의 밤이 풍기는 향기는 달콤함과 들큼함의 중간이었다.

달콤과 들큼 사이에서, 그들은 먹고 마시며 말을 섞었다. 서준은 스페인어로 학생들과 인사를 나눴다. 서준의 유창한 스페인어에 학생들은 찬사를 보냈다. 새로 부임한 한국학 교수에 학생들은 무한의 호기심을 공공연하게 드러냈다. 진경과 학생들은 한국어로 대화를 나눴다. 학생들이 주로 물었고 진경이 다정한 표정으로 답했다. 학생들의 가장 큰 관심사는 케이팝과 한국 드라마였다. 서준은 "나는 그쪽은 잘 몰라."라며 학생들의 관심사를 초기에 진압했다.

서준은 아바나끌럽 온더록 석 잔을 청해 마셨다. 진경의 온더록은 절반 넘게 남아 있었다. 얼음 섞인 럼주에 가끔 입술을 축이는 진경. 학생들은 맥주 한 캔으로 두 시간 넘게 수다를 떨고 있었다. 심윤미는 오늘의 대화에 제대로 동참하지 못했다. 10분 간격으로 울려대는 휴대폰 때문이었다.

"교수님! 내일 우리 오비스뽀에서 마지막 촬영 있어요. 오실 수 있으세요?" 진경의 돌발적인 제안.

"촬영? 무슨 촬영요?" 서준은 넉 잔째의 럼주 온더록을 시킬까 고민하고 있었다.

"우리 학생들이 아바나 홍보영상을 찍고 있어요. 한국말로 한국 사람들에게 아바나 관광지를 소개하는 영상요. 아바나 친구들이 한국 친구들에게 전해주는 아바나 홍보영상이라 할 수 있죠. 완성하면 유튜브에 올릴 예정이랍니다. 내일 오비스뽀에서 마지막 촬영하고 끝낼 건데, 엑스트라로 출연해주세요!"

학생들이 와, 하고 함성을 지르며 웃었다. 아바나의 소녀들은 언제나 깔깔 웃었다.

"선생님! 꼭 오셔야 해요. 우리 여섯 명 다 나갈 거예요."

철학적이며 고뇌 담긴 질문으로 진경을 심각하게 만든 캔디가 해맑게 웃으며 외쳤다.

"오비스뽀가 어디예요? 여기서 가까운가요?"

서준이 심각한 얼굴로 물었다.

"메트로폴리탄 은행 삼 층에 계시죠? 저도 거기에 잠깐 있었어요. 숙소 앞에서 택시로 십 분도 걸리지 않아요. 까삐똘리오 가자고 하면 됩니다. 저희 내일 오전 열 시에 까삐똘리오 앞 광장에서 보기로 했어요. 그런데 쿠바 택시 타보셨어요?"

진경이 생글거리며 말했다. 그녀의 입술에서 사탕수수 향기가 희미하게 풍겼다.

"까삐똘리오? 거긴 또 어디예요?"

"와보시면 알아요. 아바나 비헤아, 아니 아바나의 랜드마크. 서울로 치면 광화문 교보문고?"

"당연히 가야죠. 앞으로 쭉 만날 학생들인데요. 저도 덕분에 아바나 비헤아 구경할 수 있겠네요. 내일 꼭 가겠습니다."

"아침 일찍부터 촬영 시작할 건데, 힘드실 테니 천천히 오실래요?"

친절과 배려가 몸에 밴 여자가 분명했다.

"그럼 열한 시까지 갈까요?"

서준은 진경의 배려와 친절을 무시하지 않았다.

아바나의 밤이 깊어가고 있었다. 둘세 아바나 앞에서 서준과 진경은 손을 흔들며 헤어졌다. 학생들은 진경의 뒤를 쫓았다. 심윤미가 서준을 자동차로 태워주겠다고 나섰다. 서준은 정중히 사양했다. 아바나 베다도의 뒷골목을 혼자 걷고 싶었다.

"방향, 감이 오세요? 밤이라 헷갈릴 수도 있는데. 이쪽으로 쭉 가시면 아바나 리브레 호텔 나오거든요. 아바나 리브레가 보이는 사거리에서 좌회전하시면 숙소가 나와요. 여기서 걸어서 십오 분?"

심윤미가 걱정스럽게 물었다. 그녀의 입에서 튀어나온 '아바나 리브레'.

"그런가요? 반대편으로 가려고 했는데, 큰일 날 뻔했네요. 고맙습니다."

서준이 진심 어린 고마움을 담아 말했다.

NF소나타의 후미등이 아바나의 희미한 어둠 속으로 사라져갔다. 진경과 학생들의 웃음소리가 베다도의 밤하늘에 작게 울려 퍼졌다. 어디선가 개가 컹컹 짖었다.

처음 걷는 아바나의 밤거리. 검푸른 웃음들, 새빨간 낙관들, 영롱하게 반짝거리는 권태들이 우글거리는 아바나의 밤거리.

서준은 길고 길었던 아바나 리브레 작전의 첫날을 곱씹으며 터벅터벅 발걸음을 옮겼다. 흥겨운 음악소리가 골목 깊숙한 곳에서 흘러나왔다. 공터 구석자리에서 웅크리고 잠을 자던 떠돌이 개가 반가운 눈으로 서준을 쳐다보았다.

희미한 형광등 불빛이 깜빡거리는 주유소를 겸한 드럭스토어. 늘어진 셔츠를 걸친 한 청년이 가게 안에서 손바닥에 턱을 걸치고 앉아 있었다. 서준은 작은 미닫이창을 똑똑 두드렸다. 창을 열고 나타난 멍한 눈빛에게 아바나끌럽 한 병을 청했다.

아바나끌럽을 손에 쥔 서준은 17번가를 따라 천천히 걸었다. 와자지껄한 밴드의 노랫소리가 울려 퍼지는 작은 식당을 지났다. 저 멀리, 아바나 리브레의 불빛이 보였다. 별이 가득한 아바나의 밤하늘에 우뚝 솟은 아바나 리브레. 서준의 눈앞에서 반짝이는 아바나 리브레. 서준은 아바나 리브레를 향해 달리기 시작했다. 아바나끌럽이 서준의 손바닥에서 출렁거렸다.

*

아바나의 토요일 오전.

서준은 진경과 학생들을 만나기 위해 숙소를 나섰다. 사정없이 햇빛이 내리쬐었다.

'택시를 타라고 했지?'

약속 장소는 아바나 비헤아, 즉 올드 아바나의 랜드마크라는 까삐똘리오. 서준은 주위를 두리번거렸다. 택시를 잡기 위해 기다리는 이들을 발견했다. 호객 행위에 열중인 택시기사들과 스쳐 지나가는 택시를 멈추려는 사람들의 손짓과 눈빛은 세상 어디든 비슷했다.

시커먼 배기가스를 뿜어내며 덜컹덜컹 달리는 아바나의 택시들. 빨주노초파남보, 무지개의 행렬 같은 아바나의 택시들. 서준은 히치하이킹이라도 하는 것처럼 엄지를 위로 세우고 택시를 기다렸다. 흉내와 위장의 베테랑 이서준. 택시를 기다리는 아바나의 시민을 이미 목격한 그에게 아바나에서의 택시 잡기는 아무일도 아니었다.

제조사를 가늠하기 힘든 승용차. 박물관에서도 사라졌을 법한 옛날 자동차 한 대가 서준의 엄지를 보고 멈췄다. 근엄한 표정의 운전기사를 향해 "까삐똘리오?"라고 서준이 물었다. 중년의 백인 남자 운전사가 고개를 끄덕였다.

서준은 조수석에 올라탔다. 서준의 발 밑, 자동차 하부에 작은 구멍이 뚫려 있었다. 녹슬어 구멍 난 아바나의 택시. 건물도 자동차도 모두 부식 중인 아바나. 아바나에선 사람들과 바람과 하늘과 공기만 생기가 넘쳐흘렀다. 젖은 길바닥, 먼지 나는 길바닥, 구멍 난 길바닥, 서준은 발 아래로 펼쳐진 그토록 다양한 아바나의 길바닥들과 차창을 휙휙 지나치는 말레꼰의 풍경을 번갈아 감상했다.

에어컨도 선풍기도 없는 아바나의 택시는 합승이었다. 정해진 노선을 따라 운행하는 한국의 마을버스 같은 택시. 한국과 다른 점이 있었다. 택시 노선이 운전기사 마음이었다. 운전기사가 멋대로 정한 노선을 따라 사람들이 타고 내렸다. 자동차의 주인이 갑, 돈을 내는 손님이 을. 어찌 보면 당연한 결과였다. 물건을 가진 쪽이 갑, 물건을 원하는 이가 을. 겨우 3일째였지만, 갑과 을이 뒤바뀐 아바나의 현실을 서준은 수긍을 넘어 완벽히 이해할 수 있었다. 깨끗한 물, 향기로운 담배, 부드러운 휴지, 시원한 맥주를 원하는 놈이 약자이기 마련이었다. 갈증, 갈구에 시달리는 쪽이 약자인 게 당연했다. 물건을 가진 이가 강자였다. 돈은 그저 화폐, 교환 수단, 종이쪼가리에 불과하다는 사실을 서준은 아바나의 택시 안에서 깨달았다.

까삐똘리오, 아바나 리브레 호텔, 꼬뺄리아 아이스크림 등이 사람들이 타고 내리는 주요 정류장이었다. 아바나의 합승택시 운전사들은 올드 아바나와 베다도 사이를 오가며 돈을 벌고 있었다. 아바나 택시기사의 돈벌이는 상위 1프로 수준이었다. 돈 맛을 알 아챈 아바나 젊은이들의 꿈도 택시기사였다. 단, 정부 소속이 아 닌 개인택시. 쿠바의 자동차가 비싸고 구입도 어려운 것은 당연 지사였다.

미국 국회의사당보다 더 높이 지어졌다는 까삐똘리오에서 내 린 서준. 그는 이글거리는 아바나의 태양을 피해 근처의 작은 공 원으로 향했다. 야자수 몇 그루와 펄럭이는 쿠바 국기, 중간 부분 이 부러지고 페인트가 벗겨진 낡은 벤치 몇 개, 이제는 친구 같아 진 호세 마르띠의 동상이 있는 까삐똘리오 앞 작은 공원. 벤치에 앉은 서준은 주위를 찬찬히 둘러보았다.

보는 이들 압도하는 아바나 대극장, 지나가는 관광객의 감탄사 를 유발하는 국립미술관, 관광객의 입을 다물지 못하게 만드는 엄청난 숙박료로 유명한 유서 깊은 최고급 호텔들. 귀족적인 분 위기의 오래된 건물들과 얌전히 관광객을 기다리는 핑크색, 빨강 색, 노랑색의 오픈형 올드카들, 덜컹거리는 마차, 유럽과 미국에 서 온 늙고 배 나온 시끌벅적한 백인 관광객 무리, 그리고 두 층 짜리 아바나 시티투어 버스들이 공원의 주위를 둘러싸고 있었다. 아바나 비헤아의 한복판. 공원의 이름은 빠르께 센뜨랄. 중앙공 원이었다.

'그럼 그렇지, 중앙은 내가 잘 찾는다니까.'

서준은 아바나의 정중앙으로 우연히 진입한 자신에게 자화자 찬을 보냈다.

빠르게 센뜨랄에도 호세 마르띠가 있었다. 그의 눈동자와 손짓은 베다도에서보다 여유롭고 넉넉해 보였다. 희망과 욕망을 상실한 쿠바 인민들의 어깨 위에 선 호세 마르띠. 그는 길 잃은 쿠바인들에게 방향을 일러주고 있었다. 그의 검지는 마이애미를 향하고 있었다. 호세 마르띠를 어깨 위에 짊어진 아바나의 시민들. 그들은 어리둥절한 표정을 짓고 있었다. 길을 잃고 꿈을 잃고 마침내 순수한 욕망에 따라 살겠다는 그런 표정.

이진경과 그를 따르는 여섯 명의 여학생. 길 건너 광장에서 서준을 본 캔디가 반갑게 손을 흔들었다. 진경은 몹시 지친 기색이었다. 분홍빛으로 상기된 그녀의 뺨. 생기 넘치는 학생들은 여전히 들떠 있었다.

"촬영 잘 끝났어요?"

"말도 마세요. 더울까 봐 아침 일곱 시에 만나서 지금껏 올드 아바나 곳곳을 돌아다녔어요. 저는 완전히 지쳤는데 학생들은 쌩쌩하네요? 젊어서 그런가?"

안부를 묻는 서준에게 진경이 손가락으로 머리칼을 빗어 넘기며 말했다. 진경이 서준이 앉은 벤치에 털썩 주저앉았다. 염색을 하지 않은 단발, 가느다란 목, 화장기 없는 얼굴, 반바지에 샌들 차림의 이진경. 어디에 가도 눈에 띄지 않는 그런 얼굴과 옷차림의 이진경.

서준은 진경의 정체가 더욱더 궁금해졌다. 뉴욕의 간판에게 이진경 파일을 따로 보내달라는 공식 암호문을 타전하리라 마음먹었다.

캔디와 다른 학생들이 서준에게 반갑게 인사했다.

"왜 일찍 안 오셨어요? 지나가는 한국인 관광객으로 출연시키려고 했다니까요!"

캔디가 웃으며 투덜거렸다.

"점심 전이죠? 시원한 데로 목이나 축이러 가죠. 작가님 더위 먹겠어요."

"아니에요. 좀전에 촬영 마무리하고 오면서 오비스뽀 거리에서 피자 먹고 목도 축였습니다. 학생들은 이만 가라고 하는 게 좋을 것 같아요. 어제처럼 교수님 돈 자꾸 쓰시면 여기 학생들 버릇 나빠져요. 저도 좀 지치기도 하고요. 교수님 숙소랑 제 집이랑 같은 방향이니까, 같이 가면서 아바나 구경이나 해요. 걸어서 가보시죠. 괜찮죠? 한낮의 말레꼰. 저는 항상 걸어 다녀요."

이진경이 단도직입적으로 말했다. 캔디가 아쉽다는 표정을 지었다.

서준은 벤치 옆에 서 있는 학생들을 쳐다보았다. 수다를 멈추지 않는 아바나의 젊은 여성 동무들. 레이디스, 다니엘라, 디아넷, 라울라, 캔디, 멜리사. 그들의 얼굴을 쳐다보며 속으로 이름을 호명했다. 정치외교학과 경제를 각각 공부하는 아바나대학교 학생 둘, 부업으로 패션모델을 한다는 웨이트리스, 미국 이민을 꿈꾸는 간호사, 불법 DVD 유통사 직원, 캔디의 직업은 아직 알지 못했다. 그녀들의 직업은 천차만별이었다. 셋은 흑인이었고 물라또 둘에 백인 한 명으로 구성된 서준의 포섭 대상자들.

'작전일까? 꿍꿍이일까?'

서준은 진경의 의중이 궁금해졌다.

"그럼 그럴까요?"

아무런 조건도 없이, 서준은 진경의 제안을 냉큼 받았다. 제안은 수락할 때만 의미가 있었다. 수락 없는 제안만큼 허망한 것은 없었다. 지구 반대편에서 만난 이진경. 적인지 동료인지, 뒤통수를 두들겨 맞을지 대박 작전의 핵심이 될지 아직은 알 수 없는 이진경. 그녀의 제안을 무시할 수 있는 공작원은 이 세상에 없을 것이다.

여전히 생글거리며 와자지껄한 학생들. 서준은 공작원 포섭 작전은 다음으로 미뤘다.

"월요일에 문화원에서 봐요. 첫 수업이니까."

"네! 좋은 주말 보내세요! 두 분 데이트 잘하시고요!"

학생들 모두 깔깔대며 외쳤다. 진심이 가득 찬 눈빛과 손짓으로, 학생들이 진경과 서준을 향해 손을 흔들었다.

서준과 진경은 한낮의 말레꼰으로 성큼 걸음을 내딛었다.

"어디로 가죠?"

"따라 오세요."

서준은 진경의 작은 등판을 내려다보았다. 땀에 젖은 진경의 등판에서 좋은 향기가 풍겼다.

서준과 진경은 모로 요새 건너편, 말레꼰의 시작 지점에서 잠시 멈췄다. 호텔 신축 공사가 한창이었다. 스페인제국의 고풍스러움이 깃든 주변 건물들과는 전혀 다른 분위기의 현대적인 건축물 조감도를 서준은 유심히 쳐다보았다.

"주변과는 어울리지 않죠? 중국 자본으로 건설되는 호텔이래요. 초현대식 호텔이라는데 디자인이 개판이에요. 아바나와는 어울리지 않아요. 특히 올드 아바나와는 전혀!"

진경이 투덜거렸다. 서준은 한참 동안이나 조감도를 들여다보았다. 중국 자본이 투입된 올드 아바나의 현대적인 호텔. 중국 끄나풀들도 아바나의 거리를 활보하고 있을 것이 분명해 보였다.

"여기도 차이나타운이 있나요?"

"그럼요. 올드 아바나 한복판을 떡하니 차지하고 있죠. 저희 집이 중국 대사관 바로 옆이에요. 그 앞에 잘하는 중국 식당도 있는데, 한번 가보실래요?"

제기랄, 아바나 리브레 작전의 시작부터 중국이 들러붙어 있는 것이 확실했다. 연희동 중국 식당의 염탐꾼, 뉴욕 한국 식당의 감시 카메라에 이어 여기 아바나에도 중국이 바로 옆에 있었다. 서준은 중국통으로 명성이 자자한 연희동의 조 부장에게 전화를 걸어 따지겠노라 다짐했다.

'그런데 뭐라 따지지? 제기랄, 그냥 안부나 물어야겠어.'

*

말레콘의 인도 위에는 개똥과 담배꽁초가 들러붙어 있었다. 아바나클럽 빈 병들이 여기저기 나뒹굴었다. 지난 밤, 국적 불명의 이름 모를 여자가 벗어 던진 것으로 보이는 보라색, 핑크색 팬티도 눈에 띄었다. 낙엽처럼 길바닥을 굴러다니는 콘돔 포장지도 눈에 띄었다. 선명한 카리브해를 염료로 사용한 것 같은 녹색 포장지에는 한 쌍의 남녀가 몸을 섞은 이미지가 인쇄되어 있었다.

오후 한 시의 말레꼰은 한산했다. 강렬한 한낮의 태양과 정면으로 맞서는 이는 세 부류였다. 아바나에 막 도착해 흥분을 가라앉히지 못하는 관광객들. 그들은 내일이면 더위를 먹어 하루 종일 숙소에 틀어박힐 터였다. 나머지 두 부류. 해결 불가능의 부부싸움으로 인한 허무함과 상념을 잊기 위해 낚싯대를 든 중년의 쿠바 남자, 이틀 연속 손님을 받지 못해 빈털터리가 된 매춘부가 오후 한 시에 말레꼰을 서성이는 나머지 부류였다.

진경과 서준은 말레꼰의 그늘을 요리조리 찾아다니며 걸었다. 음지를 찾는 것은 서준의 주특기였다. 진경도 그늘 발견의 도사로 보였다. 비밀요원의 가장 큰 기술, 음지와 그늘을 찾아다니는 능력. 진경과 서준 둘 다 그늘과 음지엔 전문가였다. 그늘의 진경, 음지의 이서준. 하지만 말레꼰의 태양은 그늘을 압도했다. 그늘 아래에도 그늘이 없는 곳, 여기는 말레꼰이었다.

진경과 서준은 말레꼰을 따라 걸었다. 5킬로미터의 여정. 중간에 두 번 쉬었다. "자주 쉬면서 걸어야 해요." 두 번 모두 진경의 제안이었다. 말레꼰의 그늘을 이미 파악해버린 진경. 첫 휴식처는 말레꼰과 그 너머의 바다가 한눈에 내려다보이는 새로 문을 연 레스토랑이었다.

진경은 알코올 5.4도의 부까네로를 마셨고 흐물흐물한 쿠바식 가지요리를 시켰다. 서준은 쁘레지덴떼 맥주로 목을 축였다. 닭가슴살에 베이컨을 얹은, 아무런 맛도 느낄 수 없는 음식이 서준의 눈앞에 놓였다. 그는 처음 접하는 음식을 멍하니 보며 맥주만 홀짝이고 있었다.

"왜 안 드세요? 원래 입이 짧은가? 여기에선 먹을 수 있을 때 먹어둬야 해요. 아직도 그걸 모르시겠어요?"

진경이 타박하듯 말했다. 서준은 그저 웃었다. 진경은 접시를 싹싹 긁어가며 먹었다. 그녀는 마지막 맥주 한 방울까지 입에 털어 넣었다. 최선을 다해 음식을 먹고 맥주를 마시는 여자. 하나를 보면 열을 알았다. 하나를 대하는 방식이 모든 것을 대하는 방식이었다. 모든 일을 대하는 진경의 방식을 서준은 즉각적으로 이해할 수 있었다.

두 번째 쉼터는 말레꼰 해안도로에 접한 간이술집이었다. 서준은 다이끼리를 주문했고 진경은 모히또를 시켰다. 간이술집의 다이끼리에서는 인공색소와 불량식품의 향과 맛이 났다. 서준은 쿠바산 럭키 스트라이크 한 갑을 요청했다. 은퇴한 농구선수 같은 빡빡머리 흑인 웨이터가 재떨이를 가져다주며 엄지를 척 세우는 제스처를 취했다. 엄지의 나라 아바나. 아바나에서는 누구나 엄지를 위로 올린다. 호구를 향한 존중과 반가움, 그리고 기쁨의 손짓.

스테인리스 재떨이와 복고풍 성냥이 가지런히 배치된 테이블. 서준은 성냥을 주머니에 챙겼다. 비밀요원의 오랜 습관. 암호문이 담긴 성냥갑 같았다. 진경이 못마땅하다는 표정을 슬쩍 내비쳤다. 뭘 그런 것까지 챙겨? 그녀의 얼굴에 담긴 메시지.

"화장실 좀 다녀올게요."

주머니 속의 성냥을 만지작거리며 서준이 말했다. 쿠바제 유심 칩을 끼운 아이폰 6와 몽블랑 장지갑은 테이블 위에 놓은 채였다. 진경이 화들짝 놀라며 외쳤다.

"교수님! 휴대폰이랑 지갑은 항상 주머니에 넣고 다니세요. 경계심이 너무 없으시네요!"

진경은 서준의 미끼이자 함정을 여유만만하게 통과했다. '날다 들여다봐!'라는 서준의 함정에 넘어가지 않은 진경. 그녀는 베테랑 비밀요원이 틀림없었다.

"진경 씨가 있는데요, 뭐. 잘 지켜주세요."

서준은 빙글거리며 화장실로 향했다.

화장실 입구의 돈 받는 노파. 서준은 조각품인 줄 알았다. 손등에 턱을 괸 주름 가득한 검은 피부의 노파가 화장실 앞에 마치 정물처럼 앉아 있었다. 빛바랜 동전들이 쌓인 작은 구리 냄비가 놓인 작은 테이블. 서준은 화장실 마담의 주름진 손을 쳐다보았다. 그는 체 게바라의 결의에 찬 표정이 새겨진 지폐를 노파의 손에 공손히 쥐여주었다. 마담은 고결한 미소로 서준과 체에게 답례했다. 돈을 내야 입장이 가능한 아바나의 화장실. 그곳에도 좌변기 뚜껑은 존재하지 않았다. 휴지도 당연히 없었다.

화장실에 다녀온 서준. 진경이 화장실로 향했다. 그녀도 서준처럼 휴대폰과 작은 가방을 테이블 위에 놓아두었다. 휴대폰과 가방 위에 각각 머리카락 한 올이 얌전히 놓여 있었다. 전형적인 미끼이자 함정. 서준은 진경의 흘린 미끼의 방향을 살짝 틀었다.

한낮의 말레꼰 여정은 아직 한창이었다. 여전히 진경이 안내자였다. 서준은 진경의 뒤를 얌전히 따랐다. 진경이 이따금 뒤를 돌아보며 서준의 행방을 챙겼다. 강아지를 챙기는 것 같은 진경의 눈동자는 초롱초롱 빛났다.

그들은 에르마노스 아메이제이라스 국립병원을 지났다.

"여기 병원 가보셨어요? 저는 엊그제 가봤어요. 전망이 끝내줍니다. 혹시 아바나에서 입원할 일 있으면 여기로 하세요."

서준이 진경에게 말을 걸었다. 진경은 못들은 척, 묵묵히 앞으로 나아갔다. 진경이 왼쪽으로 방향을 틀었다. 아베니다 23, 23번 대로. 완만한 오르막의 왕복 6차선 도로였다. 직진하면 아바나 리브레 호텔이 나오는 길이었다. 꼬뻴리아 아이스크림 센터, 아바나 리브레 호텔, 야라 극장이 옹기종기 모여 있는 베다도의 중심 사거리.

"어디로 가요? 저기 호텔 나시오날 데 꾸바가 보이는데 거기 가서 잠깐 쉬죠? 저기 정원에서 보는 풍광이 그렇게 좋다던데요."

서준이 오른편의 나시오날 호텔을 가리켰다. 나지막한 바위 언덕 위에 설치된 간판이 보였다. 붉은 바탕의 하얀 별과 붉은 빛으로 반짝거리는 꾸바. 바위 위의 입간판 옆에서 사람들이 웅성거렸다.

"그럴까요?"

나시오날 호텔로 향하는 길, 서준이 앞장섰고 진경이 뒤를 따랐다. 이곳은 서준의 구역이었다. 아바나 도착 첫날, 탐색을 끝낸 지역이었다. 서준은 카프리 호텔을 지나쳤다. 그 옛날, 영화 〈대부 2〉에서 마피아들이 총격전을 벌인 장소. 카프리 호텔은 한적했다. 마피아의 발끝도 볼 수 없는 평화로운 공기가 주위에 가득했다.

서준과 진경은 나시오날 호텔의 정원으로 향했다. 저 멀리 수평선 너머 마이애미가 어른거리는 나시오날 정원. 감격적인 조망을 강요하는 정원에서 결혼식이 열리는 중이었다. 멕시코에서 넘어온 일가족의 떠들썩한 결혼식. 정원 곳곳의 파라솔 테이블에는 유럽에서 온 늙은 관광객들이 진을 치고 있었다. 테이블을 돌아다니며 노래와 연주로 팁을 받는 삼인조 밴드가 진경의 눈치를 슬쩍 살폈다. 진경은 허리가 굽고 검버섯이 잔뜩 핀 밴드의 리더에게 올라, 하고 외쳤다.

서준과 진경은 아바나클럽 7을 스트레이트로 시켰다. 그들은 황혼을 기다리며 럼주를 홀짝거렸다. 사람과 사람의 만남, 가족 얘기, 서로의 지나온 삶의 궤적을 드문드문 핥듯이 탐색하는 시간. 바다와 하늘이 점점 붉은 빛으로 변하는 중이었다.

"얼굴이 까매요. 어디 아프신 건 아닌가요?"

진경은 심각한 표정으로 서준에게 물었다.

"쿠바 생활 며칠 만에 간이 급속히 굳은 것일지도 모르죠. 그냥 햇볕에 그은 거라면 좋겠는데."

진경은 서준의 농담을 심각하게 받아들였다.

"여기서 쓰러지시면 저는 그냥 놓고 집으로 갈 거예요. 원래 제가 그래요."

진경은 마치 서준이 졸도라도 한 것처럼 굴었다. 서준도 심각해지기로 했다.

"응급차만 불러주세요. 사설 말고 공용으로요. 사설은 사이렌 소리가 너무나 과해요. 기절했다가 사이렌 소리에 정신을 차릴 위험이 있어요. 그거 알아요? 서울의 구급차 사이렌 소리가 세계 제일인 거. 서울 응급 환자들의 통증이 세계 제일이기 때문이래요."

아바나에서, 서준의 농담은 전혀 통하지 않았다. 저 멀리 수평선을 바라보며 뭔가 딴 생각에 골몰하고 있는 진경은 서준의 농담을 일절 이해하지 못했다. 서준은 한 단계 더 나아가기로 했다.

"저는 금치산자입니다. 금할 금, 다스릴 치, 재산 산. 즉 재산을 다스리면 그 행위 자체가 법의 처벌을 받는 사람이죠. 금치산자를 아바나 길바닥에 버리시면 그건 인류애에 위반되는 심각한 범죄라고요."

드디어, 진경이 작게 웃었다.

"이번에 여권을 갱신하면서 자격에 관한 조항을 꼼꼼하게 읽어봤어요. 여권 발급조건 두 번째에 금치산자가 나오더군요. 그래서 잘 알아요. 세상에! 금치산자라는 단어를 일상 대화에서 듣다니요! 참 신기해요."

나시오날 호텔의 정원에 석양이 내려앉는 참이었다. 아바나클럽 한 잔을 깨끗하게 비운 서준은 마른 입술을 핥았다. 여자와 함께 있을 때 술이 취하지 않는 능력. 능력이 아닌 본능. 서준에겐 그런 본능이 있었다. 제비족으로서 완벽한 육체와 영혼을 타고난 셈이었다. 하지만 서준은 자연의 섭리를 거슬렀고, 제비족이 되지 않았다.

'당신이 거리에서 웃음을 팔고 있을 때, 나는 기꺼이 당신을 못

본 척하겠어요.'

레너드 코언의 박애정신이 서준에게는 일절 부재했기 때문이었다.

'내 여자가 거리에서 웃음을 파는데 그걸 어떻게 지나쳐? 때려죽여도 이해할 수 없는 코언식의 박애정신이라니!'

서준은 레너드 코언의 노래를 처음 들었을 때를 기억했다. 본능을 거스른 그는 엉뚱하지만 다행스럽게 비밀요원이 되었다. 비밀요원이나 제비족이나 하는 짓은 비슷했다. 훔치고, 속이고, 등치는 것을 일로 삼는 직업. 서준이 웨이터를 불러 럼주 한 잔을 더 시켰다.

"여긴 다이끼리가 좋아요. 아까 간이술집과는 비교불가죠."

진경이 다이끼리로 갈아탔다. 서준은 속아주기로 했다. 다이끼리 한 잔을 더 주문했다.

"아바나에서 뭐 해요? 아, 소설 쓴다고 했죠? 여기 글 잘 써져요?"

서준이 취조하듯 물었다. 자백이든 변명이든 고백이든, 인간의 마음 깊숙한 곳을 엿보겠다는 투철한 직업정신. 진경도 진지해졌다. 맞장구를 아는 진경.

"친구가 없는 일상을 보내고 있죠. 한잔할 수 있을 때 언제든 만날 수 있는 친구가 존재하지 않는 삶. 대화가 없어도 우두커니 서로의 손등을 쳐다보며 몇 시간을 보낼 수 있는 일상이 이곳엔 전혀 없어요. 웃고 떠들며 시시껄렁한 농담으로 몇 시간을 재미있게 흘려보낼 수 있는 그런 만남들도 없고요."

"그거 곤란한데, 아바나에서 남자친구 안 만들었어요? 여기 남자들, 동양 여자만 보면 아주 환장을 하던데. 여긴 성적 에너지가 넘쳐요. 도시 전체가 섹스숍 같은 분위기랄까."

진경이 서준을 흘깃 째려보았다.

"대신 얻은 게 있죠. 술병과 잔을 앞에 가져다 놓고, 오로지 내 자신과 마주하는 그런 일상에서 뭘 얻은 줄 아세요? 내 자신이 아무것도 아니라는 생각, 나 혼자는 존재하지 않는다는 그런 생각들, 나 자신은 타인과의 관계 속에서만 존재한다는 그런 생각이 들었어요."

"그다음엔 뭐가 있던가요?"

"내 자신을 표현하기 위해 경이의 순간들을 복기하는 행위의 고통들이 있죠. 경이로움은 경이로움 자체로 값어치가 있다는 생각. 그것을 끄집어내는 행위는 본질적으로 고통을 수반하더라고요. 경이로움이 없는 바로 지금의 일상을 똑똑히 경험하게 해주니까 말이죠."

'이게 뭔 소리람.'

철학적인 소설의 내용을 늘어놓는 것 같은 진경의 동문서답에 서준은 바다와 하늘을 바라볼 수밖에 없었다.

"그래서 글이 잘 써지냐고요?"

다소 신경질적인 서준의 반응.

"여기 아바나는, 인터넷이 없고 친구가 없고 언어가 통하지 않는 세상이죠. 맥주를 마시며 책을 읽는 시간들이 계속 이어지는 곳. 시공간이 뒤엉키는 곳이에요."

서준은 진경에게 글과 소설 이야기는 묻지 않기로 결심했다. 그녀의 동문서답에 서준은 골치가 아파졌다. 별들이 노래하고 석양이 미소 짓는 아바나와는 전혀 어울리지 않는 진경의 말장난. 하지만 그녀의 동문서답은 계속되었다.

"여기에서 깨달은 게 있어요."

막혔던 말문이 터진 듯한 진경.

'젠장! 궁금하지 않다니까!'

서준은 속으로 절규했다. 카리브해 황혼 속에서의 절규. 붉고 노랗고 파랗게 퍼지는 절규의 색채들. 적도의 바람이 절규의 색채에 물들어갔다. 바람과 절규와 황혼과 카리브의 바다와 하늘이 섞인 색깔들. 서준은 그 눈부신 광경에 눈을 감아버렸다.

"모든 것을 표현할 수 있다, 모든 것에서 소리가 울려 퍼진다, 모든 것은 구원받는다. 진정한 예술만이 표현할 수 있는 완벽성을 생각했죠. 완벽한 순간, 완벽한 냄새, 완벽한 여자, 완벽한 남자. 완벽한 사랑. 찰나에만 존재하는 그런 완벽성. 존재했다 바로 사라지는, 그래서 결국 없는 것이나 마찬가지인 완벽성. 그 완벽성을 어떻게 표현할지 고민 중이에요."

'씨발, 완벽한 비밀요원이야! 예술가로 위장하기가 제일 어려운데, 그걸 해내다니. 저 높은 곳에 있어. 나하고는 레벨이 달라.'

서준의 마음 깊숙한 곳에서 질투심이 뭉클 피어올랐다. 진경이 서준의 질투를 끄집어냈다. 질투에 사로잡힌 비밀요원만큼 초라한 것은 없었다. 진경은 한 발 더 나아갔다. 질투를 넘어 무의식의 광맥을 캐내고 말겠다는 집념이 엿보이는 말들이 이어졌다.

"잘 들어보세요. 안온한 일상, 아무도 없는 혼자만의 시간, 감시자 없는 무풍지대는 곧 무기력과 나태의 확장이라 예상했었죠. 아니었어요. 내 예상은 보기 좋게 빗나가고 말았죠."

서준의 질투심이 쪼그라들었다. 서준은 이내 베테랑 비밀요원의 정체성을 되찾았다. 어쩔 도리 없는 정체성 회복.

"내 눈동자와 내 손끝과 내 발끝은 아바나에 머물렀어요. 당신의 속삭임과 당신의 향기도 아바나에 함께 있었죠. 붉고 푸르게 물들어가는 카리브의 황혼에 감탄도 했어요. 어느새 찾아오는 열대 새벽의 푸르스름한 향기에 가슴속까지 젖어들었죠. 적도의 달콤한 향을 품은 보랏빛 빗줄기에 눈동자를 적신 것도 분명한 현실이었어요."

작은 새가 노래를 부르듯 진경이 조잘거렸다. 서준은 진경의 말 속으로 빠져들었다. 그녀의 말에서 색깔을 들었고 소리를 보았다.

"내가 결국 마주한 게 뭔지 아세요? 온전한 나 자신, 고요함 속에서 발견한 온전한 나 자신, 자신과 똑바로 마주할 수 있었던 그런 경험을 했어요, 여기 아바나에서. 감각의 확장과 혼란의 결과물은 바로 나 자신이었죠. 결과의 부산물은 질문이었고요."

진경은 멈출 생각이 없어 보였다.

"아바나는, 질문이 발생하는 공간이었어요. 당연히, 질문에 대한 답은 뒤따라오지 않았지만요."

서준이 웃었다. 허탈함이 섞인 한숨을 크게 쉬었다. 그는 담배에 불을 붙였다. 쿠바산 럭키 스트라이크. 진경이 복고풍 성냥을

획 그어 서준의 입가로 가져갔다. 나시오날의 정원 한구석에 피어오른 복고풍 주홍 불빛. 바람에 흔들리는 작은 불빛 뒤로 진경의 얼굴이 어른거렸다. 비현실적이고 몽환적인 공간과 시간. 서준은 뒤틀릴 대로 뒤틀려가는 아바나의 시공간 속에서 몸부림쳤다. 진경이 의도한 대로, 서준의 무의식이 꿈틀대기 시작했다.

황혼이 미소를 지으며 떠나갔다. 별들이 노래할 시간이 다가오고 있었다.

*

한낮의 말레꼰에서 시작된 여정은 어둠이 내려앉은 베다도로 이어졌다.

진경과 서준은 나란히 걸었다. 그들은 오래된 연인 같았다. 1950년대 후반, 소비에트연방의 컴퓨터 기술로 지어졌다는 포크사 빌딩을 지나쳤다. 군데군데 벽이 무너진 혁명 기념관을 지났다. 달콤함을 갈망하는 아바나 시민들이 긴 줄을 서 있는 꼬뻴리아 아이스크림 센터를 가로질렀다. 쿠바혁명 후 힐튼 간판이 무자비하게 철거된 아바나 리브레 호텔을 지났다.

진경은 걷다 말고 서준의 얼굴을 빤히 쳐다보았다.

"아직도 얼굴이 까매요. 심각한데? 불안해요. 당신 어디 아픈 것은 아닌지 말이죠."

서준은 아메리칸 스타일로 양쪽 어깨를 으쓱했다. 동시에 손목을 뒤로 홱 젖히며 양쪽 손바닥을 하늘로 향했다. 이제는 사라져버린 1960년대식 마약중독자 포즈. 진경이 키득 웃었다.

"저녁 먹어야죠?"

"또 먹어요?"

"여기선 잘 먹어야 해요. 먹을 수 있을 때 먹고, 눈에 보일 때 사고. 명심하세요."

"뭘 사요?"

"뭐든지 보일 때 사세요. 생수, 화장지, 쌀, 맥주, 담배, 커피. 생필품이라 할 수 있는 것들. 없을 때가 더 많아요. 돈이 그저 종이 쪼가리가 되는 상황이 자주 벌어져요. 지내보시면 아실 거예요."

"연애도 마찬가지?"

"그건 아니고요. 여기서 넘쳐나는 건 사랑밖에 없어요."

"저도 문학적으로 말해볼까요? 성적 쾌락에 대한 열렬한 지지와 숭배, 거대한 발정에 휩싸인 도시 아바나, 광적인 성생활의 도시! 어때요?"

"아이고, 이거야 원."

서준의 자칭 문학적 발언에 진경이 어처구니없다는 웃음을 지었다.

"오늘의 마지막은 제가 안내할게요. 근사한 레스토랑! 아바나에서 쉽게 볼 수 없는 제대로 된 음식이 나오는 곳이죠. 나중에 손님 오시면 대접하세요."

진경이 또다시 앞장섰다. 먼저 치고 나가는 진경. 그녀의 뒷모습은 뉴욕 그리니치빌리지의 조 선생과 비슷했다. 치고 나가고 미션을 해결하고 은밀히 사라져버리는 조 선생.

서준은 진경의 뒤를 따랐다. 달빛이 은은히 빛나는 아바나의 밤은 여전히 그들의 곁에 머물고 있었다.

호세마르띠문화원 베다도 분원과 서준이 머물고 있는 숙소의 중간 지점. 진경이 안내한 식당이었다. 식당 이름은 '행복한 시절' 이었다.

진녹색의 소파, 페인트가 벗겨진 나무의자, 묵은 미국 잡지들이 쌓인 테이블이 놓인 식당 입구를 지나자 넓은 홀이 나왔다. 보라색, 파랑색의 체크무늬 식탁보로 장식된 널따란 테이블과 삐걱거리는 나무의자. 홀을 지나면 확 트인 야외 공간이 등장하는 식당이었다.

올리브빛 피부에 독수리 날개를 닮은 짙은 눈썹의 웨이터가 진경을 향해 반갑게 알은체했다. 그는 딱 붙는 검은 면바지에 검은 와이셔츠를 입고 있었다. 진경은 야외로 나가지 않았다. 홀의 구석자리에 앉았다. 금발에 늘씬한 미녀 웨이트리스가 메뉴판을 들고 왔다. 세모난 눈동자에 비뚤어진 입을 가진 뚱뚱한 남자가 카운터에서 진경을 유심히 지켜보았다.

"다이끼리 두 잔!"

테이블 위에 메뉴판을 집어던지듯 놓은 진경이 말했다.

"식당 이름이 행복한 시절이네요? 말 잇기 게임 어때요? 행복한 시절 다음엔 뭐가 있을까? 갑자기 궁금해지네."

빙글거리는 서준의 제안.

"따스한 한때."

진지한 진경의 대답.

"충만한 행복."

소년 같은 서준의 웃음.

"벼락같은 이별."

서준을 향해 반짝거리는 진경의 눈동자.

"마음은 아득히 먼 곳에."

눈을 감은 서준.

"광기 어린 절망."

양손으로 턱을 괸 진경.

"충격적인 평온."

무표정한 서준.

"경외심으로 승화된 구역질과 수치심."

싱글거리는 진경.

"희망을 잃고 길을 잃은 얼굴."

고개를 아래로 떨구고 발끝을 바라보는 서준.

"마침내, 욕망을 따라 산다네."

환하게 웃는 진경.

"그만합시다. 이거 민망해서 소름이 끼치네."

뺨이 아프게, 입술이 아플 정도로 서준은 웃음을 참았다. 이렇게 웃음을 참았던 게 언제인지 기억할 수도 없었다. 달콤함과 고뇌의 원산지에서는 저절로 웃음이 나오는 걸까. 아니면, 내 앞의 사람이 웃음 유발자일까. 서준은 궁금해졌다.

"왜요? 재미있는데요? 교수님 의외로 순발력이 뛰어나세요. 보기와는 딴판이에요. 언어를 가지고 노는 느낌?"

"보기엔 어떤데요?"

"아직 잘 모르겠어요."

랍스터 살과 새우와 관자가 듬뿍 들어간 카리브식 파스타, 오이와 상추와 당근과 아보카도를 정갈하게 올린 쿠바식 야채샐러드, 그리고 라임을 곁들인 문어 튀김. 진경과 서준이 선택한 긴 여정의 마무리였다. 음료는 부까네로와 끄리스딸, 쁘레지덴떼. 얼음이 녹아 희뿌옇게 변한 다이끼리는 애피타이저.

"이렇게 잘 먹고 잘 살아도 되는지 모르겠네요. 생필품도 없다는 나라에서."

"여기 식당 찾는 이들은 외국 관광객이 대부분이죠. 식당 주인이 배경이 좋은가 봐요. 이런 식재료 구하기도 힘들 텐데. 이런 곳이 매출이 좋아야 쿠바도 잘 먹고 잘 살겠죠? 아무튼 여기가 웬만한 호텔보다 낫더라고요."

진경은 깨작거렸다. 서준도 매한가지였다. 두 사람 모두 음식엔 관심이 없었다. 서준에게 대화는 게임이었다. 본격적인 게임이 시작될 터였다.

"지금 교수님 숙소 있잖아요? 좀 답답하지 않으세요? 밤에 시끄럽기도 하고."

'이것 봐라.'

진경이 선수를 쳤다. 게임의 시작을 양보하는 일은 서준의 작전에서 흔치 않은 일이었다.

"아바나의 다른 집들을 아직 가보지 못해서요. 그런데 밤에 시끄럽긴 해요. 숙소 바로 앞에 식당이 하나 있는데, 자정 무렵까지 음악을 연주하고 노래를 불러대요. 공짜로 쿠바 음악 즐겨서 아직은 좋긴 합니다."

"저도 거기 있어봐서 아는데요. 나중엔 못 주무실걸요?"

진경은 관자를 골라 먹고 있었다. 서준의 젓가락이 새우 살로 향했다.

"지금 계신 곳은 어디예요? 그 집은 조용한가요?"

"그럼요. 지금 집 얻느라고 제가 발품을 얼마나 팔았는데요. 전에 잠깐 말씀드린 것 같은데요? 문화원 근처, 중국대사관 건너편."

"아, 맞다. 거기 좋아요?"

"아바나에선 보기 드문 적막감이 감도는 곳이랍니다. 새소리가 들려요. 벌새도 날아다녀요. 얼마나 귀여운데요? 세상에서 가장 작은 새인 벌새가 여기 쿠바가 원생지래요. 제가 본 게 그 벌새가 맞는지는 모르겠지만, 아무튼 벌새 엄청 귀여워요. 오죽했으면 제가 '벌새'라는 제목의 소설을 구상했겠어요?"

쿠바가 원생지인 것이 또 튀어나왔다. 설탕, 담배에 이어 벌새.

"벌같이 생겨서 벌새예요?"

"생긴 것도 벌 같고 소리도 벌이에요. 직접 보고 들으셔야 해요."

이야기가 딴 길로 샜다. 집이 아닌 벌새. 의도적인 딴 길로 보였다.

"집은 넓어요? 제가 있는 숙소에 비해 어때요?"

"비교할 수 없답니다. 방 넷에 욕실 둘, 창고도 있고 거실도 운동장이죠. 사방이 뚫린 발코니가 제일 마음에 들어요. 좀 있으면 여기 떠나는데, 사실 그 집이 제일 아쉬워요."

아바나 15번가와 B, C로의 교차점. 까예 낀세 엔뜨레 베이세에 위치한 진경의 집. 아바나 리브레 작전 타깃, 김영호의 위치. 이번에도 진경이 선수를 쳤다. 서준이 뭐가 내놓을 차례였다. 서준은 단도로 직입하기로 마음먹었다. 자신의 직감을 믿고 나아가기로 했다.

"보름, 아니 열흘쯤 지나고 지금 숙소 나와야 해요. 열흘 만에 새 숙소 구해야 하는데, 진경 씨 계약이 언제 끝나요?"

"아, 그러세요? 그렇지 않아도 저도 고민하고 있었는데요. 쿠바 출국을 예정보다 좀 미뤘어요. 원래는 한 달 후 출국이었고, 집 계약도 그때까지거든요. 교수님이 제 집 계약하시면, 보름 정도만 방 하나만 내주세요. 지금 쓰는 넓은 방으로. 집주인이 한 달 계약은 곤란하다고 해서요. 한 달 연장하려면 지금 임대료의 곱절을 불렀어요. 그런 돈은 없거든요. 방 하나 값은 당연히 지불할게요."

파란 실핏줄이 돋아난 얇은 손가락으로 머리칼을 빗어 넘기며 진경이 환하게 웃었다.

타깃, 김영호의 아랫집을 서준에게 덜컥 내준 진경. 한 달 동안 집을 함께 쓰자는 진경. 전형적인 함정. 서준은 함정을 향해 돌진하기로 결심했다. 함정에 몸을 던지는 것은 이서준의 주특기였다. 미끼를 덥석 물고, '뻔할 뻔' 자의 함정에 몸을 던진다. 함정에서 빠져나오면 작전은 성공이었다. 미끼를 이용하고 함정을 거꾸로 활용하는 방식. 이서준의 전매특허. 물론, 함정을 헤쳐 나오지 못하면 끝장이지만.

"그거 잘됐네요. 얼핏 들으니 대사관 옆이면 고급 주택단지 같은데요? 제가 원래 고급 주택단지를 특별히 선호합니다. 생긴 것도 좀 그렇잖아요? 고급 주택단지 특별 선호자. 근처에 다른 대사관도 있나요?"

"대사관들 많아요. 폴란드, 독일, 중국. 아, 맞다. 북한대사관도 있어요. 그러고 보니 저희 아파트에 북한대사관 직원 살아요. 깡마르고 까무잡잡한 얼굴에 스포츠형 머리 남자. 바로 위층에요. 계단에서 만나면 서로 인사도 해요."

"북한대사관 직원? 그거 서로 말 섞으면 국가보안법에 걸리는데. 조심하셔야 해요."

서준이 태연한 표정으로 말했다. 진경은 깔깔 웃었다.

아바나 리브레의 타깃 김영호. 김영호의 인상착의가 진경의 입에서 튀어나왔다. 뉴욕의 간판과 서울의 조부장에게 작전 경과를 즉시 보고하기로 서준은 마음먹었다.

'작전 빨리 끝내고 남은 시간은 좀 놀아야겠어. 이곳 아바나에서.'

아바나의 첫날부터 아바나를 사랑하게 된 서준이 가속페달을 밟았다. 일사천리로 풀리는 중인 현재 상황을 어렵게 만들 일은 작금의 고려의 대상이 아니었다.

"그럼 지금 바로 결정하죠, 뭐. 제가 진경 씨 지금 집, 1년 계약하겠습니다. 집주인에게 말해줄 수 있나요? 가정부 쓸 수 있는지도 알아봐주세요. 전 어딜 가도 가정부 고용하거든요. 요리, 빨래,

청소에 시간을 낭비하지는 않아요. 아, 그리고 운전기사도 아는 사람 혹시 있어요? 그것도 좀 부탁드릴게요. 그리고 진경 씨 방은 지금 쓰는 방 그대로 얼마든지 사용하세요. 집도 소개해주셨는데, 그걸로 임대료 대신하겠습니다. 국제교류재단 월급 많이 주거든요. 주택비도 보조해주고요. 부담 갖지 않으셔도 됩니다."

"정말요? 와, 신난다! 집 때문에 고민 많이 했거든요. 지금 집이 너무 좋아서요. 이렇게 해결될 줄 몰랐어요. 집주인은 미국 뉴욕에 살고요, 근처에 집주인 대리하시는 분이 있어요. 일 년 계약이면 지금 계신 숙소보다 임대료도 훨씬 싸요. 가만 있자, 운전사랑 가정부라. 주위에 있을 것 같은데요? 알아봐드릴게요."

걱정을 던 진경이 홀가분하다는 표정으로 부까네로를 홀짝였다. 서준은 진경에게 건배를 청했다. 부딪히는 술잔으로 그들의 계약은 성사되었다.

한낮에 시작해 늦은 밤까지 이어진 서준과 진경의 여정. 식당을 나온 그들은 가로등 아래에서 잠시 숨을 가다듬었다.

"바래다 드릴까요? 집 위치도 살피고, 어떻게 생겼는지도 볼 겸 해서요."

"그래요. 여기서 가까워요. 걸어서 십 분? 천천히 가시죠."

타깃, 김영호가 위치한 바로 그곳. 아바나 15번가와 B, C로의 교차점.

북극항로를 통과해, 카리브해를 지나서, 이글거리는 말레꼰을 걷고 걸어, 맥주와 럼주와 다이끼리를 연료로 삼아, 타깃에게 접근 중인 이서준. 서준은 타깃의 면상을 확인하고 싶어졌다. 눈앞에서 살아 숨 쉬는, 타깃의 숨결을 들이마시고 싶어졌다. 서준은 숨을 깊이 들이마셨다. 돌이킬 수 없는, 아바나의 향기를 가슴속에 새겨두었다.

*

타깃의 면상은 확인하지 못했다. 진경과 헤어진 서준은 숙소로 돌아왔다. 침대에 벌러덩 누운 서준.

아이폰 6를 열었다. 쿠바 국영 정보통신회사 에떽사에서 발행한 인터넷카드를 동전으로 긁었다. 심윤미의 숙소 전용 와이파이에 접속했다. 단톡방을 만들었다. 간판과 조부장을 초대했다. 아바나와 뉴욕의 현재 시간은 밤 열한 시 반. 서울은 낮 열두 시 반. 간판과 뉴욕 모두 단톡방에 즉시 합류했다.

코드북과 암호문은 사용할 일이 없었다. 체 게바라는 리모와 속에 얌전히 모셔놓은 지 오래였다.

– 열흘 후에 영호 보기로 했는데, 오실래요?

서준의 전송.

– 당연히 가야지~

간판의 즉각적인 답신.

– 나도 가겠네~

조 부장의 동의.

공작원이 공작관과 관리관에게 타깃 접근 허락을 구했다. 즉각적인 허가가 떨어졌다. 물결 표시를 애용하는 간판과 조부장. 둘

다 꼰대 중의 꼰대였다.

　– 여기 바람이 많이 불어요. 허리케인이라도 오려나 걱정되는데, 기상정
보 좀 보내주세요. 인터넷 접속이 잘 안 돼요. 겨우 카톡이나 가능해요.

　– 확인할 필요 없어. 이메일로 날씨 정보 보낼 테니 잘 들여다보고 확인해~

　– 이메일 확인이 힘들어요. 인터넷이 엄청 느리다니까요. 간단하게 톡으
로 보내주셈.

　이진경의 암호명은 '바람'이었다. '바람만이 아는 대답'에서의
그 바람. 이진경의 파일을 보내달라는 서준의 공식 요청에 간판
이 엉뚱한 반응을 보였다. 서준은 간판의 부주의를 즉시 바로잡
았다.

　– 쿠바 애들 예쁘죠?

　서준이 한국학교실 학생들과 함께 찍은 사진 한 장을 전송했
다. 이진경과 심윤미도 함께였다. 둘세 아바나의 웨이터가 아이
폰 카메라 셔터를 눌러준 사진.

　– 친하게 지내~ 나중에 우리 가면 소개시켜주고~

　– 여부가 있겠습니까~

　서준이 물결 표시로 간판의 비위를 맞춰주었다.

　– 그럼 또 인터넷 가능할 때 맞춰서 연락드릴게요. 아바나 끝내줍니다.
술도 끝내주고, 여자도 끝내주고, 바람도 끝내줍니다.

　로그아웃.

　뉴욕의 공작관과 한국의 관리관에게 보고를 마친 서준은 아이
폰을 집어던졌다. 불면에 시달리는 서준의 머릿속을 채운 것은
아직 면상을 보지 못한 김영호도, 정체가 의심스러운 심윤미도,

월등한 기량의 비밀요원이 분명한 이진경도 아니었다.

호텔 나시오날 데 꾸바의 정원에서 이진경이 무심코 던진 말들이 서준의 머릿속에서 윙윙거렸다.

'온전한 나 자신, 고요함 속에서 발견한 온전한 나 자신, 자신과 똑바로 마주할 수 있었던 그런 경험을 했어요, 여기 아바나에서. 감각의 확장과 혼란의 결과물도 바로 나 자신이었죠.'

감각의 확장과 혼란이 초래한 결과물. 서준의 무의식을 현미경으로 들여다보는 것 같았던 진경의 눈동자. 서준은 애써 잠을 청하며, 저주받은 자신의 능력을 꼼꼼히 들여다보았다.

*

감각이 뒤엉키고 육체가 제멋대로 굴었던 그날의 기억은 여전히 강렬했고 선명했다. 아바나 베다도의 침대에서, 서준은 그날의 기억을 꼼꼼하게 복기하기 시작했다. 이진경이 툭 던진 '감각의 확장과 혼란의 결과물'이라는 한마디에서 시작된 복기.

열네 살의 여름이었다. 사춘기의 소년 이서준은 모르핀을 과용했다. 보통 과용도 아닌 무지막지한 과다 투여였다.

서준에게 고열과 어지럼증과 구역질이 찾아왔다. 서준은 끙끙 앓았다. 유사 장티푸스라는 진단이 나왔다. 병원에서 내준 장티푸스 약 중, 구토 억제제가 있었다. 약의 부작용. 뇌성마비 증상이 나타났다. 일시적인 뇌성마비. 혀가 꼬이고 목이 뒤로 넘어갔다. 팔뚝이 뒤틀렸다. 자신의 육체가 자신의 의지와는 상관없이, 제멋대로 움직인다는 사실에 열네 살 소년은 경악했다. 일반적으로 그 부작용은 가벼운 모르핀 주사 한 방으로 치료되었다. 의사는 모르핀 주사를 놓았다. 어찌된 영문인지, 서준의 육체는 밤이 새도록 뒤틀림에서 벗어나지 않았다. 당황한 늙은 의사는 연신 모르핀을 주입했다. 모르핀으로 인한 환각 증상과 육체의 뒤틀림이 공존하는 시간이 이어졌다. 다음 날 새벽, 서준은 종합병원 응급실로 실려 갔다. 응급실에 누워 유체이탈을 경험했다. 연탄가스 중독으로 실려 온 젊은 여자 두 명이 서준의 옆에 누워 있었다. 발가벗겨진 아름다운 여자 둘. 그 와중에 서준은 성인 여성의 나체를 처음 목격하고 가슴이 두근두근 뛰었다. 여자들의 알몸을 보기 위해 서준은 유체이탈을 감행했다. 응급실 천장에 붙은 서준은 여자의 살결과 가슴과 엉덩이를 현미경으로 보는 것처럼 똑똑히 지켜볼 수 있었다.

그때부터였다. 서준이 밟아온 삶의 궤적이 살짝 빗나간 것은. 진짜 마약에 중독된 사춘기 청소년의 신체와 영혼. 모르핀 중독의 부작용이 시작되었다. 서준은 나중에서야 알았다. 자신이 단지 모르핀에 중독된 것이 아니라는 사실을. 하나가 더 있었다.

서준에게 부작용을 일으킨 구토 억제제. 프로클로르페라진. 이 약은 제2형 도파민성 수용체 차단제이기도 했다. 추체외로 효과 부작용이 보고된 약물. 조현병 치료약으로 사용되는 약이기도 했다.

10대 중반의 사춘기 소년에게 조현병 치료제를 처방한 것이었다. 구토 억제에 강력한 효과가 있다는 이유에서였다.

소년 서준의 도파민 분비체계는 엉망진창이 되었다. 도파민 수

용체가 차단되었다. 극도의 쾌락과 고통이 동시에 나타났다. 제멋대로 사지가 움직였다. 혀가 굳고 얼굴이 돌아가고 목이 뒤로 넘어갔다. 중추신경과 정신계. 모든 것이 그때부터 시작되었다.

이 증상을 고치겠다고 가장 강력한 진통제인 모르핀이 투여되었다. 한두 번도 아닌 열댓 번 이어진 모르핀 투여. 이를테면 코카인과 헤로인을 동시 투약한 꼴이었다. 할리우드 스타들을 골로 가게 만든 스피드 볼을 가녀린 서준이 경험한 셈이었다.

강력한 마약과 정신분열 치료제의 혼합체 이서준. 서준은 제멋대로 놀아나는 육체와 영혼 그 자체였다. 환청과 환시는 기본이었다. 포근함과 안락함, 극도의 쾌락은 덤이었다. 유체이탈. 영혼이 하늘을 날아다니는 느낌. 척수액을 추출할 때도 서준은 아무런 고통을 느끼지 못했다.

서준은 정신과 육체, 육신과 영혼의 덧없음을 애당초 깨달았다. 마약으로 인해 깨달음을 얻은 소년 이서준. 극도의 쾌락과 극악의 고통을, 영혼과 몸을 체험했다.

의사의 엄격한 관리하에 코카인과 모르핀, 메스암페타민의 효과와 부작용을 깨달아버린 소년이 이서준이었다. 엔도르핀과 도파민 분비체계가 엉망진창으로 변해버렸다.

새벽이 지나고 아침이 찾아왔다. 모르핀과 정신분열 치료제의 육체를 향한 부작용은 사라졌다. 하지만 약물의 부작용은 서준의 영혼에 인이 박히듯 새겨지고 말았다.

서준은 새롭게 태어났음을 분명히 느꼈다. 근육과 뼈가 분리되는 편안한 느낌을 귀로 들었다. 열대의 짠 바다에 누운 해파리가 된 느낌을 냄새로 맡았다. 육체와 영혼을 이완시키는 파도의 움직임을 눈으로 보았다. 시각과 청각과 미각과 촉각의 뒤엉킴. 서준의 오감은 서로 뒤엉켰다. 반짝반짝 빛나며 신선한 빛으로 반짝이는 새로 창조된 세상. 서준의 모든 감각은 부르르 떨며 새로운 세상에 반응했다. 반짝반짝 빛나는 감각으로 반짝반짝 빛나는 새로운 세상을 보는 느낌.

열네 살 소년 서준. 그날 이후, 그가 소낙비를 만나면 이런 광경이 펼쳐졌다. 수천수만, 아니 수십만의 빗방울이 눈에 들어왔다. 대지로 내리꽂히는 그 무한의 빗방울들은 저마다 표정이 있었다. 눈, 코, 입은 없었지만, 눈과 코와 입이 하나로 합쳐져 내는 온화하면서 냉소적이고 지적이면서 음탕한 빗방울의 표정들. 서준은 그 수만의 빗방울들과 눈을 맞춰 인사를 나눴다. 쌀쌀맞은 빗방울도 있었지만, 대부분의 빗방울들은 우호적이었다. 그 빗방울들 중 일부는 그의 눈동자에 수직으로 추락했다. 빗방울들의 표정이 서준의 눈동자와 충돌했고, 그의 영혼에 스며들었다. 수십만 개의 빗방울이 서준의 영혼을 비옥하게 해주었다. 가끔은 영혼을 갉아먹었다.

그때부터였다. 모든 사물과 풍경을 이미지와 냄새와 소리로 기억할 수 있는 능력이 시작된 것은. 축복이자 저주받은 이서준의 능력.

하나가 더 있었다. 열네 살 소년의 몸 어딘가에서 모르핀이 계속 생성되었다. 서준은 고통 속에서만 행복했다. 고통 중독자 이서준. 고통은 궁극의 쾌락과 붙어 다녔다. 고통 중독은 궁극의 쾌락 중독이기도 했다.

뉴욕에서도, 아바나에서도 익숙한 그 느낌은 수시로 서준을 찾아왔다.

서준은 나시오날 정원의 진경에게서 자신의 모습을 목격했다.

아바나의 햇살과 바람과 향기로 인해 나타난 감각의 확장과 혼란. 그 확장과 혼란의 결과물을, 진경은 '나 자신'이라 말했다. 진경 덕분에 서준도 스스로를 되돌아볼 수 있었다.

서준은 간절히 소망했다. 고통과 쾌락의 중독 증상이 사라지기를. 스물스물 기어 나오는 모르핀이 뚝 멈춰주기를.

눈동자로 새의 울음소리를 보고

무지개의 색채를 라일락 향으로 감지하고

여인의 살 냄새가 귀에 들리는

그 저주받아 마땅한, 뒤틀리고 엉켜버린 감각이 풀어지기를.

열네 살 이전의 정상적인 감각이 다시 찾아오기를.

이야기 안으로

13. 아디오스, 아미고

호세마르띠문화원 한국학교실 교수 이서준.

서준은 교수로서의 아바나 일상을 본격적으로 시작했다. 블랙 요원이 아닌 한국어를 지도하는 아바나의 선생 이서준.

한국학교실은 초급, 중급, 고급 총 세 개의 반으로 구성되었다. 일주일에 초급, 중급은 네 시간씩, 고급은 두 시간의 수업을 진행했다. 한 주 열 시간의 노동이었다. 나머지는 자유 시간. 초급, 중급, 고급의 학생 수는 각각 39명, 28명, 24명이었고 3년 과정이었다. 서준의 공식 강좌명은 '꼬레아노 니벨Coreano Nivel 1, 2, 3'. 문화원 관계자는 서준에게 한국 문화가 아닌 한국어만을 강의해달라는 공식 요청을 보냈다. 서준은 흔쾌히 동의했다.

진경 집으로의 이사 전까지, 단순하고 소박한 루틴을 유지하기로 서준은 결심했다. 숙소와 문화원을 오가는 수도승 같은 일상을 보내기로 했다. 간판을 향한 보고도 치워버리겠다 마음먹었다. 모든 것은 진경 덕분이었다. 타깃 접근 예약 완료. 그 중차대한 미션을 가능케 한 이진경.

작전 직전의 시간. 서준은 아바나의 구석구석을 엿보는 조사원이었다. 남다른 감각과 기억을 가진 특급 조사원 이서준.

아바나에는 악취를 풍기는 구멍들과 기세등등한 낙원이 공존했다. 광활하고 툭 터지며 반짝거리는 가난이 도처에 즐비한 아바나였다. 오물이 널렸지만 더럽지 않은 아바나. 필사적인 분위기가 전혀 없는 아바나. 꽃길을 걷는 이들이 우글거리는 아바나.

평등한 빈곤. 그것은 아바나의 일상이었다. 일상이 된 빈곤과 가난이 넘치는 아바나. 하지만 아바나의 공기에는 박애와 평등, 연민의 분위기가 넘쳐흘렀다. 평화롭고 윤택한 빈곤. 빈곤의 공기에서 고름처럼 흐르는, 소위 적개심은 찾아볼 수 없었다.

스페인 제국의 위엄과 퇴락이 깃든 건물들. 화려하고 비현실적 색깔들. 쿠바 커피와 시가 향기에 서준은 익숙해졌다. 경쾌한 살사, 솔 뮤직에 귀를 기울이게 되었다. 사탕수수 노예의 기억이 깃든 보라, 파랑, 빨강, 노랑이 뒤섞인 카리브의 하늘이 서준의 눈에 본격적으로 들어오기 시작했다.

아바나의 뒷골목에는 천사와 악마의 아름다움이 공존했다. 악수와 미소와 윙크는 아바나 시민들의 트레이드 마크였다.

관례적인 석양과 관례적인 춤과 관례적인 술판과 관례적인 놀이는 찾아볼 수 없는 순수한 욕망이 넘치는 도시 아바나. 카리브 바다의 빛깔이 깃든 아바나 시민들의 빛나는 얼굴들을 마주하며 서준은 하루하루를 보냈다.

말레꼰에서 열린 축제. 아바나에서, 축제는 일상이었다. 말레꼰의 해안도로에 운집한 수만 명의 아바나 시민들. 그들은 하나님처럼 행복해 보였다. 8차선의 해안 도로를 가득 채운 그들 모두가 하나님 같았다.

'수만 명의 하나님이 모인다면 이런 풍경이겠지.'

말레꼰의 인파에서 서준이 떠올린 것은 하나님이었다. 난생처음 접한 종교적인 색채. 얇디얇은 플라스틱 맥주잔을 손에 쥔 젊은이들은 연신 몸을 흔들었고, 아이들과 할머니들도 음악에 맞춰 댄스 삼매경에 빠져 있었다. 심지어 거리의 개들도 꼬리를 흔들며 음악을 즐기는 것 같았다. 무아지경의 도시 아바나.

일상적인 축제와 불공평한 평등과 '될 대로 되라지' 식의 느긋함과 극한의 무도덕과 무질서가 팽배한 아바나의 기운. 서준은 그 기운에 몸을 맡겼다. 아바나의 구석을 쏘다니며 서준이 목격한 것은 혼돈 속의 무사태평, 무질서 속의 평온, 태만 속의 질서였다. 한국, 아니 세계 그 어디에서도 접할 수 없는, 음의 기운이라고는 찾을 수 없는 아바나의 양기 가득한 향기를 서준은 음미할 수 있게 되었다. 평생을 음지에서 보낸 서준. 그가 양기를 음미한 것은 아바나가 처음이었다. 그늘 아래에도 그늘이 없는 양기 가득한 아바나.

수업이 없는 날과 주말 내내, 서준은 새벽부터 밤까지 아바나의 구석구석을 쏘다니느라 바빴다. 이름 모를 해변에서 일광욕을 즐겼다. 돈 많아 보이는 늙은 백인 관광객 무리가 웅성거리는 고급 호텔에서 모히또 한 잔을 청했다. 아바나의 택시운전사들이 점심을 해결하는 현지 식당에서 허기를 채웠다. 정신없이 몸을 흔드는 거리의 악사와 음악가에게 동전을 쥐여줬다. 올드카 뒷자리에 올라 관광을 즐기는 미녀의 자태에 정신을 내놓기도 했다. 삐걱거리는 쿠바식 흔들의자를 이해할 수 있게 되었다. 서준도 흔들거리며 럼주를 홀짝였고, 검푸르게 변하는 아바나의 하늘을 응시하며 하루를 마감했다.

그러던 어느 날. 서준에게 쿠바식의 미소와 아바나식의 손짓이 눈에 들어왔다. 속마음이 훤히 드러나는 쿠바식의 미소. 위악과 위선이 존재하지 않는 아바나식의 손짓을 서준은 이해했지만, 그는 그 미소와 손짓을 흉내 낼 수는 없었다. 흉내와 위장의 전문가 이서준. 그가 당황한 것은 당연한 현상이었다.

어느새, 달콤한 술에 취한 것처럼, 서준은 아바나의 향기에 익숙해졌다. 시멘트가 부식되는 냄새와 싸구려 시가 향기, 건강한 사내의 소변 냄새에 고양이의 배설물, 음식쓰레기 냄새, 아주 오래된 자동차가 내뿜은 시커먼 매연 냄새가 절묘하게 뒤섞인 아바나 고유의 향기. 아침부터 저녁까지, 서준은 아바나의 숨결을 가슴 깊이 들이마시며 아바나 뒷골목을 쏘다녔다.

아바나 23번 도로의 갓길에서 서준은 보았다. 가동 불능 상태의 자동차를 되살리는, 모든 자동차를 가동 가능하게 만드는 아바나의 기술자들을. 서준은 그들에게 아바나식의 '엄지 척'을 보여주었다.

1년 내내 소란스럽고 흥겨움이 넘치는 올드 아바나에서 주말을 보냈다. 모두가 모든 것에 찬성하는 도시 아바나. 모두가 모든 것에 반대하는 나라에 익숙해져버린 서준은 잠시 어리둥절했다. 돈을 쓰지 않아도 볼 만한 볼거리가 넘쳐나는 곳, 아바나. 엄청난 돈을 써야 겨우 볼거리를 찾을 수 있던 곳에 익숙해진 서준은 잠시 당황했다.

정전이 반복되는 아바나. 불빛이 꺼지고 별빛이 켜지는 도시 아바나. 공공연히 드러나는 적대감을 찾을 수 없는 아바나. 죽느냐 사느냐의 문제는 일절 없는 아바나. 모두가 느긋했고 모두가 우쭐거리는 아바나. 절대적인 천박함을 찾을 수 없는 아바나. 절대적인 소박함과 절대적인 아름다움이 엉켜 있는 아바나. 무언가에 신물이 난 얼굴은 찾아볼 수 없는 아바나. 소름끼치게 멍청한 치들은 보이지 않는 아바나. 사람들의 눈이 CCTV를 대신하는 아바나.

서준은 카운터에 앉아 있는 앞니 빠진 노인을 매일 보았다. 찌그럭대는 아날로그 라디오 소리를 종일 들었다. 아무렇게나 놓인 철 지난 신문과 잡지들이 놓인 낡은 테이블에서 쿠바 커피를 마셨다. 진경의 충고를 받아들여, 눈에 보이는 즉시 생수와 휴지 따위의 생필품을 구입해 비축했다. 산책과 조사와 보급 투쟁이 이 서준의 일상이었다.

황량과 황망, 황폐와 피폐의 복합체였던 이서준. 방종과 방탕의 끝에서 탄생한 결과물로서 존재했던 이서준. 이서준의 육체와 영혼이 서서히 변하고 있었다.

"기다리면 된다. 기다림의 일상. 성급히 굴면 일을 그르친다."

하루 종일 느긋하게 아바나를 서성이며 서준은 중얼거렸다. 적도 근처의 나라는 다 비슷했다.

느끼자마자 사라지는 기계적인 쾌락 따위는 말레꼰 너머로 내

313

다버렸다.

　장미 향기를 맡는 꿈결 같은 나날들이 천천히, 느릿느릿 서준의 곁을 스쳐 지나가고 있었다.

　아바나 탐색의 시간이 끝났다. 마침내 타깃과 조우하는 날이 찾아왔다.

　서준은 숙소를 나와 진경의 집으로 향했다. 아바나의 태양을 피해 선택한 동틀 녘의 시간. 이제부터는 음지에서 움직여야 했다. 서준은 열대 관목 아래의 그늘을 따라 천천히 걸었다. 리모와 특유의 바퀴 소리가 베다도의 뒷골목에 작게 울려 퍼졌다. 쓰레기통을 뒤지던 아바나의 고양이들이 야옹, 하며 서준에게 반가운 인사를 건넸다. 길바닥에 누워 졸고 있던 개 한 마리가 눈도 뜨지 않은 채 꼬리를 작게 흔들어댔다.

*

　진경의 집, 오늘부터는 서준의 집이 될 공간. 아바나 리브레 작전 현장이자 종결지. 까예 낀세 엔뜨로 베이세. 베다도에 성처럼 자리 잡은 중국대사관 대각선 맞은편에 위치한 다섯 층짜리 아파트의 2층.

　덜컹거리는 엘리베이터에서 내린 서준이 진경의 현관문 벨을 눌렀다. 손등으로 눈을 비비며 진경이 나왔다. 열흘 만에 만난 진경이 아파트 문을 열어주며 작게 하품을 했다. 그녀는 짧은 하얀 반바지에 목이 늘어난 셔츠를 입고 있었다.

"일찍도 오시네요."

양팔을 하늘로 향해 뻗어 크게 기지개를 켜며 진경이 말했다. 하얀 셔츠 아래로 드러나는 분홍빛 살결과 달콤한 향기. 그녀의 하얀 허벅지에 파란 실핏줄이 드러나 있었다. 무방비 상태로, 모든 것을 드러내놓고 서준을 맞이하는 진경. 무방비 상태의 진경을 접한 서준은 잠시 긴장했다.

현관으로 들어온 서준은 아파트 안을 살폈다.

욕실 딸린 방 둘과 작은 방 둘. 방만 넷이었다. 커다란 팬이 돌아가는 널따란 발코니에는 목재 흔들의자와 등나무소파가 자리 잡고 있었다. 성냥으로 불을 붙이는 가스레인지와 오븐, 독일제 대형 냉장고를 갖춘 주방은 널찍하고 환했다. 아침의 햇살이 고스란히 들어오는 주방. 세탁실과 건조실은 뒤쪽 발코니였다. 거실의 창문을 대신한 하얀 목재 블라인드가 햇빛을 막아주었다. 발코니의 블라인드 재질은 투명한 유리였다. 거실의 한쪽 면엔 작은 천소파가 벽을 보고 있었다. 진경의 작업 공간으로 보였다. 거실 중앙엔 식탁으로 사용되는 원형 테이블이 얌전히 놓여 있었다.

"아침식사 전이죠? 제가 차려드릴게요. 같이 먹어요. 오늘부터 동거인인데 밥은 같이 먹어야죠. 잠은 같이 자지 않더라도."

진경이 생긋 웃었다.

"집 구경하고 계세요. 원래 제가 제일 큰 방 썼는데, 옆방으로 이사했어요. 전 여기서 보름만 더 지내면 되니까요. 저쪽이 교수님 방이에요. 주방하고 세탁실은 같이 사용하면 됩니다."

거실과 현관의 구석에 작은 나무액자 그림들이 걸려 있었다.

낡았지만 고급스러운 취향의 실내장식. 집주인의 취향이 고스란히 드러나는 장식물들이 곳곳에 자리를 잡고 있었다.

서준이 사용할 안방은 메트로폴리탄은행 건물 3층의 거실보다 넓었다. 한쪽 벽은 갈색 목재 붙박이장이었고 파란색의 널따란 침대에서는 좋은 냄새가 풍겼다. 커튼 딸린 하얀 욕조와 유럽식 비데가 설치된 욕실엔 온수기도 있었다.

"담배는 발코니에서 피우시면 될 것 같아요. 저도 가끔 피웠어요. 원래 안 피웠는데 아바나에서 담배를 안 하기는 좀 그렇잖아요? 술도 발코니에서 홀짝이게 될걸요? 발코니가 밤에 술 마시기에 딱 좋더라고요. 흔들의자에 앉아서 흔들거리며 마시는 럼주. 저는 그게 제일 좋았어요. 한국 돌아가면 발코니 흔들의자가 제일 생각날 것 같아요."

콧노래를 흥얼대며 아침을 준비하는 진경의 목소리가 주방 쪽에서 들렸다. 여전히 노래하듯 재잘대는 진경.

서준은 작전의 시작지이자 종결지가 될 이곳이 마음에 쏙 들었다. 평생의 집으로 삼아도 충분한 공간이었다.

'다 때려치우고 아바나에서 그냥 살까?'

서준은 쿠바에서 행적을 감췄다는 전임 블랙이 잠깐 동안 부러워졌다.

"나중에 둘러보시고 일단 식사하세요."

진경이 차린 아침. 서준은 어리둥절했다. 하얀 김이 모락모락 풍기는 쌀밥, 작은 고등어 같은 생선이 듬뿍 들어간 얼큰해 보이는 김치찌개. 양파와 마늘로 장식된 감자볶음에 동그란 계란프라이와 소시지볶음까지. 쿠바에서도, 뉴욕에서도 만나지 못한 정통 한국식 밥상이었다.

"이게 무슨 일이에요?"

거실의 식탁에 엉덩이를 걸치며 서준이 물었다. 서준의 눈동자가 동그래졌다.

"제가 요리 원래 안 했고요, 또 실력도 형편없었어요. 아바나에서 요리가 확 늘었습니다. 딱히 할 일도 없고 밖에 나가도 입맛에 맞는 음식도 거의 없어서요. 교수님도 아마 요리 직접 하시게 될걸요? 근방에 현지 시장이 있어요. 북한대사관 건너편의 시장. 거기 가면 마늘이랑 열무 닮은 야채랑 양파랑 다 있어요. 계란도 구할 수 있고요. 좀 있다 같이 가보실래요?"

"아니, 그래도 그렇지. 김치를 만들었어요? 냄새도 김치 맞네, 이거."

서준이 킁킁거리며 감탄했다.

"고춧가루는 쿠바에 없어요. 다행히 제가 한국에서 들고 온 고춧가루가 조금 남아서 만들었답니다. 가장 중요한 게 젓갈인데요, 밀가루 풀을 쒀서 해봤더니 괜찮더라고요. 근처에 햄, 소시지 가게도 있어요. 물건이 잘 없긴 하지만요."

서준은 진경이 차려낸 밥과 찌개와 반찬을 깨끗이 비웠다.

"이제 잘 드시네요? 이제 이해되시죠? 여기선 무조건 보일 때 먹고, 있을 때 사야 된다는 제 말."

"이해하고도 남았습니다. 잘 먹었습니다."

진경은 생글생글 웃고 있었다.

"전 좀 더 잘래요. 서로 신경 쓰지 말고 편하게 지내봐요. 교수님은 교수님대로, 저는 저대로."

"제가 드리고 싶은 말씀입니다."

"교수님이 치워주세요. 밥은 제가 차렸으니까. 아 그리고 세탁, 설거지 세제 같은 그런 생활용품도 직접 구입하셔야 해요. 청소와 세탁은 앞집 언니가 해준다고 했는데요. 일주일에 한 번, 비용은 십 쎄우쎄. 괜찮죠? 저번에 교수님이 말씀하셨잖아요. 그런데 세제 파는 곳도 모르시죠? 좀 있다 같이 나가요. 저도 살 것도 있으니까요. 일 년 계약이신가요? 한국학교실 교수 일요."

대본을 미리 준비해놓은 것처럼 진경이 말했다.

"기본 일 년이고 원하면 일 년마다 연장입니다. 전 이 년 정도 계획 잡고 있고요."

"와, 좋으시겠다! 그러면 장기체류 하는 거니까요. 주변 잘 아서야겠어요. 오늘 일정 없으시면 제가 교수님 일상에 도움 될 것들 안내해드릴게요. 시장하고 대형마트, 소시지 전문점, 술집, 와이파이 구역, 뭐 그런 곳들. 제가 확실히 인수인계 해드리겠습니다."

진경은 구세주였다. 집을 내주고, 음식을 차려주고, 쇼핑센터를 안내해주고, 타깃 아래로 데려다주고, 자신을 돌아보게 만든 진경. 물에 빠져 허우적대는 서준을 끄집어내준 진경. 이제 보따리를 내놓으라 할 차례였다.

짐 정리가 끝났다. 서준은 자신의 방에 아무것도 늘어놓지 않았다. 옷들은 붙박이장에 몰아넣었다. 양 선생의 특수 장비, 리모와도 얌전히 방구석에 놓았다. 그의 침실을 장식한 것은 아무것도 없었다. 수도승의 공간 같아진 서준의 방. 셋이 누워도 충분한 침대에 누운 서준은 천장을 멍하니 쳐다보았다. 천장에 구멍을 뚫어 김영호와 대화를 나누고 싶었다. 모든 것을 솔직하게 털어 놓고 싶었다.

'나 대한민국 고위 관료입니다. 얼어붙은 남북관계 한번 길을 내어봅시다. 당신, 그 정도 능력 있잖아요? 다 알고 왔어요. 당신이 원하는 걸 말해줘요. 그게 뭐든지 내가 해줄게요. 내가 원하는 거? 친애하는 지도자 동무에게 선 좀 놓아주세요. 그거면 됩니다. 우리 손을 맞잡읍시다. 이제 그럴 때 아닌가요?'

침대에 누워 서준은 공상에 빠졌다. 여기, 아바나에서 서준의 공상은 공상이 아니었다. 북조선의 중앙이 서준의 바로 위에 누워 있었다. 중앙으로 진입하는 것은 서준의 주특기였다.

'김영호도 내가 나타난 것을 알고 있을 것이다. 근처에서 서성이고 있을 쿠바 비밀정보부 놈들도 나를 주시하고 있겠지. 귀를 쫑긋 세운 중국 놈들도 근처에 우글대겠지. 미국 놈들도, 러시아 놈들도 흥미롭게 내 모습을 보고 있겠지.'

서준이 몸을 벌떡 일으켰다. 주방으로 간 서준은 빛이 나도록 그릇을 씻고 닦았다. 그는 냉장고를 열어 아무렇게나 굴러다니는 온갖 식료품들을 종류별, 모양별로 가지런히 정리했다. 정리정돈은 그의 오래된 습관이었다.

미국 뉴욕의 집주인을 대신한다는 집주인 대리인이 진경을 찾아왔다. 서준과 비슷한 또래의, 콧수염을 멋지게 손질한 백인 남자였다. 리바이스 청바지에 카우보이 모자를 쓴 집주인의 대리인

과 서준은 계약서에 각자 사인했다. 1년 계약에 월세는 천 쎄우
쎄. 전기와 수도료는 별도였다. 서준의 입장에서 쿠바의 전기료
와 물값은 깜짝 놀랄 정도로 저렴했다. 사회주의를 지향하는 쿠
바의 공공요금 정책이 고스란히 드러나는 공과금 고지서. 서준과
카우보이는 선의 가득한 웃음을 지으며 악수를 나눴고 전화번호
를 교환했다.

이번에도 진경이 앞장섰다. 재래시장을 안내해줬다. 삐끼를 통
해 달걀을 사야 한다는 정보도 잊지 않았다. 그들은 와이파이가
잘 터진다는 근처 호텔에서 아이스커피를 마셨다. 빠쎄오 아바
나. 북한대사관 건너편의 삼성급 호텔. 호텔 전용 와이파이카드
를 구입하라는 진경의 팁. 현지에서 오랜 시간을 보낸 이만 줄 수
있는 생활의 팁들을 진경은 척척 내놓았다.

사람이 사람에게 보내는 무조건적인 선의 뒤에는 음모와 계략
이 있기 마련이었다. 서준은 그 사실을 잘 알고 있었다. 하지만 서
준은 그 음모와 계략을 깡그리 무시하기로 마음먹었다. 여기 아
바나에선 그래도 될 것 같았다.

호텔을 나온 진경과 서준은 쇼핑센터로 향했다. 멜리아 꼬이바
호텔 건너편의 대형 쇼핑센터. 아바나에서 제일 큰 쇼핑센터 갈
레리아스 빠세오.

"여기가 그나마 생필품이 제일 많아요. 그런데 와보시면 알겠
지만 여기도 생수 같은 게 없을 때가 많아요. 여기서도 보이면 사
야 됩니다. 아시겠죠?"

진경과 서준은 쇼핑센터를 돌아다녔다. 명품 코너에 명품이 없

었고, 가전제품 코너에도 파리가 날렸다. 통조림 식품만 가득 쌓인 초대형 쇼핑센터는 을씨년스러웠다.

시장, 쇼핑센터, 전용 와이파이카드를 판매하는 호텔, 제대로 된 음식을 파는 식당, 저렴한 빵집, 달걀 판매소, 소시지와 햄 전문 가게, 가볍게 한잔할 수 있는 술집. 진경은 석 달 동안 자기가 체험한 아바나 생활의 모든 것을 서준에게 일러줬다.

쿠바 정부가 운영하는 진짜 시가와 럼주를 파는 국영 드럭스토어. 서준은 아바나클럽 15를 구입했다. 200달러 가까운 돈을 지불해야 살 수 있는 아바나의 최고급 술. 한 번도 맛을 보지 못했다는 진경의 말을 들었기 때문이었다.

"아 참, 저 내일 뉴욕에 가요. 뉴욕에 삼촌이 계신데, 뵙고 갈려고요. 뉴욕 관광도 좀 할 생각이에요. 보름 일정인데요, 요리 잘하시고 밥도 잘 드시고 계세요. 보니까 먹는 걸 너무 안 드시더라. 집에 바로 가실 거예요? 전 볼일 좀 보고 귀가할게요. 점심 잘 챙겨 드세요."

'뉴욕?'

서준은 진경을 간판에게 소개해주고 싶은 마음이 들었다. 별 교육이 없어도 현지 요원으로 즉시 활동 가능한 이진경. 간판 옆에 딱 붙어 있는 재키 대신, 진경을 뉴욕 지부로 모시고 싶어졌다.

*

진경과 헤어진 서준은 일부러 쿠바 주재 북한대사관에 들렀다.

정식 명칭은 '꾸바 주재 조선 민주주의 인민 공화국 대사관'. 노란 페인트로 칠한 높은 벽으로 둘러쳐진 두 층 규모의 건물이었다. 검은색 철문과 벽에는 김정은 위원장의 북한 현지 시찰 등이 담긴 총천연색 홍보물이 내걸려 있었다. 서준은 건물 안에 있을 타깃을 생각했다. '김영호 씨 지금 계신가요?' 하고, 대사관 철문에 붙은 벨을 힘껏 눌러 김영호를 부르고 싶어졌다. 서준은 잠시 김영호 호출을 미루기로 결정했다. 그는 영국대사관을 지나 집으로 발길을 돌렸다.

누런 봉투에 담긴 아바나끌럽 15를 손에 든 서준. 1층 공동현관문을 여는 순간, 서준은 타깃을 만났다. 딱 봐도 김영호였다. 철 지난 트레이닝 바지에 스포츠머리. 깡마르고 까무잡잡한 김영호. 점심을 먹으러 들른 것인지, 휴일인지는 알 수 없었다.

서준은 봉투에서 아바나끌럽을 꺼냈다.

"안녕하세요."

서준은 타깃을 향해 명랑한 인사를 건넸다. 김영호도, 서준도 당황하지 않았다. 김영호가 먼저 손을 내밀었다. 서준과 김영호가 손을 맞잡았다. 서준의 상상이 현실이 되는 순간이었다.

"여기 이 층에 오늘 이사 왔습니다. 혹시 북⋯⋯."

"아, 그렇습네다. 그런데 아바나까지 무슨 일로?"

"호세마르띠문화원에 한국학교실이 있습니다. 거기에서 아바나 학생들에게 한국어 가르치는 선생입니다."

"아, 그러시군요. 아무튼 반갑습네다. 그런데 혹시 존함이?"

김영호가 서준의 이름을 물었다. 예상치 못한 반응이 분명했다.

둘은 여전히 손을 맞잡고 있었다.

"이서준이라고 합니다. 그쪽 존함은?"

서준이 아바나끌럽을 흔들며 답하고 물었다.

"김영홉네다."

이름을 공개한 김영호.

"이 먼 데서 만난 것도 인연인데, 언제 한잔하시죠. 이걸로."

맞잡은 손을 놓은 서준이 아바나끌럽을 검지로 가리키며 말했다.

"요즘 제가 위가 아파서……."

"술 생각나시면 언제든지 벨 눌러주세요. 기다리고 있겠습니다."

이서준과 김영호가 손을 잡았다.

'위가 아파서'라는 명백한 외교적 수사가 타깃의 입에서 흘러나왔다.

시가 꽁초를 입에 물고 빗질에 열중하는 백인 할아버지 청소부와 양파 꾸러미를 어깨에 메고 먼산을 쳐다보는 물라또 노점상 청년이 역사적인 남북 아바나 회동을 곁눈질로 지켜보고 있었다. 서준도 그들의 움직임과 눈초리를 놓치지 않았다.

서준과 이름을 교환하고 손을 잠시 맞잡은 김영호가 가벼운 걸음으로 1층 현관을 빠져나갔다. 아바나끌럽 15의 출렁거림과 함께 서준은 쿵쾅거리며 2층 계단을 올랐다.

작전은 일사천리로 진행되었다.

꿈에서나 가능한 일들이 척척 들어맞는 아바나.

덫을 놓고 타깃이 덫에 들어오기만 하면 작전은 끝날 터였다.

이제 본격적인 서준의 차례였다. 사냥꾼 이서준. 덫을 놓고 함정을 파고 미끼를 던질 시간이었다. 타깃의 목덜미를 확 잡아챌, 마지막 작전의 날만 기다리면 그것으로 아디오스 아바나.

진경이 뉴욕으로 떠났다. 보름 동안의 일정이라 일러줬다.

서준은 호세마르띠문화원 교수로서의 일상을 수행했다. 동시에 아바나 리브레 작전의 집행자로서 작전을 착착 진행시켰다.

서준의 집을 찾은 심윤미. 그녀는 진경의 집으로 서준이 들어왔다는 말을 듣고 당황스럽다는 반응을 보였다.

'이것들이 보자마자 정분이 났네?'

심윤미는 잠깐 동안 그런 표정을 지었다.

"진경 씨의 집을 이어받아 일 년 동안 임차했어요."

서준의 말을 듣고 심윤미는 수긍을 약간 담은 끄덕임으로 반응했다. 의심의 눈초리는 여전했다.

심윤미의 용건은 운전기사 소개였다. 전임 블랙의 운전기사 노릇을 했다는 커다란 덩치의 물라또였다. 이름은 조엘. 놀랍지도 않게, 조엘은 서준과 같은 아파트의 4층에 살고 있었다. 빙고! 역시나 아바나. 기대를 저버리지 않는 아바나. 모든 각본이 딱딱 정해진 아바나.

조엘은 카스트로와 함께 아바나를 접수한 혁명군의 아들이었다. 혁명의 공로로 베다도 아파트를 선물로 받은 조엘. 그의 1957년식 폰티악 자동차도 카스트로의 선물이었다. 조엘은 베다도에서 작은 술집도 운영하고 있었다. 현지인 대상의 허름한 선술집. 그는 술집의 주소가 적힌 명함을 서준에게 쥐여줬다. 서준과 조엘은 조약을 맺었다. 서준이 필요할 때 택시 운행을 조엘이 담당, 그에 대한 대가는 국영 쿠바택시 요금에 준함. 서준과 조엘은 악수로 계약을 대신했다.

한국학교실 수업을 마친 퇴근길에도, 특별한 일 없는 평일의 저녁 산책길에도, 서준은 조엘의 가게를 매일같이 찾았다. 베다도의 구석진 골목 깊숙이 위치한 반지하 선술집. 조엘은 사장 겸 바텐더였다. 반지하 술집의 단골손님 둘과도 안면을 익혔다. 감시자 역할로 서준에게 붙여진 백인 할아버지 청소부와 양파 행상 물라또 청년. 반지하 술집에서도 그 둘은 서준의 감시자였다. 쿠바 비밀정보부가 붙여놓은 어설픈 감시자들. 서준은 그들과도 술잔을 가끔 기울였다.

서준은 조엘의 정체를 이미 파악하고 있었다. 간판이 던져준 파일 속의 조엘. 그는 쿠바 비밀정보부의 중간 간부였다. 혁명의 전리품으로 아파트와 자동차와 직장을 선물 받은 조엘. 전임 블랙과 붙어먹었을 조엘. 이번에는 서준이 조엘과 붙어먹을 차례였다. 조엘도 서준의 정체를 이미 알고 있었다. 서준은 조엘에게 단도직입적으로 미끼를 던졌다.

"나 좀 도와줘. 우리 정부 바뀌면 대대적인 경제 원조 해줄게.

이건 공식적인 제안이야. 북조선을 배신하라는 얘기도 아니고. 그냥 이번 작전만 성사되게 도와주면 된다고. 각본은 내가 짤 테니 너는 그냥 지켜만 보고 있으면 되는 일이야. 경제 원조 약속을 믿지 못하겠다고? 대한민국 외교부장관 서명이 날인된 증서를 발행해줄게. 장관도 아바나로 보내주겠어. 원하는 생필품들 다 적어서 내. 미국 놈들하고 상관없이 다 실어다줄게. 합법적으로."
서준의 미끼에 조엘은 고개를 끄덕였다. 윗선에게 보고하고 일을 진행해보겠다고 약속했다.

심윤미. 그녀는 CIA도, 국정원도, 모사드도, 쿠바 비밀정보부도 상대하는 정보 장사꾼이었다. 쿠바의 은밀한 속살을 누구보다 잘 알고 심윤미. 그녀를 원하는 세계 각국의 정보기관은 넘쳐났다. 중간급 정보를 헐값에 넘기는 현지 정보원 심윤미. 뉴욕의 간판도, 연희동의 스키조도 심윤미의 정체를 잘 알고 있었다. 어중이 떠중이 정보를 거래하는 정보 장사꾼 심윤미. 서준이 그녀를 이번 작전에 끌어들인 것은 당연한 일이었다.
서준은 이번 작전에 심윤미를 '끌어들이진' 않았다. 대신, CIA와 러시아 놈들을 속일 미끼로 활용했다.
'북조선 대사관 직원과 남조선 스파이가 마약에 빠져 아바나에서 방탕한 쾌락을 한껏 즐기고 있다'는 역정보를 흘릴 작정이었다. 정보 사냥꾼 심윤미를 통해. 북한과 대한민국에 개망신을 주기 충분한 거짓 정보가 CIA와 러시아의 귀에 들어갈 것이고, 그들은 이 정보를 쿠바 정보부에 흘릴 것이었다.

'CIA와 러시아 놈들을 허탈하게 만들어주겠어.'

서준은 흐뭇한 미소를 지었다.

'타깃 접선 완료.'

서준의 보고를 받은 간판은 즉시 심윤미의 정체를 통보했다.

'네가 알아서 편하게 써먹어.'

간판의 단출한 지시. 서준은 간판의 지시를 충실히 따르기로 작정했다.

한국학교실의 학생들 중 정보원으로 활용 가능한 이는 찾아볼 수 없었다. 눈을 씻고 봐도 찾아볼 수 없었다. 순진무구한, 자본주의적 욕망은 일절 없는 학생들. 그들은 그저 한국 대중문화를 동경하고 꿈꾸는 철부지 소녀들이었다. 그나마 싹수가 있어 보이는 캔디. 서준은 캔디를 한국에 보내주기로 마음먹었다. 중남미 문화교류 차원에서 진행되는 초청 행사에 그녀를 유력한 후보로 점찍어뒀다.

'후임 쿠바 블랙을 위한 정보원으로 키워보겠어.'

서준이 캔디를 점찍은 이유였다.

아바나의 구세주, 이진경.

서준은 연희동의 스키조에게 대놓고 물었다.

"이진경 그거, 부장이 박아놓았죠?"

"눈치챘어? 야, 서준아. 이진경 그 양반. 완전 프로야 프로. 중국 국가안전부에서 가끔 고용하는 프리랜서야. 이진경이 깔아놓은

판에 네가 쏙 들어간 거라고. 마무리만 하면 된다니까 너는. 복 받은 줄 알아. 이번 작전이 얼마나 중요하면 내가 이렇게까지 했겠냐. 너를 믿지 못한 게 아냐. 잘 알아두라고. 중국 고위층에게 사정사정해서 내가 이진경 고용한 거야. 중국 애들도 유심히 보고 있어, 이번 프로젝트. 남북 간에 길이 열려야 중국 애들도 뭔 수작을 중간에서 부릴 거 아냐? 돈이 얼마가 들어갔는지 아냐? 마무리 잘해."

예측했던 대로, 진경은 부장이 박아 넣은 보험이었다. 중국 통 부장의 비밀무기 이진경. 작전 설계자는 부장. 작전 준비자 이진경. 서준은 작전 실행자였다. 까딱 잘못하면 골로 가는 실무 집행자 이서준. 서준의 주요 역할은 이진경 보호이기도 했다. 중국과 미국, 아메리카의 섬나라까지 오가며 작전을 펼치는 프로 중의 프로. 가장 어렵다는, 공인받은 예술가로 위장한 비밀요원. 서준은 그녀에게 다시 한번 질투심을 느꼈다.

이진경은 서준의 보험이 아닌 간판과 부장의 보험이었다. 일종의 안전판.

"그럼 앞으로 작전 일정 나랑 상의하라고 전해줘요. 지금 뉴욕에 갔다니까."

서준이 근엄한 말투로 부장에게 말했다.

"그렇지 않아도 뉴욕 사무실에서 황 소장이랑 회의하고 있단다. 이진경이 너 마음에 들어 하는 눈치라던데? 황 소장이 슬쩍 그러더라고. 잘해봐. 이진경, 그 양반 참 괜찮아. 얼굴도 반반하잖아?"

"간판, 아니 황 소장이나 애먼 짓 하지 말라고 전하세요. 잘못 건드렸다가 뼈도 못 추리겠던데요. 이진경, 그분 보통이 아니에요. 딱 봐도."

"하여간 사람 보는 눈은 있어 네가. 작전 잘 끝내고 뉴욕에서 보자."

"뉴욕이라뇨? 제 임기가 일 년 남아 있어요. 아바나에 더 붙어 있겠습니다. 뉴욕은 무슨."

"인마, 네 마음대로 되냐 그게? 회사원이 까라면 까야지. 우리 사훈이 뭐야? S, S, K, K! 씹쌔끼야, 까라면 까라! 그거 아냐? S, S, K, K! 말도 안 되는 소릴 하고 있어. 나도 가고 싶어, 아바나는. 헛소리 그만해."

"언제 적 얘길 하고 계세요? 까라면 까라니? 이거야 원. 하나 더 있어요. 연희동 목발 카메라, 뉴욕 앞치마 카메라 그거 둘 다 부장님 작품이에요?"

"아냐. 이진경 작품이야. 네 일거수일투족 다 들여다보고 있었어. 프로 중의 프로라니까. 나도 나중에 보고받았어. 이진경이가 중국 정보원들 고용해서 카메라로 너 다 들여다봤더라고."

서준의 질투심이 또다시 솟아올랐다.

조 부장이 웃었고 서준도 웃었다. 지구 반대편에 서서 정답게 웃는 두 사람.

"아 참, 전임 블랙은 한국 잘 들어갔다던데? 행방을 추적할 게 없어요. 실종은 무슨 놈의 실종."

"그렇지 않아도, 내가 네 걱정해서 구라친 거야. 너 아바나에서

안 온다고 할까 봐. 다 때려치우고 물라또 미녀랑 거기 눌러앉을까 봐. 야, 너도 잘 알잖아? 김기식이 그 인간이 아바나에서 왜 사라지겠냐? 서울 감찰실에 있어 지금 그 인간. 네 작전 회계 담당이야. 김기식 부장. 김 부장이 영수증 쪼가리 훑어가며 네 작전 들여다보고 있을 테니까 처신 잘해. 나중에 징계 먹을 일 만들지 말고."

"그럴 줄 알았어요. 그 인간은 제가 신경도 쓰지 않았습니다."

"눈치 빠른 새끼 같으니라고."

"그건 그렇고 선생님 세 분 있잖아요? 잘 지내신다죠? 그 양반들 아바나 출장 요청하겠습니다. 공식 요청입니다. 그 양반들이 해결해야 할 일이 있어요. 세 분이 함께 오셔야 합니다. 삼인조로 움직여야 가능한 작전이 있어요. 이번 작전의 성패를 가를 작전."

서준이 심, 양, 조 선생을 아바나로 불렀다. 공식적으로 불렀다.

"지금 뭔 소릴 하는 거야? 내가 그 양반들을 아바나로 왜 보내? 네가 맡아서 진행하라고 뉴욕에서 특별교육 시켜준 거 아냐? 이 미친놈이. 교육에 돈이 얼마가 들어갔는지 알아? 정 필요하면 간판에게 요청해, 그건."

"얘기 좀 해달라는 말이죠, 제 말은. 간판 그 형님이 노인네들 보내겠어요? 부장님 지시가 떨어져야 결재 도장 쾅 찍어주지. 출장비에 벌벌 떨잖아요. 잘 아시면서."

"그 노인네들이 필요해? 아무튼 얘기는 해볼게."

"고맙습니다."

"고생해라."

이틀 후, 서준은 뉴욕의 간판에게 연락했다. 쿠바 와이파이를 사용한 아이폰6를 통한 연락. 재키가 아닌 간판에게 직통 연락.

'들여다볼 테면 들여다봐라. 밑져야 본전이지.'

첩보 작전 사상 유례가 없을 공공연한 연락이 계속 이어지고 있었다.

아바나 리브레는 공공연한 작전이었다.

다 까발리고 대놓고 접근하고 보란 듯이 실행하는 그런 작전.

"소장님. 접니다. 부장님께는 말씀드렸는데요. 선생님들 아바나로 보내주세요. 이건 공식 요청입니다. 공식 출장 요청."

조 부장의 출장 지시가 이미 간판에게 전해진 상황이었다.

"알았어. 티켓은 왕복이냐 편도냐? 숙박비는 내주지 못하니 그 노인네들 경비는 네 선에서 처리해라. 내가 아주 질린다, 질려. 너 밑 닦아주는 거에. 내가 네 부하야?"

간판의 못마땅한 얼굴이 눈에 선했다.

"아이고, 고맙습니다. 편도, 원 웨이 티켓으로 해주시고요. 숙박은 제 숙소에서 주무시면 됩니다. 걱정 붙들어 매세요."

간판의 말투가 한결 누그러졌다.

"그럼 고생하고, 다 잘 끝나면 뉴욕서 보자."

"여부가 있겠습니까. 고생하시고요."

*

작전 종료 일주일 전.

심, 양, 조 선생이 아바나 호세마르띠 국제공항에 도착했다.

서준은 조엘의 1957년식 폰티악으로 선생들을 영접했다. 노랗고 빨간 하와이안 셔츠를 입은 그들의 얼굴은 들떠 있었다. 처음으로 해외여행을 떠난 시골 노인들 같았다.

이서준은 양 선생에게 안방 천장 구멍을 뚫어달라고 요청했다.

김영호와 직접 대화를 나눌 수 있는 천장의 구멍. 남과 북 사이에 존재했던 땅굴은 전쟁을 위한 것이었지만, 아바나의 구멍은 평화와 번영을 위한 수단이 될 터였다.

그들은 아바나 최대의 쇼핑센터 갈레리아스 빠세오로 향했다. 철물 코너에서 중국산 수동 드릴을 산 양 선생은 "이걸로 될까?"라며 드릴의 성능에 의문을 표했다. "한번 해봐, 이 친구야!" 심, 조 선생이 걱정스러운 표정으로 양 선생을 응원했다.

서준의 안방을 차지한 노인 셋. 서준은 멀뚱멀뚱 양 선생의 작전을 지켜보는 중이었다.

"위에 사람들 없는 거 확실하지?"

양 선생이 진지하게 물었다.

"그럼요, 제가 아까 확인했습니다. 구멍만 뚫어주세요. 선은 제가 넣을게요."

"어디 해보자고."

물에 적신 수건으로 드릴을 감싼 양 선생은 최대한 천천히 드릴을 돌렸다.

"소음을 최대한 줄이는 것이 관건이야."

양 선생은 이번 작전의 성패 요소를 들먹였다.

마침내 남과 북을 연결하는 직통 구멍이 뚫렸다. 타깃을 향한 구멍, 평화를 향한 구멍, 새로운 시대를 열기 위한 염원이 담긴 역사적인 아바나의 구멍.

양 선생은 땀을 뻘뻘 흘렸다. 수건으로 이마를 닦는 양 선생. 심 선생과 조 선생이 소리 없는 박수로 역사적인 순간을 축하했다.

"어라, 이거 이상한데?"

양 선생이 중얼거렸다.

"뭐가요?"

서준이 물었다.

"이미 설치되어 있어. 쌍방향 소통 소형 마이크. 도청장치도 내장되어 있네. 이 방 주인이 원래 누구야?"

"한국에서 온 작가라나 뭐라나."

서준이 한숨을 크게 쉬었다.

"그 마이크 좀 늘어뜨려서 빼주세요."

양 선생은 구멍을 다시 메꿨다. 흔적도 없이 메꿨다.

'젠장할, 김영호하고 이진경. 벌써부터 붙어먹던 사이잖아?'

서준의 질투심은 멈출 줄 몰랐다.

그날 저녁, 진경이 추천한 베다도의 레스토랑, '행복한 시절'에서 서준과 노인 셋은 진탕 먹고 마셨다. 아바나에 모인 그들은 실없는 농담을 주고받으며 술잔을 부딪쳤다. 나스닥 폭락을 걱정하며, 혈압에 당뇨에 직빵이라는 건강식품을 서로 추천하며, 밖으로 나도는 손녀를 푸념하며 부어라 마셔라 하는 그들은 석가모니, 김일성, 레너드 코언 같아 보였다. 서준도 선생들 옆에서 실컷

마셨다.

집에 돌아온 노인들은 서준의 집 거실에서 잠에 빠졌다. 아바나의 푸른 밤을 만끽하면서, 코를 드르렁 골면서 곯아떨어진 노인들.

선생들이 잠을 자는 동안, 서준은 김영호를 호출했다. 김영호는 서준의 호출에 즉각 반응했다. 기다리고 있었다는 듯한 김영호의 반응. 서준은 약 30분 동안, 김영호에게 용건을 전했다. 할 말을 다 했다. 묵묵히 서준의 메시지를 전해들은 김영호는 조만간, 반드시, 답을 내놓겠다고 말했다.

아바나의 역사적인 남북회담은 그런 모습으로 시작되었다. 천장의 구멍을 통한 메시지 교환. 서준은 이 시작이 어떤 모습으로 커질지 문득 궁금해졌다. 하지만 결과는 서준의 몫이 아니었다. 시작만 서준의 몫이었다.

다음 날 이른 아침, 서준은 미리 준비한 자동차에 노인들을 모셨다. 조엘을 통해 특별히 섭외한 에어컨이 장착된 SUV 택시. 쿠바에선 보기 드문 2008년식 현대 싼타페. 가이드는 캔디로 붙였다. 서투르지만 한국말이 가능한 관광가이드 캔디.

"열흘 관광 코스 잡아놨습니다. 아바나를 출발해 동쪽으로 쭉 가는 일정입니다. 피델 카스트로랑 체 게바라가 진군했던 쿠바혁명 코스의 반대 방향. 아바나, 시엔푸에고스, 산타클라라를 거쳐 카마궤이, 산티아고 데 쿠바, 관타나모, 바라코아까지. 쿠바 횡단입니다. 동쪽 끝에서 여정 끝나면 비행기 예약해놨습니다. 천천히 즐기세요. 이 여행은 제 개인적인 선물입니다."

자동차 옆에서 기념촬영 준비를 하며 서준이 여행의 의미를 설명했다.

"이거 말년대운이구만. 죽기 전에 이런 여행을 해보다니. 꿈만 같아. 안 그런가? 이래서 제자를 잘 둬야 해. 당뇨약은 잘 챙겼지?"

촉촉해진 눈으로 심 선생이 읊조렸다.

"끝까지 가보겠어. 저 동쪽 끝까지. 쿠바의 끝이 아메리카의 끝이니까. 세상의 끝이라고도 할 수 있어. 내가 가면서 쿠바 빨갱이들이 어떻게 아바나까지 왔는지 똑똑히 보겠어. 그런데 내가 다시 태어나면 혁명을 하고 싶네. 세상을 엎고 홀연히 사라져버리는 그런 혁명가가 되고 싶다고."

양 선생이 힘주어 말했다.

"그게 체 게바라라니까. 이 무식한 노인네 같으니라고. 이 과장? 중간에 힘들면 유턴해도 상관없지? 이게 무슨 작전은 아니잖아. 반드시 성공해야 하는 비밀작전. 체력이 될는지 모르겠네. 날도 뜨거운데."

조 선생이 자동차에 탑승하며 물었다.

"이 친구야. 우리에게 중도 포기란 없어. 끝까지 가보자고. 가다죽는 한이 있어도 차는 돌리지 않을 거야. 이 과장! 자네도 시간 있으면 중간에 합류해. 자네랑 있으면 젊어지는 것 같아. 그런데 체 게바라가 홀연히 사라졌어? 왜 그랬대? 그 양반도 참 희한한 사람이구면."

양 선생이 손을 흔들며 말했다. 체 게바라를 말하는 양 선생은 고개를 갸웃거렸다.

전설의 비밀요원 셋과 캔디를 태운 싼타페가 쿠바의 동쪽 끝을 향해 출발했다. 싼타페 꽁무니에서 먼지가 뭉게구름처럼 피어올랐다.

아바나 리브레의 종결이 다가오고 있었다.

*

서준과 김영호가 만났다.

시끌벅적한 아바나 리브레 호텔 로비였다. 쿠바혁명 이전에 힐튼 호텔이었던 곳. 쿠바혁명 이후 '자유 아바나'로 이름 붙여진 호텔.

아바나 리브레의 로비 벽에는 혁명 당시의 사진들이 전시되어 있었다. 호텔 로비의 소파에 눕다시피 앉아 시가를 피우고 있는 체 게바라 풍의 혁명가들. 아바나를 접수한 왕년의 혁명군들은 아바나 리브레의 로비에 불멸로 남아 있었다.

로비 중앙에 설치된 초대형 유리컵. 성인 남자가 빠지면 익사할 정도로 특별히 제작된 컵이었다. 컵 위쪽으로 설치된 계단. 비행기 탑승계단처럼 생긴 계단 옆으로 수십 명의 바텐더들이 저마다 손에 아바나클럽과 콜라를 들고 길게 줄을 서 있었다.

1천 리터의 쿠바 리브레 칵테일을 만드는 행사장이었다. 세계 각국의 관광객, 주류 회사 관계자들이 아바나 리브레에서 열리는 쿠바 리브레 칵테일 행사에 참석한 것으로 보였다.

환하게 웃는 흑인 바텐더가 초대형 유리잔에 아바나클럽을 콸콸 들이부었다. 카메라 셔터에 깜짝 놀란 물라또 웨이트리스가 계단에 올라 뚜꼴라를 초대형 컵에 부었다.

로비에 들어선 서준은 행사장 구석에 멀뚱멀뚱한 표정으로 서 있는 김영호를 발견했다. 촌스러운 트레이닝복을 챙겨 입은 김영호. 아바나에서 그의 외출복은 언제나 트레이닝복이었다. 서준은 김영호에게 손짓을 전했다. 서준은 로비를 지나 엘리베이터로 향했다. 김영호가 저만치 떨어져서 서준의 뒤를 따랐다.

"비바 쿠바 리브레!"

행사에 참가한 이들이 외치는 '자유 쿠바 만세!' 소리가 아바나 리브레 로비에 울려 퍼지고 있었다. 럼주와 콜라, 라임과 얼음이 섞이면서 탄생한 쿠바의 향기가 로비를 가득 채웠다. 서준은 쿠바 리브레의 향기를 두 눈으로 똑똑히 쳐다보면서 엘리베이터에 올랐다. 서준의 뒤로 김영호가 다가왔다. 서준은 엘리베이터의 25층 버튼을 눌렀다.

아바나 리브레의 25층. 돈 좀 있는 외국인 관광객들과 아바나의 미인들이 우글대는 나이트클럽, 엘 뚜르끼노El Turquino의 문이 열려 있었다. 서준은 대낮의 나이트클럽 바닥을 쓸고 있던 청소부에게 고개를 꾸벅 숙였다. 금발의 백인 여자 청소부는 서준에게 상냥한 미소를 보냈다.

사방의 투명한 유리창을 통해 아바나의 동서남북이 내려다보이는 한낮의 엘 뚜르끼노. 서준과 김영호는 어깨를 나란히 하고 서서 푸르게 넘실대는 아바나 시티를 내려다보았다.

역사적인 아바나의 두 번째 남북회담.

"미행자는 없었습니까?"

김영호가 물었다.

"있어도 상관없습니다. 우리가 무슨 죄를 짓는 것도 아닌데요."

서준이 말했다.

"남조선 공무원은 배짱이 그리 좋습니까?"

"아니요. 저만 그렇습니다. 답은 준비되었나요?"

"그러니까 여기 나오지 않았겠습니까? 본국에 보고 올렸습니다. 긍정적인 반응이 나왔습니다."

"듣던 중 반가운 소리입니다. 제가 뭘 약속드리면 됩니까?"

"당신 남조선 당국자들이 하도 약속을 어겨서 말입네다. 지도자 동무들이 서명을 해도 그게 휴지가 되어버리고, 어디 그런 일이 한두 번이었습네까?"

"그럼 그냥 믿고 간다는 말씀인가요?"

"그건 아닙네다. 그래도 뭔가 서명 비슷한 거라도 있어야디요."

"어차피, 차기 우리 대통령은 정해져 있습니다. 투표 결과가 이미 정해진 상황입니다. 제가 서울에 바로 선을 넣겠습니다. 믿을 만한 위치에 있는 분으로. 친서를 먼저 보내드리지요. 제 역할은 거기까지입니다. 나머지는 알아서 진행하시면 됩니다."

"나도 마찬가집네다. 나도 직통으로 통할 만한 사람으로 연결해드리지요."

"그게 누구인가요? 우리 쪽은 차기 대통령 최측근입니다. 북에서도 이름만 대면 알 만한 그런 실세. 당신네들과 아주 친한 사람이에요."

"우리도 마찬가지죠. 최고 지도자 동무 최측근."

"그럼 그 두 양반 연결시켜주는 것으로 우리 역할은 끝내는 것으로 하지요. 당신들 언제나 원하는 건 하나지요?"

"언제나 똑같습네다. 우리 인민이 잘 먹고 잘사는 것. 통 크게 지원 좀 팍팍 하라고 좀 전해주십쇼."

"그거야 뭐, 내 소관은 아니니까. 아, 하나 더 있습니다. 며칠 후 날짜 잡아서 초대 한번 하겠습니다. 기념 파티 비슷한 거 한번 해야지요?"

"정신 나갔습네까? 파티라니."

"그건 아니고. 제가 여기 쿠바 정부에게 빚진 게 있어서요. 내 활동 눈감아주는 대가로 쿠바 생필품 지원 약속했습니다. 한바탕 쇼가 벌어질 텐데, 그 내용은 따로 전해드리겠습니다. 그냥 참석해서 각본대로 움직이시면 됩니다. 그쪽 대사님도 불러주시고요."

"그거 곤란한 일인데. 무척 곤란합네다, 그건."

"그렇게 하지 않으면 내가 죽습니다. 나도 살아서 쿠바 나가야 됩니다. 잘 아시잖아요? 쿠바랑 남조선이랑 수교도 없는 거. 스파이로 찍히면 평생 아바나 감옥에서 썩을지도 몰라요."

"이 양반 이거 너무 앞서나가시는 양반이십네다. 아무튼 알겠습네다. 나중에 연락합시다. 천장 구멍 통하지 말고 정식으로다가."

"그런데 그 구멍은 누가 뚫어놨습니까? 내가 어이가 없어서."

"중국 놈들이 뚫었디요. 이진경 씨 전에 중국 대사관 직원이 살았습네다. 나 감시용으로 뚫었겠디요. 덕분에 이진경 씨랑 대화는 많이 나눴습니다만."

"아무튼 이제 끝났습니다. 이진경 씨 돌아오는 날 뵙지요. 따로 연락드리겠습니다."

"그럽시다."

서준과 김영호는 아바나 리브레 옆 나시오날 정원으로 자리를 옮겼다. 그들은 다이끼리를 한 잔 앞에 놓고, 붉고 푸르고 투명하고 몽롱한 아바나의 석양을 감상하면서 대화를 이어나갔다.

다음 날 아침, 아바나 최종 작전 이틀 전.

이서준은 이진경과의 미팅을 위해 뉴욕행 비행기에 올랐다. 뉴욕에서 하루를 보낸 서준은 곧바로 마지막 작전을 위해 아바나행 유나이티드 1308에 몸을 실었다. 아바나에서 보낸 지난 시간이 서준의 꿈을 통해 총천연색으로 펼쳐졌다.

*

사랑과 아름다움을 호출할 차례였다.

이서준의 사랑과 아름다움. 이서준의 아내와 애인이었다.

서준을 여기, 아바나까지 오게 만든 사랑과 아름다움의 상실. 그녀들이 죗값을 치를 때였다.

인간이 가진 비밀의 근원을 탐색하고 찾아가는 여정, 비밀에로의 여정이 서준의 직업이었다. 인간의 심연, 그 너머까지 들여다보는 직업.

선을 넘은 쪽은 서준이었다. 우연히 아내와 애인의 비밀, 그녀들의 심연을 들여다보았다. 그녀들의 심연은 카톡과 이메일이었다. 카톡과 이메일에 존재하던 그녀들의 심연. 부주의 때문에 들통나버린 그녀들의 심연. 서준은 당황했고, 어리둥절했다. 자기가 알던 사랑과 아름다움은 오로지, 서준의 마음속에만 존재하는 사랑과 아름다움이었다. 적이 아닌, 사랑과 아름다움의 비밀과 심연을 엿본 서준은 상실감을 느꼈고 괴로움에 몸부림쳤다.

그녀들은 대가를 치러야 마땅했다. 그리고 그 대가를 치러주기 위해 서준은 아바나까지 왔다.

하지만 서준은 변했다. 그녀들의 비밀은 무사히, 영원히 서준의 마음속에만 남아 있을 것이다. 누구도, 결코 알지 못할 바로 그 비밀. 누구나 가슴 속에 하나쯤은 품은 그 비밀. 서준은 그녀들의 비밀을 영원히 지켜주기로 결정했다.

여기 아바나에서, 서준은 다가오는 밀물과 몰려드는 대양을 응시하며 마음먹었다. 저 바다 속, 저 하늘 끝에 존재할 당신의 비밀을 지켜주기로.

서준은 이제 그녀들의 심연이 궁금하지 않았다. 비밀은 봉인될 때만, 비로소 가치가 있을 터였다.

서준은 비밀요원이라는 직함을 내동댕이쳐버릴 것이라고 작정했다.

*

　서준은 아내와 애인을 아바나로 초청했다. 아바나 리브레 최종 작전의 전날이었다.

　사랑과 아름다움은 쿠바 정부 경제 지원을 위한 수단이 될 것이었다. 이서준에게 추방 명령을 내리며, 그 대가로 경제 지원을 얻는 공식적인 수단.

　서준의 아내와 애인은 뉴욕의 간판이 건넨 이스라엘제 약물의 시험 대상이었다. 서준은 간판에게 약물의 효과를 확인했고, 또 확인했다. 간판은 자기를 그렇게 믿지 못하겠냐며 버럭 화를 냈다. 서준은 간판에게 제안했다. 형수님에게 한번 시험해보세요, 그럼 저도 이번 작전에 이거 사용할 수 있어요. 간판은 한숨을 쉬며, "이미 시험 해봤어 짜샤, 확실하다니까!"라 고래고래 소리쳤다.

　아바나로 아내와 애인을 초청한 서준은 둘을 소개시켰다. 아바나 도착 첫날, 셋은 조엘의 폰티악으로 아바나 시티투어 관광을 즐겼다. 여독과 술과 아바나의 바람에 피곤해진 서준의 아내와 애인. 서준은 둘과 함께 베다도의 숙소로 향했다.

　서준은 그녀들을 위한 모히또를 직접 제조했다. 모히또 두 잔을 발코니의 흔들의자로 가져다줬다. 모히또에 샴푸 세 방울. 가장 고요하고 행복할 때 폭탄을 터트리는 서준의 기질. 서준은 아내에게 애인의 존재를 확인시켰다. 애인은 이미 아내를 알고 있었다. 샴푸 세 방울이 섞인 모히또를 꿀꺽 마신 아내는 알고 있어, 라고 대수롭지 않게 말했다. 서준의 애인은 깔깔대고 웃으며 모히또를 마셨다.

서준만 심각했었다.

그녀들은 서준의 예상대로 긴 잠에 빠졌다. 흔들거리는 긴 잠. 서준은 그녀들을 옷장으로 옮겼다. 집을 깨끗하게 치우고 베다도 반지하 선술집으로 걸음을 옮겼다.

이진경과 김영호, 조엘에게는 그날의 대본을 미리 말해주었다. 마지막 아바나 파티의 세부 계획을 모르는 이는 심윤미와 쿠바 주재 북한대사 마철수였다. 김영호가 마철수에게 뭐라 했을지 서준은 궁금해졌다.

베다도 반지하의 선술집.

"이것 보라고. 내가 지금 뭘 말하려는지 알아?"

"······."

"내가 오늘 사람을 죽였어. 두세 시간쯤 전이야. 아니, 어제였던가? 하나도 아닌 둘을 해치웠어. 둘 다 여자였어. 건장한 사내도 아닌, 아름답고 예쁘고 귀엽고 사랑스럽기 짝이 없는 자그마한 여자 둘. 아무튼 나는 오늘부터 살인자라고. 인간에서 신의 영역으로 진입한 셈이지. 자네들, 혹시 사람 죽여봤나?"

서준이 연극배우처럼 대사를 내뱉기 시작했다.

*

손목에 수갑이 채워진 채 기절한 이서준은 베다도 쿠바 비밀정

343

보부 사무실로 연행되었다.

조엘이 서준을 흔들어 깨웠고, 서준은 "이것 좀 빨리 풀어줘. 김영호 이거 주먹 완전 원 펀치 쓰리 강냉이야."라 말하며 고개를 절레절레 흔들었다.

서준은 불법약물 유통 및 사용 혐의로 쿠바 정부에 공식 억류되었다. 자신의 아내와 지인에게 약물을 투여해 심각한 위험에 빠뜨리게 했다는 죄목이었다.

쿠바 정부는 대한민국 정부를 향해 강력한 항의 서한을 보냈다. 이서준이 대한민국 정보요원으로 의심되니 합당한 조치를 취하지 않으면 쿠바 법대로 처리하겠다는, 쿠바 정부의 의중이 서한의 행간에 담겨 있었다. 물론 짜고 치는 고스톱이었다.

대한민국 정부는 아무런 조치를 취하지 않았다. 취하지 않은 것이 아니라 못 하고 있었다. 권력의 공백 상태. 대신 나선 이는 탄핵 당한 대통령을 대신할 것이 유력한 야당 정치인이었다.

대한민국 대통령 후보 명의의 비공식 서한이 쿠바로 전송되었다. 서한에는 서준이 약속한 생필품 원조 내용과 방식이 꼼꼼하게 기재되어 있었다. 아바나 비밀정보부의 간부 숙소에서 하룻밤 신세를 진 이서준은 무사히 베다도 숙소로 돌아올 수 있었다. 연희동의 조 부장과 뉴욕의 간판이 신속하게 움직인 덕분이었다.

들것에 실려 나간 서준의 아내와 애인은 곧바로 깨어났다. 이진경이 그들에게 린스를 먹였고, 아내와 애인은 아무 일도 없었다는 듯 굴었다. 사실, 아무 일도 없었던 것이 맞았다.

서준의 아내와 애인은 아바나에서 친구 사이로 관계가 발전했다. 둘은 따라가겠다고 나서는 이서준을 말리며 둘만의 쿠바 여행을 떠났다.

"우리가 알아서 할게. 자기는 여기 일 마무리해."

서준의 아내는 생글생글 웃으며 서준에게 당부했다. 서준의 젊은 애인은 크게 고개를 끄덕이며 서준에게 윙크를 보냈다.

여자들의 속은 정말 알 수가 없어,라고 서준은 생각했다. 알 수 없는 심연은 여자들의 마음속에 존재하는 것이 분명해 보였다. 그 어떤 비밀요원도 당도하지 못할 곳. 그 지점이 바로 여자의 심장이었다.

쿠바 주재 북한 영사 김영호는 직속상관 마철수의 꾸중을 들었다. 마철수는 그저 오늘 파티가 있으니 꼭 참석하세요,라는 김영호의 말에 서준의 집을 찾아온 것뿐이었다. 맹랑한 김영호를 마철수는 크게 나무랄 수 없었다. 지도자 동무 여동생의 오랜 애인이 김영호였다. 오히려 굽신거려야 할 쪽은 마철수였다. 김영호는 평양의 애인에게 남쪽 실세를 연결해줬다. 애인은 크게 기뻐하며 아바나의 김영호를 격려했다. 그녀는 잘하고 있어 내 사랑, 이라는 말까지 내뱉었다. 피델이 까밀로에게 한 바로 그 말. 바모스 비엔 미 아모르Vamos bien mi amor.

이서준과 파티를 준비한 조엘은 상부의 칭찬을 받았다. '대한민국에 새 대통령이 들어오고 약속된 생필품 지원이 이뤄지면 바로 승진!'이라는 확약을 받았다. 쿠바 인민의 생활수준 향상에 일조를 했다는 마음에 조엘은 진심 기뻤다. 이서준에게 아바나클럽 15 한 병을 서비스하겠다는 마음도 들었다. 조엘은 서준의 여자들을 폰티악 뒷좌석에 태우고 의기양양한 표정으로 부업인 운전기사 일에 나섰다. 예쁜 동양 여자 둘을 손님으로 모셔 조엘의 기쁨은 배가 되었다.

서준이 흘린 거짓 정보, 즉 '서준의 집에서 남북 간에 문란한 파티가 행해지고 있다'는 가짜 정보를 CIA와 러시아에 팔아먹었던 심윤미. 그녀는 정보 장사꾼으로서의 무능력함에 작게 절망했다. 푼돈을 받고 별 쓸모없는 정보를 넘기는 일이 지긋지긋해졌다. 그녀는 잠시 정보 장사를 휴업하기로 결정했다. 결정이 아닌 자연스러운 일이기도 했다. 심윤미는 곤경에 처한 한국 관광객들을 진심으로, 열성을 다해 돕기로 마음먹었다.

아내와 애인을 조엘과 함께 떠나보낸 이서준. 그는 사랑과 아름다움을 진짜로 상실한 것이 아닌지 심히 걱정이 됐다.

아, 이게 아닌데,라는 말이 가슴속에서 튀어나왔다.

아니지, 지금 아니면 아바나 언제 구경시켜주겠어,라는 말로 서준은 스스로를 위로했다.

24시간 내내, 쿠바 종마들의 유혹을 받을 것이 분명한 사랑과 아름다움. 뭐, 어쩔 수 없지. 모든 게 자업자득이니까.

서준은 호세마르띠문화원 한국학 교수 일에 집중하기로 마음먹었다. 연희동의 부장에게 연락해 1년 임기를 꼭 채우겠다 말하리라 스스로에게 다짐했다. 서준의 마음속에 솟아난 희망의 불씨. 서준은 난생처음 접하는 희망 앞에서 당혹스러웠다. 서준이 품은, 첫 희망은 아바나의 선물이었다.

프로 중의 프로, 이진경. 작전을 끝낸 진경은 홀연히 종적을 감췄다. 역시나, 프로다웠다. 서준이 애타게 진경을 찾고 있다는 소리를 들었지만, 진경은 그 애가 타는 소리를 깡그리 무시했다.

"프로의 세계는 냉정하니까." 모스크바행 비즈니석에서 진경은 중얼거렸다. 노랗게 머리를 염색한 진경은 와인을 꿀꺽 마셨다.

연희동의 조 부장과 뉴욕의 간판. 차기 정권 실세에게 북조선 실세를 연결해준 혁혁한 공을 세운 두 사람. 조 부장은 차기 정부의 유력한 초대 국정원장으로 낙점되었다. 국정원장이 조 부장이면 간판은 국정원의 실무를 총괄하는 차장이 될 것이었다. 뉴욕에 출장을 온 조 부장은 "차기 뉴욕 지부장으로 이서준이 어때?"라며 속마음을 넌지시 내비쳤다. 그건 제가 어떤 자리로 가냐에 따라 달렸죠, 간판이 덤덤하게 말했다. 당연히 너는 나를 보좌해야지. 어디로 가냐니? 조 부장이 실눈을 뜨며 말했다. 재키하고 제임스도 데리고 갈게요, 서울로. 재키가 이서준이 비서하는 꼴은 못 봐요. 알아서 해. 조 부장이 흔쾌히 간판의 제안을 수용했다. 그런데 제임스는 조심하라고. 네 애인이잖아? 소문나면 곤란하지. 조 부장의 난데없는 일격에 간판의 눈동자가 촉촉이 젖었다. '아…… 씨발. 어떻게 알았지?' 간판의 소리 없는 속삭임. 내 눈은 못 속여. 제임스는 뉴욕에 그냥 놔두지? 조 부장의 진지한 충고에 간판의 촉촉한 눈동자에서 닭똥 같은 눈물이 콸콸 흘렀다. 씨발…… 사랑이 무슨 죄라고! 고개를 푹 숙인 간판이 속으로 절규했다.

에필로그

아바나를 떠나기 며칠 전의 늦은 오후.

서준은 아바나 베다도의 뒷골목을 걸었다. 이제는 익숙해진 베다도의 거리.

'영원한 승리의 그날까지', '체 게바라여, 영원하라'라는 문구가 새겨진 담벼락을 서준은 물끄러미 쳐다보았다.

햇살은 반짝였고, 작은 나뭇잎들이 바람에 펄럭거렸다.

공놀이를 시작한 아이들이 웅성거렸다. 숙면에 빠진 고양이 한 마리가 낮게 코를 골고 있었다. 졸고 있는 작은 개에게 장난을 거는 큰 개가 폴짝 뛰었다. 아바나 거리의 풍경과 촉감과 향기가 심장에, 혈관에 문신처럼 새겨지는 느낌.

눈물 적셔진 햇살이 거리를 적셨다. 기쁨의 함성이 작게 울려 퍼졌다. 라일락 향기가 은은했다. 아이들의 웃음소리가 귓속을 파고들었다. 어른들의 미소가 눈에 보였다. 지나가는 이를 보고 팔락거리는 개의 꼬리에서 좋은 냄새가 풍겼다.

서준은 혼자 걸었다.

서준은 그늘을 갈망하지 않았다.

서준은 음지를 찾아 헤매지 않았다.

눈을 들어 마주한 찬란한 햇빛.

아바나의 찬란한 태양.

서준은 아바나의 눈부신 햇살을 가슴 가득 응시했다.

서준의 흥얼거리는 콧노래.

가볼까.

저 언덕 홀로 선 작은 나무를 향해.

가볼까.

붉고 푸른 색채 저 멀리 던지는 오솔길 따라.

가볼까.

아이들 웃음소리 울려 퍼지는 나뭇잎들에 귀 기울이며.

가볼까.

그대여.

오늘 오후.

아바나의 오늘 오후.

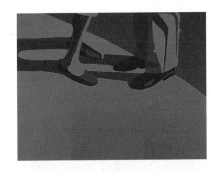

무거움과 가벼움의 접점 혹은 소실점

김규성

1.

소설의 주 무대는 북한 핵심 권력층의 실세가 머물고 있는 쿠바 아바나이며, 2016년 10월부터 2017년 5월 사이, 박근혜 대통령 탄핵과 문재인 정부의 출범이 교차하는 권력의 공백기를 시간적 배경으로 하고 있다. 작가의 말을 빌리면 "새로운 권력이 새롭게 추진할 것으로 예상되는 대북정책의 기반을 닦아 출세하려는 대한민국 국가정보원의 일부 간부들과 위기에 처한 비밀요원이 함께 추진한 가상의 비밀공작에 관한 내용"이 상상을 통해 전개된 서사의 개요다.

문재인 정부 초반에 개최된 역사적인 남북정상회담의 시작은 어디였을까? 북한의 평창올림픽 참가, 남북정상회담, 남북미정상회담 등, 문재인 정부 초반부에 펼쳐진 역사적 사건들의 이면에 숨겨진 비화는 없었을까? 이 두 개의 질문에서 출발한 소설은 조국, 조직, 여인에게 배신당해 더 이상 물러설 곳 없는 비밀요원의 마지막 비밀작전, 작전명 '아바나 리브레Habana Libre'가 제목이다. 그러나 작전은 요원과 본부 지휘부의 원래 의도와는 다른 방향으로 전개되어 흥미를 배가시킨다.

주제는 남북의 첨예한 현안과 맞물린 탓으로 예민하고 무거울 수밖에 없다. 그럼에도 흥미로운 서사, 적절히 긴장을 풀어주는 위트와 감각적 어투, 경쾌한 속도감은 독자들의 접근을 한결 용이하게 해준다. 따라서 이 소설은 고착화된 이념의 멍에를 잠시 부려놓고, 복잡다기한 사회가 야기하는 무거움에서 해방되어 가벼운 상념으로 사건의 실체를 좇는 데 초점을 맞추어야 그 근저에 친숙하게 다가갈 수 있다.

미스터리 첩보 스릴러물인 이 소설은 동서양을 오가며 전개되는 흥미로운 스토리만으로도 대중의 이목을 사로잡는다. 남북한의 미묘한 해빙 기류를 배경으로 다양하고 독특한 인물 설정을 통해 발휘되는 비상한 상상력은 수시로 예상을 뒤집곤 한다.

삼강오륜을 압축한 충, 효, 열은 동양 윤리의 절대적 규범이었다. 그런데 시대의 변화에 따라 임금에 대한 충성은 애국으로, 나아가 맹목적 애국은 국민의 민주적 주권 강화로 대체되었다. '효'는 그 개념이 서구의 수평적 사고방식, 핵가족화의 영향으로 상당히 퇴조된 터이지만 출생, 양육, 교육의 은혜를 매개로 한 윤리의식은 아직도 각별한 가치를 지니고 있다. '열'은 일방적으로 불평등하고 맹목적인 수직관계를 강요하던 사회 풍토를 개선, 남녀평등의 수평적 기조를 일상화하기에 이르렀다.

이 중 국가는 합법을 가장한 독재와 부패, 부의 양극화 등, 구조적 불합리와 씨름해야 하는 과제를 안겨준다. 여기에 이념의 굴레가 덧씌워질 경우, 사회의 무거운 분위기는 상승하게 된다. 아직도 남북 분단과 체제의 이질화로 불안과 긴장의 끈을 놓지 못하는 현실은 한국 사회의 냉엄한 현주소이기 때문이다. 여기에서《광장》,《태백산맥》등의 '무거운 소설'이 탄생했다. 한편 남북 화해 기류를 타고 〈쉬리〉, 〈JSA 공동 경비구역〉, 〈아이리스〉, 〈사랑의 불시착〉 등의 영화와 드라마가 등장해 암울하고 무거운 주제를 가볍고 새롭게 각색하여, 상상의 날개 위에 오락성을 가미한 첩보, 판타지 류의 신작들을 선보였다. 정민의 소설 《아바나 리브레》도 그런 흐름과 맥을 같이한 작품이다.

2.

서준의 아내와 애인은 뉴욕의 간판이 건넨 이스라엘제 약물의 시험 대상이었다. 서준은 간판에게 약물의 효과를 확인했고, 또 확인했다. 간판은 자기를 그렇게 믿지 못하겠냐며 버럭 화를 냈다. 서준은 간판에게 제안했다. 형수님에게 한번 시험해보세요, 그럼 저도 이번 작전에 이거 사용할 수 있어요. 간판은 한숨을 쉬며, "이미 시험해봤어 짜샤, 확실하다니까!"라 고래고래 소리쳤다.

아바나로 아내와 애인을 초청한 서준은 둘을 소개시켰다. 아바나 도착 첫날, 셋은 조엘의 폰티악으로 아바나 시티투어 관광을 즐겼다. 여독과 술과 아바나의 바람에 피곤해진 서준의 아내와 애인. 서준은 둘과 함께 베다도의 숙소로 향했다.

서준은 그녀들을 위한 모히또를 직접 제조했다. 모히또 두 잔을 발코니의 흔들의자로 가져다줬다. 모히또에 샴푸 세 방울. 가장 고요하고 행복할 때 폭탄을 터트리는 서준의 기질. 서준은 아내에게 애인의 존재를 확인시켰다. 애인은 이미 아내를 알고 있었다. 샴푸

세 방울이 섞인 모히또를 꿀꺽 마신 아내는 알고 있어,라고 대수롭지 않게 말했다. 서준의 애인은 깔깔대고 웃으며 모히또를 마셨다.

서준만 심각했었다.

그녀들은 서준의 예상대로 긴 잠에 빠졌다. 흔들거리는 긴 잠.

(342~343쪽)

거칠면서도 세련된 감각적 문장과 숨 가쁘게 펼쳐지는 사건의 기승전결을 좇다가 보면 밀란 쿤데라의 《참을 수 없는 존재의 가벼움》과 까뮈의 《이방인》을 동시에 읽는 착각이 일 때가 있다. 무거움과 가벼움의 대비를 구도로, 가벼움을 통해 무거움의 허상과 실체를 전경화하는 한편 그 중압으로부터의 해방을 추구하는 전략이 흡사하기 때문이다.

서준의 아내와 애인은 아바나에서 친구 사이로 관계가 발전했다. 둘은 따라가겠다고 나서는 이서준을 말리며 둘만의 쿠바 여행을 떠났다.

"우리가 알아서 할게. 자기는 여기 일 마무리해."

서준의 아내는 생글생글 웃으며 서준에게 당부했다. 서준의 젊은 애인은 크게 고개를 끄덕이며 서준에게 윙크를 보냈다.

여자들의 속은 정말 알 수가 없어,라고 서준은 생각했다. 알 수 없는 심연은 여자들의 마음속에 존재하는 것이 분명해 보였다. 그 어떤 비밀요원도 당도하지 못할 곳. 그 지점이 바로 여자의 심장이었다.

(345쪽)

위험한 사건 현장에 아내와 애인을 동시에 초대한 서준의 행태는 《참을 수 없는 존재의 가벼움》에서 주인공 토마스가 아내 테레자와 오랜 연인 사비나 사이를 교차해서 배회하는 윤리적 불감증을 연상시킨다. 무책임한 가벼움의 극치다. 그러나 그 이면에는 일반의 상식만으로는 설명할 수 없는 중층의 페이소스와 알레고리가 내재되어 있음을 기억해야 한다. 이 점에서 서준과 토마스는 동병상련의 시대적 중압과 암울 속의 실존적 출구焦口를 공유한다. 물론 여기에서 인간의 본능적 욕구와 보편적 가치 사이의 간극을 간과해선 안 된다.

밀란 쿤데라는 정치적 격변기 속의 인간상과 인간성을 사실적 필치로 그려낸다. 그의 작품 《참을 수 없는 존재의 가벼움》은 정치적 억압 구조가 야기하는 실존의 비정상적 가벼움을 드러내려는 의도에서 집필한 사회비판적 소설인데 엄혹한 격변의 현장을 평상의 감성과 어조로 다루고 있다. 〈프라하의 봄〉이라는 제목으로 영화화되어 더욱 유명해진 이 작품은 그의 다른 단편 〈견딜 수 없는, 미쳐버리고 싶은〉도 그렇듯 제목부터 꽤 자극적이다. 정치적 격변을 배경으로 한 사회 고발 성격의 메시지가 기조를 이루고 있지만 다각도에서 재미있게 읽을 수 있는 것도 이 책의 특색이다.

"자기가 살고 있는 땅을 떠나고 싶어 하는 사람은 행복하지 않다."라는 대사에서 보듯 정처가 막연한 정치적 혼돈 속에서 하나같이 온전치 못한 군상들이 불나방같이 설쳐대고 있다. 정치 사회적 불안을 떨치려고 방만한 섹스에 의존해보지만 이는 망각을 위한 순간의 쾌락일 뿐 근본적 구원은 되지 못한다. '참을 수 없는 가벼움'은 연쇄적으로 가벼움을 낳지만 이는 결국 '참을 수 없는 무거움'으로 되돌려진다.

3.

《아바나 리브레》에서 주인공 서준이 자신을 배신한 아내와 애인을 아바나로 초청해 마지막 작전을 마무리하는 종결부는 극적 서사의 백미다. 그리고 서준이 난생처음 음지를 벗어나 태양을 정면으로 마주한 채 길을 나서는 것으로 소설은 끝을 맺는다.

아바나를 떠나기 며칠 전의 늦은 오후.
서준은 아바나 베다도의 뒷골목을 걸었다. 이제는 익숙해진 베다도의 거리.
'영원한 승리의 그날까지', '체 게바라여 영원하라'라는 문구가 새겨진 담벼락을 서준은 물끄러미 쳐다보았다.
햇살은 반짝였고, 작은 나뭇잎들이 바람에 펄럭거렸다.
공놀이를 시작한 아이들이 웅성거렸다. 숙면에 빠진 고양이 한 마리가 낮게 코를 골고 있었다. 졸고 있는 작은 개에게 장난을 거는 큰 개가 폴짝 뛰었다. 아바나 거리의 풍경과 촉감과 향기가 심장에, 혈관에 문신처럼 새겨지는 느낌.
눈물 적셔진 햇살이 거리를 적셨다.

(349쪽)

여기에서 서준이 마주한 태양은 《이방인》의 뫼르소에게 살인을 부추긴 태양과 어떤 상관성이 있을까. 또 《참을 수 없는 존재의 가벼움》에서 최후의 도피처로 원초적 생명성이 깃든 시골을 택한 토마스의 행보와 어떤 등식을 공유할 수 있을까.

밀란 쿤데라의 '참을 수 없는 존재의 가벼움'이라는 소설 제목은 카뮈의 《이방인》에 붙여도 어울릴 것이다. '이방인'은 부적격자, 적응하지 못하고 밖에서 배회하는 비정상인, 소외된 자, 비주류적 주변인, 잉여인간, 비생산적인 아웃사이더를 상징한다.

카뮈는 《이방인》에서 문명사회의 혼돈과 부패 속에서 점차 무감각해져가는 생의 부조리와 일상의 타성을 극단적 형태로 전경화한다. 주인공 뫼르소는 그 상징적 인물이다. 살인을 해놓고도 살해 동기를 눈부신 햇빛 때문이었다고 서슴없이 뇌까릴 만큼 사회적으로 무책임하고 도덕적으로 무감각하다. 또 어머니 장례를 치른 날 정사를 즐기는 등, 평상의 사고방식으로는 이해하기 어려운 망나니이다.

일상의 타성에 젖다 보면 정상적 감각이 둔화되기 쉽다. 일상은 정상의 원칙이 비정상화되어 은밀하게 안일한 관습으로 굳어지는 속성을 지니고 있다. 특히 이웃과 적극적으로 어울리지 못하고 사회에 대한 방관과, 사회로부터의 소외가 쌓이면 수치감이나 죄의식은 심각하게 마비된다.

뫼르소의 행위는 낯설다. 사회적 지탄의 대상이다. 그런데 카뮈는 뫼르소의 일탈적 행위는 일상적 현상에 지나지 않는다는, 그 연장선상의 일례일 뿐이라는 끔찍한 단서를 제공한다. 그 속에는 작가의 전복적 전략이 숨어 있다. 진지하지 못한, 어떤 심각한 사안에도 도무지 진지할 수 없게 마모되어가는 현대인의 인간성 상실을 타락의 극한 상황 속에서 진지하게 직시하자는 것이다. 그리고 그 부조리의 늪으로부터 인간의 근원적 존재 가치를 되찾자는 절박한 메시지를 암시한다.

4.

　연애소설이자 정치소설이라는 공통점을 지닌 두 소설,《아바나 리브레》와《참을 수 없는 존재의 가벼움》에서 정치적 경직과 애정 행각의 이완은 현대 사회의 상충적 모순 구조인 '무거움'과 '가벼움'의 대립을 완화하기 위한 완충 기제로 작용한다. 정치 사회적 무거움에 대한 방어기제를,《참을 수 없는 존재의 가벼움》이 탈이념적 감정과 사고의 사유화에서 구한다면,《아바나 리브레》는 이를 초현실적 상상력에 기반한 첩보전 성격의 흥미진진한 내러티브에서 찾고 있다. 그리하여 거대담론의 미시적 해체와 이에 상응하는 주체의 회복을 꾀한다. 그러나 둘 다 참담한 외부 환경의 굴레에서 벗어나 보편적 삶의 본질을 추구하고자 하는 존재자, 즉 고독한 자아의 명징한 실존적 의미와 가치를 제시하지는 못한다. 카뮈의《이방인》역시 여기에서 자유로울 수 없다. 현대 사회의 변화무쌍한 다층적 구조 속에서 다중과 개인이 동시에 흔쾌히 동의하는 일관된 관점을 구한다는 것은 원체 복잡하고 불투명한 변증법적 명제이기 때문이다. 어쩌면 이 부분은 문학과 예술 모두에 해당하는 지난한 숙명인지도 모른다.

　정민은 영어 평전《아임 유어 맨: 레너드 코언의 음악과 삶》을 우리말로 옮긴 바 있다. 별도의 영어 학습을 하거나 영문학 전공을 하지 않았는데도 그의 번역은 매끄럽고 치밀하다. 자칫 모험에 가까울 수 있는 작업을 무리 없이 소화한 데서도 그의 탁월한 언어 감각을 엿볼 수 있다. 그의 소설은 작품성과 대중성의 접점에 창작의 둥지를 튼다. 거친 듯 섬세하게 정련된 문장을 적소에 배치해 적정의 긴장을 유지하는 한편, 고차적 상상력과 파격적 얼개를 통해 흥미롭고 경쾌하게 서사를 이끌어 간다.

소설 《아바나 리브레》에서도 그는 특유의 감수성과 한 몸을 이룬 자극적 도발의 언어를 자유롭게 구사한다. 도처에서 낡은 상투성을 배제한 '낯설게 하기'가 전략적 효과를 발휘한다. 때로 고도의 상상력이 번뜩이는 초현실적 포즈를 선보이기도 한다. 건조하면서도 유려하게 문맥의 쌍두마차를 이루는 진술과 묘사는 상호 추동의 시너지 효과를 높이며 끈끈한 결속력을 과시한다. 냉소와 발칙, 함축, 독설, 역설의 건조체가 돋보이는 감각적 대사는 시니컬한 희곡의 화법을 연상시킨다. 한편 소설의 외형은 일상으로부터 사회적 통념을 격리시킨 가벼움의 미학이 표상을 이룬다. 그러나 여기에서 가벼움으로만 단정하기 어려운 서준의 은밀한 내면 세계에 주목할 필요가 있다. 그 다중적 성정은 도처에서 상호 대치되는 이항 대립의 모순을 하나의 복합적 문장으로 통일해 나타나기 때문이다.

산들바람에 굴러가는 모래알, 정숙한 숙녀의 질투심에 몸을 떠는 공기 입자, 헐벗은 사람들의 따뜻한 입김, 똑똑한 이들의 정신 나간 말들, 정신 나간 이들의 고매한 생각, 거리를 떠도는 개들의 음모, 손님을 받지 못한 창녀의 연민, 고리대금업자의 양심, 살인자의 박애, 경범위반자의 책략이 또렷하게, 저급 만화의 말풍선처럼 눈앞에, 현실에 등장하고 만다.

(59쪽)

가벼운 것 같지만 그것이 단순히 표피적인 가벼움에 그치지 않는 것은 그 저변에 본질적으로 보다 바람직한 자아를 이루고 싶은 진지한 자의식을 담고 있기 때문이다.

서준이 이번 교육에서 배운 것은 선생들의 자세와 태도였다.

서준은 선생들을 통해 지구력과 인내력과 신뢰성과 결단력을 구체적으로 목격했다. 타자에게 의지하지 않는 결연한 삶이 어떤 것인지를 새록새록 느꼈다. 엄숙하고 품위 있는 말투와 어떤 상황에서도 자연스럽게 튀어나오는 농담의 기술을 새롭게 감지할 수 있었다.

또 서준은 격분을 자제하는 방식을 자연스럽게 체득했다. 선생들 모두 격분을 자제할 줄 알았다. 격분을 모르는 것과는 전혀 달랐다. 자신도 모르고 있던 자제와 인내를 발견한 것도 이번 교육의 수확이었다.

차가움과 뜨거움을 구별하고 그 둘을 취합하고 선택할 수 있는 기술을 얻었다. 차가운 두뇌에서 뜨거운 두뇌로의 순간적 변신, 뜨거운 가슴과 차가운 가슴의 양립, 깨끗한 손과 더러운 손을 상황에 맞춰 자유자재로 활용할 수 있는 기술. 선생들로부터 느끼고 배운 제일 중요한 결과물이었다.

한 단계 상승한 기운. 업그레이드된 이서준. 베테랑 비밀요원에서 지혜로운 비밀요원으로의 변신. 다시 태어난 느낌. 허물을 벗어던진 기분. 상쾌하고 싱그러운 기운이 서준의 육체와 영혼에 구체적으로 새겨졌다.

(219쪽)

무거운 주제나 거시적 담론을 가벼운 필치로 마사지하는 전략적 배려와, 단순한 가벼움은 구분해야 한다. 요컨대 이 소설이 기본적으로 정치 사회적 고뇌와 실존적 자아의식에서 출발하고 있는 데 주목해야 한다. 그리고 거기에서 진지한 내면의 언어를 읽어내야 그의 인간적 성실성에 다가갈 수 있다. 이는 정민의 소설이 키치, 상투적 동어 반복, 퇴행적 유행 따위의 아류에 휩쓸리지 않고, 독자적 위의와 참신한 영역을 구축해나가는 비결이다.

김규성

전남 영광에서 태어나, 2000년 《현대시학》으로 등단했다. 시집으로 《고맙다는 말을 못했다》, 《신이 놓친 악보》, 《시간에는 나사가 있다》, 《중심의 거처》가 있으며, 산문집으로 《산들내 민들레》, 《욈》, 《모경母經》, 《산경山經》 등이, 평론집으로 《남도 시의 현재와 미래》 등이 있다.

낯선 길을 향한 문학적 망명

황수현

인류가 조국이다.

−호세 마르띠

   한국과 쿠바의 수교 소식을 접한 지 얼마 되지 않아 정민 작가의《아바나 리브레》원고를 받았다. 자유 아바나 혹은 아바나의 자유라고 번역해야 하나 고민하다 작가의 쿠바 체류기〈아바나에서 당신은〉을 읽고《아바나 리브레》는 말레꼰을 걷던 산책자의 시선으로 포획한 시공간을 문학적으로 형상화한 소설이라는 생각이 들었다.

   '쿠바를 배경으로 하는 흔치 않은 한국 소설이 아닐까?'라는 생각도 잠시, 쿠바를 잠깐 떠올려보았다. 브레인스토밍을 통해 도출된 쿠바의 이미지는 카리브해의 섬나라, 럼주와 시가, 피델 카스트로와 체 게바라, 부에나비스타 소셜 클럽, 살사와 맘보 등이었지만 문학 전공자인 필자에게는 기라성 같은 작가들을 줄줄이 배출한 문학적 용광로와 같은 나라의 이미지가 강하게 작동했다. 스페인어권 최고의 문학상인 세르반테스 수상 작가만 세 명을 배출한 나라, 마르케스의《백년의 고독》과 비견되는《잃어버린 발자취》의 작가 알레호 까르뻰띠에르를 배출한 국가. 그러고 보니 쿠바는 작가들이 찾던 문학적 사랑방과 같은 곳으로 예술적 영감을 찾고 글감을 벼리던 이들의 이상적인 창작 공간이었다. 카리브해의 뜨거운 태양 아래 사탕수수로 만든 럼주를 마시며 맘보 리듬에 맞춰 장국영처럼 춤을 추다 보면 어느새 소설의 첫 구절이 수증기처럼 피어오르는 신기한 나라. 그래서 헤밍웨이도 쿠바로 떠난 것일까. 아바나 근교의 작은 어촌 꼬히마르에 머물며 글의 실마리를 풀기 위해 고심하던 작가는 매일 바다로 나갔지만 84일 동안 물고기를 한 마리도 잡지 못했던 산티아고 노인을 통해 "나의 대어는 분명 어딘가에 있어."라고 되뇌었던 것일까. 청새치를 잡으러 떠나 상어와의 싸움에서 승리하고 사자의 꿈을 꾸었던 《노인과 바다》 이야기처럼, 정민 작가도 여송연을 물고 낚싯배를 띄워 카리브의 바람 한 점 햇살 한 줌이 반짝이는 글감을 포획하려 했을까.

정민 작가는 작가 해외 레지던스 지원 사업에 선정되고 호세마르띠 문화원의 초청으로 쿠바로 떠난다. 그리고 시시포스의 신화처럼 고갈되고 지친 한국의 생활을 벗어나 쿠바에서 느낀 리듬은 한국의 그것과는 완전히 다른 것이었다.

쿠바의 시간은 느릿느릿 흘렀다. 딱히 할 일도, 인터넷도, 친구도, 술자리도, 약속도 없었다. 처음 겪는 열대의 시공간은 상상을 뛰어넘었다. 축축 늘어졌다. 엿가락처럼 늘어진 시간과 공간 속에서 회복된 것은 '감각'이었다. 보지도 느끼지도 듣지도 못한 채 지나쳤던 오감이 되살아나는 그런 기분.

(정민의 글 〈아바나에서 당신은〉에서 발췌)

정민 작가는 잃어버린 감각의 회복을 통해 헤밍웨이가 스페인 내전을 주제로 쓴 《누구를 위하여 종은 울리나》와 주제적으로 비슷하지만 결이 다른, 분단의 문제를 더듬으며 남북의 첩보전을 그린 《아바나 리브레》를 주조하였다. '아바나 리브레'는 남북정상회담을 추진하기 위해 파견된 비밀작전의 암호명이고, 소설은 박근혜 정부 이후 등장한 문재인 정부의 남북정상회담이 성사된 결정적 이유를 작품 속에서 찾고 있다. 기발한 발상이다. 작가의 페르소나 격인 주인공 서준을 등장시켜 아바나의 구 시가지를 현대의 첩보전이 벌어지는 무대로 치환한 것이다.

쿠바의 수도 아바나를 소환하는 방식, 어찌 보면 익숙한 이야기이지만 맘보와 룸바 리듬처럼 느리고 흐느적거리는 이야기는 헤밍웨이식 '하드보일드' 스타일과는 거리가 멀다. 아니, 주인공과 등장인물의 감정선을 따라 움직이는 시선은 낯설고 생경하다. 묘한 낯섦. 대화체의 문장은 살사춤의 리듬처럼 긴장감과 속도감을 지니고 당겼다 놓았다를 반복한다. 인력을 벗어나 자장에 좌우되는 이야기. 문학을 이론으로 가르치는 필자에게 이 소설은 낯설다. 전통적인 소설의 정의로는 포획되지 않는 지점이 있다. 하지만 소설적 전형성을 벗어나는 순간, 날것의 생생함은 청새치처럼 파닥거린다. 인간의 욕망과 저열한 호기심이 옷깃처럼 날을 세우지만 절절한 사랑도 순애보도 모두 거부한다. 낭만주의 소설과는 거리가 멀고 리얼리즘 소설로 살피기에도 무언가 부족한, 그래서 냉소적이고 풍자적인 소설은 기대와 희망이라는 언어 대신에 욕망과 속물근성을 대입하기를 선호한다. 작가는 이 방법이 더 솔직하다고 생각하고 있는지도 모른다.

인간의 민낯이 여과 없이 그려지는 《아바나 리브레》. 우리는 한 번쯤

마음속에 아바나의 자유로운 공기를 그리워하고 있었는지도 모른다. 첩보전이라는 외피에 담은 들큼한 바다 내음이 나는 인간 이야기. 결국 쿠바식 자유의 공기를 빌려 와 분단의 첩보전에 이식한 정민의 방식으로 우리는 들숨과 날숨을 쉬고 있는 셈이다.

황수현

스페인 마드리드 콤플루텐세대학교 문학박사. 한국문학번역원, 서울대학교, 경북대학교 강사를 역임했으며, 현재 경희대학교 스페인어학과 교수로 재직 중이다.

작가의 말

대체 불가능한 응원을 보내주신 김정아, 김천회, 박정훈, 법무법인 다원, 손세규, 이광재, 이대천, 이백섭, 이순임, 이정규, 정재현, 정지원, 조경화, 최희석에게 특별한 감사를 드립니다.

놀랍고도 굉장한 격려를 주신 김규성 님, 정민성 님, 황수현 님에게 진심 어린 고마움을 전합니다.

마지막으로, 아바나 리브레가 세상에 나올 수 있도록 큰 힘을 보태주신 최장욱 님, 송규인 님, 박현경 님의 앞날에 행복과 평온이 가득하기를 소망합니다.

아바나 리브레

초판 1쇄 인쇄 2024년 6월 7일
초판 1쇄 발행 2024년 6월 14일

지은이   정민
펴낸이   정민
편집총괄 최장욱
편집   송규인
디자인   박현경
마케팅   조준우
제작   유수경

펴낸곳   도서출판 리브레
출판등록 2024년 2월 29일 제2024-000021호
주소   08513 서울시 금천구 벚꽃로 234 에이스하이엔드 6차 1703호

ⓒ 정민 2024
ISBN   979-11-987034-0-8 03810